Moskau im Spätfrühling des Jahres 1977: Der junge Burjate Minganbajir begegnet der ungarischen Studentin Anni und verliebt sich unsterblich in sie. Sie erleben wunderbare Tage, dann muss sie nach Budapest zurückkehren. Sein einziger Brief kommt zurück mit dem Vermerk: »Kein Empfänger. Bitte an diese Adresse nicht wieder schreiben!«

Die Zeit vergeht, Minganbajir heiratet, gründet eine Familie und verdient seinen Lebensunterhalt als Dolmetscher. Die verlorene Liebe bleibt aber immer in seinem Herzen.

Jahre später lernt er erneut eine Anni kennen. Sie ist Chefin einer ungarischen Zirkustruppe, die er als Dolmetscher in die mongolische Steppe begleitet. Er fühlt sich zu ihr hingezogen, mit ihr verbunden, obgleich sie seine Anni nicht sein kann, denn sie ist wesentlich älter. Bei einem Ausflug in die winterliche Steppe kommen die beiden sich näher. Kann es sein, dass sie die Mutter seiner einstigen Geliebten ist? Und kann es sein, dass die Liebe die Generationen überschreitet?

Das andere Dasein ist ein Roman über die Chance, auch nach einem großen Verlust noch einmal das Glück zu erleben.

Galsan Tschinag, 1943 als jüngster Sohn einer Nomadenfamilie in der Westmongolei geboren, ist Stammesoberhaupt der turksprachigen Tuwa, einer ethnischen Minderheit in der Mongolei. Er studierte in Leipzig Germanistik und schreibt seitdem in deutscher Sprache. Er lebt heute als freier Autor in Ulan Bator, in Europa und mit seinem Stamm in der westmongolischen Steppe.

Im insel taschenbuch liegt außerdem von ihm vor: *Liebesgedichte* (it 3264).

insel taschenbuch 4156

Galsan Tschinag

Das andere Dasein

Galsan Tschinag

Das andere Dasein

Roman

Insel Verlag

Umschlagfoto: James Morgan / Getty Images

3. Auflage 2017

Erste Auflage 2012
insel taschenbuch 4156

Vertrieb durch den Suhrkamp Taschenbuch Verlag
Umschlaggestaltung: bürosüd, München
Druck: CPI — Ebner & Spiegel, Ulm
Printed in Germany
ISBN 978-3-458-35856-5

Das andere Dasein

Begleitbrief an den Verleger

My dear Brother – or – mein dheurer Brodh-Herr!

In the world language English
– oder –
in der Geistersprache Deutsch?

Du hast richtig geraten – das Manuskript ist beendet. Und so bin ich endlich einmal wieder guter Laune. Auch wirst du gleich verstanden haben, hoffe ich doch, was ich mit meinem bisschen Englisch bezweckte: Ich wollte dir ein Lächeln auf die Lippen locken, meinend, du wirst, wie jeder erfolgreiche Verleger, deinen Geist weiterhin schwer anstrengen, und dies hinter einem unnahbar und undurchdringlich ernsten Gesicht, wie der Durchschnittsmensch im heutigen Westeuropa. Das Lächeln, das ich, deinen angespannten Geist mit meinem armseligen Englisch düngend, aus deinen Lippen ernten will, darf ruhig ein mitleidiges sein, denn ich weiß doch, dass ihr Mitgewinner des Kalten Krieges jenseits des Eisernen Vorhangs die Weltsprache wirklich besser beherrscht, unvergleichbar besser als wir Mitverlierer auf der anderen Seite. Warum das so sei, darüber habe ich in den letzten Jahren immer wieder nachgedacht und herausgefunden: Diese Sprache, eigentlich aus lauter Schnipseln zusammengesetzt und daher recht ungelenk, verglichen mit vielen anderen aus einer Wurzel herausgeschossenen und einer Quellader hervorgesprudelten Sprachen, habt ihr mit der Muttermilch als Vitamin, als Magomin, eingesogen, an nichts oder höchstens an den zuckersüßen, kunterbunten Inhalt der Pakete aus Amerika oder an eure von Gott gewollte Wohlstandszukunft denkend, während wir sie alle erst in längst erwachsenen bis schon alternden Jahren als bittersüße Pille zum Überleben von den Siegern oder ihren Lakaien heruntergereicht bekamen und mit Widerwillen herunterschlucken mussten, nicht sehr daran glaubend, ob sie wirklich Not abwendet.

Und was mich betrifft, habe ich mein dürftiges Schrift-Englisch mir selber beigebracht. Wie ich mir eigentlich das allerallerallermeiste von dem, was in meinem Hirn eingespeichert liegt und ich Wissen nenne, mir im Selbststudium angeeignet habe. Bin also durch und durch ein Dilettant. Übrigens, ich wollte neulich ein anderes Wort dafür haben und erfragte meinen läppischen Topdiener Laptop danach. Und was bekam ich angeboten? Von *Banause* über *Stümpe*r bis *Dummkopf*, schamlos bewertende, ausnahmslos alles abtuende, abschätzige Ausdrücke. Sosehr ich wusste, dass dahinter die selbstgefällige Fachweltzunft steckte, drohte ich, einen Groll auf die deutsche Sprache zu empfinden, die ich ja sonst abgöttisch verehre und beinah erotisch liebe.

Von solchen, die sich selber nicht nur das Wissen beibringen, sondern auch das Geschick schmieden, wird im Folgenden die Rede sein – darum die Erläuterung. Dass diese Hirtennomaden aus der unwirtlichen mongolischen Wüstensteppe, meine Helden mit ihrer wurzelhaften Ausdauer und ihrem triebhaften Selbstvertrauen, alles andere sind als träge und stumpf oder gar mongoloid, dürfte jeder unvoreingenommene Leser erkennen. Doch das nur am Rand. Mein Anliegen, weshalb ich dem Manuskript einen Begleitbrief beistecke, ist ein anderes. Es betrifft ein weites Feld, die Kunst schlechthin, in welche die Literatur voll eingeschlossen ist.

Ja, die Kunst, diese heitere Göttin, hat das Leben der Menschheit nicht nur beschönt und bereichert, verfeinert und veredelt, sondern auch, wenn wir es so wollen, ihm einen solchen Sinn und ein solches Gewicht verliehen, weswegen es uns letztendlich so heilig-wichtig erscheint. Daher auch habe ich sie schon in sehr jungen Jahren zu meiner Religion gewählt, um ihr fortan zu dienen. Und ich habe ihr gedient, diene ihr noch und werde ihr immer dienen, solange es mir vergönnt sein wird, auf dieser wunderbar lichten Welt verweilen zu dürfen.

Bei all dieser Ehrfurcht habe ich in mir irgendwann einen leisen Zweifel gespürt, der die Kunst betraf. Ist es denn überhaupt Kunst, wenn ein Schamane stirbt und irgendwer von seinen Kindern irgendeins der von jenem zurückgelassenen Utensilien aufgreift und irgendwelche Stabreime dreht, sie in irgendeine Weise kleidet und damit vor das Volk tritt? Sorgen eines Anfängers in einer Sippengesellschaft. Später hat sich jener Zweifel gewandelt: Ist es, wenn nichts darin stimmt und es so stümperhaft erschaffen ist, immer noch Kunst, weil es einem guten Zweck dienen soll? Sorgen eines Geächteten in einem totalitären Staat. Heute bin ich, dem Himmel sei Dank, ein freier Weltenkünstler. Aber es gibt immer noch Sorgen, die mich bedrücken. Der Zweifel, den ich zu Anfang meines Lebens in mir leise gespürt habe, scheint mit mir zusammen gewachsen zu sein, hat sich vergrößert und verhärtet.

Ich möchte es dem christlichen Propheten gleichtun, der verkündet hat: GOTT IST ANDERS! Möchte aufschreien: »Kunst ist doch anders!« Denn ich, den Lawinen, die uns von allen Seiten tagtäglich rund um die Uhr überfluten, mit ausgeliefert, spüre mit allen meinen Sinnen, dass die Kunst, die ich meinte, tödlich gefährdet ist. Es gibt zu viel an Leichen, Scherben, Schmutz. Das Verbrecherische daran ist, dass sich die Göttin, die unser himmlisch-irdisches Haus und unser Dasein darin einst so beschönt und bereichert, verfeinert und veredelt hat, seit geraumer Weile daran werkt und harkt, es zu beschmutzen und zu besudeln, ja, zu verseuchen und zu zerstören. Es scheint mitunter in der heutigen Zeit zur Berufung der Kunst geworden zu sein, die Wirklichkeit zu verleumden und das Leben zu entheiligen, wo und wann und wie es nur geht.

Die Göttin Kunst kann selber nichts dafür, dass sie zu einer Hexe verunstaltet worden ist, ich weiß. Die Menschen sind es gewesen, die, grob im Gewebe, verfallen dem Gelüst und schielend nach Vorteil, sie dazu verstümmelt haben. Ja, die wollüstigen, habsüchtigen und gewalttätigen Menschen haben die Kunst in eine Handelsware verwandelt und teuflische Kanäle erfunden, ihr nachzuschleichen, sie abzuklatschen und als Massenbedarfsramsch jedem vor die Füße zu schmeißen.

Glück ist zwar das sehnlichste Ziel eines jeden, ist aber so in seiner gegebenen lupenreinen Gestalt schwer zu vermarkten. So mit Güte, so mit Leben, so auch mit Frieden. Leicht vermarktbar sind dagegen immer ihre Gegenteile: Pech, Bosheit, Tod, Krieg. Hierin scheint mir der Grund zu liegen, weshalb die Künstler in der heutigen Zeit des Triumphs des vielfachen G: Geknatter und Geschnatter, Gekeife und Gejaule, Gemetzel und Gemengsel den Gierschürenden und Gewalterzeugenden den Gefallen tun, indem sie vor deren gottgleichem Geld auf die Knie fallen und daraufhin den gespenstergleichen Genüssen selber verfallen.

Falls du noch fernsiehst oder ins Kino gehst, wirst du wissen, was ich meine. Diese Medien sind längst zu Schauplätzen von Gewalt und Grausamkeit, Krieg und Katastrophe geworden, wobei die alltäglichen Familien- und Betriebskriege mit ihren Folgen, den Katastrophen auf den unsichtbaren Innenlandschaften des Menschen, mitgemeint sind. Die Zeitungen sorgen dafür, dass möglichst schon das Frühstück in jeder Familienküche mit den Horrormeldungen gewürzt ist. Und welche hässlichen Unterstellungen, Verleumdungen und Klatschgeschichten die meisten der übrigen Flächen füllen! Und die Bücher, unser Gebiet – wie grau und gruselig da das Leben dargestellt wird, wie viel Gift und Galle, Blut und Tränen, wie viel Grausamkeiten und Gemeinheiten! Hin und wieder kommt es mir so vor, als wären die Medien, die Kunst als Ganzes eingeschlossen, heutzutage die eigentlichen Lehrstoffe und Übungsfelder für künftige Gewalt und Niedrigkeit. Denn sie stecken die Sinne der Leser, Zuschauer und Zuhörer, kurz: der Verbraucher, an. Doch ist damit noch nicht alles getan. Auch die Nichtleser, Nichtzuhörer, Nichtzuschauer sind mitgefährdet, mitverseucht. Denn der ganze Raum des Universums ist mitverpestet. Es entstehen morphologische Felder, nach Rupert Sheldrake. Viele der Quantenphysiker, Genforscher und Psychologen werden mir recht geben, ganz zu schweigen von Philosophen, Pädagogen und Schamanen.

Diese neuzeitige Katastrophenkultur und -kunst und die neuzeitige katastrophale Art und Weise, das Erbe aus vergangenen Jahrhunderten und -tausenden zu interpretieren, haben einen entsprechenden Geschmack bei den Menschen erzielt und sind dabei, ihn noch zu einer regelrechten Sucht nach Gewalt, Zerstörung und Mord zu vergröbern und zu verschlimmern.

Kein Wunder, dass Happyend längst zu einem abschätzigen Begriff beim Beurteilen eines Kunstwerks geworden ist. Aber, Himmel, unser Planet Erde ist trotz der Salzmeere und Sandwüsten, der Hitze und Kälte doch ein ganz wohnliches Zuhause und wir ertragen unser Leben darauf trotz aller Fährnisse und Kümmernisse doch ganz gut. Die Welt ist trotz der vielmaligen Voraussagen der Schwarzseher bis auf den heutigen Tag noch nicht untergegangen, auch ist der Kernkrieg der geltungssüchtigen Großmächte noch nicht ausgebrochen. Und wenn d a s kein Happyend-Ereignis ist! Ja, das Leben ist schöner und die Menschen leben glücklicher, als die profitorientierten Meinungereien dieser Welt in breitester Front es uns glauben machen wollen.

Wenn du, edler Freund und lieber Bruder, mir das alles abzunehmen bereit bist, dann wirst du dich dem nachfolgenden Manuskript gegenüber auch nicht abgeneigt zeigen, nehme ich an. Denn es ist die Geschichte einer Liebe, die bei ihrer ersten Blüte einen vernichtenden Schlag erlebt und verheerende Folgen auf beiden Seiten hat, aber dann in Gestalt eines Zufalls oder eines Geschenks vom Himmel, jenem spiellustigen und gutmütigen Wesen, eine Gelegenheit angeboten bekommt, sie aufgreift, es zu einer zweiten Blüte bringt, der ein Neubeginn und diesem ein Happyend-Schluss logischerweise folgen.

Und zum Schluss. Solltest du wissen wollen, wie ich als Autor zu meinem Werk stehe, so sage ich, ohne zu erröten, dass ich es in der Nähe der Eroica des großen Tondichters und mächtigen Tonschamanen Ludwig van Beethoven verortet glaube. Bei dieser pausbackigen Selbstgefälligkeit geziemt es mir wohl dennoch, eins zu gestehen: Ich bin hier nicht der Schöpfer gewesen – darum benutzte ich oben ein anderes Wort. Die Vorlage gibt es im Leben, in meiner greifbaren Nähe. Ich habe die Geschichte einfach niedergeschrieben, bin also lediglich ihr Schriftführer gewesen.

Habe ich mit diesem Geständnis wieder an das Misstrauen in manchem wachen Geist gerührt? Habe ich mich des Naturalismus verdächtig gemacht? Dazu meine Meinung: Lieber entscheide ich mich für den prallbackigen, voll pulsierenden Naturalismus als für das hohlwangige Gespinst eines Hirns, umstrickt von verkalkenden Leitungen!

Gedankt sei
Lutbajir,
Dem Auserwählten vom Himmel,
Ein solches Geschick
Ertragen zu müssen,
Erleben zu dürfen.
Und gewidmet sei
Die sanfte Frucht meiner heißen Bemühungen
Dem treu und trotzig und mächtig Liebenden –
So auch seiner unsterblichen Geliebten.

Vorspruch

Im Folgenden wird wieder einmal von der Liebe erzählt werden. Es wird die sanftmütige, behutsame Beschreibung der Wonnen und Schmerzen zweier Menschen des anderen wegen sein, zuerst auf gewohnten Wegen des Lichts zustande gekommen und später auf ebenso gewohnten Stegen des Schattens gestolpert, zum Schluss jedoch, dem Verlauf aller Dinge trotzend, sich fangend und fortgesetzt. So ist es eine schwere, mehr noch, eine merkwürdige: bemitleidens- wie auch bewundernswerte Liebe.

Die Geschichte wird auf so manchen Widerstand stoßen. Das weiß ich, noch bevor ich sie der Öffentlichkeit vorgelegt habe. Doch ich muss sie unbedingt niederschreiben, auch auf die Gefahr hin, mein guter Wille und meine heißen Bemühungen werden mir auf dem verschlungenen, dornenbesäten Pfad meines Lebens, ohnehin beschwerlich genug, weitere Steine bescheren. Denn die Liebe ist nicht nur gewesen, sie dauert mit ihrer irrewirren Feuersbrunst noch an. Und das ist das Allerwesentlichste an der Sache. Und dies, weil ich meine, die Dichtung ist mündig genug, um die Widerspiegelung des wenigstens schon einmal Geschehenen im Leben zu sein. Und die Leser möchten sich wieder von den Verstrickungen einer Kunst, die mord- und zerstörungssüchtig und letzten Endes von sich aus sterbenskrank wie auch von außen her überwindungswürdig geworden ist, zu befreien und endlich wieder zu erkennen: Die lichte Welt, in der wir alle leben, ist sanfter beseelt, klarer begeistet und einfacher bestellt, als die Gespenster aus den Büchern, auf den Bühnen und über den Bildschirmen, alles dem Oberteufel Geld unterstellt und miteinander verwandt, wie die Krallen einer Fangpfote, uns einreden wollen.

Es war Ende Januar. Die Erdkugel schien in ihrer Abgeschiedenheit inmitten der kosmischen Fülle noch einsamer, trostloser und zerbrechlicher geworden zu sein. Denn das Leben, das sich in ihren Falten und Spalten eingenistet hat, wurde unaufhaltsam fragwürdiger: Fische und Vögel, Goldmäuse und Silberfüchse, Widder und Pinguine, weit und unabhängig voneinander beheimatet, fingen an, schwärme- und herden- und rudelweise einzugehen; die Bäume neigten dazu, ihre gewohnte Stärke, und die Gräser ihre gewohnte Länge zu verfehlen – beiden war neuerdings gemeinsam, dass ihre Wurzeln immer mickriger gerieten und brüchiger ausfielen, und der Mensch, dieses rundschädlige, stelzbeinige Wesen, war unermüdlich damit beschäftigt, die bereits angehäuften, himmelstarrenden und erderdrückenden Waffenberge jeden Tag um weitere Hügel zu vermehren, um seine Artgenossen, das hieß im Endergebnis sich selber, auszurotten.

Zu solchem düsteren Schluss kam der sechsunddreißigjährige Minganbajir, der sich in Gedanken spöttisch einen selbstgeschliffenen Denker und selbstgemeißelten Forscher nannte, bevor er nach ganzen drei Monaten das Krankenhaus verließ und zu seiner Familie und seinem Broterwerb zurückkehrte. Der Dauerpatient, wie diesen das medizinische Personal genannt hat, wäre wesentlich früher entlassen worden, hätte er, allen anderen gleich, es gewollt und sich darum bemüht. Doch er hat nichts in der Hinsicht getan. Im Gegenteil, er hat sich sehr bald an den Krankenhausalltag gewöhnt, sich mit seinem Patientenschicksal versöhnt und irgendwann angefangen, dieses bescheidene, aber süßmüßige Schlemmerdasein unter staatlichem Dach und in ärztlicher Obhut zu genießen. Und es ist sogar so weit gegangen, dass er ein- oder andermal ernsthaft überlegt hat, ob es nicht besser wäre, wenn er zeitlebens hier bliebe. Was durchaus machbar wäre – man brauchte nur jeden Tag ein wenig, immer zu ungelegenen Stunden, zu schwatzen oder zu lachen oder zu zappeln, und recht bald hätten einem die Ärzte die unheilbare Gemütskrankheit zugeschrieben, und daraufhin wäre man in die Anstalt hinter der Mauer nebenan oder auch ganz woanders hingebracht worden, und der Fall wäre fürs Erste oder für immer erledigt gewesen. Wie bei der Exdiplomatin mit den grauen Schläfen, aber noch glatten Wangen vor einigen Tagen.

Sie hat, wie so manche der neuen Patienten, die ersten Tage in einem Winkel des Kulturraums eine Bleibe gefunden. Minganbajir, der von den dort ausgelegten Zeitungen, Zeitschriften und Büchern auch zuvor regen Gebrauch gemacht, um die Zeit zu vertreiben, kam während seiner weiteren Besuche dort mit der Notuntergebrachten in ein immer längeres und tieferes Gespräch, bis er eines Tages begriff, dass er von einer in seinem Alter selten glückenden, näheren Bekanntschaft umgarnt war. Und diese schien, wie man anfangs geglaubt hat, auf eine Freundschaft, und wie man dann feststellte, auf eine merkwürdige, schwindelerregende Beziehung zuzustreben, ließ aber zu guter Letzt einen wissen, woran man war: Wohl auf dem Weg, zu einem ihrer Verbündeten zu werden!

Dieses so erschreckende und lähmende wie auch beglückende und ermunternde Wissen wurde ihm durch einen anderen, den bejahrten Arzt, vermittelt, der sie wie auch ihn behandelte. Dieser flüsterte ihm, während er mitten im Gang an ihm vorbeiging: »Seien Sie bitte vorsichtig im Umgang mit der Frau im Kulturraum – sie ist eine Politische und steht unter Beobachtung!« Und erst später erfuhr er aus derselben Quelle, was jene verbrochen hatte: Als Konsulin der Botschaft in einem Freundesland hat sie sich geweigert, einen Vertrag zu unterschreiben, obwohl dieser von oben zur Unterzeichnung freigegeben war. Denn sie hat die Vertragsbedingungen für unser Land als nachteilig empfunden und die offensichtliche Strafe dem versteckten Verrat vorgezogen. Und somit hat sie die Stellung verloren und die glänzende Karriere, die sie durch den verschlungenen Dschungel, aus der klebrig-zähen Masse des Auswärtigen Amtes heraus- und von Hauptstadt zu Hauptstadt anderer Länder immer weitergeführt hat, jäh abreißen und ihr Leben in der Sonne der Diplomatie und im Windschutz des Wohlstandes in Scherben gehen lassen. Und jetzt erfuhr man noch Folgendes: Ihr drohte eine Strafe, und der ärztliche Befund erst würde über ihr weiteres Schicksal entscheiden.

Dies steigerte im Bewusstsein Minganbajirs den Wert der nicht mehr jungen, aber immer noch knackigen Frau, der auffallend geschliffenen und belesenen Mitpatientin nun sehr. Bewunderung für ihren Mut war das Erste, was er für sie empfand. Denn sie hatte es fertiggebracht, Nein zu sagen, und dies in einer Zeit der tiefsten, allgemeinen Entmutigung, wo ganze Völker es zur Weise ihres Überlebens haben auserwählen müssen, fleißig Bücklinge vor ihren Obrigkeiten auszuführen und zu jeder ihrer selbstgefälligen, mehr schlechten als rechten Entscheidungen Ja zu blöken und Hurra zu schnattern, schlimmer und schändlicher als Schafherden und Gänseschwärme! Nun, nachdem man von ihrer beherzten Tat erfahren hatte, kam man sich in seinen Überlegungen nicht ganz so falsch und mit seinen Niederlagen nicht ganz so einsam vor wie bisher.

Ab da ließ der selbstgebackene Forscher, Denker und der Dauerpatient die Vorsicht, die in einem ohnehin wachte, als der sechste Sinn vielleicht, zwar immer noch schalten und walten, gewiss. Aber jetzt suchte er die Nähe der berühmt-berüchtigten Bekannten erst recht, ging mit ihr bewusst um und stellte nur noch gezieltere Fragen und steuerte von sich aus durchdachte und gebündelte Aussagen bei, und dies nur dann, wenn er sicher war, dass man nicht beobachtet wurde.

Und sie durchschaute ihn sehr bald. Denn gleich gegen Ende des ersten Tages sagte sie: »Also weißt du Bescheid über meine Person und bist dir der Folgen eines Verkehrs mit mir bewusst!« Er begann zu stottern, sichtlich auf der Suche. Nur, sie ließ ihn nicht zu Wort kommen. Griff hastig nach seiner Hand und sprach behutsam: »Du hast mir schon geantwortet. Mehr braucht es auch nicht zu sein. Altersmäßig wirst du wohl in der Mitte zwischen mir und meinen Kindern stehen, also hast du noch manches vor. Darum schon bewundere ich deinen Mut, meine Nähe zu suchen, wissentlich …«

Die Rede wurde jäh unterbrochen – Schritte wurden im Gang hörbar, und einen Pulsschlag später ging die Tür auf. Schon wechselte die Verdächtige das Gesprächsthema, nun war die Rede von einem bestimmten Sirup. Der Wechsel geschah nahtlos, sie musste darin geübt sein. Wer hereintrat, war eine junge Frau im Schwesternkittel. Und sie beteiligte sich sogleich lebhaft am Gespräch, indem sie erzählte, dass ihre Mutter, die an Erschöpfung litt, davon auch gehört hätte, aber nur nicht wüsste, wie das Wundermittel herstellen, von dem neuerdings fast ein jeder redete. So bat sie die Patientin, alles noch einmal zu wiederholen. Und diese nannte das genaue Rezept: Einer Handvoll zerquetschter Aloe ebenso viel Bienenhonig zusetzen, dieses mit einer Flasche Portwein Nummer zwölf übergießen – das Gemisch gut verrühren, anwärmen, in der Dunkelheit zehn Tage lang stehen lassen und täglich dreimal aus einem Esslöffel einnehmen.

Dann, als die Schwester den Raum verließ, ging er auch. Und am nächsten Tag, zu einer günstigen Stunde, wurde das unterbrochene Gespräch fortgesetzt. Da stellte er ihr die Fragen, die in der Nacht durch sein Hirn gezuckt und ihm den Schlaf genommen haben: Wie viele werden es sein, die so denken wie wir beide? Tausende? Oder nur Hunderte? Oder noch weniger? Wie viele Menschen können nach all den Hinrichtungen, Gefängnisstrafen und sonstigen Demütigungen, nach all den verheerenden Säuberungswellen und der Gehirnwäsche jahraus, jahrein, rund um die Uhr, den Mut, sich irgendetwas, das ihnen nicht behagte, zu widersetzen und gelegentlich auch Nein zu sagen, noch haben? Und vor allem, kann der gewöhnliche zweibeinige und kahlhäutige Sterbliche, der wir sind, unter all dem Druck überhaupt noch seine naturgegebene Fähigkeit, selbständig zu denken, unversehrt behalten haben?

Sie meinte, Andersdenkende würden den Sternen am nächtlichen Himmel gleichen. Andershandelnde dagegen seien nicht mehr als die Sterne am Tage. Sie nannte als Grund die Angst, die auf keinen Fall gleich zu verurteilen sei, da sie als etwas dem Menschen bei seiner Erschaffung durch den Schöpfer Mitgegebenes sei, wie Hand und Fuß, Schlaf und Traum, Schmerz und Träne, als Wächter zur Selbsterhaltung. Unser Pech läge lediglich darin, dass dieser natürliche Helfer unter übermäßigem Druck zu sehr gewuchert sei und zu viel Raum in uns genommen habe.

Bei aller Erwähnung und Erörterung der menschlichen Angst fiel aus ihrem Mund keine Bemerkung zur Verdammung der Verängstigten, nein, vielmehr waren es Worte zum Verständnis der Mundtotgemachten: kein Wunder nach Jahrhunderte währender Verbrennung oder Steinigung aller Andersdenkenden unter dem Sammelnamen Hexen im Westen, darauf der Verbannungen, Erschießungen und Entlassungen derselben unter dem Sammelnamen Konterrevolutionäre im Osten – längst habe der Wächter einen Sprung auf seinem evolutionären Weg gemacht und sich zum Häuptling über alle Bewohner unseres menschlichen Innenraumes ernannt.

An einem anderen Tag, bei einer weiteren Predigt, wie sie ihre Schilderungen spöttisch nannte, sagte sie ihm: »Ich werde es dir gar nicht übel nehmen, solltest du im Umgang mit mir irgendwann ängstlich werden …« Er versuchte, ihr zu beteuern, dass solches nimmer der Fall sein würde. Fein lächelnd unterbrach sie ihn: »Ach, Junge. Du brauchst keinen Helden spielen. Brauchst ebenso wenig es mir gleichtun. Nein, ich verbiete dir sogar, es tun zu wollen! Denn ich habe vom Leben ziemlich alles gekostet, soweit es unsereinem möglich ist. Habe eine schöne Kindheit, eine gute Jugend gehabt. Habe gelernt, studiert, gearbeitet und dabei mehr Lob als Tadel gehört. Habe dann einen lieben Mann erwischt, der leider zu früh aus dem Leben gehen musste. Aber bevor es dazu kam, hat er mir zwei prächtige Kinder geschenkt. Beide sind mittlerweile erwachsen, verfügen über ihren eigenen Broterwerb: Wie der Junge, so hat auch das Mädchen einen technischen, immer und überall gefragten Beruf aufzuweisen – so habe ich es bewusst eingeleitet. Nun ich selber. Brauche nichts weiter als zusätzliche Gründe zu neuem Mut und Trotz. Ja, mein Schicksal ist längst besiegelt. Ich habe beschlossen, das bisschen Leben in mir dem Kampf um die Göttin Wahrheit zu opfern. Dabei ist mir selbst ziemlich einerlei, ob es im Gefängnis oder in der Verbannung oder in einer Heilanstalt inmitten geistig Beschädigter verglüht!«

Hier musste sie ihre Rede abbrechen und zu etwas ganz anderem wechseln. Denn es kam jemand. Und jetzt redete sie von dem sowjetisch-russischen Schriftsteller Nikolai Ostrowski, der in einem hoffnungslosen Zustand – erblindet und gelähmt – vermocht hat, die Geschichte seines erlöschenden Lebens aus dem sterbenden Körper herauszureißen und sie dann in den Kultroman *Wie der Stahl gehärtet wurde* zu verwandeln. Und zwar sagte sie seinen berühmten – diktierten – Brief auswendig auf, in dem es heißt: »Solange auch nur in einem Glied meines Körpers Leben ist, werde ich nicht sterben …«

In der darauffolgenden Nacht lag ihr Zuhörer lange wach und grübelte über sie und ihre Worte nach. Ein Adlerweibchen, entschlossen, im Flug zu sterben, dachte er erschüttert und spürte dabei Stolz für sie, vermischt mit Trauer. Übrigens, ging sein Gedanke weiter, tragen die Worte des Schöpfers von Pawel Kortschagin, dem millionenmal geliebten und verehrten, stahlgleichen Helden des Kommunismus, nun aus ihrem Mund gesprochen, eine doppelte Bedeutung. Denn da war kein Gefühl geheuchelt. Ja, sie nannte sich eine Kommunistin, der die Orthodoxen das Parteibuch geraubt. Genauso wie Masch, sein bester Freund in Moskau, dessen Vater, ein einfacher Viehzüchter zwar, aber überzeugter und eifriger Kämpfer für das Wohl des Volkes und des Vaterlands, immer wieder verleumdet und am Ende erschossen von Neidern und Niederträchtigen, in schweren Stunden Ähnliches auch von sich zu behaupten gepflegt und mit eben dem Gedanken seine und seiner Nächsten seelischen Schmerzen gegenüber bevorzugten Schlauköpfen zu lindern versucht hat: ein Kommunist ohne Parteibuch!

Ja, die Frau, die über eine höhere und weitere Bildung verfügte und vor allem welt- und kampferfahrener war als er, sprach von einem Machtklüngel aus lauter kleinbürgerlichen Spießern, ständig bedacht auf den eigenen Vorteil und aufgestachelt von der Angst, Fähigere und Gebildetere könnten sie um das erkämpfte, erträgliche Pöstchen bringen! Der Gedanke, dass es wenigstens einen Menschen gab, der den Scharfsinn und den Mut besaß, die Erbärmlichkeit einer sich längst unfehlbar wähnenden Meute zu durchschauen und sich dagegen aufzulehnen, erhellte seinen Geist und erfrischte seine Seele. Und dass dieser Mensch eine Frau war und diese Frau über einen zwar verblühenden, aber immer noch machtvollen, durch und durch weiblichen Leib verfügte, war wohl auch von einem gewissen Belang. Denn er verspürte an manchen Ecken und Enden, mit manchen Fädchen und Fäserchen seines Wesens einen Sog, der ihn zu ihr zog. Anscheinend musste in jener Nacht auch sie an ihn gedacht haben, denn sie sagte, sobald sie mit ihm endlich wieder allein war: »Damit du dir von mir keine allzu hochtrabende Meinung bildest, habe ich beschlossen, mich vor dir zu entblößen: Meine selbstmörderische Kampflust ist durchaus nicht frei von menschlicher Eigenliebe und Eitelkeit. Während ich die Bockige spiele, liebäugele ich wohl mit dem Ruhm, der mir zu einer späteren Zeit zufallen könnte. Ja, warum sollte ich es vor dir, mein lieber, junger Freund, verheimlichen, dass mir hin und wieder wie ein Ausgleich für die Bitternisse ein honigsüßer Gedanke durch das Hirn zuckt: Wie sehr du in eigener Galle erstickst und so dein höchstes Gut, dein Leben, vergeht, werden die, die dich meucheln und hänseln, im Fett ihrer erheuchelten Vorteile ebenso ersticken und vergehen – halte also nur durch, Frau, denn eines Tages wird dein heute verschmähter Name als der einer unbeugsamen Kämpferin in einer finsteren Epoche aus dem Buch der Geschichte herausleuchten wie ein Stern am Himmel der Wahrheit!«

Endlich verstummte und senkte sie den Blick. Und atmete dabei tief, wie erleichtert, als wenn ihr eine schwere Last von der Schulter gewälzt. Wenig später jedoch blickte sie wieder auf, blickte ihn aufmerksam an und drückte ihm das kleine Kofferradio in die Hand, das ständig an ihrem Busen gehangen, meistens stumm für andere, lediglich durch ein Schnürchen mit ihrem Ohr verbunden. »Weltempfänger«, sagte sie leise, »und damit kannst du an viele Sender heran. Vorsicht aber, fremdsprachige Nachrichten nur durch den Kopfhörer empfangen! Und sobald du spürst, fremde Aufmerksamkeit ist auf dich gerichtet, schnell auf Musik oder den einheimischen Sender gehen und es abnabeln, damit man weiß, was das ist, wonach du gehorcht!«

Anfangs hat Minganbajir gedacht, sie hätte ihm ihr Radio nur geliehen, doch später, als er, nachdem er eine gute Weile an verschiedenen Sendern genascht hatte, es ihr zurückgeben wollte, begriff er, es war als ein Geschenk gedacht. Und das machte ihn verlegen. Aber sie winkte lässig ab: Das Gerät sei uralt und auch habe sie sich an den gegenseitigen Enthüllungen zweier streitender Seiten und an den Horrormeldungen dieser Welt ein wenig überfressen – sollte sie irgendwann wieder Hunger danach spüren, könne sie sich, als gewesene Diplomatin versehen, im Gegensatz zu gewöhnlichen Sterblichen, mit dem Zugang zur harten Währung, jederzeit ein neues leisten.

So durfte er das Geschenk behalten und konnte sich ab da eines sehr molligen Gefühls nicht erwehren: Sobald er den weichgepolsterten Knopf des Kopfhörers ins Ohr steckte und die Sendung aufnahm, war ihm, als wenn er mit ihr geistig-seelisch-körperlich verbunden wäre und das, was in ihn hineinrann, nicht aus dem Kästchen, sondern von ihr käme. Und das schürte das Gefühl, das in ihm bereits erwacht war und schon glimmte, unaufhörlich weiter. Das Merkwürdige dabei war, dass das, was von ihr zu ihm hervorzusprudeln schien, wie sie bereits beim Namen genannt und damit ihn auch wohl vorgewarnt hatte, zum größten Teil tatsächlich gegenseitige Enthüllungen zweier Streitender und Horrormeldungen waren.

Ab da schlief er wesentlich weniger. Lag nachts stundenlang wach und lauschte dem, was alles in der Welt passierte und womit die Teilnehmer des Kalten Krieges einander beschuldigten. Wobei er immer wieder in einen Dämmerzustand verfiel, und da kam es ihm zwischendurch vor, als wäre er mit ihr verbunden, durch und durch, mit vielen Kanälen der Seele, des Geistes und des Leibes auch.

Einmal erzählte sie ihm, dass sich ihr Verdacht, man könnte sie in die Anstalt stecken, von Tag zu Tag festigte. Da meinte er, dann würde er auch mitkommen. Worauf sie ihm zuerst lange und tief in die Augen blickte und dann kopfschüttelnd sagte: »Mit so was spaßt man doch nicht!«

Er aber entgegnete mit einer festen Stimme: »Ich spaße nicht. Es ist mein Ehrenwort!«

Nun schaute sie ihn verwundert an und fragte: »Und wozu das?«

Er antwortete mit derselben Festigkeit in der Stimme wie vorhin: »Es ist schön für mich, bei dir zu sein …«

Sie wollte ihm ins Wort fallen. Aber er ließ sich nicht unterbrechen und sprach aus, was ihm bereits auf die Zunge gestiegen war: »Ich träume jede Nacht von dir!«

Sie zeigte sich erschrocken, zunächst von der Form seiner Rede, von dem plötzlichen, brutalen Du – er hatte sie, die eindeutig Ältere, bisher gesiezt, wie es sich gehörte –, noch bevor sie den Inhalt der Aussage mit ihrem Verstand aufzunehmen vermochte. Dann aber, als sie begriff, was da ausgesprochen war, brach sie in ein gekünsteltes, kurzes Gelächter aus und sprach daraufhin spöttisch: »Was für eine merkwürdige Liebeserklärung – ein junger Mann ist auf den Gedanken gekommen, mit einer alten Frau Techtelmechtelchen zu spielen, lieber Himmel!«

Er ließ sich davon nicht einschüchtern, sagte sachlich: »Alte Frau, von wegen! Saftig und kräftig genug, das bevölkerungsarme Land noch um weitere zwei Kinder zu bereichern!«

Sie versuchte, Entrüstung zu zeigen. Was ihr aber nur halbwegs gelang, denn die glatten Wangen ihres ebenmäßigen Gesichts liefen rosig an, während sie stotterte wie auf der Suche nach den richtigen Worten: »Bin ich denn eine Kuh, von der man erwartet, sie könnte noch zweimal trächtig werden? Und wo soll man auch den Bullen hernehmen?«

»Der Bulle«, sagte er, versucht, ihren spöttischen Ton möglichst nachzuahmen, »der steht hier.« Aber daraufhin verfiel er in einen völlig anderen, eher kläglichen als spöttischen Ton und sagte mit zittriger Stimme: »Der ist bis in sein Innerstes erwacht und erschüttert und kann nachts zwischen den Träumen nicht mehr schlafen …«

»Ich dächte außerdem«, sagte sie hastig, »du hast Frau und Kinder?«

Er setzte an: »Das und vieles andere.« Kam aber nicht weiter, begann zu stottern und hatte einen Hustenanfall. Er hatte sagen wollen, alles sei gewesen, in seinem Vorleben. Das, abgeschlossen, hinter ihm läge. Und was hier und jetzt wäre und er in seelischer Ruhe weiterzuführen gedächte, solange es eben ginge, wäre ein neues.

Am Ende war sein Gesicht bis über beide Ohren knallrot angelaufen. Das war wie bei einem Kind, das etwas verbrochen hat und nun mit einer Strafe rechnen muss. Denn ihm wurde erst dann, nachdem die Worte bereits ausgesprochen waren, bewusst, dass solches auf keinen Fall hätte geschehen dürfen. Und sie reagierte entsprechend: Errötete am ganzen Gesicht und Hals noch tiefer und sprach mit weinerlicher Stimme: »Muss ich denn zum Ende eines solchen Lebens mir noch antun, im Irrenhaus, umringt von Irrsinnigen und bewacht von Züchtern des Irrsinns, Kinder auf die Welt zu setzen, die gleich in ein Waisenhaus überführt werden?« Darauf begann sie wirklich zu weinen, so heftig, dass er gar nicht erst versuchte, sie zu trösten.

Am anderen Tag war sie nicht mehr da. Zunächst ließen sich weder die Ärzte noch die Schwestern abklopfen, doch nach und nach lüftete sich es: Sie war von einem amtlich aussehenden Mann in einem Amtauto weggeholt worden. Sollte das heißen, die Späher und Horcher haben so gut gearbeitet, dass sie neue Beweise fanden, die sie belasteten? Oder hat sie sich freiwillig zu Geständnissen gemeldet und damit das Gefängnis oder die Verbannung der Anstalt vorgezogen? Wie auch immer, die Beziehungen, die zwischen zwei Menschen geknüpft und dabei waren, verschlungene Züge anzunehmen, kamen ins Erliegen und Erkalten.

Es vergingen noch Wochen, bis er entlassen wurde. Aber vorher ereigneten sich manche anderen Dinge. Zuerst kam ein Unbekannter in seinem Alter. Er kam in einem Amtauto gefahren und fragte ihn, wie es da hieß, in amtlichen Angelegenheiten aus. Die Fragen betrafen die Exdiplomatin. Was für einen Eindruck er von ihr gehabt hätte? Einen guten, ließ er jenen wissen: Gebildet, ehrlich, patriotisch und fest überzeugt von der Sache des Sozialismus und Kommunismus. Das schien dem Fragenden gar nicht zu schmecken, denn seine Lippen verzogen sich zu einem schiefen Lächeln und dabei verwandelten sich die Blicke seiner leicht schielenden Augen in zwei Ahlen und spitzten sich immer weiter, je länger das Verhör dauerte.

Und sehr bald betrafen die Fragen ihn, Minganbajir, allein. Dieser begriff, sie waren gegen ihn gerichtet. Und er spürte, wie empfindlich seine Seele sie aufnahm, die, gleich Pfeilen, auf ihn zukamen und in sein unbeschütztes Leben immer tiefer eindrangen. Da bekam er es plötzlich mit der Angst zu tun. Und das musste der andere gewusst haben. Denn er sprach, bevor er von ihm endlich abließ, gewichtig: »Noch gesünder können Sie nicht werden. Wie wär's darum, wenn Sie Ihre Krankenhausburg, in der Sie sich so wohl zu fühlen scheinen, endlich verließen? Denn dann brauchte ich nicht Staatsbenzin zu vergeuden, um hierherzufahren. Stattdessen verständige ich Sie lediglich durch einen Anruf, und Sie kommen sofort über drei Straßen gelaufen, um mir die entsprechende Auskunft zu geben. Verstanden, Genosse?«

Was sollte man da machen? Nichts. Ein jeder, der an der Macht irgendwie beteiligt ist, will deren süßherben Geist, so oft und so viel es nur geht, auskosten und sich davon berauschen lassen. Und für so einen Machtberauschten ist wohl einfach selbstverständlich, dass jeder Mensch in der Partei ist und darum auch Genosse. Während Minganbajir die soeben gehörten Worte in Gedanken erwog, fand er, dass die Anrede, bezogen besonders auf einen Parteilosen, auch einen weiteren, drohenden Sinn enthielt. Also, die versteckte Drohung aus dem Mund eines Mitarbeiters der Staatssicherheit, das war schon ein verdächtiges Zeichen. Die Folge von dieser Überlegung war: Die Angst, noch nicht ganz vergangen, meldete sich erneut, mit neuer Macht, drückte gegen Nieren und Leber, füllte den Brustkorb und verschnürte den Hals.

Am Ende beschloss Minganbajir, die schutzbietende Burg, von welcher der Mensch gesprochen, vorerst nicht zu verlassen – vielleicht würde ihn jener auch bald vergessen? Nun wandte er sich seinem Steckenpferd gänzlich zu, begab sich noch tiefer in die eingeschlagene Richtung und betrieb die angefangene Forschung noch eifriger, indem er jede Stunde mit Lesen und Lauschen verbrachte und dabei und dahinaus mit aller Macht seines Geistes grübelte. Und er kam auf Schlüsse, die er vorher so nicht gekannt hatte.

Die fieberhafte Sehnsucht des Menschengeschlechts nach den kosmischen Weiten, den fernen Gestirnen und ihren Geheimnissen und möglichen Reichtümern dauerte zwar noch an, aber seine irdischen Sorgen hatten mit einem Mal zugenommen: Von verheerenden Naturkatastrophen in immer gewaltigeren Ausmaßen: Erdbeben, Schneefällen, Stürmen, Überschwemmungen; von Kälte, Erkältung und Erfrierung auf der einen Seite, von Hitze, Brand und Dürre auf der anderen des Erdballs berichteten die Medien rund um die Uhr mit einer unstillbaren Lust, die einen unverhohlenen Jubel zu enthalten schien. Lauschend all den Horrormeldungen, emsig aufgestochert in fernen Ecken der Welt und haarspalterisch herübergetragen und kühl und kühn aufgetischt von bezahlten Lakaien, fragte man sich, welchen Sinn diese Art Dienst auf einen ausstrahlte. Trost – anderen geht es so dreckig, und du hast es immer noch besser? Dann sollte Folgendes gesagt sein: Fremdes Leid hat längst aufgehört, den Brand der eigenen Seelenlandschaft zu löschen. Angst – die Massen in den Niederungen des Lebens sollen immer in Duckstellung gehalten werden? Dann dieses darauf: Die Gemeinten sind mit dem Höllenfraß überfüttert, und sie können nichts mehr aufnehmen, denn ihre vollen Gefäße laufen längst über!

Es wurde weltweit aufgerüstet, und folglich begann die Menschheit wieder ärmer zu leben. Die Erdkugel schien zu schrumpfen, denn die Fernbomber und Trägerraketen erreichten immer größere Fernen, und die Völker unter deren betäubendem Lärm und irrlichterndem Schatten zersplitterten sich innerlich und klumpten sich äußerlich zu zwei riesigen Keulen, gegeneinander geschwungen. Die Häuptlinge beschuldigten einander. In jeder Nische des Welthauses wurde auf eigene Rechte und Vorrechte gepocht. Und sie wurden anderen verweigert. Man redete noch mehr von Gott auf der einen Seite und vom Vaterland auf der anderen. Und hier wie dort redete man wieder und erst recht von Frieden. Dabei nahm die Lautstärke der Stimmen zu. Die Medien sattelten von Kultur auf Verteidigung um. Verbündete begannen, Freunde zu verdrängen. Die Tage des Friedens schienen gezählt. Das geschah schleichend, versteckt, aber es geschah.

An einem Freitag wurde Minganbajir entlassen. Den Samstag hätte er gut zu Hause verbringen können. Aber er tat es nicht, da die Frau zur Arbeit und die Kinder zur Schule mussten. Er ging zu seiner Dienststelle. Und wurde von der Belegschaft mit Freude und Wohlwollen aufgenommen. Was schon nett war, aber irgendwie auch erniedrigend, denn aus mancher Stimme hörte er Mitleid heraus und sah in manchem Blick Neugier, die zu sagen schien: Na, du bist ja doch zurück!

Und gleich an diesem ersten Arbeitstag nach langem Fehlen bekam er einen Keulenschlag auf den Schädel, auch wenn es nur von wenigen bemerkt wurde. Denn ihm wurde mitgeteilt, dass einer aus der Staatssicherheit wiederholt nach ihm gefragt und jedes Mal gesagt hätte, er möge sich dringend bei ihm melden. Die bekannte Angst erwachte augenblicklich und breitete sich nach und nach in ihm aus, so dass ihn irgendwann ein Gefühl peinigte, sein Körper könnte platzen. Dieser Zustand wurde noch unerträglicher dadurch, dass ihm zu Beginn, unter dem ersten Schreck eine Lüge hat entgleiten müssen. Seinen Lippen sind Worte entschlüpft, an die er vorher gar nicht gedacht hat: Eine merkwürdige Frau – merkwürdig deshalb, weil sie sich bald so scharfsinnig und bald so stumpfsinnig zeigte – sei mit ihm wochenlang auf einer Station gelegen, und einmal hätte ein Mann mit einem amtlichen Aussehen und vor allem einem befehlenden Ton in der Stimme sie besucht, von dem man später erfuhr, wer er war – ihr Bruder, und auch noch, wo er arbeitete; gewiss würde es dieser Mann sein und er würde Näheres über das Befinden seiner Schwester und möglicherweise auch über die Qualität der Behandlung wissen wollen …

Zu der Angst noch die Scham, nun ja, es war schier unerträglich. Da musste man sehen, dass man so schnell wie nur möglich dort wegkam. Dann kam er auch weg. Und ging mit seiner Angst, seiner Scham und später auch mit dem Hass, den er gegen eben die Angst und die Scham in seiner finsteren Tiefe weckte, ja, bewusst jenen schlafenden, bissigen Hund weckte und vorließ, auf das Ungeheuer zu.

Das Verhör selbst war bei weitem nicht so schlimm, wie seine überwache, voreilige Vorstellung ihm vorgegaukelt hat. Denn es blieb in dem Rahmen, in dem es sich schon vorher abgespielt hatte. Und es dauerte heute auch nicht viel länger als damals, obwohl der Mensch es diesmal viel bequemer hatte: sich in dem dafür geschaffenen Raum, seinem Büro, befand, hinter dem dafür geschaffenen Gerät, seinem Bürotisch, thronte und wohl auch weitere dafür geschaffene Geräte in seiner greifbaren Nähe wusste. Schlimmer war das Warten vorher, es dauerte endlos lange, obwohl man sich gleich gemeldet und es darauf geheißen hat, man sollte einen Augenblick warten. Doch es war ein endlos langer Augenblick, denn man wartete und wartete in dem halbdunklen, langlangen Gang ohne eine Sitzmöglichkeit, dafür mit einer hellwachen Diele aus knarrenden, schreienden Brettern und mit vielen geschäftig tuenden, müßigen Menschen, die hinüber und herüber hasteten und dabei verstohlen und gerade deswegen so unverschämt genau nach einem schauten.

Am schlimmsten jedoch war die Tatsache, dass man dorthin geladen worden war und solches sich von nun an immer wiederholen könnte, sooft der Stasibüttel, dieser Staatskater, Lust in sich verspürte, ein wenig mit einer der Menschenmäuse draußen in Fallen und Schlingen zu spielen und sich so in deren Augen und im eigenen Bewusstsein von der Macht, über die er nun einmal verfügte, von neuem bestätigt zu wissen.

Vielleicht war der Grund, weshalb ein Mensch den anderen immer wieder verhören durfte, ein anderer. Aber das wusste man nicht so genau. Was man genau, lebens- und sterbensgenau wusste, war, dass man als gewöhnlicher Sterblicher jeden Gang *dorthin* möglichst vermeiden sollte, solange man noch am Leben war.

Gewiss spürte Minganbajir Erleichterung, als er, das gefürchtete und hässliche, einer erstickenden Harmonika gleich in die Länge gezerrte Gebäude mit dem blutfarbenen Anstrich und den raureifblinden Fenstern über den tränenhell glitzernden Simsen im Lichte der untergehenden Sonne endlich im Rücken, den Nachhauseweg einschlug. Dennoch fühlte er sich weit entfernt von dem, was man Lebensglück nannte. Denn er kam sich tief erschöpft und vor allem beschmutzt und gefährdet vor. Und das war der Grund, weshalb er dann, zwei Blöcke vor dem Haus, wo er wohnte, in eine Seitenstraße einbog, was ein Umweg war. Er wollte zur Ruhe kommen, bevor er sich seinen Kindern stellte, die mit gestauter, unverbrauchter Freude auf den Vater seine Heimkehr herbeisehnen mussten. Die Frau konnte noch nicht zurück sein. So wollte er noch eine Strecke durch die Stadt laufen und eine Weile in der frischen Kälte des hereinbrechenden Abends bleiben, auf dass die unliebsamen Ausdünstungen des schrecklichen Gebäudes von Haar und Kleidung, die erniedrigenden Gedanken daran aus Herz und Hirn wichen.

Jetzt stellte Minganbajir fest, dass es trotz des kalendermäßigen Winters gar nicht so kalt war und die Luft inmitten der Häuser und Autos sogar immer noch nach einem Hauch Steppe roch wie im Spätherbst unter den lange nicht erloschenen Wogen von Farben und dem lange nicht gebändigten Meer von Düften. Hier fiel ihm wieder ein, wie er am Vormittag die Wärme der Sonne an seiner Gesichtshaut gespürt und sich darüber gewundert hatte. Da hat er es augenblicklich nur zur Kenntnis genommen und sich darüber eben gewundert, lediglich. Denn dort, auf dem Wege zum Henker, hat er alle seine Sinne gebündelt und auf die einzige Frage gerichtet: Was tun, um schadlos davonzukommen? Nun aber nahm er sich bewusst vor, jenen nur flüchtig wahrgenommenen, also vernachlässigten und verpassten Lebensaugenblick in Gedanken zurückzuholen und wenigstens dessen Nachgeschmack schmecken zu dürfen.

So verlangsamte er den Schritt, blieb schließlich stehen und richtete seinen Blick auf den rötlichen Schein der soeben untergegangenen Sonne. Dann versenkte er sich in seine Gedanken. Zuerst sah er durch den erlöschenden, verblassenden Abendhimmel einen anderen: tiefblauen und morgenfrischen. Dann nahm er davor den Feuerball wahr, von dem lange, lanzengleiche Funken herüberstrahlten. Und glaubte schließlich, an der Haut des Gesichts und der Hände, bis in ihre Poren hinein eine prickelnde Wärme zu spüren.

Wie lange es dauerte, wusste Minganbajir nicht. Vielleicht nur einen kurzen Augenblick, vielleicht aber auch eine kleine Ewigkeit. Dann war es nicht mehr. Aber anstatt solches zu bedauern, freute er sich doch sehr. Denn er war von einer bohrenden Frage besetzt und darüber von einem feierlichen Gefühl erfüllt: Will das denn heißen, dass eine verpasste Gelegenheit sich unter Umständen doch zurückholen lässt? Und da war die Erniedrigung, die ihm wieder einmal zugefügt worden war, vergessen und die Angst von ihm gewichen.

Zu Hause erwartete ihn eine Überraschung, die, in der Art zumindest, keine für ihn war. Seine Frau, augenscheinlich noch nicht allzu lange wieder zu Hause, berichtete ihm, noch bevor er die Tür hinter sich hat zumachen können: Soeben hätte er einen Anruf aus dem Zentralkomitee verpasst, und nun sollte er sich dringend melden. Darauf erfuhr er von den Kindern, dass einer auch vorher mehrmals, und zwar alle fünf oder zehn Minuten angerufen und nach ihm verlangt habe. So wählte er, ohne sich des Mantels und der Mütze entledigt zu haben, stehend, die Nummer und erfuhr, worum es ging: Er wurde als Dolmetscher gebraucht, und zwar sofort.

Wenig später bestieg er ein herbeigeeiltes Auto und erfuhr während der Fahrt Folgendes: Der Dolmetscher und Betreuer der ungarischen Delegation, die an dem internationalen Zirkusfestival *Freundschaft* teilnahm, war plötzlich erkrankt, was einer kleinen Katastrophe glich, für die Magyaren, unkundig des Russischen, so aber auch für die Organisatoren des Festivals, ehrgeizig bestrebt, für die Gäste alles so zu gestalten, wie sie es sich besser nicht hätten wünschen können. Die Sache wog umso schwerer, da es sich heute um die krönende Abschlussvorstellung handelte, bei der das Politbüro erwartet wurde und an die sich leicht auch eine Pressekonferenz anschließen konnte, ebenso standen noch der traditionelle Ausflug und der ebenso traditionelle Empfang des Ministers für Kultur aus. Also wurde, sobald die Nachricht über den Ausfall des Dolmetschers den Führungsstab des Festivals erreichte, der demokratische Zentralismus eingeschaltet und dieser hat, wie immer, funktioniert. Der Ersatz war da.

Ihn, den Ersatz eben, einen Schritt hinter sich, eilte ein Genosse, platziert auf einer ziemlich unteren Sprosse der Leiter der Macht, wichtig und flott durch den langen Gang des Zirkusgebäudes, blieb vor einer Tür mit einem angehefteten Schild UNGARN stehen und klopfte mit dem gekrümmten Rücken des rechten Mittelfingers ziemlich derb dagegen – er durfte es, denn er befand sich in einer untergeordneten Einrichtung auf Wink einer übergeordneten und war vor allem mit dem erfüllten Auftrag der Letzteren gekommen. Dann aber nahm er eine würdevolle Haltung an und wartete geduldig, bis endlich der Ja-Ruf einer Frauenstimme erklang.

Der Genosse griff nach der Türklinke, drückte sie herunter und trat ein. Dann streckte er beide Arme aus und rief auf Russisch: »Genossin Professorin! Der Dolmetscher ist da, bitte!«

Worauf die Frau, die eine Professorin sein sollte, einen ebenso freudigen Ausruf und eine kurze Dankesfloskel von sich hören ließ, während sie ihm entgegeneilte und ihm die Hand reichte. Darauf trat sie einen Schritt zur Seite, um den neuen Dolmetscher, den bisher der breite Rücken des Mannes verdeckt hatte, in Augenschein zu nehmen. Und wie sie seiner ansichtig wurde, ließ sie ihr Gesicht von neuem strahlen und streifte mit dem Blick ihrer lebhaften, eisgrauen Augen das seinige sanft und wohlwollend, was sehr gut für einen Gruß hätte ausreichen können. Doch der Ministeriumsmensch ließ sich nicht nehmen, die beiden einander vorzustellen: Sprach bedächtig, zuerst an ihn gewandt: »Genosse Minganbajir, ein erfahrener Dolmetscher.« Dabei deutete er mit der linken Hand, deren Fläche nach oben gerichtet und die Finger leicht gekrümmt waren, auf ihn. Dann wandte er sich an ihn, die gleiche Gebärde mit der rechten Hand wiederholend und auf sie deutend: »Genossin Professorin Anni Erdős, Leiterin der Truppe aus der Volksrepublik Ungarn.«

Nach dieser feierlich-umständlichen Einführung also blieb den beiden nichts übrig, als einander die Hände zu reichen. Und da merkte sie, was sie vorher nicht gemerkt hatte: Er war ungehörig aufgeregt. Das sah und spürte sie und war davon recht peinlich berührt und bekam darüber eine kleine, stille Wut. Doch brachte sie es gerade noch fertig, sich ein weiteres Lächeln abzuzwingen und zu sagen: »Sehr angenehm!«

Nach wiederholter, überschwänglicher Versicherung, bei jedem weiteren Wunsch hilfreich zu sein, ging der eifrige Diener des Staates, der übrigens auch für unsere Geschichte seine Aufgabe erfüllt hat.

Die Tür hinter sich ins Schloss geschmissen, blieb sie stehen und schaute, herausfordernd in ihrer ganzen Erscheinung, auf ihn, der starr auf das Fenster zu blicken schien. ›Ein Unverschämter!‹ dachte sie bewusst, um vielleicht ihre Wut zu steigern oder einfach, um etwas, über dem der Nebel der Unklarheit zu liegen schien, gleich zu klären. Doch, wie seltsam: Mit jedem Zeitbruchteil, der verrann, begann ihre bewusst aufgebaute erhabene Erscheinung zu wanken, auch ihr Blick wurde milder! Und mit einem Mal glaubte sie zu wissen, das sie ihm, diesem Menschen, der immerhin gekommen war, um sich ihrem Dienst zu stellen, unrecht tat: Vielleicht war er gar nicht aufgeregt, vielleicht war das nur seine Art; vielleicht hatte man ihn gegen seinen Willen dazu gezwungen, für wildfremde Zirkusleute zu dolmetschen, ja, bestimmt wird man ihn bei einer wer weiß wie wichtigen Arbeit gestört oder aus seinem gewohnten, wer weiß wie angenehmen Leben herausgerissen und hierhergebracht haben … Wahrscheinlich … Oder vielleicht …

Sie bekam mit einem Mal schlimmes Herzklopfen. Denn er hat, immer noch in der starren Haltung, sehr leise und verdächtig innig gesprochen: »Anni …« Vielleicht war es gar nicht gewollt, vielleicht hatte er das lediglich gedacht oder er hat den so einfachen, in allen Sprachen geläufigen Namen nur auf der Zunge wälzen wollen und dabei war er ihm aus dem Mund geschlüpft …

Aber sie hat darauf schon reagiert; auch sie hat leise gesprochen, doch es ist heftig gewesen, wie geschrien, und es hat gelautet: »Wie bitte?«

»Wohnt Ihr immer noch in Eurem Szentendre?«

»Ja!«

»Immer noch in der Görög utca?«

»Ja doch!«

Die Tür flog auf, und lärmend kam die Truppe herein. Die Truppe, das waren fünf Mann, genauer, zwei Frauen und drei Männer, wobei die zweite Frau sie, die Chefin selber, war. Von dem feierlichen Gefühl, etwas abzuschließen, waren wohl alle benommen, und so war man ungenau: Keiner merkte der Chefin die Aufregung an. Noch ferner war ihnen der unbekannte

Mann, der ihnen dann und wann auch vorgestellt wurde, aber keine weitere Aufmerksamkeit erregte.

Es war schon an der Zeit, sich spielbereit zu machen. So ging alles drunter und drüber. Was ihn, den Fremden, veranlasste, in dem Raum, recht eng für so viele, beschäftigte Menschen, Platz zu machen. Also stahl er sich schnell und leise aus dem Zimmer, blieb jedoch zunächst im Korridor. Später entdeckte er einen Seitengang und fand dort hinter einem Vorhang die Tiere. Allen voran zog der hügelige Braunbär mit dem fassrunden Rumpf und dem weißen Streifen um den Hals seine Aufmerksamkeit auf sich. Er schritt stumm und blicklos in seinem Käfig mit armdicken Eisenstangen hinüber und herüber. Das war die unaufhörliche und unermüdliche Wiederholung einer möglichen Bewegung in dem grausam eng begrenzten Raum. Je länger der Mensch das Tier beobachtete, schien es beiden die Sinne immer mehr zu reizen und zu locken in Richtung Sinnlosigkeit – weder er noch es zeigten sich bereit, mit dem, was lange genug gedauert, etwa aufzuhören. Doch das betraf wohl nur das Äußere, die Hülle. Wobei wir zugeben müssen, dass wir nicht wissen, was in dem mächtig-ohnmächtigen Tier vor sich ging, wenn es von dem scheinbar sinnlosen Einerlei auch weiterhin nicht abließ.

Der Mensch jedoch drang, während er auf das bedauerliche Wesen in dem unnachgiebigen Käfig unverwandt starrte, in immer neue Schichten des Unsichtbaren hinter dem Sichtbaren ein. Denn er erkannte den Sinn des fortwährenden tierischen Gangs: Damit ging der Eingesperrte gegen den Verfall seines Körpers an, dem Bewegung genauso erforderlich war wie Luft, Fleisch und Wasser. Dann erkannte er in dem Käfig mit dem Bären seine eigene Welt und seine eigene Person. Und schließlich vermochte er den Jungbären zu ersichten, ihn von der Kruste der Vergangenheit zu entblättern und teilzuhaben an dem Dasein, das jenem beschieden war, eh ihn das Gefangenenschicksal ereilte; der Anfang zu dem jetzigen Jammerwesen gelegt war. So war es auch mit ihm selber …

Moskau im Spätfrühling des Jahres 1977. Regen und Sonne folgten so rasch aufeinander, wie er, Minganbajir, es in den fünfundzwanzig Jahren seines Lebens noch nie erlebt hatte. Der Schlamm, der den Straßen Moskaus im Frühjahr eigen war, kam innerhalb von wenigen Tagen weg, der Gewitterregen, der oft einem Fegefeuer glich, lockerte und spülte ihn Batzen um Batzen ab, und die Sonne, die darauf kam, loderte so heftig, dass alles im Nu trocknete. Infolgedessen glänzte der Bürgersteig schon Mitte April wie im Hochsommer, und das Regenwasser, das in den Straßenrinnen lief, war klar wie vom Quell. Ein üppiger, mächtiger Frühling brach aus.

Und in jenem Frühling begegnete er seiner großen Liebe. Sie begann unwahrscheinlich: gefährlich und poetisch. Der Student des fünften Studienjahres des Moskauer Fremdspracheninstituts Minganbajir hatte am siebten April mitten in der Stadt einen Unfall. Es passierte beim Überqueren der Bäckergasse von der Seite des Gärtnerrings. Schuld daran war er selbst, denn er sei, wie später der darin verwickelte Fahrer schilderte, auf das fahrende Auto mit hinzielendem Blick, aber wie ein Blinder, zugerannt. Die Bremse des Autos war in Ordnung, dennoch erwischte es ihn mitten im Rutschen mit blockierten Rädern über den glatten Asphalt und schleuderte ihn etliche Meter weit weg. Und er fiel rücklings mit ausgebreiteten Armen, wohl wie Sterbende in Filmen, sprang jedoch wieder auf, rannte von der Straßenmitte weg auf den Bürgersteig und blieb dort stehen, als wollte er sich besinnen, darüber, was mit ihm geschehen. Er spürte keinerlei Schmerzen, umso mehr Scham aber. So wollte er von der Stelle schnell wegkommen und ging auch schon weg. Aber da kamen ihm Leute nach, versperrten ihm den Weg und umgaben ihn. Was sie sprachen, vermochte er nicht alles zu verstehen, begriff zum Schluss jedoch, dass er nicht so einfach weggehen durfte. Dann musste er zur vollen

Besinnung gekommen sein, denn er sah das Buch, das er mit sich geführt hatte, in der Hand eines Mädchens, und dieses versuchte noch, ihm mit einem zerknüllten Taschentuch den Dreck von der Kleidung zu putzen. Da erst merkte er, dass ihm die Jacke am linken Ellenbogen zerrissen war und obendrein, dass er blutete.

Die Erste Hilfe kam, und er sollte einsteigen. Das Mädchen brachte ihm sein Buch, es waren Gedichte von E. Ady in ungarischer Sprache. Aber er nahm es nicht, sagte zuerst: »Ach, behalt es« und fügte dem nach einem Pulsschlag hinzu: »Als ein Zeichen des Danks.« Das Mädchen stand da wie nicht wissend, was tun, wie verwirrt und verzweifelt, in lähmender Aufregung. Da sprach er noch, und dies schon von innen aus: »Bud' schasliva, radnaja – sei glücklich, Liebste!« Die Tür wurde zugeklappt.

Er blieb vier Tage im Krankenhaus. Als er dann in das Wohnheim zurückkehrte, widerfuhr ihm das reinste Wunder: Ein Päckchen wartete auf ihn, und das war von dem Mädchen. Das Päckchen enthielt Schokolade, Kekse und Nüsse – von der Verpackung her wohl alles aus dem Westen –, ein himmelblaues Seidentuch und zwei Briefe, einer zugeklebt und der andere geöffnet, einer, den er am Unfalltag von zu Hause erhalten und gerade noch hatte lesen können. Der zugeklebte Brief war von ihr und war in Ungarisch geschrieben:

Moskau, am 9. April 1977

Rodnoi!
Ich hoffe, Du nimmst mir die Anrede nicht übel, denn Du hast sie ja zuerst gebraucht. Du sprichst Ungarisch, nicht wahr? So schreibe ich diesen Brief auf Ungarisch, was Adys und meine Muttersprache ist. Sollte ich mich jedoch geirrt haben und Du hast nichts verstanden, so schicke mir den Brief an meine Adresse zurück, und ich werde ihn, übersetzt, von neuem an Dich schicken. (Dieses war in Russisch geschrieben und mit Leuchtstift bestrichen.)

Und zur Anrede nochmals: Ich habe sie benutzt, nicht nur, weil Du es zu mir gesagt hast, sondern auch, weil dieses russische Wort mehr besagt als dessen Übersetzung, zumindest im Ungarischen. Nun aber endlich zur Sache. Dass das Buch, das von einem ungarischen Dichter stammt, sogar in Ungarisch gedruckt, aber Dir, einem weit weg Beheimateten, gehört, nun durch ein unliebsames Ereignis, ausgerechnet mir, einer Ungarin, zugefallen sein soll, begleitet von so intimen Worten, gibt mir keine Ruhe mehr. Wer E. Ady ist, brauche ich Dir nicht zu sagen. Aber Du musst wissen, dass er der Lieblingsdichter meiner Eltern ist und mir so die Liebe zu ihm schon von früh an eingeimpft worden ist.

An dem Tage und zu der Stunde, als sich das Unglück ereignete und wir verschreckt und verwirrt dastanden, habe ich gar nicht gewusst, was das für ein Buch war, das ich in der Hand hielt und das Du mir dann zusprachst. Erst viel später, als ich in der Straßenbahn saß, habe ich es mir angeschaut und dabei fast aufgeschrieen. Vor Freude? Vor Schreck? Wohl vor beidem. Aber auch vor Scham. Ja, ich habe mich so schlimm geschämt, weil ich nicht mit eingestiegen bin in das Krankenauto, obwohl ich, spätestens nach den ungewöhnlich lieben Worten aus Deinem Mund, daran gedacht habe. Doch mir hat der Mut gefehlt.

Und noch später, nun in meinem Studentenzimmer, habe ich mich damit näher beschäftigt. Der Brief, obwohl die gleiche Schrift, scheint aus dem Ausland gekommen zu sein, denn die Briefmarken sind anders, viel schöner als die hiesigen. MONGOL konnte ich darauf entziffern – ist das die Mongolei? Bist Du von dort? Wenn ja, dann bist ja auch Du Ausländer! Die Anschrift ist so liebevoll und leserlich geschrieben, ist der Brief von Deiner Mutter?

Sind die Eintragungen im Buch von Dir? Wenn ja, dann hast Du eine Handschrift, die zur Genialität neigt! Verzeih diese geradlinige Behauptung – ich meinte die schwungvolle und doch immer gekonnte Ausführung der Buchstaben. Und außerdem verrät mir die Wortwahl einen, der die Sprache bereits sehr gut beherrscht. Noch wichtiger: Diese Randbemerkungen enthüllen vor meinen geistigen Augen den brillanten Geist und die seidene Seele eines Menschen, mit dem ich mich sehr verbunden fühle, obwohl ich weder von meinem Geist noch von meiner Seele auch nur annähernd Ähnliches behaupten darf. Ach, wie froh bin ich darüber, dass Du bei dem unseligen Ereignis so glimpflich davongekommen bist, und hoffe, dass Du Dich von der Erschütterung recht bald wieder erholt haben wirst.

Und nun auf Dein großmütiges Geschenk hin hier ein kleines Gegengeschenk – die Süßigkeiten von zu Hause und das Tuch, da mir in der Nacht die Verszeilen in den Sinn kamen:

> *... dein feuerrotes Kopftuch*
> *das wievielte Jahr schon*
> *unerloschen mich umflattert ...*

Da ich kein rotes Tuch zur Hand habe, schenke ich Dir ein himmelblaues, und es möge Dich umflattern als das Dankeszeichen eines ungarischen Mädchens, dem unsere Begegnung wie eine Fügung Gottes vorkommt, RODNOI (Lieber).

Nun wünsche ich Dir baldige Genesung und viel Glück im weiteren Leben,

Anni Erdős

Indes hatte die Vorstellung begonnen und es ging in der Manege heiß her. Alles verlief programmmäßig, reibungslos und gekonnt. Was auch verständlich war nach vier Wochen Spiel, Abend für Abend. Man wusste schon im Voraus, wo etwa geklatscht werden und wie heftig dieser Beifall ausfallen würde. Doch hatte das heutige Spiel seine Besonderheit, ja, seine Schwierigkeit, da das Publikum einen offiziellen, ehern disziplinierten Kern hatte, was sich schon dadurch zeigte, dass der

Beifall immer gleich stark blieb. Und das verlangte auch von den Schauspielern eine hohe Einsatzbereitschaft, wohlüberlegte Disziplin.

Anni Erdős glaubte zu fiebern. Das Spiel kam ihr so unwirklich und das Leben so verwickelt vor. Was bei ihr ein alarmierend neuer Gedanke war. Denn sie hatte bisher ein gutes Leben gehabt, entsprungen einer bestgeeigneten Herkunft und verlaufen wie am Schnürchen: Stammte aus einer Arbeiterfamilie, die mehr Revolutionäres als Reaktionäres aufzuweisen vermochte, studierte ein einfaches, aber erwünschtes Fach, war früh und glücklich verheiratet und zeigte sich auch erfolgreich im Beruf. Dann war sie auch rechtzeitig in der Partei. Sie war ein Mensch, der dem Leben, das ihr beschieden war, der Gesellschaft, in der sie lebte, und der Macht, die über sie herrschte, dankbar gegenüberstand. Außerdem war sie ein Mensch, der dem Zufall nichts überließ, der dem Gefühl misstraute und der ständig bewusst handelte. Zumindest glaubte sie, bisher so gedacht, gehandelt und gelebt zu haben, weil sie über all diese Vorzüge verfügte.

Warum aber dann, zum Teufel, dieses – sie wusste keinen Namen für den unbekannten Zustand, in dem sie seit einer endlos langen halben Stunde lebte.

Der Zirkusdirektor trat zu ihr und sprach sie wie immer mit Genossin Professorin an. Dem folgte ein langer Satz, von dem sie lediglich *Politbüro* und *diplomatisches Korps* zu verstehen vermochte. Der Dolmetscher musste her. Wo aber blieb er? Bei dem Gedanken bekam sie wieder das schlimme Herzklopfen. »Moment«, sagte sie zum Direktor, ließ ihn stehen und eilte selber davon. Eine ganze Weile suchte sie nach dem Dolmetscher und fand ihn schließlich auch. Er stand vor dem Bärenkäfig, immer noch in Mantel und Mütze. Und er fuhr zusammen, als er sie sah, die einen Herzschlag lang neben ihm gestanden, und da er sie nicht zu gewahren schien, ihn behutsam am Ärmel gefasst hatte.

»Würdest du uns bitte helfen?« sprach sie, wandte sich schon ab und ging vor. Zu dem Entschluss, ihn zu duzen, war sie in dem Augenblick gekommen, als er zusammenfuhr wie ein verschrecktes Kind. Der Zirkusdirektor hat sagen wollen, dass das Politbüro und das diplomatische Korps in vollem Aufgebot anwesend waren und es daher in der Pause zu Gesprächen kommen könnte.

Nach der Aufklärung der Frage stand er wieder überflüssig herum und wusste nicht, wie weiter. Aber da half der Zufall. Mit dem schmächtigen, aber sehr bekannten Clown L. hatte sich einer einen dummbösen Scherz erlaubt: hatte ihm ein Kostüm versteckt. Es herrschte deswegen große Aufregung hinter den Kulissen. Da rückte der Held dieser wilden Szene dem Mann, der allen im Weg stand, an den Leib und forderte von ihm in seiner Clownart: »Gib, Freund, Mantel und Mütze geschwind her!« Und darauf flüsterte er ihm zu: »Dafür kriegst du einen Platz, von dem aus du mehr als ein Zirkusspiel sehen wirst!« Minganbajir ging auf das Angebot ein. Und der Clown hielt Wort. Man brachte den lästigen, nun aber hilfreichen Fremden auf einen Platz, der zwischen Zuschauerraum und Kulisse hoch in der Luft hing, unsichtbar von allen Seiten.

Von dort aus hatte man einen ausgezeichneten Überblick. Man sah den Clown mit dem Notkostüm hantieren. Der Mantel war ihm viel zu groß und darum gerade richtig. Unter diesem trug er einen anderen, aus Gummi, in den unbemerkt Luft hineingepumpt oder auch herausgelassen werden konnte. Die Stirn-, Nacken- und Ohrenklappen der Murmeltiermütze heruntergelassen, sah der schmächtige Kerl mit dem schmalen Schädel echt lustig aus.

Minganbajir behielt auch die anderen im Blick. Solange sie, wartend, hinter dem Vorhang standen, wirkte ein jeder Körper bedrückt und eine jede Miene erloschen, aber dann, sobald sie vortraten, erstreckte und erhellte sich alles, als wenn in jedem Menschen ein Feuer angefacht würde. Der glitzernde Vorhang kam dem Laien wie die Grenze vor, die diese heitere, schwebende Welt der Kunst vor der ernsten, zähen Welt des Lebens abschirmte. Knallend aus dem trägen Sog des grauen Alltags herausbrechen und leuchtend in die Welt der Kunst hineinspringen … dachte er und stockte. Sosehr er seinen Geist auch anstrengte, gelang es ihm nicht, den Gedanken weiterzuführen und zu einem Ende zu bringen.

Anni Erdős stellte sich mit ihrer Truppe an den Vorhang. Die Gesichter wirkten ernst. Der Beifallssturm dauerte noch an, als die kecke, kugelige Bulgarin, die mit sieben weißen Hündchen ein herzliches Spielchen geliefert hatte, nun hinter ihren puppenhaften Vierbeinern dahertrippelte und den Vorhang passierte. Die Gesichter erhellten sich und die Körper reckten sich, aber man wartete noch einen, zwei, drei Pulsschläge, bis der Beifall abebbte, und dann schoss das Quartett mit weiten, federnd leichten Sprüngen auf die Bühne hinaus.

Anni Erdős blieb dort, wo sie gestanden. Jetzt merkte Minganbajir, auch sie war deutlich älter geworden. Dennoch sah sie immer noch sehr gut aus. Ist sie damals in ihrer Gestalt spitz und eckig gewesen, so wirkte sie nun füllig und gerundet und gerade darum ausgereift und vollendet in ihrer Weiblichkeit. Und bei dieser ihrer tadellos damenhaften Erscheinung kam er sich wie verloren vor. ›Nach dem langen, erniedrigenden Tag hätte ich mir wenigstens Hände und Gesicht waschen und statt des durchschwitzten und zerknitterten Oberhemdes ein anderes, frisches anziehen müssen‹, dachte er voller Unbehagen über sein Gefühl ob seines Aussehens. Unglücklicherweise hatte er ein weißes Hemd an, was ihn zu der beschämenden Überlegung brachte, der Kragen würde ganz bestimmt schmutzig sein! Und ihm fiel ein, es wäre besser gewesen, wenn er den Mantel anbehalten hätte. Nun war er zornig auf den Clown. ›Vielleicht werde ich in der Pause tatsächlich gebraucht?‹, dachte er weiter und erschrak. Es war erniedrigend für ihn.

Das Quartett trieb ein gekonntes Spiel mit einem ein- und einem zweirädrigen Fahrrad. Der schlanke, dunkelhaarige Junge, den er später als Laci näher kennenlernen sollte, war der Fähigste von allen, aber auch die anderen beiden Männer erwiesen sich als vorzüglich in ihrer Kunst. Die Frau, als Ilona in seinem Gedächtnis eingespeichert, wirkte dagegen nur als Beigabe: tänzelte und zappelte um die anderen, die dabei waren, Kunst zustande zu bringen, herum und führte jedes Mal, wenn ein weiterer Dreh gemeistert war, schöne Knickse und große Gebärden aus. Seltsam, der Zwischenbeifall, der fiel, schien nicht denen, die schwer und gekonnt gearbeitet hatten, sondern dieser, die am Rande des Feldes, wo harte Arbeit zum heiteren Spiel umgewandelt wurde, lediglich mit ausgebreiteten Armen und gespreizten Fingern herumschwindelte und so der Kunst eigentlich im Wege stand, zu gelten. Minganbajir, der von der Zirkuskunst nichts verstand und nun auf dem Richterstuhl saß, ohne es zu wissen, glaubte diesem Getue schließlich doch noch einen Sinn abzulesen: Die Frau führte damit ein Spiel im Spiel – gab zuerst dem Publikum zu verstehen: Merkt euch, ich habe die Männer für euch zu einem Spiel aufgefordert! Und daraufhin diesen: Und ihr seht, ich habe dem Publikum den Beifall für euch abgefordert!

Nun, weg von dieser Spielerei – wie ist es damals bloß weitergegangen?

Sofort war der Antwortbrief geschrieben. Und der, um einiges ausführlicher und inniger als der ihrige, wurde nicht der öffentlichen Post anvertraut – der Schreiber, Minganbajir, brachte ihn selber hin. Es war ein weiter Weg, eine gute Stunde Fahrt: zuerst mit der Metro, dann mit der Straßenbahn und schließlich auch noch mit dem Bus. Doch ihm machte es nichts aus, die weite, mühsame Strecke zu fahren. In der Überzeugung, so würde sein Brief eher zu ihr gelangen als mit der Post, hätte er auch bis ans Ende der Welt fahren wollen.

Nach der langen Fahrt fand er die Waldgasse schnell, darauf auch das Wohnheim, und stand keuchend vor der bejahrten Pförtnerin. Er hätte den Brief dort abgeben und selber gleich zurückkehren können. Aber er hatte Angst. Der Brief könnte verloren gehen. Oder er könnte bis morgen oder wer weiß wie lange noch dort liegen, bis Anni Erdős selbst endlich vorbeikommt und ihn entdeckt. Oder niemals entdeckt! So fragte er zögernd die Pförtnerin, die Mutter Natalija Andrejewna, die später seine gute Freundin wurde, ob er den Brief selber auf ihr Zimmer bringen dürfte. Sie gestattete es ihm, sagte nur, dass die Ungarin vom Institut wahrscheinlich noch nicht zurück, dafür aber ihre Zimmergenossin, die Katja, bestimmt schon da sei. Das war ihm recht – er wollte den Brief auf ihr Bett hinlegen, so wie ihr Päckchen auf seinem Bett gelegen hatte, und dann verschwinden.

Er klopfte zaghaft an die Zimmertür und horchte. Eine Frauenstimme rief: »Ja, bitte!« Er dachte, das würde die Katja sein. Aber als er die Tür öffnete und das Zimmer betrat, sah er sie: das zierliche Mädchen mit dem auffallend hellen, runden Gesicht und dem üppigen, nussbraunen Haar, das eine Ungarin sein und Anni Erdős heißen sollte. Sie fuhr zusammen, machte einen kleinen Schritt nach vorne, blieb ruckartig stehen, doch das dauerte nur einen Lidschlag lang, dann eilte sie ihm entgegen und griff mit beiden Händen seine Hände. Sie hatte einen silbrig glitzernden Morgenrock an, von dem nicht nur ihr junges, hübsches Gesicht, sondern die ganze schmale Studentenstube hell zu leuchten schien. Sie hatte runde, eisgraue Augen mit langen, gebogenen Wimpern und dichten, dunkelglänzenden Brauen darüber. Diese Augen nun, die schönsten, die er aus solcher Nähe und so bewusst sich angeschaut, füllten sich zusehends mit Tränen.

Er umarmte sie, anfangs schüchtern, dann aber immer fester, je tiefer seine Sinne ihren Ausströmungen verfielen. Zuallererst waren es die Haare, die seine Gesichtshaut so zart streichelten und in seiner Nase so wohl dufteten. Noch viele Jahre später hat er daran gedacht und gerätselt, woher der Duft gekommen sein könnte. Vielleicht kam es von dem feinen Shampoo, das man damals im Osten noch nicht kannte. Oder es war doch der Duft ihres Körpers, ja, ihres Wesens. Dann war es die Zartheit ihrer Haut und ihres Fleisches, die er durch die eigene Haut hindurch verspürte. Und schließlich war es die Hitze ihrer Jugend, die noch sehr viel Kindhaftes aufwies.

Irgendwann entwand sie sich seiner Umarmung, blieb mit gesenktem Blick vor ihm stehen und sagte kaum hörbar: »Verzeih!«

Er fragte: »Wofür denn?«

Sie: »Für das Päckchen … den Brief … die Tränen … und überhaupt …«

Er: »Für das Päckchen, den Brief, die Tränen danke ich dir. Und auch dem Himmel danke ich dafür, dass es dich gibt und er mich mit dir zusammengeführt hat!«

Da griffen ihre Hände von neuem nach den seinigen. Auch ihre Blicke trafen sich und ließen lange nicht voneinander ab.

Später kam Katja hinzu. Was ein ebenso junges, bildhübsches und sehr bedeutsames Geschöpf war. So stand sie der soeben begonnenen Zweisamkeit um keinen Hauch störend im Wege, im Gegenteil, sie ermunterte und beschützte sie durch ihre sanfte, wohlwollende Gegenwart, ihr liebes, lichtes Wesen. Das begann für ihn, Minganbajir, damit, dass sie, sobald sie sich sahen, ihm lachend zurief: »Aha, Sie sind der, der meine arme Anni um ihre Ruhe gebracht hat? Sie müssen wissen, das Mädchen hat aufgehört zu essen und zu studieren. Wie gut, dass Sie wieder gesund und sogar gekommen sind!«

Ach, Katja! Sie war die russische Herzlichkeit in Person. Später wurden sie so vertraute Freunde miteinander. Einmal hat sie zu ihm gesagt, hin und wieder vergäße sie, wessen Freund er wäre, ihr oder Annis. Da hat sie natürlich gescherzt. Doch damit hatte es was auf sich. Denn auch er hat an Katja mitgedacht, wenn er an Anni dachte, und sich an Katja mit erfreut, wenn er sich an Anni erfreute. Mit der Zeit haben so manche Bekannte zu ihnen gesagt, wenn sie mit ihnen zusammenkamen: »Na, ihr drei ...« Dennoch, Himmel: Anni war Anni, und Katja war Katja – Anni seine Geliebte und Katja ihre und seine liebste Freundin, ihre wie seine engste Vertraute, die Zeugin ihrer Liebe.

Das alles war später. Aber damals am ersten Tag und in der ersten Stunde ihrer Bekanntschaft musste Anni eingreifen: »Katja,« sagte sie zurechtweisend. »Was siezt du ihn? Er ist genauso Student wie wir beide auch.« Das war einer der glücklichsten Tage in seinem Leben. Später gab es weitere solche Tage. Doch der erste Tag sollte im Gedächtnis seinen besonderen Platz behalten. Ziemlich spät in der Nacht ging Minganbajir. Die Mädchen begleiteten ihn trotz seines Einspruchs bis zur Metrostation. Das taten sie auch später öfters.

Der Clown kam in seinem Notkostüm. Der Mantel war ihm zu groß, doch nicht so, dass man darüber unbedingt schmunzeln musste. Auch die zottige Mütze, zumal noch mit hochgesteckten Klappen, wirkte nicht besonders auffallend, geschweige denn lustig oder gar lachhaft. Der Künstler ging tänzelnd auf den Absätzen zur Mitte der Manege, und dort begann er ein Spiel mit einem faustgroßen Ball und einem klafterlangen Brett, das in der Mitte ein rundes, tellergroßes Loch hatte. Das ganze Spiel schien daraus zu bestehen, dass man das Brett hinstellte, ein wenig zurücktrat und den Ball warf, um damit das Loch zu treffen.

Einen Schritt zurückgetreten, warf er den Ball und traf das Ziel. Die Zuschauer schienen zu warten, was noch geschehen würde, hielten still inne. Worauf der Spaßmacher beleidigt tat und zu verstehen gab, dass man doch Beifall spenden sollte, da er ins Loch getroffen. Damit war dem Publikum die Spielregel bekanntgegeben. Und so lachte man und ließ auch schon den ersten schwachen Beifall plätschern.

Nun griff er zuversichtlich nach dem Ball, trat zwei Schritte zurück, zielte, warf und traf. Der Beifall rauschte, schon stärker. Er gebärdete sich erfreut, holte den Ball hastig zurück, ging noch einen weiteren Schritt zurück, zielte angestrengt, warf und traf wieder. Der Beifall, der dem galt, war noch stärker. So ging es in einer immer schnelleren Abfolge weiter: Ball, ein weiterer Schritt hinzu, Wurf, Beifall, immer stürmischer. Dabei schwoll seine Brust von Mal zu Mal sichtlich an, so dass der schmächtige Kerl zum Schluss einem Fass glich, und der Mantel, der anfangs zu groß gewirkt, drohte jetzt zu platzen. So auch die Veränderung, die mit seinem schmalen, hageren Gesicht geschah: Es verzog sich in die Breite, bis es am Ende gar viereckig wirkte. Und seine ganze Gebärde, die Körpersprache, zeigte, dass von der anfänglichen Spiellust jetzt nichts mehr übriggeblieben war und dafür sein Stolz keine Grenzen mehr kannte. Doch der Beifall, der jetzt kam, war die Folge eines inneren Drucks, brach aus einem jeden Zuschauer von selber heraus und glich einem Sturm. Da aber gab der Fassrunde und Knallstolze zu verstehen, dass man aufhören sollte mit dem Geklatsche. Der Beifall erlosch augenblicklich.

Nun stellte er mit den umständlichen, ungelenken Gebärden eines an Überheblichkeit Erkrankten das Brett zuerst auf den Manegenrand und begab sich dann in die entgegengesetzte Richtung, bis zum gegenüberliegenden Manegenrand und schaute zurück. Man sah ihm an, es war ihm noch nicht weit genug, so stellte er sich darauf und fing an zu zielen. Jetzt meldete sich auch die Musikkapelle, sie brauste und rauschte. Aber der Held warf noch nicht, er erinnerte das Publikum an den bevorstehenden Beifall, einmal, zweimal, dreimal mit erhobenem Zeigefinger und drohendem Blick.

Dann endlich warf er den Ball und – verfehlte das Ziel. Anstatt des donnernden Beifalls wollte krächzendes Gelächter aus dem Raum brechen. Aber ein überlauter Knall erstickte es in den Kehlen. Der Kerl flog hin und fiel auf den Bauch. Einige Pulsschläge lang lag er regungslos da. Dann rührte er sich, krabbelte und wälzte er sich auf das Gesäß und schließlich kämpfte er sich auf die Beine hoch. Jetzt war ihm der Mantel wieder viel zu groß und auch die Klappen der Mütze hingen lang und schlaff herunter, so dass von dem verwandelten, erbärmlichen Spaßvogel nur noch eine Hälfte des erloschenen Gesichts sichtbar war. Das erstickte Gelächter kam wieder auf und dazu auch der Beifallssturm, der laut und lang andauerte.

Hinter den Kulissen, in den Aufenthalts- und Umkleideräumen herrschte reger, lauter Betrieb. Alles, was nicht wieder gebraucht wurde, konnte schon verstaut werden. Das betraf auch die ungarische Truppe. Die kollektive Hauptnummer war vorüber, und die Solonummer Istváns als Jongleur mit acht Dolchen kam erst zum Schluss. Da zum Einpacken Platz gebraucht wurde, ging Anni Erdős in den Korridor und schlenderte dort umher.

»Ich möchte so unkompliziert leben wie eine Legehenne«, hatte ihr vor vielen Jahren ihre Freundin Ilu Száky gesagt. Was konnte damals in der noch blutjungen Frau vor sich gegangen sein, als sie das sagte? Denn wenig später hat sie sich das Leben genommen. Sie kannten sich viele Jahre lang. Ilu war eine geniale, aber über allen Maßen empfindliche Seele. Schon als Kind ist sie sehr empfindlich gewesen. Als eines Tages im Kindergarten allen Kindern die Schädel gemessen wurden und es von dem ihrigen hieß, er wäre ein dinarischer, was war sie da unglücklich! Anni aber, die einen glatt slawischen Schädel zugesprochen bekam, hat nur mit den Achseln gezuckt und es sehr bald vergessen. Ilus Vater ist Frontunteroffizier gewesen, und das war für sie ein Grund, in der neuen Zeit weiterhin unglücklich zu sein. Dazu kam eine verwickelte Liebesgeschichte, von der sie, Anni, nur so viel verstand, dass sie von dem heißgeliebten Mann nur verehrt wurde, anstatt auch geliebt zu werden. Ilu war ihr unbegreiflich.

Anni wurde von ihren Freundinnen und Bekannten beneidet. »Du bist geworden, was du hast werden wollen, und bei dir ist auch sonst alles so in Ordnung«, sagte man zu ihr. Da freute sie sich im Stillen und dachte nicht weiter darüber nach. Oder sie dachte nur selten darüber nach, und dies auch nicht bis zum Ende.

Was hat sie werden wollen? Zuerst Schriftstellerin, dann Luftakrobatin. Das eine ist sie nicht geworden, weil sie einen Mann hatte, der ziemlich ihre erste Liebe war und auch schrieb, so dass von ihm als Freischaffendem kein festes Einkommen zu erwarten war und wenigstens sie eines haben musste. Und das andere ist sie nicht geworden, weil Kinder kamen. Dafür aber hat sie ständig Gehälter bezogen, und dies von einem Gebiet, dem der Kultur. Da hat sie verschiedene Ämter bekleidet, dabei mit den Jahren, wenn auch bescheiden, immer aufwärtsstrebend. Und so ist sie vor zwei Jahren zu ihrem fünfundzwanzigjährigen Jubiläum im Ministerium für Kultur zur Professorin ernannt worden.

Und in dem Vierteljahrhundert hat sie keine nennenswerten Zwistigkeiten erleben müssen, weder im Beruf noch in der Ehe. So, wie sie kein einziges Mal auf den Gedanken gekommen war, ihr Arbeitsgebiet zu wechseln, so war sie als Ehefrau ihrem Mann treu geblieben, und das Gleiche hoffte sie auch von ihm. Später kam auch Kummer in ihr Leben, aber das hatte seinen Grund weder bei ihr noch bei ihm. Ihre Tochter neben zwei Buben starb mit neunzehn Jahren. Sie wurde das Opfer eines Verkehrsunfalls.

Watschelnd kam der Clown aus der Manege. Als sie ihn sah, bekam sie wieder Herzklopfen. Aber sie sagte, um ihre Aufregung zu überwinden: »Neues Kostüm?« Er verstand sie. Und sagte: »Da!« Und zielte dabei nach oben mit dem Zeigefinger. Dort, wohin der Finger zielte, war ein Streifen Dunkelheit. Sie lachte leise und zwinkerte ihm zu, was ihn wohl dazu ermunterte, bei ihr stehen zu bleiben und durch den schielenden Blick und die schlotternde Haltung ihr Gelächter anzustacheln.

Minganbajir hörte das Gespräch, sah das alles. Und dachte reuevoll an den Mantel, der, angezogen, den bestimmt nicht mehr tadellos ausschauenden Kragen seines Oberhemdes verdecken würde. Dazu musste er sein Versteck verlassen, hinabklettern und zu ihnen gehen. Denn alle Lichter brannten und die Pause begann.

Als er kam, gab ihm der Clown den Mantel und die Mütze mit recht umständlichen, deutlich bewitzelnden Dankesfloskeln zurück. »Von dir?«, fragte sie ihn ungläubig. »Ja«, sagte er kurz und fügte dann hinzu, während er sich eilig den Mantel umhängte: »Die Clownerie machen wir doch alle, alle brav mit!« Was ihr wohl schwer zusetzte, denn das Herzklopfen, das sich noch nicht gelegt hatte, nahm nun heftig zu.

Es kam zu keinem offiziellen Gespräch in der Pause. Dafür geschah Folgendes: Den Clown losgeworden, gingen sie weiter in den langen Korridor, aber da dort viel Betrieb herrschte, bogen sie in den Seitengang ab, kamen in den Käfigraum. Minganbajir spürte jetzt, was er vorher nicht gespürt hatte: Es war kühl dort. Und auch fiel ihm da auf: Anni wirkte bleich im Gesicht. Aus diesen beiden Gründen nahm er den Mantel von den eigenen Schultern herunter und hängte ihn ihr behutsam um. Was ihr aber zu viel war. Die Wut, die vergessen war, erwachte wieder in ihr. So sagte sie: »Bin ich etwa auch ein Clown?«

»Nein«, kam es schnell von ihm. »Gewiss nicht. Sie sind die Frau Professorin, für deren Gesundheit und Wohlergehen ich, Ihr Dolmetscher und Betreuer, vor Gott und Zentralkomitee die Verantwortung trage!« Während sein Mund solche Worte sprach, hatten seine Hände ihr den Mantel schon abgenommen. Davon war sie schwer betroffen. Und sie ging.

Die Truppe war beim Einpacken. Pisti Kőszegi, der den Spitznamen *der Deutsche* hatte, weil er ein großer Freund von Ordnung und Planerei war, empfing seine Chefin mit unüberhörbarem Tadel in der Stimme: »Die ersten Koffer und Kisten können schon wegkommen. Aber wir wissen nicht, wohin damit!«

»Der Dolmetscher wird uns sagen, wie es weitergeht«, sagte Ilona scheinbar gelassen.

»Dol-met-scher!«, äffte Pisti Kőszegi sie nach. »Wo ist denn dieser Dolmetscher? Zuerst steht er da, wo er gar nicht gebraucht wird, einem im Weg, und jetzt, wo er ein bisschen gebraucht wird, ist er einfach bachgüi!« (Bachgüi – mongolisch: nicht da.) Kőszegi war immer ungehalten. Die Chefin hatte bisher versucht, seine Ausbrüche zu mildern, indem sie ihm mit harmlosen Scherzen entgegenkam. Heute aber war sie dazu nicht aufgelegt. So schrie sie: »Halt! Solche Redensarten verbitte ich mir!« Alle sahen von ihrer Arbeit auf. Selbst Kőszegi war überrascht. Denn es war bisher nie vorgekommen, dass sie ihre Stimme auch nur ein bisschen erhoben hätte.

Laci, der Jüngste in der ganzen Truppe, brach die eingetretene Stille: »Leute, Leute! Was ist in euch hineingefahren am letzten Abend, in der letzten Stunde? Ist doch alles gut. Wir werden alle nach Hause kommen und, wie immer, von einem unvergesslichen Gastspiel und einem vollen Erfolg reden, was auch die Wahrheit sein wird!«

Anni sprach darauf: »Ich danke dir, Laci. Ach, Kinder, vergessen wir es. Aber wir können den Dolmetscher wirklich nicht beschuldigen. Ich hätte ihm sagen sollen, was es für ihn zu tun gibt.«

Damit nahm ein jeder die Arbeit wieder auf. Anni ging in den Korridor. Die Pause war zu Ende. Minganbajir stand immer noch vor dem Bärenkäfig, nun wieder im Mantel. Die Hände hatte er tief in den Taschen vergraben. Seine Augen glänzten, als er sie auf sich zukommen sah. Dann nahm er die

Hände aus den Taschen, kam ihr auf dem letzten Schritt entgegen und küsste sie auf den Mund. Sie hatte gesehen, wie sich sein Gesicht dem ihren näherte, gespürt, wie seine Lippen auf den ihren brannten, aber sie hat ihm nicht ausweichen, weder nein sagen noch schreien, noch etwas anderes tun können, um den Kuss zu verhindern. Dann, bereits zu spät, schüttelte sie, zittrig und stumm, den Kopf, aber er achtete nicht mehr darauf, taumelte mit geschlossenen Augen und flüsterte, wie ein Gebet: »Anni … Anikó …«

Ein paar Pulsschläge später funktionierte er wieder. Denn er hatte seine Funktion als Dolmetscher aufgenommen. Alles nahm seinen guten sozialistischen Verlauf, wie es so hieß. Man sah, er war ein Mensch, der die ihm auferlegte Pflicht gewissenhaft und gekonnt zu erfüllen wusste. Pisti Kőszegi entschuldigte sich bei der Chefin wegen seines vorschnellen Urteils über einen noch unbekannten Mitmenschen. Aber das war erst später, im Sternehotel, bei Bier und Wein. Vorher gab es viel Arbeit, viel Kleinarbeit, die weitere Geduld kostete. Doch sie wurden schließlich damit fertig. Und das dank der Hilfe eines erfahrenen, gewissenhaften Dolmetschers.

Minganbajir verbrachte die Nacht schlaflos. Die Gedanken, die bei ihm schon am Vorabend eingesetzt hatten, nahmen ihren Lauf.

Ja, es ist die glücklichste Zeit in seinem Leben gewesen. Sie dauerte knapp drei Monate. Später hat er alles genau ausgerechnet. Das sind von dem Augenblick ihrer erschütternden Begegnung im Studentenwohnheim in der Waldgasse bis zu ihrer Trennung auf dem Belorussischen Bahnhof 88 Tage und Nächte und 2109 Stunden – wie viele Minuten, Sekunden, wie viele Herz- und Pulsschläge! – gewesen. Freilich mussten die Zahlen bedeutend niedriger ausfallen, wollte man dem Teil der Zeit nachgehen, den sie an einem Ort, Hand in Hand, Brust an Brust, verbracht haben. Noch weniger, vernichtend wenig, der

Zeitanteil, den sie ganz zusammen, Arm in Arm, Haut an Haut haben verbringen dürfen: 7 Nächte, an die 50 Stunden zusammen. Doch manchmal pflegte er sich in die Gegenrichtung zu begeben und großzügig auszurechnen: Auch dann, nachdem sie getrennt waren, lebten sie in Gedanken zusammen. Wie lange solches bei ihr gedauert hat, wagte er nicht in Rechnung zu stellen. Solange sie im Zug fuhr, wird sie noch an mich gedacht, also mit mir geistig und seelisch verbunden gewesen sein, tröstete er sich. Aber viel weiter wagte er nicht zu gehen, denn da herrschte das Reich der Ungewissheit, und er wurde von allen möglichen zweifelhaften Fragen gepeinigt. Was ihn selbst betraf, durfte er mit großen Summen umspringen, und dabei hatte er ein reines Gewissen. Denn es war die ungetrübte Wahrheit, dass sie ihn lange, lange noch besetzt hielt.

Aber vor der Trennung, die zum Schluss kam, lagen die endlos langen und die unnennbar schönen Tage und Nächte eines Spätfrühjahrs und eines Frühsommers. Obwohl hier mit dem Staatsexamen und dort mit den Zwischenprüfungen belastet, machten sie es zu einer festen, ja heiligen Gewohnheit, über die weite Entfernung hin fast täglich zusammenzukommen. Und wie viele sanft-laue, samt-blaue gemeinsame Abende waren ihnen beschieden!

Es war eine menschliche Liebe, gewiss. Aber es war mehr als eine Liebe zwischen zwei Menschen. War eine Fügung einer hohen, der höchsten Macht, für welche er eine, sie eine andere Benennung hatte. Er wie sie, sie wie er wussten es, und daher verhielten sich beide vor dem, was ihnen beschieden war, mutig-demütig. Das kam dadurch zum Ausdruck, dass weder er noch sie vor dem Band, das sie miteinander verband, die geringste Hemmung verspürte. Alles erschien selbstverständlich. Es kam ihnen vor, als hätten sie auf dieser Welt von Anfang an zusammengelebt, und ebenso, dass sie auch in der Zukunft zusammenbleiben würden. Doch meinten sie, dass sie bald zu entscheiden hätten, darüber, wo der Herd ihres künftigen gemeinsamen Lebens stehen würde. Er wusste von konkreten Fällen, dass sein Staat keinen Bürger einem anderen Staat freigab. Auch sie glaubte, von Seiten ihres Staates Ähnliches gehört zu haben. Da gab es schon Tränen und Stöhnen, doch wirkten diese auf das Liebesfeuer wie Ölspritzer, und so flammte und loderte und lohte es jetzt, hatte es vorher nur geschwelt und geglimmt und bestenfalls gezüngelt. Sie dachten und sagten einander, es käme letzten Endes auf die Echtheit ihrer Gefühle an, und würden sie ihre Liebe erhalten und wie den höchsten Reichtum, wie das wahrste Heiligtum pflegen können, so würden sie alle möglichen Schwierigkeiten besiegen und als Mann und Frau ihr Leben unter einem Dach, in einem Bund, gemeinsam verbringen dürfen.

Das war schön, war aber recht haltlos. Der einzige Faden, den sie gesichtet zu haben und nach dem sie greifen zu können meinten, war, dass jeder bei dem Außenministerium des eigenen Landes um Auskunft suchte und um Rat bäte. Dass sie einander immer schreiben würden, darüber sprachen sie nicht erst, das war einfach selbstverständlich. Und dass sie, bis die Erlaubnis erbettelt, und wenn es sein musste, auch erzwungen war, immer wieder zusammenkommen würden, in Moskau, in Budapest, in Ulaanbaatar, in Szentendre und auch in der mongolischen Wald- und Bergsteppe des Landkreises Bindir im Bezirk Henti, wo er geboren war und wo seine Eltern mit ihren Herden und restlichen Kindern immer noch lebten, hielten sie für eine handfeste Möglichkeit. Am siebenundzwanzigsten Juni wurde sie mit ihrer letzten Prüfung fertig, kam gleich zu ihm ins Internat und kümmerte sich um ihn, der sich auf das letzte Staatsexamen vorbereitete, wie eine Ehefrau oder noch besser: wie eine Mutter. Sie war von seinem Bekanntenkreis als Braut längst gebilligt, und einmal sagte ihm sein engster Freund: »Deine kleine Magyarin ist schwer in Ordnung, Minganbajir. Hoffentlich weißt du es schon, wenn aber nicht, dann wärest du ein Esel, doch immerhin ein Glücksesel, Mann!«

Gewiss, das wusste er. Sie war sein lichtes Glück, sie war sein gutes Geschick. Sie war sein Ein und Alles.

Am ersten Juli erhielt er sein Hochschuldiplom. Sie begossen es im Restaurant Baikal. Sie waren zu neunt. Badmaa hatte die Führung über die Runde übernommen und von Anfang an auf dieser bestimmten Anzahl der Feiernden bestanden. Nun sagte sie: »Die Neun ist die heilige Zahl bei den Nomaden. Und so werdet ihr auch glücklich miteinander!« Darauf packte sie ihr Geschenk aus, eine Storchenfamilie aus Ebenholz. Die Figur stammte aus Indien, war aber nach europäischer Art gemacht. Unter den halbausgebreiteten Flügeln der zwei großen Störche fanden zwei Storchenjunge Schutz. Badmaa händigte das Geschenk beiden aus und küsste darauf beide. Damit nahm die Diplomfeier die Eigenart einer Hochzeit an. Sie blieben dort bis nach Mitternacht, und als sie mit dem Taxi zum Wohnheim fuhren, weinte Anni leise. Das kam vom Glück.

Am vierten Juli brachte eine Horde mongolisch-sowjetischer Studenten die ferne Braut zum Belorussischen Bahnhof, von wo der Zug nach Budapest abfuhr. Noch während sich der Zug in Bewegung setzte, hoben die Gefährten den Bräutigam hoch, damit sich die beiden küssen konnten. Es war ein bewegender Abschied. Minganbajir lief neben dem fahrenden Zug eine Weile, anfangs Annis Hand in der seinen, dann ihr nachwinkend. Und als der Zug dem Blick entschwunden war, kehrte er zu den anderen zurück, die hinter ihm zuerst dem Zug ebenso nachgelaufen, bald aber stehen geblieben waren. Da nahm er als Erstes Badmaas Weinen wahr. Das waren kleine, versteckte Tränchen, die kaum aufgefallen wären, aber er sah sie.

Zum Naadam (Naadam – Staatsfest in der Mongolei, jährlich gefeiert am 11. und 12. Juli) kehrte er in die Heimat zurück, nach sechs Jahren, die, wie ihm später bewusst wurde, seine Jugend ausgemacht hatten. Es war schön, als gereifter, gebildeter Mensch dem Leben ins Antlitz zu schauen und dazu noch auf dem Boden der eigenen mongolischen Heimat zu stehen. Nur, von Anni kam weder ein Fernschreiben noch ein Brief. Er wartete viele Tage mit wachsender Ungeduld, wartete einen ganzen Monat, mit beginnender Verzweiflung. Da kam sein Brief zurück, den er noch im Zug geschrieben und gleich bei Ankunft in der Heimat abgeschickt hatte. Und der Briefumschlag trug eine Bemerkung, die unmöglich von der Post sein konnte: *Kein Empfänger. Bitte, an diese Adresse nicht wieder schreiben!* Es war eine energische männliche Schrift.

Minganbajir war schwer betroffen. War Anni nicht angekommen? Oder wohnte sie nicht dort? Oder wollte sie den Brief gar nicht empfangen? Aber warum? Hat sie ihn belogen? Hat sie so schnell aufgehört, ihn zu lieben? Wenn das so ist, dann muss sie schon einen Freund gehabt haben, den sie in der Ferne zwar ein wenig vergessen, nun aber beim Wiedersehen von neuem lieb gewonnen hat, womöglich heftiger denn je! Solche und ähnliche Überlegungen und Mutmaßungen, eine sinnloser und unerträglicher als die andere, zuckten durch seinen Schädel, geisterten durch seine Brust und seinen Bauch, blieben ihm für Augenblicke, Stunden und Tage am Herzen hängen, an der Leber kleben und drückten auf die Nieren. Wohl zermarterten sie sein Hirn, benebelten seine Sinne, rieben sein Inneres auf und erfüllten jeglichen Raum dazwischen mit schwerem Lehm, hartem Gestein und dem kaltem Eis der hilflosen Trauer einer verlassenen und verratenen Seele.

Der Sommer und damit auch der Anfang seines Berufslebens waren für ihn verdorben. Die Arbeit, die er im Außenministerium verrichtete, als Anfänger, war zwar reichlich und mitunter schwer, vermochte ihn aber nicht zu begeistern. Im Herbst schrieb er nach Moskau, er schrieb insgesamt drei Briefe mit je einer Woche Abstand dazwischen. Auch darauf gab es keine Antwort. Wenigstens kam keiner seiner Briefe zurück, sie blieben einfach spurlos. Er kam sich wie einer vor, der in ein Meer Steine warf, in eine Wüste Schreie schickte.

Indes ging das Leben weiter, zwei Jahre vergingen. Er lernte ein Mädchen kennen. Es war keine große Liebe, war eine Zuneigung, auch genährt vom Mitleid. Denn das Mädchen, das wie er vom Land war und an der Fachschule für Handel gelernt hatte und nun am Staatlichen Kaufhaus als Buchhalterin arbeitete, hatte ein Kind, einen Jungen, noch kein Jahr alt. Die beiden hatten keine feste Bleibe, zogen von Bekannten zu Bekannten. So manche Nächte verbrachte die junge Mutter in der Kinderkrippe, wo sie tags ihr Kind abgab. Sie tat es illegal. Da sie aber nachts die Räume säuberte und auch noch kleine Geschenke für den Nachtwächter mitbrachte, drückte man wohl ein Auge zu.

Zufällig Bekanntschaft geschlossen, bat er sie einmal zu sich. Dabei war auch seine Wohnung recht dürftig – ein Zwölf-Quadratmeter-Zimmer in einem Junggesellenwohnheim. Später besuchte sie ihn mit ihrem Kind, was sich dann auch wiederholte. Und einmal verspäteten sie sich und blieben über Nacht da. So begannen sie zusammenzuleben. Eines Tages hörte er aus ihrem Mund, sie sei schwanger geworden. Noch vor der Geburt des Kindes gingen sie zum Standesamt, ließen sich als Mann und Frau eintragen. So war eine endgültige Sache geschehen.

Sie lebten in Frieden, hatten ihre stillen Freuden aneinander, auch an den Kindern. Aber das Eheleben war für ihn nicht das, was es mit Anni geworden wäre. Wie es mit ihr, seiner Frau, stand, wusste er nicht, ihre Gedankenwelt war ein Geheimnis für ihn. Sie sprachen nie über Sachen wie Kunst, Liebe, Wünsche und dabei blieb es auch.

Wobei das Bild mit Anni seit dem ersten Tag, als er die Wohnung bekam, auf seinem Schreibtisch stand. Er saß manchmal stundenlang vor dem Bild, nahm es hin und wieder in die Hand und las die Widmung auf der Rückseite: *Ich liebe dich auch, Migga. Deine Anikó. Moskau, 17. Mai 1977.* Und diese melancholischen Stunden endeten damit, dass er das Bild an die Lippen presste, schwer stöhnte und eine kleine Träne weinte. Er stellte es nicht weg, als er später die Buchhalterin in sein kleines Elends- wie Glücksreich brachte. Und auch dann nicht, als sie mit ihm zusammenlebte. Freilich fragte sie ihn nach der jungen, fremden Person auf dem Bild und bekam darauf eine erschöpfende Antwort: »Sie heißt Anni, ist eine Ungarin. Wir liebten uns sehr, wollten heiraten. Aber dann hat sie mir nicht mehr geschrieben. Warum, weiß ich bis heute nicht.«

Ihr gemeinsames Kind, ein Mädchen, wurde im Mai 1980 geboren. Kurz darauf empfing die nun zweifache Mutter ihren Ehemann, als er eines Tages von der Arbeit zurückkam, recht sonderlich. Sie stand in der Mitte des engen Zimmers, als wäre um sie herum zu viel leerer Raum und blickte ihm ängstlich-bittend entgegen.

Dann sagte sie: »Ich habe heute etwas verbrochen. Du darfst mich dafür beschimpfen oder prügeln oder gar davonjagen.«

Er sah sofort: Das Bild war nicht mehr da.

Und er schrie: »Wo ist es?«

Worauf sie kaum hörbar herausbrachte: »Ich hab's vernichtet.«

Er setzte sich an den Schreibtisch mit dem Rücken zu ihr und vergrub das Gesicht in den Händen. Er sah nicht, dass sie ihm Tee brachte. Er hörte nicht, dass seine Tochter schrie. Er reagierte nicht auf das Wimmern des Jungen, der auf seinen Schoß kommen wollte. So saß er bis zum Abend. So saß er die halbe Nacht. Dann stand er auf, zog sich halb aus und legte sich neben seine Frau, die wachgelegen hatte. Er lag wach. Sie weinte sich still aus. Als er am nächsten Morgen aufstand, strich sie ihm übers Haar und sagte leise: »Verzeih.« Es war etwas geschehen, was sich nie wieder gutmachen ließ. Seit jenem Tag sprachen weder er noch sie ein Wort von dem Bild, doch wussten beide, dass es in der Ehe einen Bruch zurückgelassen hatte. Aber nach außen strahlten sie den Schein aus, wie alle Leute, von denen es hieß: glücklich verheiratet.

Auch Anni Erdős vermochte die wohl verdiente Nachtruhe nach dem letzten, anstrengenden Tag nicht zu genießen. Sie empfand die erlösende Freude nicht, von der alle ringsum erfüllt waren, als sie im Hotel ankamen. Und als sie dann endlich allein war in ihrem Zimmer und Zeit hatte, darüber nachzudenken, was geschehen war an diesem letzten Abend, wurde sie nach und nach von einer Unruhe erfüllt, wie sie solche noch nie gekannt hatte.

Wie hieß er denn nun? Ihre Ohren hatten von dem Namen nur noch den letzten Teil -bajir aufnehmen können. Dies, weil sie, als sie das allererste Mal in dieses Land kam – und das war genau vor zehn Jahren – einen Dolmetscher hatte, der Batbajir hieß und mit dem sie dann auch eine Zeitlang im Kartenwechsel geblieben war. Aber was war bei dem Heutigen vorn? Batbajir lautete es nicht, Batbajir war er nicht, er sah schon anders aus. Was für einen hatte sie denn dann, als sie vor fünf Jahren das zweite Mal hier war? Ihr fiel der Name nicht gleich ein, doch sie wusste nun einmal, wie jener aussah. Vielleicht war der Heutige einer von den Menschen, mit denen sie damals zusammengekommen und Bekanntschaft geschlossen hatte? Aber sie hatte keinem außer ihren Dolmetschern die Adresse gegeben, zu einer so tiefreichenden Bekanntschaft war es hierzulande noch nie gekommen, das wusste sie genau. Und dieses »Anni«! Hätte sie es gewagt, sich einem Fremden je mit dem Vornamen vorzustellen? Ausgeschlossen!

Als sie dann längst im Bett lag, beinah beruhigt war und sich schon in den Nebel des Schlafs eintauchen fühlte, da kam ihr ein Gedanke in den Kopf, von dem sie erschrak wie von einem Schlag. Jäh fuhr sie hoch und knipste die Nachttischlampe an. Dann ging sie dem Gedanken nach.

Ihre Tochter hatte damals von einem Freund geschrieben, der ein Burjate sein sollte. Zum ersten Mal hatte sie Anfang Mai von ihm geschrieben, dann tauchte er in weiteren Briefen immer wieder auf. Und geraume Zeit später, nachdem das Unfassbare geschehen war und ihre Sachen geordnet wurden, kam auch ein Lichtbild zum Vorschein. Ein richtiges Atelierbild, auf dem beide aneinandergeschmiegt dasitzen. Freudiges Lächeln spielt über die Gesichter, und die Blicke strahlen Freude aus. Auf der Rückseite des Bildes steht geschrieben: *Ich liebe dich, Anikó. Dein Migga. 17. Mai 1977, Moskau.* Sie stellte das Bild in Annis Zimmer, auf ihren Schreibtisch. Später nahm sie es unzählige Male in die Hand und betrachtete es, immer mit Tränen in den Augen und Schmerzen im Herzen. Dabei verspürte sie innigen, wärmenden Dank dem jungen, fremden Mann gegenüber, der die Widmung geschrieben haben musste.

Die Geschichte wurde in der Familie von Anfang an unterschiedlich aufgenommen. Der Vater war strikt dagegen. Er sagte, er wäre sonst immer für Liebe und für Völkerverständigung, aber gegen die einer solchen Art, denn wie das liebesumnebelte Kükchen mit seinen neunzehn Lenzchen auf den fremden, jungen Mann und seine noch fremdere, fragwürdige Welt schaute, wäre blauäugig und bar jeder Weitsicht. Und er hatte für diese schroffe Aussage, wie er meinte, seinen berechtigten Grund, da er vor nicht allzu langer Zeit in Ulan-Ude, der burjatischen Hauptstadt, ganze drei Monate habe verbringen und dabei erfahren müssen, wie die menschliche Unkultur, basierend auf Alkoholismus, Pfuscherei und Habgier, aus der nächsten Nähe aussähe. Und es konnte sein, dass er durchaus auch andere Gründe hatte, die in seiner Werdung, in seinem Wesen verankert lagen.

Sie, die Mutter, freute sich für ihre Tochter. Denn sie glaubte, deren Glück nachzuempfinden, und es schien, wenn sie sich selbst gegenüber ehrlich war, ein anderes: reineres und höheres Glück zu sein, als sie es von ihrem eigenen Leben und ihrer eigenen Ehe kannte.

Für die beiden Jungen, ihre Söhne, die in den Flegeljahren steckten, schien solches eine angenehme Abwechselung in die alltäglichen, abgedroschenen Gespräche am Esstisch zu bringen

– sie fingen, als hätten sie damals die Erzählung ihres Vaters verschlafen, mit einem Mal an, sich für das ferne, andere Ende Eurasiens zu interessieren, und redeten von nun an dauernd von diesem märchenhaften Land Burjatien und dessen beiden Glanzstücken Sibirien und Baikalsee.

Die Großmutter, ihre Mutter, meinte, als sie das Wort Burjate endlich aussprechen und sich davon überzeugen konnte, das war kein Russe und auch kein Chinese: Das wären trotzdem Leute von anderem Schlag. Und wie ein Beweis zu dem Gesagten fielen ihr von da an immer wieder Bilder aus der Vergangenheit ein, an welchen sie dann später, am Tisch, auch die anderen teilhaben ließ. Es waren kleinwüchsige, dunkelgesichtige, schlitzäugige Geschöpfe in den Reihen der Roten Armee, die zum Ende des Zweiten Weltkrieges das Land und den Kontinent überschwemmte. Pflegten die russischen Rotarmisten bei solchen Erinnerungen gewöhnlich immer sehr schlecht wegzukommen, waren jene Nichtrussen noch schlimmer dran. Man nannte sie bald Kirgisen, bald Mongolen und brachte sie so etwa zwischen Russen und Schweinen unter, sie waren in Haar und Haut die von Goebbels gemalten und verschrienen Untermenschen. In den Erzählungen von Annis Mutter jedoch kamen jene armen, unkultivierten und unansehnlichen Wesen um einen Hauch besser als die bösen Russen weg – als kinderlieb und weiberscheu. Also teilte sie die Meinung ihres Schwiegersohnes, den sie sonst vergötterte, im Falle des unbekannten Liebhabers ihrer Enkelin nicht ganz.

Dann geschah das Unglück. Am sechsten Juli kam sie in Buda(pest) mit dem Zug an, sie holten sie mit dem Auto ab, die Wiedersehensfreude war riesig. Sie, Mutter Anni, freute sich am meisten darüber, dass ihre Tochter immer noch ein schlankes Mädchen geblieben war, das man sehr gut für eine Oberschülerin hätte halten können, entgegen der Erwartung bezüglich ihrer großen Liebe. Doch, wie auch anders, sie hatte gleich bei ihrer überfesten Umarmung unter Tränen der Mutter, taumelig von der ausgestandenen Sehnsucht, zugeflüstert: »Schönen Gruß von Migga, ich habe von ihm eine große Überraschung für euch alle!«

Die Überraschung sollte für die Mutter ein ewiges Geheimnis bleiben. Denn unterwegs, noch am Stadtrand von Buda/Pest, ereignete sich der Unfall. Das war an einer Kreuzung. Ihr Mann war richtig gefahren, aber da kam von rechts ein Auto zu schnell, wie von Hirnlosigkeit gejagt und ins Verderben getrieben – wer so hirn- und gewissenlos rasen, um anderen solches Unglück anzutun, und am Ende selber noch überleben durfte, konnte nur der Todesbote gewesen sein. Sie kam Tage später zu sich, und erst, als sie einigermaßen genesen war, durfte sie erfahren, dass die Tochter nicht mehr lebte. Das war das schwerste Unglück, das ihr widerfahren war, wohl je hätte widerfahren können. Sie erholte sich nur sehr langsam davon. Auch jetzt, ein reichliches Jahrzehnt später, empfand sie nicht nur seelische, sondern auch unerträgliche körperliche Schmerzen. So musste sie Beruhigungstropfen einnehmen, die allmählich auch zu wirken schienen.

Konnte dieser nicht jener sein? Aber er war doch Burjate und musste in Russland leben! Oder gab es Burjaten auch in der Mongolei? So wie Ungarn in Rumänien und auch woanders lebten!

Sie versuchte, diesen mit jenem auf dem Bild zu vergleichen. Jener war ein Junge, der unmöglich älter sein konnte als ihre Tochter. Dieser aber war ein Mann, der – sie vermochte sein Alter nicht abzuschätzen. Vierzig war er wohl bestimmt, vielleicht aber auch noch älter, vielleicht bald so alt, wie sie, nun die Mutter, das war: kurz vor fünfzig. Die Gesichtsform schien ähnlich. Doch da stellte sich, als verneinender Sachverhalt, ihre Erfahrung, dass bei einer fremden Rasse alle Menschen zunächst ziemlich gleich aussehen. So mussten hervorstehende Merkmale herausgefunden werden. Jener hatte gewelltes Haar. Diesem aber war es glatt. Allein da meldete sich gleich ein Gegengedanke: Welcher junge Mann, unterwegs zum Fotografen mit seiner Geliebten, wünscht sich nicht, schön auszusehen, und so hätte ja jener vorher beim Friseur gewesen sein können, der ihm nach Wunsch Wellen und Locken ins Haar brachte!

Je länger und genauer sie überlegte, desto unsicherer wurde sie. Am Ende war sie völlig durcheinander. Sie vermochte sich an die genauen Züge weder von diesem noch von jenem mehr zu erinnern. Dabei wünschte sie in einem geheimen Winkel ihres Innerstraumes bald, er wäre es, dann aber wieder, er wäre es nicht. War er jener, dann war sie den unverwischten, noch warmen Spuren und dem Hauptzeugen der ersten und, soviel sie wusste, einzigen Liebe und dem letzten großen, helllodernden Glück ihrer armen, herzseelenlieben Tochter nach so vielen Jahren begegnet, was doch so bedeutsam und unverhofft erfreulich wäre. Allein das wäre dann eine von Zwielicht getroffene und verzerrte und von vornherein in Frage gestellte Freude. Somit keine Freude mehr, nein, eine Schande – ja, ja! – durch den ungehinderten, unglückseligen Kuss war alles geschändet, besudelt und unmöglich, ja unannehmbar gemacht worden!

War er aber nicht jener, da würde es zwar eine Enttäuschung geben, aber es wäre am Ende vielleicht doch besser. Obwohl der schwere, ruhelose Abend mit dem schrecklichen Kuss und in der schrecklichen Unsicherheit ihr Gewissen auch lange belasten würde. Denn sie ist auf ihr gelebtes Leben, auf ihre Ehe im Stillen immer stolz gewesen. Sie hat sich als ein Lieblingskind des Schicksals, eine treue Gattin und eine moralisch tadellose Genossin in ihrer Haut wohl gefühlt. Nun dieser Mensch! Doch war sie nicht bereit, ihn zu verachten und zu hassen, geschweige denn anzuzeigen. Und wenn sie für ihn überhaupt ein Gefühl übrighatte, war das wohl die Neugier, die in ihr nun mit einem Mal auf seine Person hin erwacht war: Wer war er? So wünschte sie sich nichts sehnlicher herbei als die Stunde, da er wiederauftauchte und leibhaftig vor ihr stünde. Sie wollte sich endlich, endlich Klarheit verschaffen. Und sie schlief erst gegen Morgen ein.

Minganbajir stand früh auf und duschte lange. Dann ging er daran, sich zu kosmetisieren – ein Ausdruck, den er sonst neckend für seine Frau verwendete, die sich Morgen für Morgen lange und hingebungsvoll zu schminken und zu pudern pflegte. Heute nun stand er breit und behäbig vor dem beleuchteten, ovalen Spiegel im Bad und arbeitete sorgfältig mit den Flaschen und Dosen, die dort auf einem gebeizten Brett eherne Reihen bildeten. Das tat er nur manchmal, oder richtiger, hatte es tun müssen auf Geheiß der Frau, sehr bedacht auf ihr Aussehen und hin und wieder auch auf seines. Dann zog er sich an, wohlüberlegt in der Auswahl der Kleidungsstücke. Die Frau beobachtete ihn, im Bett liegend, aufmerksam, mit sichtbarer Zustimmung. Und ließ schließlich die Bemerkung hören: »Heute siehst du ja endlich wie der Mann aus, den ich gern neben mir sehe.«

Er hielt inne und sagte dann kalt: »Das ist nur das Aussehen.«

Sie gab, halb beleidigt, halb spöttisch, darauf: »Wenn sich eine finden lässt, bitt schön. Nur, ich für meinen Teil glaube daran nicht. Denn dafür bist du doch ein wenig zu alt und zu zerknüllt und ausgelaugt!«

Er fuhr zusammen. Und nach etlichen Pulsschlägen: »So denkst du von mir?« Da sie nichts darauf sagte, murmelte er nach einem kurzen, gespannten Schweigen noch: »Aber wer weiß ...«

Was sich eher wie ein Seufzer anhörte als wie eine Selbstaufmunterung. Das musste er selber so gespürt haben, denn mit einem Mal richtete sich sein Körper auf und auch sein Gesicht zeigte deutlichen Trotz. Und mit der Körperhaltung und dem Gesichtsausdruck wandte er sich an die Liegende, Schweigende und ihn kalt Beobachtende: »Kannst du dich noch an das Bild erinnern, das auf meinem Schreibtisch stand und das du eines Tages vernichtet hast?«

Sie konnte sich daran noch sehr gut erinnern. Das sagte sie nicht mit Worten. Ihr Mund tat sich nicht auf. Die Lippen zogen sich noch fester zusammen. Dies und die Haltung ihres ganzen Körpers sagten es.

»Das ungarische Mädchen neben mir, die Anni, die ich liebte und die mich auch liebte, die du dann beseitigt zu haben glaubtest, weil du das Bild, den Schatten unserer Lichter, zerstört hast«, sprach er hastig und schleuderte im gleichen Atemzug aus sich noch heraus: »Aber deine Mühe ist umsonst gewesen, denn es gibt sie, wie mich auch, immer noch, und nun haben sich unsere Wege wieder gekreuzt!«

Er sah, wie die Worte sie trafen. Obwohl sie sich nicht im mindesten rührte, schrumpfte ihr Körper auf einmal. So auch ihr Gesicht – es erblasste und erlosch. Wenigstens, dachte er bei diesem Anblick des Elends, um einiges beruhigt und fast dankbar, dass sie sich nicht aufregte, wie so oft, von Streitlust angepackt! Denn sonst hätte sich jeder Weg und Steg zu einem großen, hässlich lauten und folgenschweren Streit aufgetan – ja, er verspürte die Wucht vernichtend schwerer, wahrer Worte in den Schläfen, ihren bitteren Geschmack im Hals; sie lagen und lauerten dort, wie Geschosse im Magazin eines Gewehres, wartend auf die nächste Regung bestimmter Muskeln, um auf die Zunge zu gelangen, um von dort aus zu springen und zu knattern: Jeder wird mit der Zeit gewiss älter … was aber kein Hindernis für ein liebendes Herz ist … so haben sie und ich nicht aufgegeben, aneinander zu denken, einander zu lieben … ich habe die Jahre … neben dir lebend … dir deinen entlaufenen Mann ersetzend … an sie gedacht … sie geliebt … nun hat das Schicksal sie hierherbestellt … wir haben uns gestern getroffen und geküsst … werden uns heute wieder treffen und noch enger aneinanderrücken … und wir werden nie wieder auseinandergehen …

Diese letzten Worte waren noch nicht ausgesprochen, aber sie waren durch das Hirn gezuckt, bis an die Schläfe, an den Hals gekommen. Und so würden sie, wenn nicht heute, dann bei der nächsten Gelegenheit vielleicht ausgesprochen werden, dachte er erschrocken. Da sah er sie sich aufrichten. Und merkte, dass die Blässe in ihrem Gesicht sich in Röte verwandelte. Feindseligkeit flammte in ihren schrägen, schwarzen Augen auf.

»Gehst du jetzt zu ihr?«

»Ja!«

»Und was hast du mit ihr vor?«

»Eher alles als nichts. Wenn machbar, alles Verpasste nachholen!«

Jetzt sah er die Feindseligkeit zerplatzen und erlöschen. Und erkannte das, was blieb, als Hilflosigkeit. So war auch ihre Stimme, hilflos schwach und tonlos.

»Und du meinst, es hat noch einen Sinn?«

»Ich weiß es doch nicht.«

Das waren ehrliche, friedfertige Worte, die von einer ebenso unverhohlenen Hilflosigkeit und einem gebrochenen Kampfesmut zeugten. Aber er musste gehen. Und er ging.

Es war kalt. Doch es war nicht die Kälte, nicht jene Winterskälte, die man sonst gekannt hatte um diese Jahreszeit und die er jetzt gern gespürt und an der er seine dampfende Galle gekühlt, seine schäumende Lust gezähmt hätte, ehe er vor ihr, vor seiner Anni, stand und ihr mit seiner ganzen wiedererwachten, nie verbrauchten, nimmer verdauten Liebe in die Augen schauen konnte, ein gespannter Bogen, ein lohendes, loderndes Feuer, eine einzige wallende, schreiende Frage: Nun, was machst du aus mir? So hielt er sich unterwegs, wie es ihm vorkam, eine ganze Weile, in Wirklichkeit aber einige wenige Pulsschläge auf. Dann ging er ins Hotel. Als er dann an die Tür klopfte und dann auf seine Uhr schaute, begriff er, es war noch sehr früh. Doch konnte er nicht mehr umkehren.

Anni schien zu erschrecken, als sie die Tür aufmachte und ihn vor sich sah. »Ach«, sagte sie wohl mehr zu sich als zu ihm, »ich dachte, das wäre Pisti!«

»So?« entgegnete er darauf bestürzt. »Ich wusste nicht, dass du einen anderen Besuch erwartet hast!« Er war enttäuscht, und sie sah es ihm an.

So sprach sie eilig: »Nicht doch. Ich habe keinen Besuch erwartet, und darum habe ich mich gewundert, als ich das Klopfen hörte. Und da habe ich gedacht, ich hätte verschlafen, und es wäre Kőszegi, der mich schon wieder mit seiner Pünktlichkeit tyrannisiert.«

Inzwischen war sie über die Schwelle getreten, und so standen sie nun im Gang, in dem ein Licht brannte; hinter der Tür, die nach innen geöffnet stand, war es halbdunkel, und von dorther drang, wie es ihm vorkam, getrieben von dem zittrigen Schein des schwachen Lichts in einer Ecke, der vertraute Duft, der die Nische seines Gedächtnisses, sich einmal dort eingenistet, in all den Jahren nicht wieder verlassen hatte.

Sie schien ihm über Nacht gealtert. Doch war sie ihm, so wie sie jetzt aussah: ungeordnet und im Hausrock, inzwischen ziemlich eng und auch kurz geworden, erschütternd vertraut und schmerzend lieb. Sie blickte ihn aus ihren runden grauen Augen an, die nun fast dunkel und starr wirkten. In der Unruhe, die sie erfüllte, glaubte er die Unfähigkeit zu erkennen, das Glück zu fassen, das so lange auf sich hatte warten lassen, das aber mit einem Mal da war. So trat er an sie heran und küsste sie, zunächst, um ihr die Unruhe abzunehmen, sie von der Allgegenwart des Glücks zu überzeugen, und dann, um die Leidenschaft zu stillen, die in ihm aufkam, gleich brodelnden Dämpfen und wallenden Fluten. So verlor er sich, je länger und weiter er sie küsste, immer tiefer und schwerer in Leidenschaft. Und seine Leidenschaft, die sich in den Jahren nie echt verbraucht und so angestaut hatte, schien grenzenlos.

Sie hing, wie betäubt, an ihm. Sie hatte dies befürchtet, als sie die Tür öffnete und ihn sah. Dabei dachte sie schnell, sie müsste in sich eine Mauer gegen ihn errichten. Und darum hat sie ihn nicht in ihr geräumiges Zimmer eingelassen, ist ihm entgegengetreten und hat die Tür hinter sich halb zugezogen, als deutliches Zeichen: Kein Eintritt für ihn. Nur, sie war nicht dazugekommen, er hat sie überfallen, und mit der Berührung der brennenden Lippen hat der Gedanke an die Mauer sie verlassen. Nun zog eine unbekannte, dennoch wohlbekannte Kraft sie zu ihm, jene mächtige, entmachtende Spannung war da und hielt sie an ihm fest.

Auf einmal war ihr bewusst, dass sie auf dem Bett lag. Ein Gedanke zuckte alarmierend durch ihr Hirn: Ist sie hinübergetragen worden? Ist vielleicht noch mehr geschehen? Und wo ist er? Da vernahm sie Geräusche aus dem Vorzimmer. Sie begriff, er war dabei, sich auszuziehen. Sie sprang auf, machte das große Licht an, griff hastig nach ihren Anziehsachen auf dem Sessel, ging an ihm, der sich seines Mantels und seiner Jacke bereits entledigt hatte, wortlos vorbei und trat ins Badezimmer. Er, der dabei war, die Schuhe ausziehen, hörte darauf das Zuklappen der Tür und das Abriegeln dazu. Da zog er sich den bereits ausgezogenen Schuh wieder an und band die Schnürsenkel zu.

Auf dem schmalen Schreibtisch in der rechten Zimmerecke lagen neben einem Bücherstoß einige lose, beschriebene Zettel. Der Schriftzug erinnerte an den des Mädchens vor anderthalb Jahrzehnten so wenig, und das kam ihm sonderbar vor. Aber gleich darauf glaubte er die Erklärung dazu gefunden zu haben: Auch der meine wird sich verändert haben, dachte er, und dieser Gedanke drohte, in ihm einen Nebel der Trauer auszulösen. Aber er wollte heute froh und jung sein!

Anni kam angezogen und geordnet zurück. Sie hat sich von der Betäubung erholt, von der sie befallen war, und hat die Mauer, an die sie vorher gedacht hatte, in sich errichtet, so gut solches möglich war. Und hat das Badezimmer mit dem festem Entschluss verlassen, sich endlich Klarheit zu verschaffen. So setzte sie sich auf den Stuhl vor ihm, bestrebt, den kühlen Gesichtsausdruck weiterzubehalten, und betrachtete ihn genau. Er schien über Nacht ein anderer geworden zu sein, ein Jüngerer und Vornehmerer. Das erschreckte, bestärkte sie aber auch in ihrem Vorsatz. Und so begann sie auch gleich: »Es ist zwischen uns etwas vorgefallen, was nicht hätte sein dürfen – schlimm. Aber nicht darum allein geht es. Bitte, sag mir: Woher und wieso kennst du mich?«

Minganbajir fuhr bei den letzten Worten zusammen, wie wenn sie keine Frage, sondern ein lauter Knall gewesen wäre. Er wurde totenbleich im Gesicht, und das Herz schlug ihm bis zum Hals. Denn soeben war ihm mit einem Mal alles, alles klar geworden. ›Goldene Sonne, silberner Mond!‹, dachte er. ›Hoffentlich ist das nur ein böser Traum!‹ Auch ihr war jetzt alles, alles klar. Denn die Veränderung, die mit ihm geschah, hat ihr die Frage beantwortet. Und davon zuckte auch sie zusammen. Aber nicht nur das – auf einmal entfuhr ihrer Brust ein gepresstes, brechendes Geschrei, das in einem Jammergeheul endete: »O Sünde! O Schande! Womit haben wir das verdient?« Sie weinte lange, das Gesicht in den Händen vergraben. Ihm kamen keine Tränen, aber er verspürte Schmerzen in sich, im Herzen vor allem, so, als wenn sich dort eine Nadel drehte.

Schließlich wandte sie sich, immer noch schluchzend, an ihn: »Du bist also der Migga?«

»So ist's. Und du die Mutter?«

»Leider!«

»Ach, wie schäme ich mich! Entschuldige bitte, wenn du's kannst …«

»Dieselben Worte haben mir im Hals gesessen. Nun hast du sie ausgesprochen.«

Später fragte er sie: »Ist sie wenigstens glücklich verheiratet?«

Da hatten sie sich einigermaßen beruhigt. Aber jetzt entfuhr Annis Brust ein neues, jähes Geschrei, das dumpf und fern erklang, das ihn trotzdem aus der Fassung brachte, ja, das ihn wie ein Faustschlag ins Gesicht oder noch eher wie ein Messerstich ins Herz traf und eine weitere böse, womöglich noch bösere Überraschung ahnen ließ.

Als sie ihm dann die Unfallgeschichte erzählte, saß er, vorgebeugt und in sich verkrochen, die Finger in den Sessel verkrallt, und schüttelte dabei entgeistert immer wieder den Kopf. Aber auch da kam bei ihm keine Träne. Sie dagegen weinte wieder, sie weinte erneut ausgiebig, nur still diesmal.

»Du hättest nach Szentendre schreiben sollen«, sagte sie irgendwann.

»Habe ich doch!« schrie er dumpf, und dabei fuhr sein Oberkörper hoch. »Aber mein Brief ist zurückgekommen, ungeöffnet und mit einer Bemerkung auf dem Umschlag, ich solle an diese Adresse nie wieder schreiben.«

»Entschuldige«, seufzte sie und fuhr leise fort, »das wird mein Mann gewesen sein. Du musst ihn in seiner geistigen Verfassung damals verstehen.«

Das Frühstück, mehr Pflicht als Recht, war für beide eine Qual. Alle waren fröhlich gestimmt, und fröhliche Bemerkungen flogen von Tisch zu Tisch. So eine Bemerkung kam von der Ecke der Bulgaren herübergeflogen: »Anni, du hast bisher immer geschienen, scheine doch heute wieder, liebes Sonnchen!« Zwischen den Bulgaren und den Ungarn saßen noch die Deutschen und die Polen. Also hatte man sogar von dorther beobachten können, dass sie heute anders war als sonst. Anni versuchte, zu lächeln und dem Bemerker freundlich zuzunicken, aber es gelang ihr schlecht. Allen voran haben die eigenen Leute gemerkt, dass hier etwas nicht stimmte, aber wie gut, dass die Rumänen mit ihnen den langen Tisch teilten – da wusste wohl jeder um die Unschicklichkeit einer Bemerkung, die von den nicht gerade beliebten Nachbarn leicht in eine falsche Richtung gezerrt und missbraucht werden könnte.

Nach dem Frühstück fuhr ein großer Touristenbus mit Fenstervorhängen und Sesselüberzügen vor dem Hotel vor. Und brachte die Gäste samt ihren Dolmetschern und Betreuern zum Flugplatz. Denn jetzt ging es um den pflichtmäßigen Ausflug, der sich an jede vollbrachte, gemeinsame *internationale Maßnahme* anschloss. Das Flugzeug, mit Tischen und Teppichen versehen und der Regierung zugeschrieben, sollte die Mannschaft in die Ebene der *Neun Träume* bringen, wo das Vier-Sterne-Traumhotel stand, ergänzt durch die Millionen Sterne des Himmels über der Steppe und zugeschnitten auf die Vorstellungen und Ansprüche meistzahlender Wildjäger und Länderzähler, Touristen genannt, und höchstgestufter Gäste aus dem Ausland.

Das alles erfuhr Minganbajir erst jetzt, aber Anni wusste es, wie jeder andere Delegationsleiter auch, schon lange und sie hatte ihre Leute darauf vorbereitet, so dass Pisti Kőszegi sogar einen Plan hat entwerfen können, wie die Zeit dort im Sinne von Freizeit zu gestalten wäre.

Es fing gut, das heißt, fast traumhaft und bühnenreif an: Der Bus fuhr durch das militärisch bewachte Einfahrtstor ungehindert auf das Fluggelände und fuhr weiter bis an die kleine, aus dem Bauch des Flugzeuges herausgestreckte Treppe heran, so dicht, dass man von einer Stufe lediglich zu der nächsten zu treten brauchte und so von der beräderten Behaglichkeit zur beflügelten wechseln konnte, ohne den Boden mit der Fußsohle berührt zu haben. Ein kleiner Beifallssturm erbrauste, als diese Möglichkeit sicht- und erkennbar wurde. Es war auch ein Meisterstück, schlau gedacht und tüchtig ausgeführt. Solche kleinen Effekte bemerkte man bei Leuten, die tagtäglich mit fremden Gästen umgingen, immer wieder. So ging es auch weiter: Sogleich, nachdem der Letzte ausstieg, glitt der Bus davon; sobald der Letzte einstieg, klappte die Treppe zurück; sobald dies geschehen, ging die Tür zu; sobald auch dies geschehen, wurde der Motor angelassen und der erste Propeller fing an, sich zu drehen; und sobald sich beide Propeller in der Luft aufzulösen schienen, setzte sich die Maschine in Bewegung. Sie lief eine kurze Strecke, drehte sich um, lief nach einem schmetternden Gebrüll wieder, lief, dass alles schaukelte und zitterte, aber dann jäh aufhörte. Denn jetzt flog sie schon in der Luft, eigentlich stand oder lag sie sogar – so ruhig war es drinnen, dazu auch noch sauber, ein kleines, liebes Hotel, außerdem angenehm warm – es musste vorgewärmt sein.

Die erste Bemerkung, die alle erreichte und die Zustimmung aller fand, lautete: »Das mongolische Kulturministerium hat wieder vorbildlich gearbeitet!« Das sprach der sowjetische Delegationsleiter in seiner Sprache und damit auch in der Kultsprache in diesem Land, und daher erachtete ein jeder Dolmetscher es für seine Pflicht, die Worte noch ohrwarm in seine zuständige Sprache zu übersetzen, obwohl die allermeisten sie auch so verstanden haben müssten. Denn der Sprecher war nicht irgendeiner, sondern der Genosse Puschkirin, ein zu jeder Zeit alle Sinne erobernder Mann, und dies allein schon durch sein Äußeres: riesig, vollbärtig und mit einer donnernden Stimme, darüber hinaus hieß er mit Vor- und Vatersnamen wie der russische Dichtergott: Alexander Sergejewitsch also, dann aber nicht Puschkin, sondern Puschkirin, eine nichtige, aber störrische Silbe zu viel also.

Die ungarische Truppe hatte die hintersten Plätze belegt, die immer die begehrtesten darstellten, denn sie waren vom Motorenlärm am weitesten entfernt. Übrigens, es wurde behauptet, dass im Falle eines Absturzes die Überlebenschancen umso größer wären, je weiter es nach hinten ginge. Das war auf Pisti Kőszegis Plan hin geschehen, den er schon Tage zuvor geschmiedet, nachdem er den alten Dolmetscher nach manchen Angaben hiesiger Flugzeuge und den Gepflogenheiten des hiesigen Verkehrsbetriebs ausgefragt hatte, und während des heutigen Frühstücks zum letzten Mal bekanntgegeben hatte. Danach sollte man im Bus die türnächsten Plätze einnehmen, dann als Erste ins Flugzeug einsteigen und sich gleich auf die ersten Plätze hinsetzen.

Anni und Minganbajir saßen nebeneinander. Das sollten und durften sie, einmal auch von der Ordnung der Dinge her betrachtet – es gehörte sich, dass Delegationsleiter die Dolmetscher immer neben sich hatten. Auch haben sie sich wenigstens äußerlich von dem Schlag erholt, der sie Stunden zuvor heimgesucht hatte. Nun fragte sie ihn nach diesem und jenem, worauf er ihr, pflichtgemäß, Auskünfte gab, und so verlief zwischen ihnen ein kleines, stilles Gespräch. Aber innerlich fühlten sich beide immer noch elend, wenn auch ihre verwundeten Seelen nicht mehr so laut schrien und die Schnitt- und Bruchstellen nicht mehr so heftig bluteten, aber die Wunden lagen noch klaffoffen und die Schmerzen dauerten immer noch dumpf und schwer an. Nur die Zeit, die ihren Staub über alles streute, mochte sie bedecken und betäuben. Doch heilen und vergehen werden sie wohl nie und nimmer. So saßen sie da, beraubt jeder freudigen Erwartung und jeder leidenschaftlichen Aufregung und bestrebt nun, wenigstens ihre Pflichten ergeben und gewissenhaft zu erfüllen.

Der Winterhimmel über der weitschoßigen, breithüftigen Steppenerde war unendlich klar und fast unwirklich blau. Die Landschaft aus offenen Ebenen und sanften Hügeln strahlte einen buttergelben Schimmer aus, vermischt mit dem Violett des Gesteins an den sonnigen Südhängen der Berge und dem Weiß des Schnees, gleich ausgebreiteten Lammfellen an ihren Nordhängen. Unglaublich nah und unwinterlich golden flammte nebenan die Sonne.

Eine lebhafte, familiäre Unterhaltung hatte die Leute erfasst. Es war, als hätte die hauchstille, aber urgewaltige Schönheit des Tages, die das summende und schwebende, lichte und warme Gästehaus, diesen Mikrokosmos, umgab, ihre Fühler nach jedem der Insassen ausgestreckt, seine Seele getroffen, geweckt und aus ihrem Versteck hervorgelockt. Eine große flache, runde Flasche mit Pflaumenschnaps wanderte mit einem daumenlangen und -dünnen, grellfarbenen Metallbecher von Reihe zu Reihe. Sie war von der rumänischen Mannschaft gespendet. Fast alle nahmen die Spende dankbar an und machten davon hemmungslosen Gebrauch. Dabei fiel eine Bemerkung, die für manche als etwas unfreundlich hätte anmuten können, aber sie kam aus dem bärtigen Mund von Alexander Sergejewitsch, und so musste sie nicht nur ertragen, sondern auch gleich in alle Sprachen übersetzt werden. Die Bemerkung lautete: »Da man uns diesmal mit dem Arhi (Arhi, mongolisch: Schnaps) so kurzgehalten hat, werden wir alles trinken, was nass ist und bitter!«

Minganbajir glaubte, während er sie dolmetschte, die Worte zu genießen, wie er wenig später den Trunk selbst genießen durfte. Denn sie brachten das zum Ausdruck, woran er in seiner Krankenhauszeit gedacht hat. Ja, dachte er nun: ›Nicht nur Gäste werden mit Arhi, sondern Völker werden wieder mit Wasser und Brot kurzgehalten. Das ist eines der Merkmale, die das laufende Jahrzehnt von seinen Vorgängern unterscheiden.‹

Da schenkte ihm Anni, ohne ihn erst zu fragen, den Becher randvoll ein. Und er nahm ihn ihr willig ab, schüttete den duftenden und küssenden Inhalt in einem Schluck hinunter, verzog darauf das Gesicht und blies schließlich in seine Faust. So sah er wie ein Trinker aus. Dann schenkte sie sich den Becher ebenso randvoll ein und goss die beißende und betäubende Flüssigkeit langsam und ohne Unterbrechung in sich hinein. Darauf schüttelte sie sich.

Ihre Blicke zielten gleichzeitig auf einen rundlichen, schwarzen Fleck mit einem kreisrunden, mattweißen Tupfen an einem Rand.

»Was ist das?«

»Ein Winterlager mit einer Jurte.«

Die Blicke blieben noch lange daran haften. Irgendwann sagte er: »Gift gegen Gift, wahrlich. Mir ist es um einiges besser nun.«

Sie sah ihn stumm an und empfand dabei eine erwärmende und erlösende Dankbarkeit ihm gegenüber, denn er sprach aus, was auch sie soeben gedacht hatte.

Laci und Ilona, die vor ihnen saßen, hielten sich dicht vor der Luke, ihre Köpfe berührten sich dabei. So glichen sie Kindern, die ein Wunder aufgespürt haben. Was ihre Blicke auf sich zog, woran ihre Geister dachten und wie es ihren Seelen erging, ahnte Minganbajir schon, denn sie drehten sich abwechselnd nach ihm um und richteten Fragen an ihn. Er dachte, ein Gesichtsteil, immer mit einem Auge, hinter der schmalen Spalte zwischen den Sitzen vor sich, mit Verwunderung daran, wie jung sie doch waren. Dabei wusste er nicht, dass die Frau, Ilona, fast so alt war wie er selber und Laci um ganze zehn Jahre jünger als sie. Aber jetzt sahen die beiden gleich jung aus.

Kőszegi und István, von dem er den Nachnamen nie zu hören bekam, saßen auf der anderen Seite, in der gleichen Reihe wie Anni und Minganbajir. Und sie schwiegen. War Istváns Schweigen ein andächtiges, konnte das Kőszegis ein produktives sein: Sein Kopf musste sich mit Plänen befassen – alte überprüfen und neue entwerfen. Das glaubte der Dolmetscher an den unterschiedlichen Ausdrücken beider Gesichter erkannt zu haben.

Andere waren anders beschäftigt. Sie saßen, vierzig Menschen in eherne Reihen gezwängt; oberflächlich gesehen, taten alle das Gleiche: saßen und warteten. Aber sah man genauer hin, wusste man, das einem beschiedene irdische Leben setzte sich in jedem fort, und so glich auch jetzt und hier in einem so abgeschiedenen, luftleeren Raum, wie diesem wankenden, schwebenden Flugkörper, keiner keinem.

Die Betreuerin, Stewardess genannt, erschien. Sie war schon einmal da, hat die Gäste zum Anschnallen veranlasst und ihnen dann die Start-Bonbons verteilt. Und dabei hat sie sich als nicht anders, nicht schlechter als ihre Berufsgenossinnen in der Außenwelt ausgewiesen: Hat gelächelt, hat sich Unbeholfenen und Schwerfälligen gegenüber als geduldig und hilfreich erwiesen und hat all diese notwendigen Kleinigkeiten so gut ausgeführt, dass am Ende das Bonbon, das man vom Tablett unter einem gesteiften, schneeweißen Tuch und aus ihrer weißbehandschuhten Hand nahm, einem wie eine große, seltene Gabe vorgekommen ist. Nur, wir haben es aus Mangel an Gelegenheit nicht erwähnen können.

Jetzt erschien sie also erneut, hielt in ihrer Hand wieder das Tablett mit Bonbons, nun anderen in der Form und Verpackung, ging damit durch die Reihen und bediente einen jeden der Gäste. Dabei lächelte und strahlte sie fortwährend, wie eine, der soeben ein großes, freudiges Ereignis widerfahren. Vielleicht hat sie in der Zwischenzeit einer reichlichen Stunde tatsächlich ein liebes Wort gehört, einen lieben Brief gelesen oder sogar einen Happen Liebe erlebt – wir wissen es nicht.

Der tschechoslowakische Zauberer, schon vom Aussehen her recht abenteuerlich anmutend und noch in einem gängigen Alter, war auf die Idee gekommen, dem Weibchen mit dem gewinnenden Aussehen und der fesselnden Ausstrahlung etwas Verpacktes in die freie Hand zu drücken. Allein sie wollte wohl solches nicht geschehen lassen, wehrte es ab, indem sie die Hand wegzog, dabei warf sie den Kopf zurück, und ihr hübsches Gesicht mit den noch kindhaft prallen Backen hatte vor Verlegenheit einen gequälten Ausdruck angenommen. Schließlich legte der Mann sein Geschenk aufs Tablett. Da nahm sie es gleich weg und legte es, zwar wieder lächelnd, aber unmissverständlich entschieden auf seinen Schoß und eilte fort.

Ein älterer Mann mit dem unverwechselbar amtlichen Aussehen, den Minganbajir später als einen Mitarbeiter des Kulturministeriums und als Leiter der ganzen einheimischen Mannschaft während des Ausflugs kennenlernen sollte, sprach: »Nimm's doch, Kind. Der Gast meint es gut mit dir!« Doch die Widerspenstige blieb wie taub.

Von diesem kleinen Vorkommnis waren alle irgendwie betroffen. Sie hatten ihm mit angehaltenem Atem zugeschaut. Anni, die beim Anblick der jungen, flinken Person mit plötzlich erwachtem, rasch zunehmendem Herzklopfen an ihre Tochter erinnert wurde, dachte: ›Offensichtlich gibt es doch etwas, was diese Stewardess, die vor drei Jahren sehr gut Schafe gehütet und Kühe gemolken haben könnte, von ihren Berufskolleginnen in der übrigen Welt unterscheidet.‹ Minganbajir dachte Ähnliches, aber seine Gedanken gingen in die Richtung unsichtbarer Spitzel, die zu jeder Zeit und an jedem Ort mit den Augen eines Geiers und der Nase eines Schakals auf die Sicherheit des Staats aufpassten und froh wären, irgendetwas zu finden, was sich als Verstoß abstempeln ließe. Und dahinter natürlich eine Person, führte ihn der Gedanke weiter, als Sündenbock und Opferlamm zugleich, für die eigene Stiefelsohle immer eine Trittsprosse auf der Leiter nach oben … Nun bekam auch er heftiges Herzklopfen, und dabei verspürte er etwas Galliges in der Kehle.

Das Flugzeug landete auf einer Steppenpiste. Das war etwas, worüber man später zu Hause sicherlich erzählen würde. »Einfach mitten in der grasbewachsenen, holprigen Steppe mit zischendem Kies und wirbelndem Staub, und dennoch eine sau-be-re Landung!«, könnte es heißen. Es war in der Tat eine schöne Landung, sauber und ein wenig spielerisch auch – der Kies, der Staub und in Sichtnähe eine weidende Schafherde, die seltsamerweise von dem Gebrumm und Getöse am anderen Zipfel der Steppe nichts zu merken schien: Nichts änderte sich an dem Bild, das den zu einer Inselfamilie erstarrten Frieden mitten in dem Steppenmeer darzustellen schien.

Zwei kleine Busse kamen angefahren. Zwar musste man diesmal auf die staubige und steinige Steppenerde treten und darüber auch gehen, doch es waren nur Schritte. Kőszegis Anweisung lautete diesmal: »In den ersten Bus als Letzte einsteigen, dann als Erste aussteigen und das Hotel betreten!« Nur, jetzt schien keiner mehr darauf zu hören. Ilona kam auf Minganbajir zu und rief, ihre dunklen Augen voller Flammen der Begeisterung: »Wir sind endlich in der Steppe! Was sagst du nun, Hausherr?«

»Herzlich willkommen!«, sagte er und empfand eine große Freude. Er war ihr dankbar dafür, dass sie diese sonnenüberflutete, weite und friedliche Steppe ihm zuschrieb, ihn an ihrem begeisterten und leuchtenden Gefühl teilnehmen ließ und ihn einfach duzte. Dann fand er sie jung und schön, war sogar für eine Weile in sie verliebt. Und wie er sie ansah, merkte sie es und war ihm dafür ebenso dankbar. Doch wenig später, als er den ebenso jungen und schönen, ebenso begeisterten Laci auf sich zukommen sah und in seine kleinen blauen Augen mit den sprühenden Lichtern schaute, kehrte das schwache Liebesgefühl, das in seiner Brust erwacht und unterwegs zu der unbekannten, zutraulichen Frau gewesen war, wohl zurück und erlosch. Was blieb, war nun einzig die Dankbarkeit.

Ringsum lag weißbunt, kahl und riesig die Steppe. Darüber flimmerte es gleichzeitig an vielen Stellen ganz unwinterlich, und die Luft wirkte in der Tat sehr mild, fast warm. Anni kam sich, seitdem sie diese sonnengetränkte Steppenluft atmete und durch die Fußsohlen den Steppenboden fühlte, wie von dem peinigenden inneren Druck, so auch vom Griff einer bösen, äußeren Macht befreit vor. Und darüber empfand sie dumpf so etwas wie einen Hauch von Glück in einer tiefen, versteckten Nische ihres Innenraumes. Und wenn es mit dieser Empfindung tatsächlich stimmen sollte, dann musste es ein sehr leises und scheues, versöhnendes Glück gewesen sein, unfähig, nach außen hinauszudringen, da nur nach innen gerichtet, dennoch aber fähig, die Finsternis in der Herztasche und die Kälte in der Nierenschale wegzuscheuchen.

Sie hat wahrgenommen, was sich zwischen Ilona und Minganbajir abgespielt. Sie hat mit den entsprechenden Sinnen die Geburt und den Tod eines Gefühls erfasst. Das hat in ihr zuerst ein schmerzhaftes Ziehen und dann ein befreiendes Aufatmen ausgelöst. Und als dieses unzulässige Gefühl ihr selbst bewusst wurde, hat sie innerlich eisige Kälte und äußerlich, auf der Haut des Gesichts und des Halses, sengende Hitze gespürt.

›Deine Heimat ist schön!‹, dachte sie mit dem Blick auf Minganbajir, der zwischen den beiden stand, und verspürte dabei, zwischen Kälte und Hitze, etwas, wofür sie keinen Namen hatte. Später aber, im Bus und wieder neben ihm, glaubte sie zu wissen, was das für ein Gefühl in ihr gewesen sein musste, vorhin: Eifersucht. Zu dieser verschwommenen Einsicht kam sie, als ihr Blick Ilonas straffen, weißen Hals erfasste und sie sich davon schmerzhaft betroffen fühlte. Was sie zuerst heftig beschämte. Darauf jedoch stieß sie auf den Gedanken, der das soeben erlittene Gefühl nicht nur milderte, sondern auch rechtfertigte: ›Für meine Tochter!‹ Und da meinte sie, für ihre Tochter alles tun zu dürfen.

Der Bus gehörte wohl von der Ausstattung her eher zur Mittelklasse als zur Luxusklasse. Auch schien er vom Baujahr her nicht der neueste zu sein. Doch herrschte drinnen wieder die einladende Sauberkeit, gekoppelt mit einer peinlichen Ordnung. Und das trug wohl zur fröhlich-familiären Stimmung der Mannschaft wesentlich bei, die jetzt, geteilt zwar, sich aber der ungehinderten Fortsetzung eines verdienten Lebenstages mit neuem Schwung hingab. Hinzu kam gewiss die flotte, kunstvoll verschlängelte, aber einfühlsame Fahrt durch die Steppenlandschaft auf natürlichem Boden. Bemerkungen fielen, Gespräche flossen, Gesänge schollen – alles voller Begeisterung, zielend und ziehend in eine Richtung, in die der Freude und des Dankes.

Anni Erdős, die Frau kurz vor ihrem fünfzigsten Lebensjahr, das ausgereifte Individuum mit Bildung, Titel und Funktion, verhielt sich still und schweigsam, wie abseits von dem kollektiven Getöse. Doch das war sie nur äußerlich. Innerlich war sie ein redendes und singendes Mitglied dieses lärmenden und brodelnden Kollektivs, so wie sie die gute Hälfte ihres Lebens ein überzeugtes und eifriges Mitglied in der machtführenden Partei im eigenen Land gewesen war und sich damit als eine der Abermillionen lebender und wirkender Zellen im zusammenwachsenden Körper der Völkerfamilie über einem Drittel der Erde gefühlt hatte. Sie ließ ihre Seele frei walten und ihren Geist frei schalten. Sie sann. Sann über dieses Land, wo sie sich nun befand, und über dessen Menschen nach.

›Von der Mongolei und den Mongolen gibt es bei uns ein beschämend und kränkend falsches Bild‹, dachte sie. ›Eine einzige trockene und tote Wüste das Land und lauter blutrünstige, stinkfaule und unkultivierte Geschöpfe die Menschen.‹ Woher solches käme? Ihr fiel ein Vortrag ein, den ein finnischer Philosoph vor einigen Jahren gehalten hat. Es ging da um Pauschalbilder, die falsch, aber seit alters, mehr absichtlich als zufällig, in der Welt verbreitet worden waren und dann im Laufe der künftigen Geschichte schwere Folgen gehabt hatten. Dazu wurde unter anderen Beispielen das Mongolenbild erwähnt, das in der Welt herumgeisterte und die Menschheit seit vielen Geschlechtern erschreckte und abstieß. Sie konnte sich noch gut an die Frage erinnern, die der Vortragende in den Raum stellte: »Woher kam dieses Schreckensbild?«

Ein großer, hellbrauner, merkwürdig zottiger Vogel hockte regungslos am Pistenrand.

»Bussard«, sagte Minganbajir, der das erwachte Interesse mit der unausgesprochenen Frage ihrem Blick abgelesen haben musste.

›Aufmerksam wie du bist, kannst du doch unmöglich von Rohlingen abstammen‹, dachte Anni und empfand eine warme, sanfte Dankbarkeit ihm gegenüber, mit dem sie sich durch das Teuerste und Heiligste, durch ihre einzige, vor vielen Jahren ihr entrissene, dennoch ihr Gedächtnis immer noch bewohnende Tochter, nun einmal unabtrennbar verbunden fühlte.

Auch die Antwort auf jene rhetorische Frage, die in der Zeitsteppe noch weiter zurücklag als die belebende und beleuchtende Gegenwart der Tochter, war in ihrem Gedächtnis geblieben, wenn auch nicht wortwörtlich: Die Russen und Chinesen, die in der Vergangenheit gegen die Mongolen viele Kriege verloren und jahrhundertelang unter ihrer Macht gelebt hatten, haben später, als sich die Dinge wendeten und sie selbst zu Großmächten heranreiften, das einstige Herrenland und -volk nun gemeinsam in ihrem Würgegriff, mit einer beispiellosen Racheaktion begonnen, die Mongolen bis auf ein Restchen ausgerottet, von ihrem ursprünglichen Gebiet die fettesten Stücke für sich abgeschnitten und die Denkmäler ihrer Kultur ausgelöscht – zum Beispiel Karakorum, die einst blühende Hauptstadt des Mongolenreiches, damals größer und mächtiger als jede europäische Metropole und ruhmreicher auf alle Fälle, heute nichts als nackte, mit Gras überwachsene Steppe, ohne eine Spur von einer Stadt. Und die Geschichtsschreiber, wie immer im Dienste ihrer Machthaber und Brotgeber, hatten die Geschichte, wo sie konnten, zu eigener Gunst umgeschrieben, und wo sie nicht konnten, so verstümmelt, dass von der Hauptgroßmacht zu Anfang unseres Jahrtausends und ihren Trägern, dem Mongolenvolk, kein Bild, sondern lediglich eine Karikatur zurückblieb. Entschlüpft jenem bewusst verzerrten Bild, jener schlussendlich erreichten Karikatur, stellte der Mongole seitdem in der dumpfen Vorstellung ungeschliffener Volksmassen genau die bezweckte Kreatur der Rache und des Hasses dar und gehörte zur Horde der Geier und Hyänen, Teufel und Dämonen.

So hat der grauhaarige, holzdürre Finne an jenem Abend im Vortragssaal des ungarischen Kulturministeriums gesprochen. Aber sie hat später erfahren müssen: Es war nicht nur in der dumpfen Vorstellung ungeschliffener Volksmassen so. Ja, sie hat es zuerst gleich am nächsten Morgen, bei einem gemütlichen Frühstück, im eigenen Haus, bei ihrem eigenen Mann, der nicht nur studiert, sondern auch promoviert hatte, viel las und sogar Bücher schrieb, festgestellt. Denn er hat von dem mongolischen Menschen, mit dem er kein einziges Mal je zusammengekommen war, genau das behauptet, was im Vortrag als falsches, denn bezwecktes Pauschalbild angeprangert worden war. Noch schlimmer – er, ihr geliebter, belesener und betitelter Mann, hat, um seine Behauptung zu beweisen, nicht nur Dschingis Khan und seine Kriege, sondern auch eine schwere, hässliche Krankheit erwähnt, die eigentlich die ganze Menschheit betraf, die aber die weißen Rassisten schon wieder den armen Mongolen aufzusetzen gewusst und prompt Mongolismus getauft hatten.

Das hat sie beinah umgehauen. Sie war sprachlos. War darauf so wütend, dass in ihren Augen die Tränen standen. Und da geschah etwas, was an jenem Morgen nicht weiter auffallen konnte, später jedoch wieder und wieder als sehr merkwürdig erscheinen musste. Denn er fragte, als er ihre Tränen sah: »Bist du denn etwa in einen Mongolenmann verliebt?«

Das sollte ein Scherz sein, eine indirekte Entschuldigung vielleicht. Da nun fand sie die Sprache wieder und sagte: »Wo soll ich den Mongolen hernehmen? Hätte ich einen, würde ich mich so gern in ihn verlieben, du Blödmann!« Darauf fing sie an, laut zu schluchzen. Die Tränen galten gewiss nicht der Unmöglichkeit, in Ungarn lebend, zu einem Mongolenmann zu kommen, in den sie sich verlieben könnte, wohl aber dem Dünkel, der hinter der Stirne vieler Menschen gegenüber Angehörigen anderer Rassen und Völker hauste, und der Scham und

Wut, die sie selber darüber empfand und die einem Geschwür glich, das lange gewuchert und in diesem Augenblick zum Platzen ansetzend sie von innen heraus zu sprengen drohte.

Wenig später kam aus Moskau der Brief der verliebten Tochter an, mit der ersten Mitteilung über den Freund, der ein Burjate sei, was ihr zunächst nichts sagte, außer dass damit der Angehörige irgendeiner Völkerschaft gemeint sein müsste, aber wenig später wurde sie von ihrem Mann darüber aufgeklärt: Es war ein mongolides Volk im Südosten der Sowjetunion. Bei dem Wort fing ihr Herz an, heftig zu klopfen: Mongolid, mongoloid, Mongolismus, Mongole ...

War das denn ein Zufall, dass sie vor kurzem zu dem Vortrag gewesen war, der sie eigentlich nichts anging, und darauf, wieder eigentlich wegen nichts, die Auseinandersetzung mit ihrem Mann hatte? Wobei – damals – das sinnleere, nun aber das schicksalhafte Wort *Sich-verlieben-in-einen-Mongolenmann* gefallen war!

Die Fahrt dauerte eine gute halbe Stunde und führte an sehr schönen Stellen vorbei. Nur, keiner der Gäste wusste, dass der Bus auf einem Umweg, auf einer großen Schlaufe fuhr, um ausgesucht ansehnliche Flecken der Gegend zu zeigen. Es war eine wohlüberlegte und festgelegte Paradestrecke, deren Sinn es war, die der Kargheit (und Räumlichkeit) innewohnende Schönheit, den Vorzug der Natürlichkeit sichtbar werden zu lassen. Was vollkommen gelungen war, als man endlich am Ziel ankam. Alle entpuppten sich von der Fahrt begeistert, von Dankbarkeit erfüllt und selig-weich gestimmt, während sie aus dem Bus ausstiegen.

Nun mussten sie sich in diesem ihren sanft vorgewirkten und veränderten Zustand der Hauptüberraschung stellen. Das war das Hotel. Es glich keinem anderen unter den sicherlich unzähligen und zweifelsohne prächtigen Hotels dieser Welt. Es war eine Riesenjurte, erhaben und märchenhaft – hatte an den

Planken zwei schwungvoll ausgebreitete Flügel eines Garuda (Garuda – Mythenvogel) und vorn den Brustteil und hinten den Kreuzteil eines Hengstes, der im gestreckten Galopp mit erhobenem Kopf am Ende des gebogenen, dicht bemähnten Halses und flatterndem Schweif am Ende der breiten, in der Mitte leicht gespaltenen Kruppe im Raum geronnen zu sein schien.

Mit einem Mal merkte man: Ruhe herrschte und lastete auf einem. Alle standen wie gebannt, sprachlos angesichts des Gebildes, das ein Gebäude sein und ein Gästeheim beherbergen sollte.

Minganbajir hörte Pisti Kőszegi zu Laci im Flüsterton sagen: »Gott, wie hässlich! Und so etwas will vier Sterne tragen?« Der Angeflüsterte antwortete ebenso leise: »Der reinste Wahnsinn!« Minganbajir wusste nicht, wie das gemeint war, ebenso verdammend oder aber lobend. Und er, unsicher eines eigenen Urteils über das, was er vor sich wahrnahm, vermochte nur zu denken: ›Wo ist die Grenze zwischen schön und hässlich, Kunst und Kitsch?‹

»Boshe moi!« (Boshe moi – russisch: mein Gott) Das war die dröhnende Stimme von Alexander Sergejewitsch. Und sie dröhnte schon wieder: »Ist das eine Architektur! Verzeiht, Genossen und Kollegen. Ich muss ein Tabu brechen und einen Namen in den Mund nehmen: Dschingis Khan. Hierbei solltet ihr wissen, ich bin, wie wohl der Durchschnittsbürger meines Landes und meiner Kultur, nie ein Freund von jenem gewesen. Vielmehr, ich habe ihn gehasst und verabscheut und dabei eine Sache nie verstanden: Wieso konnte er mit seinen wenigen berittenen Männern die sesshaften Völker in erheblicher Überzahl so leicht überrollen und dann so lange unter seiner Fuchtel halten? Nun glaube ich, auf die Frage eine Antwort zu finden – es gibt wohl einen für Außenstehende unbegreiflichen Geist, der den Nomaden innewohnt!«

Der Leiter der rumänischen Truppe, ein zierlicher Mann mit

einem nie erlöschenden, spöttischen Lächeln in seinem schwarzen Bärtchen auf der Oberlippe, bemerkte darauf schnell: »Wie gut, teurer Genosse Puschkirin, dass solche Worte, lauschenden Ohren sofort Futter liefernd und daher, für unsereinen unerlaubt, gerade Ihrer geschätzten Kehle entschlüpfen! Denn auch ich habe dieser Tage an den von Ihnen erwähnten Geist hin und wieder denken müssen!«

Darauf entstand eine Stille, erneut, und jetzt empfand man sie als peinlich. Aber sie wurde nach einigen für jedermann deutlichen, die Sinne anstrengenden Herzschlägen endlich gebrochen, von der nächsten Bemerkung, die von Nikola kam, dem jungen, kraushaarigen Bulgaren, der jedermann längst dadurch aufgefallen war, dass er immer dort, wo ein Streit auszubrechen drohte, als Friedensstifter auftrat. Nun lautete sein Beitrag zum allgemeinen Frieden: »Hat es nicht geheißen, dies sei ein Viersternehotel? Ich aber würde ihm, so wie es aussieht, ohne seine Schwelle betreten und es von innen gesehen zu haben, fünf, nein, sechs Sterne geben!«

Dieser folgte schnell eine andere Bemerkung, und sie kam von dem sehr jungen Deutschen, den man bisher nie in der Öffentlichkeit hat reden hören. Er hieß Arno. Und was die meisten von diesem schweigsamen Jüngling noch nicht wussten, war: Er hieß außerdem mit dem Nachnamen Schwaigert. Die Bemerkung des schweigsamen deutschen Schwaigert also: »Warum sechs nur? Das wäre ein halbes Ding. Wenn schon, denn schon – neun! Heißt denn die Gegend nicht *Die Ebene der Neun Träume*? Soweit ich verstanden habe, bestehen die Steppennomaden auf der Neun, wie unsere Vorfahren, die alten Germanen, auch, deren Woche aus neun Tagen bestand!«

Dann blickte der schweigsame, hübsche Kerl mit seinem bilderbuchblonden Schopf zu den leuchtblauen Augen verlegen um sich herum und fiel wieder ins Schweigen, das sich nicht brechen ließ von dem allgemeinen Beifall, der darauf ertönte und die andächtig-fröhliche Stimmung wieder auf die gewesene Höhe brachte und fortsetzte.

Kőszegis Anweisung erwies sich abermals als überflüssig: Es gab gar keinen Grund, sich vorzudrängeln, denn die Zimmer waren längst verteilt, und die Schlüssel lagen auf einem langen, leicht gebeizten Holztisch mit abgerundeten Ecken wohlgeordnet und versehen mit Landes- und Namensschildchen. Ein Vertreter des Ministeriums hatte hier seit Tagen vorgearbeitet.

Auch das Innere des Gebäudes mutete merkwürdig an – alle Einrichtungen, rund oder zumindest abgerundet, strahlten eine matte Helligkeit aus und wirkten besänftigend wie gleichzeitig ermunternd auch auf die Sinne. Und darüber und ringsum entsprach es, wie man später sah und hörte, dem Äußeren des jeweiligen Gebäudeteils: War im kreisrunden Hauptteil alles nach der Jurte – Scherengitterwände und Strebendächer aus Naturholz – gebaut, so zogen durch die Flügel Vogelornamente und durch Bug und Heck solche, die an das Pferd erinnerten.

Annis Zimmer lag im Hauptteil und war von der Luxusklasse – es hatte außer dem Schlafraum mit dem breiten Lärchenholzbett und dem geräumigen Baderaum noch einen Aufenthaltsraum, in dem von zwei Trinkgläsern bis zu einem Fernseher so ziemlich alles vorhanden war, worüber anspruchsvolle Zeitgenossen auch während eines kurzen Aufenthaltes wohl verfügen zu müssen glaubten. Ilona war im selben Teil, in einem zwar etwas kleineren und weniger vornehmen, aber immerhin sehr hübschen Zimmer untergebracht. Die Männer hatten es nicht so gut: Alle drei mussten sich mit einem Zimmer begnügen, und es lag außerdem im Flügelteil.

Was ein Grund für Kőszegi war, sauer zu sein: »Sind denn die Mongolen außerdem auch noch matriarchalisch?« Aber das war erst am Ende des Tages, spät in der Nacht, nachdem er die Unterkünfte der beiden Frauen zu Gesicht bekommen hatte. Vorher, nachdem sie in das Zimmer eingezogen waren, und woraufhin er sich alles, was dazugehörte, prüfend angeschaut hatte, hat er sein zweites Urteil über das Gästehaus gönnerhaft ausgesprochen: »Gar nicht so übel der Baderaum – alles ordentlich eingebaut und auch sauber geputzt!« Sein erster Urteilsspruch, den er schon verkündete, während sie noch unterwegs zum Zimmer waren, hatte gelautet: »Eine kostspielige Spielerei, aber dem Urteilsvermögen der Leute auch irgendwie entsprechend!«

Da hat ihm István zu bedenken gegeben: »Hat die europäische Architektur nicht auch ihre Phasen gehabt? Denk doch an den Barock, nach dem wir uns heute so sehr sehnen, oder das Rokoko, das geradezu spiellustig gewesen ist!« Worauf der Verkünder des gnadenlosen Urteils schnell zugab: »Wohl hast du recht.« Zu Kőszegis Eigenschaften gehörte, dass er sich in seine eigene Meinung, die allzu oft und allzu rasch aus ihm herausbrach, nicht festbiss, wenn einer ihm dabei widersprach. Das kannten seine beiden Kollegen, und das war wohl auch der Grund, weshalb sie ihn trotz seiner kleinen Schrullen immer noch ertragen, ja mögen konnten.

Minganbajir war mit drei anderen Dolmetschern im Heckteil, im Gewölbe des Kellergeschosses untergebracht, zu dem die Hauseigenen eine lustig-lumpige Benennung hatten: der Hodensack. Dort standen keine Betten. Dafür waren ringsum dicke, schmale Filzmatten ausgebreitet und säuberlich bezogen. Aus der buckligen Wand oben ragten vielerlei Haken heraus, alles vergilbte dicke und dünne Knochen zum Aufhängen der Kleidung. Mehr gab es im Raum nicht. So musste das übrige Zeug zwischen den Matten platziert oder in der Gepäckkammer verstaut werden. Aber gemütlich war es trotzdem und vor allem angenehm warm, ohne stickig zu sein.

Der Aufenthalt im Gästeheim in Gestalt der Märchenjurte nahm seinen Beginn mit einem mehrfach als inoffiziell beteuerten, aber dennoch durch und durch offiziellen Essen. Den Ernst der Vorbereitung konnte man schon an den Rosen,

Astern und Dahlien erkennen, die hier inmitten der Wüstensteppe, wie morgentaufrisch, in vier Vasen verteilt standen und einen ganz und gar unwinterlichen Eindruck erzeugten. Die Blumen mussten von der Hauptstadt, aus einem Gewächshaus stammen.

Es wurde gegessen und getrunken wie in Vorzeiten, die nicht sehr weit zurücklagen und die man aus manchen Gründen schon so gerne die alten, guten nennen möchte. Und es verlief in einer freundschaftlichen und auch hinreichend vergnüglichen Stimmung. Der Protokollführer des Ministeriums mochte elf Trinksprüche gezählt und sie alle als herzlich und politisch tadellos bewertet haben. Auch fielen drei Witze, hierzulande Anekdoten genannt, und sie dürften alle als moralisch noch erträglich und ideologisch ungefährlich empfunden worden sein.

Bei Eis und Kaffee bekam man das Programm des restlichen Tages vorgesagt: Nachmittag frei, Abendessen um zwanzig Uhr und danach Stunden in aller Gemütlichkeit in der Bar. Dieser letzte Teil des Programms stieß auf allgemeine Heiterkeit, was wohl auch auf einen allgemeinen Zuspruch schließen ließ. Ferner wurde auch bekanntgegeben, welche Möglichkeiten zur Freizeitgestaltung vorhanden waren: Schach-, Billard- und Tischtennisspiele. Wer Lust hätte, spazieren zu gehen, dem stünde die ganze Steppe der Neun Träume zur Verfügung. Aber dies mit einer Bedingung: Der Betreuer kommt mit.

»Wegen der Wölfe?«, fragte Mischa Tumanow aus der sowjetischen Truppe, der sehr junge und auch entsprechend hübsche, aber etwas unbeholfene Kerl, den Anni Erdős, wie wohl viele andere auch, vom ersten Tage an sehr gemocht und dabei für einen Bauernjungen gehalten hat. Denn er war so gestaltet, dass alles, was er tat, auch was er sagte, einen gleich zum Schmunzeln brachte. Alexander Sergejewitsch blickte immer nach Mischa, wenn er schon wieder für allgemeine Heiterkeit gesorgt hatte, kopfschüttelnd und mit fast zugekniffenen Augen wie ein Vater, von dem man nicht wusste, ob er böse war oder stolz.

Aber jetzt wurde die aufkommende allgemeine Lachlust gleich in den Kehlen erstickt, da der Vertreter des Ministeriums darauf mit allem Ernst antwortete: »Auch wegen der Wölfe, die in großer Anzahl im ganzen Land auftreten, um diese Jahreszeit in Rudeln über die Steppe fegen, und sobald sie etwas Fressbares entdecken, sich darauf entschlossen stürzen. Mehr aber wegen verwilderter Hunde, die genau wissen, welch armselig schwache Wesen wir Menschen doch eigentlich sind, wenn es um Nahkämpfe mit Zähnen und Krallen geht. Und auch wegen der Rutsch- und Sturzgefahr, wenn Sie auf die Hügel steigen. Und auch deswegen, weil man sich leicht verirren könnte, wenn man erstmalig in der Steppe ist.«

Die Antwort sprach für sich. Man stellte wieder einmal fest: Das mongolische Kulturministerium arbeitete wirklich vorbildlich.

Anni ging. Minganbajir war verwundert und fast gekränkt über ihr wortloses Fortgehen. Denn er hatte sich die Zeit hier mit ihr zusammen vorgestellt. So stand er nun überflüssig da. Und darüber kam er sich tief unglücklich vor.

Gekränkt und unglücklich fühlte sich auch sie. Denn sie hätte, so müde sie war, einen Gang durch diese wundersame Steppe dem Schlaf in dem einladenden Luxusbett vorgezogen. Dabei hatte sie gedacht, er würde mitkommen, nach all dem, was zwischen ihnen beiden passiert war, wäre es selbstverständlich, dass sie zueinander stünden und zusammengehörten. Hatte vielleicht gedacht, oder in der Tiefe ihrer Seele und ihres Verstandes hatte sich bereits etwas gelagert, das sie bei der leisesten Gelegenheit wissen ließ: Er war das Letzte, was ihr von der geliebten Tochter noch geblieben war.

Mittlerweile hatte sie sich vom Hotel zu weit entfernt, um wieder zurückzukehren wie jemand, der einfach frische Luft schnappen wollte, aber gleichzeitig war sie noch nicht genügend weit gegangen, um wie von einem Spaziergang zurückzukehren. So musste sie weitergehen, wissend, dass sie damit gegen die Ordnung verstieß, die ihr als Gast auferlegt war. Dabei ertappte sie sich bei einem lustigen Gedanken: Schon recht, wenn die Wölfe und die Hunde sie zerfleischten und gar fraßen, obwohl sie als gebildeter, erwachsener Mensch im Grunde ihres Verstandes wusste, so schnell dürften die wilden, wie auch die verwilderten Tiere an einen Menschen nie und nimmer herangehen. Vielleicht wünschte sie sich gerade deswegen, dass die vierbeinigen Monster ihretwegen noch samt allen Teufeln dieser Welt kämen und sich an ihrem Blut und Fleisch labten. Und das sollte geschehen dem Menschen zuleide, der seine Pflicht als Betreuer vernachlässigt und sie allein in die Steppe hatte gehen lassen! Und dieser kindisch trotzige Gedanke lockte einen weiteren, durchaus menschlichen hervor: ›Der schlampige Kerl wird inzwischen längst bei der Töskés gelandet sein und in ihrem feingesponnenen Netz zappeln!‹ Da musste sie ein drohendes Lächeln über sich selber überwinden, denn die Gemeinte war mit Nachnamen die Ilona, und der hat in ihren Gedanken erstmalig Zugang gefunden. Dabei fiel ihr wieder ein, wie sie, Stunden zuvor, zur Zeugin der Geburt und des Todes einer Flamme zwischen den beiden geworden war. Doch glaubte sie jetzt einen leisen Schmerz am Zwerchfell entlang zu verspüren.

Plötzlich drehte sie sich jäh um und sah einen Steinwurf entfernt Minganbajir kommen. Sie blieb stehen, nein, zuerst machte sie zwei, drei Schritte ihm entgegen und dann erst blieb sie stehen. Was sie fühlte, war eine Mischung aus einer kleinen, beseelenden Freude und einer großen, betäubenden Scham. Unter der Wirkung dieser halberfreuenden, halbpeinigenden Seelenlast dachte sie daran, wieso sie dazu gekommen war, sich plötzlich umzudrehen. Worauf ihr das soeben erlebte, merkwürdige Gefühl einfiel, von hinten angestarrt zu werden. Und sie fragte sich in Gedanken beglückt wie beängstigt: ›Durch einen Draht miteinander verbunden?‹

Sie fragte ihn noch aus dem Abstand von einigen Schritten: »Hast du auf jemanden warten müssen?«

Er antwortete sogleich und schroff: »Habe auf den nächsten Befehl gewartet und darüber wohl den Verlauf der Dinge verpasst, Verzeihung vielmals!«

Das traf sie sehr. Traf sie wohl mitten in die Seele. So wusste sie tief in ihrer getroffenen und verletzten Seele, dass sie berechtigt war, erneut gekränkt zu sein. Doch über die verletzliche Seele wachte und herrschte noch ihr Verstand, der eines erwachsenen Menschen in führender Stellung, und dieser vermochte schnell den Fall zu erwägen, ob es denn nun einen Anlass gegeben sein könnte, dass auch der andere gekränkt war. So entschied sie sich nach zwei, drei schweren, schmerzhaften Pulsschlägen für ein kleines Angebot auf Frieden: »Ich habe dir keine Befehle zu erteilen, habe immer und überall nur Bitten, Migga.«

Er, von ihr, der Mutter, erstmalig bei seinem vertrauten Kurznamen genannt und genau in dem Augenblick, als solches geschah, bei ihr angekommen, griff mit seinen nackten Händen nach ihren behandschuhten und sprach, gegen seine Aufregung ankämpfend: »Jede deine Bitte, so leise sie auch sei, ist mir ein Befehl, den ich strikt ausführen und dir erfüllen muss, Anni!«

Darauf trafen sich ihre Blicke. Jeder strahlte Wärme aus, die von einer versteckten Glut kommen musste. Jetzt verspürten beide durch die Handschuhe ein und dasselbe eigentlich, jedes Mal jedoch in seiner Umkehrung: Er die Kühle ihrer Hände und sie die Wärme der seinen. Und das führte beide zu zwei auseinanderliegenden Ableitungen. Er dachte an ihre Zartheit, sie an seine Jugend. Und solche unterschiedlichen Befunde ergaben auch unterschiedliche Folgen. Erwachte in ihm das gesteigerte Bedürfnis, sich um ein schwaches Wesen zu kümmern, war es bei ihr die Scheu, die eine alte Frau einem jungen Mann gegenüber empfand.

Sie blieben auf einer der vielen Pisten, die hell und zittrig, durch die Steppe zogen wie Narben. Kalt wurde es nur, wenn Wind aufkam. In der Windstille aber spürte man die Gegenwart der fernen Sonne in der winterlich schiefen Neigung wie die eines beheizten nahen Ofens, und die flüchtigen Gedanken führten einen zwischendurch sogar zu der Einbildung, es wäre einem zu warm.

Sie waren vielleicht einen Kilometer gelaufen, als ein Auto aus der Richtung des Hotels kam. Es düste gespenstisch laut und schnell an ihnen vorbei, sie in eine Staubwolke einhüllend. Darauf aber bremste es scharf und hielt. Sie fasste ihn, zu Tode erschrocken, am Oberarm, und dieser, in erbrausender Wut, schrie: »Ist das ein unverschämter Hund!«

Es war ein Geländewagen neuer Bauweise, der Fahrer war ein Mann in Minganbajirs Alter, ein draufgängerischer Typ, schon auf den ersten Blick durchschaubar. Mehr noch, er erkannte ihn wieder, und es wurde ihm speiübel davon. Denn er war einer, dessen Schicksal mit dem seinigen durch zwei ihm nahstehende Menschen verbunden, und zwar auf eine sehr heikle Weise. Sie hatten sich zweimal getroffen. Das erste Mal war jener, ein Stockfremder noch und betrunken obendrein, zu ihm nach Hause gekommen. Hatte ohne Gruß zu ihm gesagt: »Ich heiße Sangi und hoffe, du weißt schon Bescheid.« Minganbajir wusste es nicht. Da sagte der Betrunkene: »Du weißt aber wenig! So wisse nun: Ich bin der Vater des Kindes, das nun auf deinem Schoß sitzt!«

Das war ziemlich schlecht für die junge, noch sehr zerbrechliche Ehe, auch für das Kind und schließlich für den unerschrockenen Eindringling selbst. Denn der Junge von anderthalb Jahren, der zu Minganbajir längst Aaw (Aaw – mongolisch: Papa) sagte, hat sich vor dem Menschen, der fremd war und laut auftrat, gefürchtet und hat angefangen, laut zu schreien. Zu guter Letzt hat der Hausherr den Fremden hinausgeschmissen, hat dann aber für viele Tage und Nächte schwer gelebt. Dann haben sie sich zwei Jahre später in einer Silvesternacht getroffen. Das ist in dem Jahr gewesen, als Minganbajirs Eltern auf Besuch waren, um später ihre Erstlingsenkelin, die gerade anfing zu laufen, in ihre Heimat mitzunehmen. Die beiden Alten hatten ihnen eine Nacht freigegeben, indem sie sagten: »So jung, wie man gerade ist, wird man niemals wieder sein. Geht und vergnügt euch, solange ihr wollt. Wir werden mit den Kindern schon allein zurechtkommen.«

Da hat sich Minganbajir vorgenommen, mit seiner Frau so etwas wie eine nachträgliche Hochzeit zu feiern. Daher hat er in dem vornehmsten Gasthof den teuersten Tisch bestellt, und so haben die Dinge ihren guten Lauf gehabt. Denn da hat er gesehen, wie jung und schön seine Frau doch war und wie lieb und ausgelassen sie sich zeigen konnte. Dabei ist er selbst auch sehr glücklich gewesen und hat die eigene Jugend wie ein gutsitzendes Kleidungsstück hautnah gefühlt. Inmitten dieses Wohlbefindens zweier Seelen, Geister und Körper ist dann jener, Sangi, aufgetaucht, ist zu ihnen gekommen, hat sie gegrüßt und gefragt, ob er sich zu ihnen setzen dürfte. Der Tischherr hat gesagt: »Bitte!« Er hat es gemusst. Hat sich aber später darüber doch geärgert. Denn das Glück, in dem sie vorher geschwelgt, war wie weggeblasen. ›Dieser Mensch verfolgt mich wie ein böser Geist durch das Leben!‹, hat er entsetzt gedacht und es später seiner Frau auch gesagt.

Und nun?

Sangi kam in forschen Schritten auf sie zu, nickte zuerst ihr zu und wandte sich dann an ihn: »Ich habe dich im Vorbeifahren erkannt. Du hast dich in den vergangenen Jahren wenig geändert. Wie geht es euch nun?«

Minganbajir antwortete auf die Frage einsilbig. Sangi wurde umso ausführlicher, erzählte von sich: Er habe zehn Jahre in Darhan gelebt, sei dort mit einer Frau verheiratet gewesen, sei dann von ihr weggegangen und lebte seit erst einem Monat wieder in Ulaanbaatar. »Anfangs hatte ich gedacht«, fuhr er lebhaft fort, »ihr würdet inzwischen schon irgendwo in der Welt gewesen sein und anders leben. Denn die im Außenministerium gehen doch alle ins Ausland und kommen nach drei, vier Jahren mit einem Auto und sonstigem Zeug zurück, was von Bedeutung ist in den Augen der Mitwelt! Aber dann habe ich erfahren, dass du immer noch im Lande bist und sogar vom Ministerium hast weggehen müssen.«

Das Gespräch war für Minganbajir unangenehm, aber er konnte es nicht unterbrechen. So fragte er, um wenigstens von dem wunden Punkt abzulenken: »Und was machst du hier?«

»Mein Chef macht hier Urlaub, und wir zwei«, sagte er auf das Auto deutend, das fünf, sechs Schritte hinter ihm, mittlerweile ohne die Staubwolke, aber mit laufendem Motor, nun in einer Dunstwolke steckte, »stehen ihm zur Verfügung. Wir bringen ihn vormittags an die frische Luft, und nachmittags beschaffen wir ihm von einem nahe liegenden Ail (Ail – mongolisch: Jurtensiedlung) frische Milchgetränke. Es ist nun Nachmittag, und wir zwei sind eben auf dem Dienstweg.«

›Dem Himmel sei Dank‹, dachte Minganbajir in der Seele erleichtert, ›wird er uns endlich verlassen!‹ Aber da kam ihm Sangi mit einem Angebot: »Kommt doch auf einen Sprung mit! Es ist gar nicht weit, und dein Gast wird ein Stück Volksleben kennenlernen!«

Minganbajir sagte: »Nein, das geht nicht.«

»Warum nicht?«

»Wegen des Abendessens und auch wegen des Abendprogramms danach.«

»Das alles ist ja erst am Abend. Wir fahren eine halbe Stunde. Hin und zurück eine Stunde. Also ist alles innerhalb von zwei Stunden erledigt!«

»Trotzdem«, sagte Minganbajir abweisend, »geht es nicht. Denn es geziemt sich einfach nicht, einen ausländischen Gast zu Leuten hinzubringen, die darauf nicht vorbereitet sind.«

Sangi zeigte sich als ein Hitzkopf, begann Sachen zu reden, die sich erst recht nicht geziemten: »Was du meinst, ist doch ein Schauspiel! Aber hier wird dein Gast ein Stück mongolisches Nomadenleben sehen und erleben, wie es ist!«

Darauf begann er auf Russisch, mit zwei, drei Anglizismen dazwischen, auf den Gast, der eine Frau war und ihm von einer hohen Bedeutung zu sein schien, einzureden, worauf sie zuerst sichtbar erschrak, denn ihre Russischkenntnisse waren noch bescheidener als bescheiden. Doch sprach der Unverschämte selber auch so schlecht, was hier aber heißen sollte: so verständlich, dass sie bald anfing zu verstehen, was er von ihr wollte. Dann sagte sie zu Minganbajir: »Ich würde so gern sehen wollen, wie die Leute in einer Jurte leben.«

Hatte er nicht vorhin gerade beteuert, jede ihre Bitten wäre ihm gleich ein Befehl? Von wegen! Jetzt zeigte er sich verdrießlich über ihren Wunsch. Das sah sie. Denn anstatt ihr auf ihren geäußerten Wunsch hin ein Wort zu sagen, fing er an zu jenem zu reden, und zwar ärgerlich. Ja, das hörte sie aus dem unverständlichen Redeschwall doch heraus. Und die Worte, aus Minganbajirs Mund in Sangis Ohr geschleudert, lauteten: »Ich habe keine Zeit, in der Steppe herumzustehen und mich mit dir zu streiten! Denn ein ausländischer Gast wartet, wie du siehst! Außerdem ist sie mehr als du siehst – Professorin, obendrein noch Delegationsleiterin! Darum frage ich dich: Was versprichst du dir denn davon, uns mitzuschleppen?«

Sangi hörte ihm mit zusammengepressten Lippen und hochgezogenen Augenbrauen zu. Verriet dann einen Hauch Feindseligkeit, als er auf die knalldirekt gestellte Frage antwortete: »Deine Haltung ist unmissverständlich. Darum will ich zu dir genauso rücksichtslos sein. Nur, ich vermag es nicht mit drei

Worten zu tun, weil da mehr ist. Darum muss ich schon ausführlicher werden, entschuldige.

Zuerst zu deinem Gast. Was sie alles darstellt, wusste ich vorher nicht, jetzt weiß ich es, gut. Aber ich sehe an ihr noch etwas, was du vielleicht nicht siehst: Sie scheint eine herrliche Frau zu sein, die Weiblichkeit und Mütterlichkeit in einem, jede in Person. Du brauchst nicht zu feixen, Mann. Das ist mein Ernst. Satte haben trübe Augen, glaub mir. Ich bin ein Hungriger. Nur darfst du daraus nicht schließen: Der Schuft will seine Gelüste auf eine Offizielle hinauslassen! Nein doch – so viel Verstand ist schon in meinem Arbeiterkopf. Mein Wunsch wäre, der Güte und der Liebe, wo nottut, mit Güte und Liebe zuvorkommen.

Nun zu dir, oder besser, zu uns. Dein und mein Schicksal sind für immer unlösbar miteinander verknüpft, ob du es zugeben willst oder nicht. Du denkst für dich vielleicht, du lebst mit einer Frau zusammen, die ich irgendwann nur zufällig berührt und geschwängert hätte. Nein, Nara und ich waren uns gegenseitig die erste große Liebe, waren einander das, was Himmel und Erde einander sind, waren Mann und Frau, zwei Waisen, zweiHälften, die nur zusammen mit der anderen ganz und glücklich sind! Darum kann ich mir nie und nimmer vorstellen, dass sie dich so lieben könnte, wie sie mich geliebt hat, und du sie so lieben könntest, wie ich sie eben geliebt habe! Gewiss, später hat mich der Teufel geritten. Ich habe sie beleidigt und gekränkt. Habe sie im Stich gelassen. Ich war ein Dummkopf eben, mehr noch, ein Verbrecher vor ihr und mir selbst. Und du warst ein guter Mensch, der du sie in ihrer Not zu dir genommen hast. Du verdienst Dank. Aber wärest du, wäre nicht irgendein anderer gewesen, ich wäre früher oder später zu ihr zurückgekehrt, und sie hätte es mir mit der Zeit verziehen, ganz bestimmt!

Vielleicht denkst du jetzt, ich würde dir die Frau streitig machen wollen. Nein, nein. Sie hat auch von dir Kinder, ihre

Jugend hat sie neben dir verlebt. Du hast ein Recht vor Leuten und vor dem Gesetz, sie zu besitzen.

Ich habe etwas ganz anderes mit dir vor. Ich will dich um Vergebung bitten. Denn ich weiß, ich verfolge dich in deinem Glück, stehe dir immer im Wege, wenn du glücklich sein willst. Das kenne ich aus eigener Erfahrung. Ja. Ich habe doch vorhin erwähnt, dass ich woanders gelebt habe und mit einer Frau verheiratet war. Sie hatte drei Kinder. Hatte deren Vater, einen Mann, gehabt. Der war ein besserer als ich. Einer, der studiert hat. Und über viele gute Eigenschaften verfügte, die mir fehlten. Er kam ab und an, eigentlich selten, doch immerhin und besuchte, wie es da hieß, seine Kinder. Aber dieser Besuch galt ebenso auch der Frau. Du weißt ja, was das bedeutet für den, der neben ihr lebt. Diese mag so fein umgehen mit dir, doch was hilft da schon? Nichts. Deine Brust gleicht einer Hölle. Ewig dieses eine: Sobald du dich glücklich wähnst, meldet sich der andere, er taucht auf wie eine dunkle Wolke, die du weder aus dem Weg räumen noch gleichgültig anschauen kannst. Also habe ich es mit der Zeit nicht mehr ausgehalten und habe mich eines düsteren Tages davongemacht.

Nun habe ich dir gegen deinen Willen die verzwickte Geschichte meines unbedeutenden Lebens aufgedrängt. Und hier noch einmal: Ich wollte dir einen kleinen Gefallen tun, wollte mich bereit zeigen, wenigstens eine Schaufel von der Spitze des Schuldenberges, den ich dir errichtet, abzutragen.«

Während der langen Rede klang seine Stimme unverändert aufrichtig, dabei wirkte auch seine Miene ernst und ehrlich. Minganbajir wollte eigentlich nicht im lackneuen, vermutlich auch teppichbelegten Luxuswagen eines hohen Genossen und kleinen Erdengottes mitfahren und wildfremde Hirtenleute beschauen, aber er fühlte sich dem Menschen, der mit seiner schonungslosen Erzählung ihn an seiner wunden Stelle getroffen hat, mit einem Mal verpflichtet. Außerdem fiel ihm der Wunsch des Gastes ein, den er so schändlich zu unterdrücken bereit gewesen. Und so sagte er: »Gut, wir fahren.«

Anni Erdős, die hinter der endlos langen Erzählung eine ernste Geschichte vermutet und sich unwohl gefühlt hatte, als Zeugin des Streits zwischen zwei Männern in der winterlichen Steppe so lange herumzustehen, stieg erleichtert ein, obwohl die anfängliche Freude auf die verschwommene Vorstellung vom Jurtenleben fremder Menschen mittlerweile längst in eine beträchtliche Ferne gerückt war. Es war ein schmuckes, wohnliches Auto. Außerdem war es drinnen angenehm warm, genau das Richtige für sie, die so lange in der Kälte hatte stehen müssen. Und was Minganbajir betraf, war er innerlich zu sehr aufgewühlt, um seine Vermutung über die Behaglichkeit in dieser Staatskarre, gehörend nun dem fremden, schlauen Kerlchen, nicht viel anders als seine Klamotten, seine Frau und seine Geliebten, solange jenem auch seine Stellung gehörte, bestätigt zu sehen und sich an der Vortrefflichkeit der eigenen Urteilskraft zu erfreuen.

Die Piste lag stechend hell und ermunternd offen da, wie zu einer Fahrt einladend, die mehr Vergnügen bereitete als Mühsal. Sangi fuhr gut. Der Motor sang. Der Wind sang mit. Und riss den aufwirbelnden, rötlichen Staub unter den Rädern augenblicklich ab. Die weißbunten Hügel in der Ferne schienen leise zu wanken und zwischendurch auch zu hüpfen. Über dem Horizont tauchten dauernd hellrote Streifen auf, berstenden, irrenden Flammen gleich, und erloschen darauf schnell wieder.

Nara hatte Minganbajir nie etwas von dem Vater des Kindes erzählt, und da sie es nicht tat, hat er sie auch nie nach ihm gefragt. Überhaupt hatten sie, weder er noch sie, sich um die gegenseitigen Gefühle, eingeschlossen das gewesene Liebesleben, gekümmert. Dabei wäre es ihm besser gewesen, wenn er sich ab und zu mit jemandem, allen voran mit der eigenen Frau, über seine große, unerfüllt gebliebene Liebe hätte unterhalten dürfen. Von Naras früheren Verhältnissen hatte er einfach angenommen, sie wären unschön gewesen, Fehltritte lediglich, die einem jungen, unerfahrenen Menschen halt passieren können.

Anni Erdős vermutete in dem merkwürdigen Verhalten der Männer nachträglich eine gestörte Freundschaft. Und sie wäre glücklich gewesen, wenn sie jetzt durch diese Begegnung wieder zueinanderfinden könnten. Dabei gefiel ihr der Fahrer, der ihr zuerst wie ein hirnloser Grobian vorgekommen, mit jeder Kurve, die er meisterte, immer besser. Seine jugendlich unerschrockene, ritterliche Art war nicht zu übersehen. Und er wäre mit dieser hervorstechenden Eigenschaft und dazu noch mit dem angenehm schmalen Gesicht zu den klaren Augen und den vollen Lippen für sie schon schwer verdaulich gewesen, in ihrer Jugend, zumindest in ihrer Backfischzeit. Doch jetzt, an der Außenschwelle zum Alter, lag ihrem Herzen der andere mit seiner bald ängstlichen, bald verletzlichen Art näher. Und wenn sie sich selbst gegenüber restlos ehrlich sein wollte, dann waren ihre Gedanken von ihm erfüllt. ›Deine Mutter steht zu deiner Liebe, mein Kind‹, dachte sie, das noch kindlich junge, glückstrahlende Gesicht der Tochter an jenem Sommertag vor Augen, und empfand dabei eine erlösende Liebe, vermischt mit dumpfen Schmerzen.

Merkwürdigerweise vermochte die daraufhin erwachte Erinnerung an seine nackten, warmen und ihre behandschuhten, kalten Hände vor einer Stunde in ihr jetzt kein Scheugefühl vor einer Jugend dort und einem Alter hier auszulösen. Auch verspürte sie dabei das Schuldgefühl, das am Morgen ihr ins Eingeweide wie Salz gebissen und wie Messer geschnitten hatte, nicht mehr in der Heftigkeit. Jetzt bestand kein Zweifel mehr darüber, wie sie sich zum Schicksal, das ihnen diese Begegnung beschert hatte, zu verhalten hatte. Sie saß so gern neben ihm; es wäre ihr ein schwer erträglicher Verlust, wenn er plötzlich nicht mehr bei ihr wäre. Und sie würde viel dafür geben, um in Zukunft mit ihm in Verbindung zu bleiben. Wie, als Freunde oder Verwandte, das wusste sie noch nicht.

Vorerst nun befand sie sich hier. Stand erst am Anfang eines Weges, von dem sie ahnte, er würde sie um neue Ecken und Winkel, Höhen und Tiefen durch die vereinte Landschaft von Raum und Zeit führen. Und diese Vorahnung, die eine Erwartung darstellte und sie an eine Verpflichtung denken ließ, glich einem Saatkorn, das gerade anfing aufzuquellen. So schaute sie, ergeben und dankbar, über die kühl-kahle und sonnig-lichte mongolische Hügelsteppe hinaus und genoss die brennnahe Gegenwart des Menschen, der ihr auf einmal wie ein Vermächtnis vorkam, zurückgelassen von ihrer Tochter in der Stunde, als sie ging, aber viele Tausende von Tagen und Nächten später erst den schmachtenden Sinnen der Mutter bekannt geworden. Dabei nahm sie mit denselben geläuterten, sanft eingestimmten Saiten ihrer weiblich-mütterlichen Seele fortwährend auch den anderen wahr, der diesen ergänzte, in diesem Augenblick den engen, lieben Raum mit ihnen beiden teilte und somit einen Teil der heiligen Dreiheit verkörperte. Ja, sie bedachte mit der Wärme, die dem einen zustand, auch diesen anderen, und da kamen ihr die beiden wie Zwillinge vor, zu diesem sagenumwobenen Land gehörig und als andersgeartete Gräser dessen kargem, aber unverwüstlichen Boden entsprossen.

Die Piste führte an einer weidenden Schafherde vorbei. Sie kam dem Besuch aus der enggedrängten, sesshaften Ecke der Welt mit den wenigen, graubraunen Stall- und Koppelschafbewohnern am schmächtigen Außenrand überpflegter Behausungen allimmer und allüberall bevorzugter Menschen geradezu strahlend weiß vor, schien Lichter zu sprühen und ein hellwaches und ansehnliches Volk von lauter stolzen und glücklichen Schafpersönlichkeiten darzustellen. Das Auto hielt, als der Schafhirt, ein Kind auf dem Rücken eines elsterbunten Pferdes, am hinteren Rand der Herde auftauchte. Der kleine Reiter musste mit dem Fahrer befreundet sein, denn er kam auf das Auto zu und wechselte mit ihm einige belanglose, aber vertraute Worte. Der Gast ließ ihn fragen, wie viele Schafe er hütete. »An die acht, neunhundert«, sagte der Befragte unbefangen. Darauf, auf die Frage nach seinem Alter gab er wieder eine ungefähre Zahl: »Sechs, sieben.« Die Antwort veranlasste den Gast zu einem Schmunzeln. Der Junge sah dies wohl, denn er sagte schnell: »Nächstes Jahr gehe ich in die Schule.« Auch eine weitere Aussage fiel, die den Gast aufhorchen ließ: Das Kind sei noch kein Schäfer, es löste lediglich an warmen Nachmittagen den Vater ab.

Anni Erdős machte sich auf der Weiterfahrt Gedanken über die Antwort des Kindes: sechs, sieben. Worüber sie vorhin geschmunzelt hatte und was aus Unkenntnis geschehen war. Denn diese Antwort, die in ihren Ohren zuerst nach Ungenauigkeit geklungen hatte, war im Grunde genauer als die, die ein europäisches Kind von sich geben würde. Dort lebte ein jeder Mensch ohnehin in dem Bestreben, jünger zu erscheinen, als er war. Und ein Kind, längst angesteckt von dieser allgemeinen Sucht, würde sich als sechsjährig ausgeben, auch dann, wenn ihm im nächsten Monat oder sogar in der nächsten Woche sein siebter Geburtstag bevorstand. Hier aber hieß es: sechs, sieben, und war damit gemeint, das sechste Jahr überschritten und auf das siebte zugehend.

Da tauchte das Ail aus zwei Jurten und dem halbrunden Stall schon auf. Es lag in der Senke zwischen drei Hügeln. Von allen Seiten windgeschützt und mit freier Sicht nach Süden, war die Lage des Winterlagers sehr günstig. Sangi war, wie Minganbajir auch, vom Land. Also vermochten beide dies und jenes, was dem Gast unüberschaubar blieb, sofort abzulesen und sich danach zu richten. Dafür aber hatte die Landesfremde empfänglichere Sinne für das, was sie nun zum urersten Mal umgab. So spürte sie die mit Rauch vermischte Stallwärme, die ihr beim Aussteigen entgegenschlug, so deutlich, dass ihr davon für einen Augenblick leicht schwindlig wurde und sie dachte: ›Jetzt bin ich in der Mongolei!« Und dies war wohl einer der nicht allzu vielen, sehr feierlichen Augenblicke in ihrem Leben, das bald aus einem halben Jahrhundert bestand und in einer streng geometrischen Ordnung verlaufen war.

Eine Hirtenfrau kam ihr entgegen. Sie schien dem Gast auf den ersten Blick etwas unbeholfen: steif und schüchtern, als es um den Gruß mit dem Händegeben ging. Aber gleich darauf, als sie, der Gast, sich entschuldigte wegen ihres unangemeldeten Besuchs, lachte diese, die Gastgeberin, so belustigt, dass sich die Züge ihres wetterharten Gesichts in die eines milchzarten Kindergesichts zu verwandeln schienen. Es war ein gekonntes, weil aus der Tiefe der Brust und des Bauchs herausbrechendes und -wogendes Lachen.

Der Mann, der links in der Jurte, vor dem Bett, in einer breiten Sitzhaltung, die Beine angewinkelt und darüber nach vorne gebeugt, einen Kinderfilzstiefel flickte, unterbrach gemächlich seine Beschäftigung, ohne zu erschrecken, indem er den Eintretenden den Gruß mit einer würdevollen Höflichkeit erwiderte und sie nach oben, das heißt, zum Hoimor, was wiederum heißt, zu dem Ehrenplatz, gegenüber der Tür gelegen, bat. Dann trat er hinaus und kam nach einer kurzen Weile zurück, abgeklopft und gewaschen, was man ihm ansah. Er war – obwohl nur von mittlerem Wuchs – ein durchaus beeindruckender Mensch schon durch seine Äußerlichkeiten: eine kräftige und dabei auch noch gebogene, den Türken zugeschriebene Nase, ein gut dazu passender, dichter Schnurrbart, schon mit den ersten Silberfädchen hier und da durchzogen. Er setzte sich zu den Gästen und bewirtete sie, obwohl selbst offensichtlich kein Schnupfer, mit Schnupftabak aus einer sehr edel anmutenden Achatflasche, die seinerzeit zwei Jungpferde gekostet hatte, wie man am Rande des Gesprächs erfuhr, dessen Anfang durch diese Begrüßung gemacht war.

Die Familie hatte acht Kinder. Vier waren schon aus dem Nest, drei in der Schule, und das jüngste war der Junge, den man unterwegs getroffen hatte.

»Bis der Tee kocht, möchte ich Sie mit Musik bewirten, denn

Sie sind unser erster ausländischer Gast«, sagte der Mann an die hellhäutige, schmalgesichtige Frau mit dem sonnengelben Haar gewandt. Daraufhin streckte er einen Arm zum Kopfende des Bettes aus und griff nach einer rauch- und staubgebräunten Pferdekopfgeige mittlerer Größe. Kurz angestimmt, begann er dann schlichte, flotte Melodien darauf zu spielen. Er war ein geübter, spiellustiger Geiger.

Alles kam Anni Erdős wie geträumt vor: Sie saß in einer Jurte, neben einem glühenden Herd, unter Leuten, die ihr noch vor einer Stunde wildfremd gewesen waren und von deren Dasein sie nichts geahnt hatte, ein waschechter, quicklebendiger Hirtennomade spielte auf einem unbekannten Instrument mit nur zwei Saiten Melodien vor, die in ihren Ohren sehr fremd klangen und ihr dennoch ins Herz gingen. Sie stellte sich ihre Tochter in dieser Jurte vor, dort, wo die Frau saß, vor dem winzigen runden Ofen, in den sie mit der denkbar einfachen Feuerzange ab und zu eine flache, runde Dungmasse steckte. Im Schein des Feuers wirkte das Gesicht der Frau, einer Anfangfünfzigerin, jung, verträumt und zufrieden. Und Anni, die an ihrer Stelle sitzen sollte, musste noch jünger, fast wie ein Backfisch, aussehen. Doch es gelang ihr, der Mutter, nicht, die Tochter zu sehen. Dagegen konnte sie sich Minganbajir an der Stelle des Jurtenherrn sehr gut vorstellen, und alles, was an dem Mann war, würde auch zu ihm passen.

Da kam eine wogende und brandende mächtige Weise auf. Sie schien nicht den beiden strippdünnen Rosshaarsaiten, sondern einem großen schwellenden und schäumenden Strom und noch eher einem mächtig rauschenden und polternden Gewitter zu entspringen und durch die Dachluke in die Jurte hinunterzufluten; sie entriss einem jeden Zuhörer mit einem Mal die verschiedensten, darunter wohl manche ihm selbst unbekannten Gedanken aus unsichtbaren Tiefen und trieb sie zu einem einzigen zusammen. Und dieser war eine Frage: Was ist geschehen?

Man sah, dem Spieler war es ernst. Seine Gesichtszüge waren, wie bei einem blutjungen Menschen, scharf hervorgetreten und sein Schnurrbart zuckte, dass die hellen Härchen glimmerten und glitzerten. Ein Klageton meldete sich in der trotz des Sturms hell dahinströmenden, ebenmäßigen Klangflut. Ins Ohr der Anni Erdős schien eine Stimme einzuflüstern: O Freunde, nicht diese Töne! Doch ach, der Klageton kehrte schon wieder, hackte sich fest in die Flut ein, gewann bald Oberhand darin und kündete von einem unausweichlichen Verlust. Daraufhin geschah es auch: Die Melodie mündete in einen Sturz. Was dann kam, war ein Nachspiel, ein Versuch, eine Versöhnung zu finden, die freilich notwendig war, aber der Seele keine Ruhe zu verschaffen vermochte. Dennoch, der Schluss war wieder sehr schön: Den Saiten entrollte ein unverkennbares Pferdegewieher, das sich in die Länge zog und entfernte, mit einem Hufgetrommel im Hintergrund, das leiser und leiser wurde, bis es sich gänzlich verlor.

Beim Tee erzählte der Jurtenherr, dass er selber Namdshil hieß, während sein großer Bruder Höhöö geheißen hat. Diese Aussage entriss der Kehle des Fahrers ein lautes Ach. Daraufhin, als die Erzählung weiterging und es hieß, dass der Bruder ein ausgezeichneter Geigenspieler gewesen und schon mit dreiundzwanzig Jahren verstorben war, kam das schreckhafte Ach nun aus den Kehlen beider Männer, wie ein gemeinsamer Schluchzer. Noch halbwüchsig und schwergetroffen von dem Verlust, nahm sich der kleine, alleingebliebene Bruder vor, die Geige des Gegangenen nicht verwaisen zu lassen, und so lernte er darauf zu spielen.

Nach dem Tee kam auch eine Flasche zum Vorschein und daraus wurde der Arhi ausgeschenkt. Der Fahrer drückte sich, auf seine Pflicht pochend, und stieß damit auf ein allgemeines, zum Teil laut geäußertes Wohlwollen. »Bei uns, in dieser ländlichen Ecke trinken alle Fahrer mit«, sagte der Jurtenherr. Und seine Frau führte diesen angerissenen Gedanken aus: »Was gewiss eine hässliche Seite der heutigen Zeit ist. Nicht, dass es uns um den Schluck Schnaps leidgetan hätte, aber wir bewundern dich, junger Mann, um dein Pflichtbewusstsein!« Minganbajir dachte: ›Ich habe dich ganz anders erlebt, Bursche. Nun scheinst du dir fest vorgenommen zu haben, auf einem neuen Weg fortzufahren – meine guten Wünsche mögen dich begleiten, Mann!‹ Auch hinter Annis Stirne spielten sich lauter lichte Gedanken ab, die dem Fahrer galten, ob seines Benehmens. Nur, dabei befand sie sich, wie alle Verliebten, in einem süßen Irrtum. Aus diesem einen Fall schloss sie, so wären alle Fahrer in diesem Land, ganz anders als die meisten der unvernünftigen Europäer, die sich am Steuer zum Alkohol hinreißen lassen.

Als Gäste mussten Anni und Minganbajir ihre Pflichtmengen trinken. Das waren zwei Gläser, wie die Sitte vorschrieb: Auf zwei Beinen in die Jurte gekommen, sollte man das Trinkgefäß mindestens zweimal leeren. So erklärte der Dolmetscher es dem Gast. Und spürte daraufhin einen ihm eigenen, störrischen Gedanken in seinem Kopf erwachen: ›Was ist schon Sitte?‹ Aber das Glas war, verglichen mit manch anderen, winzig, und der Schnaps tat ihm, nach all den Erschütterungen an diesem einen Tag gut.

Darauf brachen sie auf. Während sich der weitgereiste Gast bei den Gastgebern umständlich bedankte, standen diese vor ihr sichtlich gequält wie unter einer schweren Bürde. Aber der Dank war echt. Wie gut, dass das Blechrohr hoch oben über dem Jurtendach kräftig rauchte! Unter dem quellenden, hellblauen Rauch, der dem eisgrauen Himmel Lebenswärme entgegenzusprudeln schien, standen Mann und Frau reglos da, bis das Auto dem Blick entschwand.

›So stellen sie das Säulenpaar dar, das zwischen Himmel und Erde seit Urzeiten gestanden, dabei sie verbunden und ihnen Halt gegeben hat‹, dachte Anni Erdős, während sie sich schweren, schmerzenden Herzens von ihnen trennte und die

Rückfahrt begann. Doch gerade dieses schmerzhaft Schwere im Herzen machte es wohl, dass sich alsbald eine sanfte Wärme über ihre Innenlandschaft verbreitete. Unter der betäubenden Wirkung dieses süßen Gefühls meinte sie, die beiden hätten ihre Blutsverwandten sein können. Und siehe da – endlich gelang es ihr, sich ihre Tochter dort, in der Jurte, vorzustellen. Jetzt vermochte ihr geistiges Auge sie auch wahrzunehmen: Jung, schlank am Körper, hell im Gesicht, das mit einem Mal auffallende Züge aufwies, denn ihre eigenen waren vermischt mit denen der Nomadenfrau. Und von dieser Jurten-Anni gingen dieselben bedächtigen und geschmeidigen, runden Bewegungen aus wie von den Nomadenleuten.

»Höhöö und Namdshil«, sagte Sangi plötzlich, wohl von einem Gedanken zurückkehrend, »wie spielend mit einem fauchenden Feuer und gewollt für das vollzogene Schicksal!«

Minganbajir verstand es als einen Wink. Er soll dem Gast die Legende erzählen. Und er tat es, erzählte, Anni zugewandt:

»Vor langer, langer Zeit lebte am nördlichen Rand der mongolischen Steppe ein junger Mann mit dem Namen Namdshil. Aber da er sehr schön sang und auch sonst ein tüchtiger Kerl war, bedachte ihn das Volk sehr früh mit dem Zunamen Höhöö, was in der Landessprache Kuckuck heißt, weil der Kuckucksruf den Ohren der Nomaden besonders liegt. Dieser Höhöö-Namdshil also hatte einen Apfelschimmel, der keinem Lauftier auf Erden, sondern einem Flugvogel des Himmels glich. Denn er hatte in jeder Achselhöhle ein Röhrchen, das herausragte und der federnden und sich festigenden Schwinge eines Kükens glich. Mit diesem Märchenross nun legte Höhöö-Namdshil eine Strecke, für die andere Reiter viele Tage brauchen, binnen weniger Stunden zurück, und so eilte er vom hohen Norden der weiten Steppe, der Taiga, Abend für Abend auf ihren tiefen Süden, die Gobi, zu und kehrte dann mit dem verblassenden Morgenstern zurück. Denn dort oben hatte er seine Frau und seine Kinder, seine Sippe und seine Herden, und da unten eine Geliebte. Eines Tages bekam – anders kann es doch gar nicht gehen, oder? – die Frau Wind davon und schnitt dem Pferd die Röhrchen ab. Der Mann, nichts davon ahnend, schwang sich mit dem aufgehenden Abendstern in den Sattel und gab dem Pferd die Peitsche, der weitere Hiebe folgten, denn er merkte wohl, dass der Apfelschimmel an dem Tage nicht so schnell war wie sonst. Er trieb es so arg und so lange, bis das seiner Schwingen beraubte Pferd hinstürzte und auf der Stelle verendete. In tiefer Trauer nahm Höhöö-Namdshil von seinem geliebten, bemähnten und behuften Gefährten Abschied. Dabei nahm er von dessen Schweif eine Handvoll Haarsträhnen. Und später baute er, um sein Wunderross zu besingen und seine Schmerzen zu stillen, die Pferdkopfgeige, mit Schweifhaaren besaitet und einem geschnitzen Pferdekopf über dem Hals.«

Nun herrschte Schweigen im fahrenden Auto, über dem gleichmäßigen Gedröhn des Motors. Jeder hing seinen Gedanken nach. Irgendwann sprach Anni, wie für sich: »Von einem Menschen hatten zwei dann ihre Namen.«

»Ja. Die ihren Anfang bei einem Vater genommen haben und aus einem Mutterleib geschlüpft sind«, kam ihr Minganbajir entgegen. Und fügte nach einer ganzen Weile hinzu: »Vielleicht wird ein und dasselbe Leben in zwei Menschen geteilt gelebt.«

Anni hielt inne. Er sah von der Seite, dass sie die Augen geschlossen hielt. Also dachte sie nach. Dann öffneten sich die Augen, die aber immer noch nach innen gekehrt blieben. Und sie sprach: »Ich würde sagen, dass das Leben eines Menschen in einem anderen fortgesetzt wird.«

Minganbajir kam nicht dazu, dem Gedanken näher zu rücken, ihn auf seinen Kern hin weiter abzuschälen. Hinter einem Hügel linker Hand tauchte ein Reiter auf, und kaum hatte er das Auto gesehen, jagte er, um diesem wohl den Weg abzuschneiden. Dabei fuchtelte er mit der rechten Hand und wie man wenig später hörte, rief er noch dazu. Das Auto hielt, nachdem es sich dem Reiter auf die Länge eines Lassostricks genähert hatte.

Es war ein bejahrtes dürres Männchen. Es saß hastig, wenn auch sichtbar schwerfällig, ab und kam, das Pferd mit dem struppigen, hellvereisten Fell hinter sich heranzerrend, näher. Dann grüßte es schon, obwohl es dem Auto immer noch nicht nah genug war, um solches zu tun. So sah man ihm die Angst an, man könnte ungeduldig werden und weiterfahren.

»Liebe Kinder«, fuhr der Alte nach dem verfrühten Gruß fort, nach Atem ringend, »meine Schwiegertochter hat seit der vergangenen Nacht Wehen – helft bitte!«

»Wie könnten wir das, Großvater, wo hier kein Arzt, sondern ein ausländischer Gast fährt?«, erklärte ihm der Fahrer.

Der Alte wurde nun entschieden: »Doch ihr müsst! Ihr nehmt sie ins Zentrum mit, wo die Hebamme ist!«

Jetzt mischte sich in das aufgeregte Gespräch aus lauter Zurufen Minganbajir ein: »Wir könnten die Leute benachrichtigen. Der Arzt wird doch schnell hier sein!«

»Der ist eben nicht da. Ich komme doch gerade von dort«, entgegnete der Alte, kläglich leise plötzlich, mit einer Stimme, die verriet, dass er den Tränen nahe war. »Er ist mit dem Krankenauto unterwegs. In die ganz entgegengesetzte Himmelsrichtung soll er gefahren sein. Die Hebamme ist allein da, die gleichzeitig die Krankenschwester ist. Und sie kann nicht reiten …«

Keinem der beiden Männer im Auto schien darauf ein Sterbenssilbchen einzufallen. Sie schwiegen betreten. Da fiel wohl dem Alten etwas ein, denn er wandte sich mit einem Mal an den Gast mit dem fremdländischen Aussehen und begann drauflos zu reden: »Weißt du, Töchterchen. Bestimmt hast du selber auch Kinder gebären müssen. So sag doch dem Fahrer, er soll einer Gebärenden, meiner Schwiegertochter, helfen!«

Der Gast, diese reife, so mütterlich aussehende Frau, blickte ihn erschrocken an, sie brauchte schnell den Dolmetscher. Doch Minganbajir, anstatt ihr das, was der Alte gesagt hat, zu dolmetschen, wandte sich an Sangi, worauf ein aufgeregtes, kurzatmiges Gespräch zwischen beiden entflammte.

»Unmöglich mit einem ausländischen Gast zu einer Niederkommenden zu fahren! Und diese gar mitzunehmen!«

»Und warum das?«

»Denn was ist, wenn ...«

»Ja. Schwer wird es werden, wenn sie hier drinnen niederkommt!«

»Das sowieso. Aber auch sonst. Wenn einer nachher erfährt wo und bei wem wir alles gewesen sind!«

»Wahrscheinlich. Aber durch wen soll dieser eine es erfahren? Ich werde die Klappe halten. Du hoffentlich auch! Und den Gast bitten wir darum, dass sie davon, was sie auch alles sehen und erleben mag, niemandem etwas erzählt!«

»Nein! Denn das wäre gleich Verschwörung!«

»Meinetwegen ja. Aber es geht um eines, nein, sogar um zweier Menschen Leben! Und du willst es übers Herz bringen, einer Frau in den Geburtswehen die Hilfe zu verweigern, weil da irgendwelche diplomatischen Gepflogenheiten verletzt werden könnten?«

Minganbajir hielt betreten inne. Dann wandte er sich, anstatt dem Fahrer auf seine Frage eine überzeugende Antwort zu geben und sich so von der schweren Beschuldigung zu befreien, an den Gast und dolmetschte den kurzen Sachverhalt, worauf dieser, ohne zu überlegen, sagte: »Selbstverständlich fahren wir hin und nehmen sie mit in die Entbindungsanstalt!«

Der Alte humpelte zu seinem Pferd, fand in der Aufregung den Steigbügel nicht gleich, aber dann, sobald sein Fuß darin steckte, schwang er sich irgendwie über den Sattel und ritt gleich in gestrecktem Galopp davon. Das Auto folgte dem Reiter.

Keine volle Viertelstunde dauerte die Fahrt. Aber die Strecke kam allen endlos lange vor. Als sie dann am Ail endlich ankamen, sahen sie aus der linken, kleineren und neueren der beiden Jurten einen etwa fünfjährigen Jungen herausspringen, einen Herzschlag lang stehen bleiben und darauf wieder mit eben der sprunghaften Bewegung hinter der Tür verschwinden.

Zuerst blieben sie im Auto sitzen, in der Erwartung, der Alte würde die Schwiegertochter holen. Dann aber vernahmen sie durch die dünne Jurtenwand Stöhnen und Kreischen so heftig und in so kurzen Abständen, dass sie auf den Gedanken kamen nachzuschauen – vielleicht wurde Hilfe gebraucht, beim Ankleiden oder Tragen der Kreißenden. So ging der Fahrer.

Und kam nach einer Weile zurück. »Die kann nicht mitkommen«, meinte er. »Die Schwiegermutter sagt, das Kind sei seit Mittag zu sehen. Wir müssen ihr auf der Stelle helfen, kommt!«

Minganbajir erschrak: »Wie meinst du das?«

»Ziehen!«, sagte er kurz.

»Bist du denn wahnsinnig?«

»Du und ich, wir alle, haben in der Jurte, am Herd, das Weltlicht erblickt. Unsere Väter und Großeltern sind die Hebammen gewesen, die uns herüberholten. Und wir selbst waren bei den Herden auch Hebammen gewesen. Oder kamen die Schafe und Ziegen bei deinen Eltern alle von selber nieder?«

»Aber hier ist ein Mensch!«

»Darum gerade müssen wir uns beeilen und besonders wach zeigen. Denn das Kind könnte ersticken!«

Minganbajir war sprachlos, erschrocken, aber auch begeistert. Er dolmetschte dem Gast wieder den kurzen Sachverhalt. Auch sie erschrak. Ob sie außerdem auch begeistert war, wusste man nicht. Darauf nahm Sangi die Apothekenkiste und trat in die Jurte. Die beiden folgten ihm.

Links in der Jurte, vor einem ornamentverzierten Holzbett, an ein hohes Kissen gelehnt, lag auf dem Rücken die junge

Frau, die linke Hand am Bettrand festgekrallt. Sie war entkräftet. Ihr fielen die Augen zu, wenn sie nicht gerade schrie. Vor ihr hockte auf beiden Knien eine weißhaarige Alte, wohl die Schwiegermutter, und hielt der Leidenden die freie rechte Hand. Der Alte hockte rechts an der Wand mit zittrigen, müßigen Händen, neben ihm stand der Junge, der die Eintretenden als Einziger in der Runde lächelnd empfing.

Sangi übernahm selbstsicher die Führung. Hieß die beiden ihre Mäntel ablegen, die Hände waschen und sie noch mit Alkohol abreiben. Auf den fragenden Blick Minganbajirs sagte er, wie jenem schien, in einem scherzhaften Ton: »Ihr beiden seid meine Gehilfen und seid darum auf alle Fälle gereinigt und griffbereit!«

Die beiden Alten waren kaum sprachfähig. Aus dem Mann schienen jetzt, nachdem das so sehr ersehnte Auto endlich gefunden und herbeigeschafft worden war, alle Restkräfte entwichen zu sein. Die Frau murmelte ununterbrochen zusammenhanglose Gebete in ihrem zahnlosen Mund. Der Leidenden und in Todesgefahr Schwebenden war, wie man ihr ansah und wie jeder es auch verstehen konnte, jede Hilfe willkommen.

Anni ging auf Sangis Geheiß zum Kopf der Gebärenden, hockte sich vor ihr nieder und hatte ihr als Frau beizustehen. Minganbajir stand hinter ihr, als Dolmetscher oder auch als Hilfskraft, griffbereit wohl jederzeit für alles. Sangi ging, Kopf und beide Hemdärmel mit Mull verbunden, an seinen Platz und damit an die Sache. Was bevorstand und wie es im Einzelnen vor sich gehen würde, war allen klar. Unklar, ja, unbegreiflich war allein, dass Sangi ununterbrochen redete und dies in einem zur Lage der Stunde so wenig passenden scherzhaften Ton.

»Schwesterlein«, sagte er, »ich sehe den Scheitel deines Kindes, und schon daran erkenne ich es als ein zartes, hübsches Wesen. Darum will ich es nicht derb anfassen. Die meiste Arbeit musst nun du leisten, ich werde dir dabei nur behilflich sein. Erst aber gönnen wir uns eine kleine Rast. Sei locker, entspanne alle Muskeln, ruhe dich ein wenig aus. Genosse Dolmetscher, würdest du bitte unserem Gast, der Genossin Delegationsleiterin und Frau Professorin, sagen, dass sie unserem weiten Land mit vielen Reichtümern, aber so wenigen Seelen, dabei hilft, sich um eine neue zu bereichern. Was für eine diese sein wird, ein künftiger Bräutigam oder eine künftige Braut, hübsch dazu wie ihre Mutter, werden wir gleich erfahren!«

Minganbajir dolmetschte all das wortwörtlich, ohne sich Gedanken darüber zu machen, ob es so einen Sinn ergab oder nicht. Denn er fühlte sich jenem unterstellt und auch ein wenig verpflichtet. Und Anni lächelte und nickte Sangi zu, nachdem alles bei ihr angekommen war. Dieses Lächeln übertrug sich auf das Gesicht der Gebärenden. Auch schien die Alte sich von einem Teil ihrer Ängste getrennt zu haben und so in ihren Gedanken ein wenig klarer geworden zusein. Denn sie sprach, die Augen auf Anni gerichtet: »Ein liebes Menschenkind, woher es auch stammen mag, weilt unter uns – welch eine Freude! Ein auffallendes Geschöpf mit so lichtem Gesicht und so liebem Wesen, und wie man nun hört, ein wichtiger Staatsmensch dazu, ist in unsere Jurte gekommen und sitzt, zu jeder Hand ein weiteres, liebes Menschenkind, neben dir zur Stütze deines Kopfes – wenn das kein gutes Omen und keine ersehnte Hilfe ist! Töchterchen, glaube mir, alles wird gleich gut werden!«

»So, Schwesterlein«, sagte Sangi in seinem unbekümmerten Ton endlich wieder, »nun heißt es, alle Kräfte sammeln und zeigen, was für eine tüchtige Mutter du bist! Erst schön langsam einatmen, immer tiefer, immer weiter, ja gut, und jetzt, Atem anhalten und die Bauchmuskeln anspannen! Weiter, noch weiter, noch, noch etwas, noch ein ganz kleines bisschen, ja, ja genau, noch weiter, weiter!«

Er hatte den Griff. Das fühlte Anni so deutlich, dass auch sie ihrem Schützling unter die Achsel griff und sie in die andere Richtung zog. Die Gebärende stieß einen grellen Schrei aus, der sich dann zweimal wiederholte, dabei aber immer leiser wurde.

»Wir haben's geschafft, liebstes Schwesterlein!«

Das war Sangis Stimme, recht dumpf und fast brüchig. Dann: »Nun, Migga! Mull her!«

Ein klumpiges, dunkles Etwas, was mehr einem Stück Baumwurzel glich als einem Kind, lag in der dunkelglänzenden, dampfenden Lache. Sangi wischte es mit dem herübergereichten Mull an dem Ende ab, wo der Kopf mit der Nase, dem Mund und den Ohren sein sollte, blies ihm abwechselnd dahinein und dorthinein, zupfte es an diesem und jenem Ende, wie bei einem halberstickten Lämmchen. Mit einem Mal regte es sich, dem folgte ein Geschrei, es war eine kräftige, jubelnde Kunde von der Ankunft eines Menschen im Leben, und diese schien das ganze Jurteninnere zu erhellen.

Die Kunde erreichte wohl zuallererst die junge Mutter. In ihren erschöpften Körper fuhr eine Zuckbewegung, und ihre noch nicht getrockneten Augen füllten sich abermals mit Tränen. Es war die erlösende Sprache des Glücks, die in ihre Brust und damit auch in diese Jurte einkehrte. Und dabei ließ sie auch ihre eigene Sprache hören: »Lieber, wohltätiger Bruder mein ...« Und das klang wie ein Eid.

Anni wischte dem Mütterchen, das sie an ein Kind denken ließ, den Schweiß ab, der, aus allen Hautporen herausgedrungen, die Haut ihres Gesichts und Halses überflutete. Das weiße Frottierhandtuch in ihrer Hand war schon zum Auswringen nass.

Die Alte betete, die Hände zusammengelegt und vor die Stirne erhoben, inbrünstig und laut: »Heiliger Himmelvater, gütige Erdmutter!« Dabei war ihr Gesicht voller Falten, aber vollen Lichts nun auch, abwechselnd auf jeden der drei fremden Menschen gerichtet, die inmitten eines endlos langen Wartens aufgetaucht waren und die ersehnte Hilfe gebracht hatten. »Wir Alten können euch, ihr Lieben, die erwiesene Wohltat nicht erwidern. Aber wir werden, solange wir leben, unsere Kinder und Kindeskinder tagtäglich, nachtnächtlich daran erinnern, dass es da eine Wohltat zu erwidern und drei Wohltätige zu verehren gibt!«

Der Alte, mittlerweile dem Geschehen um zwei Schritte näher gerückt, die Hände ebenso zusammengelegt, aber vor der Brust, hockte auf den Knien und reckte den Hals hoch. In seinen schmalen, schrägen Augen mit den dicken, geröteten Lidern glitzerten Tränen, so auffallend, dass sie einem sprühenden Licht im Wege stehen mussten. Der Junge stand dicht neben dem Großvater, eine Hand auf dessen Schulter und die andere über die Augen geschirmt, das Gesicht zu einer Fratze verzogen wie vor Schmerzen, was aber auch Ekel sein konnte, der manchmal Kinder befällt, wenn diese auf ein soeben aus dem Mutterleib herausgekommenes, glitschiges und dampfendes Wesen schauen müssen, wodurch sie auf die nicht allzu weit zurückliegende eigene Ankunft erinnert werden.

Der Ankömmling im grellen Licht und in seinem künftigen so kühlen und derben Wohnort schrie und schrie. Und jedes Geschrei brachte einen neuen Hauch, einen neuen Schub Erleichterung gleichzeitig in alle Menschenbrüste. Anni, die diese Gabe des Lebens fast körperhaft deutlich in ihrer Seele verspürte, erkannte auf einmal ein schwaches Lächeln auf den Lippen ihres Schützlings. Und dieses erste Lächeln nach dem langen, bitteren Leiden, nach dem schweren, harten Kampf, auf das sie längst gewartet, als erfahrende, wissende Mutter, verbreitete sich weich und doch unaufhaltsam wie eine Welle über das erschöpfte, glückliche Gesicht.

»Großmutter, betet laut zu Euren gelben Heiligen und besonders laut zu unserem blauen Himmel: Es ist Eure Fortsetzung, eine baldige Braut, spätere Mutter und künftige Große, urgroße Mutter! Und Großvater, bestimmt bitte darüber, wem die Ehre zuteil werden soll, Eurer Enkelin die Nabelschnur durchzuschneiden!«

Diese feierliche Verkündung trieb wohl die allgemeine freudige Stimmung noch um eine weitere Stufe in die Höhe. Der Alte rief mit zittriger Stimme: »Da gibt es keine Frage, es ist das Mädelchen mit den himmelblauen Augen und dem sonnengelben Haar – uns ursprünglich Tochterlosen neben der Lieben, Armen da seit heute eine weitere Tochter!«

Minganbajir dolmetschte das Gesagte wortwörtlich, bestrebt dabei auch, dem Sinn keinerlei Bruch zu tun. Die soeben Tochter genannte und zur Nabelmutter Bestimmte erschrak darüber zuerst, zeigte sich darauf aber gerührt und auch begeistert. Und diese ihre Haltung wirkte auf alle anderen bestärkend. So war dem Jungen jetzt der fratzenhafte Zug aus dem Gesicht verschwunden: Klein und rund, leuchtete und glühte es, im Schein des funkensprühenden Feuers in den schmalen, aber hellwachen Äuglein.

Schon erteilte Sangi weitere Anweisungen, die Minganbajir wie eine Operationsschwester erfüllte. Auf dessen Geheiß rieb er die Schere mit Alkohol ab, verband ihren Griff mit Mull und reichte sie dann der Nabelmutter. Anni schnitt die ihr vorgehaltene Nabelschnur dort, wohin Sangis Daumen hindeutete, genau in der Mitte beider Knoten, durch. Dabei tat sie es mit einem, wie sie es nachträglich feststellte, eigentlich unnötig kräftigen Druck. Denn die verdrehte, daumendicke Nabelschnur, die ihr so fest erschien, war in Wirklichkeit puddingzart.

Die schreihalsige, rotglitschige Erdenbürgerin, fürs Erste mit lauwarmem Wasser über einer Schüssel abgewaschen, legte Sangi auf ein schneeweißes Leinentuch, das ziemlich als Erstes vorbereitet worden war und das die Alte vor ihm ausgebreitet hatte, und sprach in demselben feierlich-scherzhaften, nun sogar ein wenig neckischen Ton: »Nun, Frau Nabelmutter, kleiden Sie Ihr Kindchen an!«

Und diese, nachdem sie es gedolmetscht bekommen hatte, machte sich daran, das soeben gelöste Wiegenbündel auseinanderzunehmen und daraus die ersten Kleidungsstücke für das Kindchen zusammenzusuchen. Es waren, zu ihrer Freude, Standardstücke und bei ihr noch nicht ganz in Vergessenheit geraten – schnell kamen sie in ihre Erinnerung zurück. Nur war sie noch nie mit einem so frischen, glitschig-wackligen Wesen umgegangen, und daher kostete es sie ungemeine Anstrengung. Doch sie nahm ihren Mut zusammen und gab sich Mühe dazu, und so war der Ankömmling bald auch wohlverpackt.

Schon hatte die Großmutter ein daumendickes Stück, spitz einem Ende zu, aus einem Stück Hammelschwanzfett herausgeschnitten und versuchte, damit die kleine Erdenbürgerin zu stillen. Diese aber setzte ihr Geschrei fort, als wenn sie mit der Verkündung ihrer Ankunft auf der Erde noch nicht fertig wäre. So widersetzte sie sich der Annahme ihres ersten Erdenmahls. Nach einer Weile jedoch nahm sie es an, indem sie den für das winzige Gesicht unverhältnismäßig groß wirkenden Mund aufsperrte, ihn um den Fettbrocken schloss und schmatzend daran sog.

Die Nachgeburt kam schnell. Da durfte man sich der Freude endgültig hingeben. Und so geschah es auch.

Hebamme und Nabelmutter mussten sich einer kleinen, aber recht feierlichen Waschhandlung unterziehen. Aus einer Messingkanne goss ihnen der Großvater lauwarme Wacholderlauge auf die Hände. Dem schloss sich die Alkoholwäsche Sangis an.

Die Großmutter konnte die Gäste endlich zum Tee einladen, den sie aus einer Thermoskanne ausschenkte. Zu dem Tee gehörten selbstverständlich ein Schnellimbiss und eine Flasche Arhi. Nachdem der Großvater das Feuergetränk in die Gläser eingeschenkt hatte, holte er hinter dem Bilderrahmen auf der Truhe im Hoimor drei knisternd neue Tugrik-Scheine (Tugrik, eigentlich: tögrög, – mongolische Nationalwährung) hervor – vorher hatte er mit seiner Alten getuschelt, also hatte man sie bereitgelegt. Nun schob er unter jedes Glas je einen

Schein. Darauf erhob er sich fast leichthintrig, richtete sich so gerade auf, wie es eben ging und sprach hochfeierlich: »Ihr erschient wie vom Himmel gesandt, als wir in großer Bedrängnis waren, und mit euch kehrten in unser Ail und in diese Jurte der gestörte Friede und die verscheuchte Freude zurück, noch herrlicher und größer als zuvor, denn ihr habt uns nicht nur einen Menschen gerettet, ihr habt uns auch einen weiteren, schwarzköpfigen Menschen geschenkt. Wir danken euch, liebe Kinder! Diesen Dank unserer kleinen Sippe möchte ich aber mit einer Bitte verbinden: Unser Gast, die Nabelmutter, möge ihrer Nabeltochter einen Namen spenden!«

Damit hob der Großvater eines der Gläser mit dem Geldschein darunter und brachte es der Nabelmutter beidhändig dar. Die anderen Gläser und Geldscheine reichte er ebenso beidhändig beiden Männern.

Während Anni verstand, mit welcher Ehre sie erneut bedacht worden war, blickte sie in Minganbajirs Augen und vermochte darin eine wehmütig-wilde Begeisterung zu erkennen. Sie verstand. Darauf erhob sie sich und sprach, ihre Aufregung schwerlich unterdrückend: »So soll sie denn heißen Anni, so wie ich heiße und so wie meine Tochter auch geheißen hat!«

Minganbajir aber machte beim Dolmetschen einiges anders, er sagte: »Sie soll Anni heißen, wie ich immer von einer Tochter geträumt und sie dabei genannt habe. Und soll, wie ich dieser meiner Traumtochter immer gewünscht habe, viel, viel Glück in ihrem Leben haben und es am Ende auf silberweiße Haare und goldgelbe Zähne bringen!«

Der Großvater ließ sich den Namen noch einmal wiederholen. Dann sagte er zu seiner Frau: »Reich doch das Dingchen herüber!« Worauf sie ihm die neue Erdenbürgerin, die neben ihrer Mutter lag, still geworden, vermutlich in Schlaf versunken, herübergab. Er nahm das Bündelchen entgegen, näherte dessen Kopfseite an den eigenen Mund und sprach leise, aber deutlich: »Hier ist dein Name, gespendet von deiner Nabelmutter. Höre ihn dir nun an: Anni, Anni, Anni!« Dann reichte er es an seine Frau zurück.

Auf den Namen wurde das Glas angestoßen und ausgetrunken. Auch Sangi, der Fahrer, trank, und dem folgte seine Erklärung: »Sonst tue ich es ungern seit Jahren schon, besonders wenn ich fahre, gar nicht. Aber nach einem solchen Ereignis, dachte ich, ich halte mich nicht heraus.« Die Nabelmutter gab dem Großvater ihre Visitenkarte, für alle Fälle, wie sie sagte. Minganbajir schrieb auf die Rückseite: AHHU, was in kyrillischen Buchstaben Anni lautete.

Es gab ein weiteres Glas, das zur Pflicht gehörte, wie die Gastgeber meinten. Und noch eine nennenswerte Sache: Die Nabelmutter löste ihre Halskette vom Nacken, legte sie der Großmutter in die Hand und sprach: »Es ist ein Erbstück von meiner Großmutter. Eines Tages sollte meine Tochter es erben. Nun soll diese hier es bekommen und später tragen, sooft sie Lust dazu hat.« Es war ein sehr edles Schmuckstück, sauber bearbeitet aus Weißsilber, ein herzförmiger Anhänger mit drei roten Perlaugen.

Als sie aufbrachen, hatte sich der Abenddämmer auf Ail, Hügel und Steppe längst herniedergesenkt. Die Schafherde kam von der Weide, und ein Mensch, schmächtig von Gestalt, trieb sie in die Hürde. Wohl ein Halbwüchsiger oder eine Frau?

Das Scheinwerferlicht glitt tastend über die Steppe voran, die nun in der Dunkelheit bucklig und knittrig erschien. Es war still im Auto. Sangi fuhr langsam und schweigsam, fuhr gut und gemütlich auch für die anderen. Seine Gedanken waren mit den Leuten beschäftigt, in deren Lebenskreis er so unvermittelt eingedrungen war. Der ihm beschiedene Dank war echt. Er sollte immer wieder vorbeikommen. Er würde es bestimmt auch tun. Doch, vorbeikommen – was für ein merkwürdiges Wort? Er wäre froh, wenn er bei den Leuten wenigstens eine Weile bleiben und in einer der Jurten ein Stück Zuhause finden könnte. Wer war der Schäfer? Der Sohn, der Jurtenherr, konnte das wohl nicht sein! Aber wo denn war er dann? Warum haben die alten Leute nichts von ihm erzählt?

Seine Gedanken streiften auch die beiden Mitfahrer. Die fremdländische Frau war, obwohl hoch genug in der Stellung, ein bescheidener, lieber Mensch. Sie war wohl recht glücklich, zwei Brocken Nomadenleben, zwei Brocken fremder, aber echter Menschschicksale erlebt zu haben. In ihrem Blick glaubte er, ziemlich von Anfang an warme Bewunderung für sich gefunden zu haben. Und das hat ihn, den waghalsigen Strolch, in seinem weiteren Auftreten ermuntert.

Er war sich unschlüssig in seinem Urteil über Minganbajir. Warum zeigte sich bei ihm immer wieder die Angst? Hatte er denn öfters Schläge hinnehmen müssen? Wohl ja, wenn er vom Außenministerium, dieser Traumecke für jede Aufsteigerseele, gehen musste! Doch zweifelsohne ist er ein guter Mensch mit einem weichen Gemüt und weitem Herzen, wenn er die beiden in ihrer Not zu sich genommen hat. Lag in den Augen der fremdländischen Frau, die seine derzeitige Chefin war, nicht ständig eine lichte Wärme, wenn sie auf ihn schaute? Sie muss mit ihrer Bildung, Stellung und Erfahrung erkannt haben, dass in ihrem Dolmetscher ein guter menschlicher Kern vorhanden war …

Anni Erdős fühlte sich zart angerührt an den Saiten ihrer Seele. Das, was sie in der ersten Jurte hatte erleben dürfen, kam ihr nachträglich wie eine Vorbereitung auf das vor, was sie in der zweiten hat erleben müssen. Denn schon dort hatte sie geglaubt, einem verwandelten Dasein ihrer Tochter zu begegnen und zwischen den Leuten und sich selbst eine Wahlverwandtschaft zu entdecken, obwohl, wie ihr schien, dort noch kein Anlass dazu gegeben war. Doch hier dann! Allein, dass sie die Ankunft eines Menschen im Leben miterleben durfte, wäre sehr viel gewesen. Aber es ist nicht dabei geblieben, sie hat diesen Ankömmling im Weltlicht eigenhändig mitempfangen müssen und sogar zu dessen Nabelmutter werden dürfen! Und dieser

Mensch, diese neue Erdenbürgerin, ist damit zu ihrer Nabeltochter, also zur Tochter geworden! Hat ihren und ihrer toten Tochter Namen bekommen! Hat dazu auch die Halskette, das Erbstück von der Großmutter, das ihre Tochter, wenn sie ihr weiterhin geblieben wäre, eines Tages geerbt haben würde, nun schon geerbt und wird sie also zuerst an ihrem jungen, dünnen, später ausgereiften, vollen und zum Schluss alten, knittrigen Hals, also viele Jahre lang auf ihrer glühend warmen, pochend lebendigen Haut tragen und dabei hin und wieder an deren Spenderin wohl in zärtlicher Liebe denken!

Minganbajir kam sich wie trunken vor und fühlte sich selig in diesem Schwebezustand. Er hatte in seinen Gedanken Sangi, diesem schamlosen Schurken, wie er anfangs geglaubt hatte, und dem herrlichen Menschen, wie er jetzt meinte, nicht nur längst alles vergeben, sondern ihn auch selber um Vergebung gebeten für alle seine unverschämten Mutmaßungen über dessen Beschaffenheit. Wohl war es dieses letzte Wort, das ihm einen Sprung zu einem weitliegenden Gedanken verschaffte. ›Die Wissenschaftler behaupten, dass jeder Mensch unwiederholbar sei‹, blitzte es in seinem Hirn. Doch es gab gleich darauf auch einen Gegenblitz: ›Ein und dasselbe Wesen verfügt oft über verschiedene Formen, sowie manchmal eine und dieselbe Form von unterschiedlichen Inhalten erfüllt ist. Und will das nicht heißen, dass das Leben eines Menschen manchmal in einem anderen vorgelebt oder wiederholt oder fortgesetzt wird?‹ War ihm das noch vorhin als eine Fügung höherer Gewalten vorgekommen, glaubte er nun zu wissen, dass der Mensch, dieses oft ohnmächtig erscheinende Wesen, auch dort seine Hand mit anlegen konnte und sogar musste. ›Denn das Kind, das in der Jurte geboren ist, das bald zu einem Mädchen, später zu einer Frau heranwachsen wird, trägt nunmehr einen fremdländischen Namen und hat auch die mütterliche Liebe einer gewissen Frau Professorin Doktor Anni Erdős, obwohl diese in einem fernen Land lebt und ein völlig anderes Dasein führt als die leibliche Mutter‹, dachte er weiter. ›Und wer weiß, ob das Kind eines Tages in seinem Wesen jener nicht gleicht, zumal es im Volk seit jeher heißt, jeder Mensch ähnelt im Wesen seiner Nabelmutter?‹

Das war ein gewollter Gedankengang. Und er war gelenkt und geführt von einem Verlangen, das sich in ihm spätestens seit dem Schluck Schnaps im Flugzeug wieder zu bilden angefangen und nun schon feste Gestalt angenommen hatte. Dieses Verlangen kam dann bei ihm voll zum Ausdruck in dem trotzigen Gedanken: ›Wie auch immer, du bist meine Anni!‹

Damit stemmte er sich, zärtlich, doch entschlossen, einen Herzschlag lang gegen den weichen, dennoch festen, quicklebendigen Körper seiner Sitznachbarin. Und er tat es mit der Absicht, das ängstliche Zaudern in sich zu überwinden und mit dem Wunsch, auch sie möchte es tun. Allein sie blieb taub vor seinem Angebot, obwohl sie es als solches sehr wohl verstand und darüber erschrocken war. Wobei sich der Schreck in seiner Herkunftsrichtung nachträglich wandelte – denn er hatte nicht nur mit seiner kleinen, typisch männlichen Frechheit, sondern auch mit ihrem eigenen Tun, nämlich mit dem sofortigen Durchschauen seiner Absicht zu tun. Das kam ihr so verdächtig, so nah in Richtung ihrer eigenen Gedanken vor.

Aber sie überwand sich schnell und tat, als wenn sie sich fester setzte und aufrichtete, obwohl sie auch vorher fest und gerade gesessen hatte. Sie tat es vielleicht wegen des Fahrers, obwohl sie wusste, dass er nichts sehen konnte, da vorne das Scheinwerferlicht brannte und sie beide hinten saßen, im Dunkeln, und alle Blicke in eine Richtung zielten. Nein, wer vorn saß und zudem auch mit der Steuerung durch die nächtliche Steppe zu tun hatte, konnte nichts merken, auch wenn es hier hinten zu was ganz anderem gekommen wäre. Aber es geschah dort nichts, es konnte nichts geschehen …

Sie kamen an. Der Gast bedankte sich bei dem Fahrer wieder ausgiebig und umständlich, dieser betrachtete sie halb spöttisch, halb liebevoll, und als er dann die volle Dankessalve aus dem Mund des Dolmetschers erneut hörte und diesmal verstand, worum es ging, winkte er ab: »Ach, was denn! Sag ihr lieber, dass ich mich entschuldige, weil ich sie in eine recht schwierige Lage hineingesteuert habe – vielleicht ist es ihr dann und wann doch zu viel gewesen.«

Anni verneinte die Befürchtung heftig, sagte, alles sei ihr ein großes himmlisches Geschenk gewesen, und drückte ihm lange und fest die Hand und bedankte sich noch einmal kurz und angestrengt auf Russisch. Minganbajir drückte seine Hand ebenso lang und fest und sagte: »Heißt es nicht, des Mannes Weg habe einen langen, unabreißbaren Hals? Wir werden einander bestimmt noch so manche Male begegnen, und jedes Wiedersehen wird für mich eine Freude und ein Anlass sein, über die verwickelten, aber letzten Endes erträglichen, bei etwas mehr Verstand verdaulichen Windungen des Lebens von neuem nachzudenken!« Sangi sagte, gesenkten Blicks, leise: »Vielleicht.« Und hörte sogleich mit dem Gegendruck auf. Da endlich ließ der andere die Hand los.

Der Fahrer blieb neben seinem Auto stehen, bis die beiden ins Hotel eintraten.

Die Truppe saß schon im Speisesaal um einen Tisch versammelt, obwohl es noch nicht zwanzig Uhr war. Chefin und Dolmetscher verständigten sich mit Blicken und betraten den Raum. So war es immerhin besser, als ganz auszubleiben und erst in der letzten Minute zu erscheinen. Ein Beifall, mit lustigen Zurufen vermengt, empfing sie. Und auch dies war besser als ein Wiedersehen in stillem Schweigen, was ja auch eine Möglichkeit gewesen wäre.

Das Abendessen war ein erweitertes, mit anderen Worten, ein kleiner Empfang. So wäre es schlimm gewesen, ihm fernzubleiben. Aber jetzt waren sie da, und so konnte ein jeder, ergeben wie gelassen, der vorgeschriebenen Pflicht nachgehen. Die denkwürdigen Ereignisse dieses prallvollen Tages ergaben eine feste Grundlage, um mit allem, was kommen mochte, fertig zu werden. Und sie, Chefin wie Dolmetscher, wurden letzten Endes damit auch fertig – auch mit den als locker angekündigten, dennoch wieder durch und durch stramm verlaufenen Trink-, Tanz- und Plauderstunden an der Bar, zu der alle anschließend an das Essen aufgefordert wurden.

Als dann die endlos langen und sinnlos mühevollen Stunden endlich verstrichen waren und alle sich in den Gang begeben durften, wurde Minganbajir von Ilona, die den ganzen Abend mit Laci scherzend und lachend verbracht, angesprochen: »Genosse Dolmetscher, du hast mir sehr gefehlt.«

»So?«, hielt der Angesprochene inne, wie verwundert. »Vielleicht kann ich dir den Dienst nachträglich erweisen?«

»Pst! Nicht so laut. Man könnte uns hören. Ich möchte dich keinen Eifersüchteleien aussetzen!«

Minganbajir war sprachlos, fühlte Glühhitze auf der Gesichtshaut. Ilona aber sah ihn unschuldig und ernst an. Da sagte er abermals: »Wenn du was Bestimmtes wissen willst, setzen wir uns für eine Weile an den Tisch da.«

»Warum denn an den Tisch? Komm doch zu mir aufs Zimmer!«

»Das geht doch nicht, denn was ist, wenn ...«

»Wenn was? Wenn dich etwa die Olle sieht?«

Er wurde wütend, behielt sich aber noch in der Gewalt: »Sag das bitte nicht, Ilona. Erstens meinte ich etwas anderes. Ich wollte sagen, was wäre, wenn der Pförtner erführe, dass ich bei einem Gast, weiblich noch dazu, im Zimmer war? Zweitens ist sie, die du meinst, gar nicht so alt und erst recht keine Olle!«

Ihre Lippen verrieten ein feines Lächeln: »Du bist ein goldiger Junge!«

In dem Augenblick kam die Chefin, die den ganzen Abend ihre Rolle glänzend gespielt hatte, vorbei und sagte, allen zunickend: »Gute Nacht!« Und ging weiter, noch bevor man ihr darauf hat antworten können. Der Dolmetscher, der die ihm zugefallene Rolle ebenso gut gespielt hat, bekam einen Schreck, der ihm wohl wie ein kalter Wind durch seine Hohlräume fuhr. Das Delegationsmitglied dagegen schien sich darüber zu belustigen, denn sie zwinkerte ihm vielsagend zu, nun das Lächeln zu zwei Grübchen in den Mundwinkeln vertieft.

Er sah sie verständnislos an: »Warum nun das? Ich verstehe dich einfach nicht!«

»Nein? Dann noch ein weiterer Beweis für das, was ich meine. So darf ich dir sagen, gute Menschen sind stets auch ein wenig dumm!«

»Du magst wenigstens zur Hälfte recht haben. Denn ich weiß nicht, ob ich auch gut bin. Aber dumm bin ich wohl auf alle Fälle. Ja, in der Tat, Ilona. Ich komme nicht hinter das Rätsel, das du mir aufgibst. Aber lass mich bitte darüber bis morgen nachdenken. Schlaf also schön!«

Jetzt stand sie da, wie rat- und haltlos. Ihre Augen blickten traurig. Das Lächeln war von ihren Lippen gewichen. Und das, was in ihren Mundwinkeln lag, hatte wenig Ähnlichkeit mit einem Lächeln. Denn es war jetzt keine spielende, überlegene Muskelbewegung mehr, sondern die erkaltete und erstarrte Spur von einer unüberlegten Anstrengung der Gesichtshaut. Um sie also nicht in diesem Zustand verlassen zu müssen, sagte er: »Laci wird doch kommen, Ilona!«

»Ach, das Kind!« Das war wie geseufzt, laut, aber müde. Es zuckte ein irrlichternd heller, schmerzender Gedanke durch sein Hirn: ›Da zu alt, hier zu jung – sind denn die Mitmenschen für dich lediglich Jonglierkeulen, Mädchen?‹ Er wollte seinen Hirnwindungen weiter folgen, womöglich einen wesentlichen Gedanken finden und ihn ihr schenken, auf dass ihr vielleicht geholfen war. Aber sie ging. Er schaute ihr hinterher und dachte: ›Also bist auch du auf der Suche …‹ Sein Blick war erfüllt von Liebe und Trauer, und hinter diesen stand wieder einmal die Erschütterung, die ihn wohl bis in die letzten Ecken und Nischen seiner Seele jedes Mal heimgesucht, sooft er sich bei der Suche ertappt, von der er von vornherein wusste, dass es kein Finden darauf gab.

Er ging die Treppe hinauf, Anni im Sinne. Aber dann, als er vor ihrer Tür stand, konnte er sich nicht entschließen, anzuklopfen – immer war jemand im Gang. In einem Augenblick dann, als niemand mehr zu sehen war, beschloss er, zuerst die Klinke anzufassen, um zu erfahren, wie es mit der Tür stand – vielleicht war sie abgeriegelt und sie lag schon im Bett? Er tat es – fasste die Klinke an und drückte sie sanft nach unten. Die Tür war tatsächlich abgeriegelt.

Aber sie war noch hellwach, war sogar in der Nähe. Denn ihre Stimme erklang: »Wer ist denn da?«

»Ich bin's«, zitterte es in seiner Kehle dumpf. Und darauf: »Migga!« Das hörte sich noch erbärmlicher an, klang fast geblubbert. Ein kaltes Gelächter kollerte in ihm, tief unten im Bauch, und es galt ihm selber und war angegiftet mit dem Gedanken: ›Der feige Hund!‹

Anni hatte den silbrigen Morgenrock an, war gewaschen, gekämmt und abgeschminkt für die Nacht und sah in seinen Augen jung und unendlich schön aus.

Sie hat ihn nicht erwartet, das heißt, schon befürchtet, aber an die furchteinflößende Möglichkeit nicht glauben wollen. Nun war sie versucht, ihrer Gesichtshaut eine Eisschicht aufzusetzen und die nun beharrlich herauszukehren. Aus dieser Überlegung bot sie ihm einen Platz auf der Liege an und setzte sich selber auf einen Stuhl, ihm schräg gegenüber, getrennt durch den ovalen Tisch. So wirkte ihr ganzes Verhalten, als hätte es den erschütternden und leuchtenden Tag voller Erlebnisse und den herausfordernden Abend, den sie so eingespielt aufeinander überstanden hatten, gar nicht gegeben, ganz zu schweigen von all dem, was vorher gewesen war. Und das kränkte und schmerzte ihn in der Seele. Doch war diese ungute

Empfindung nicht so stark, dass er auf der Stelle hätte aufstehen und gehen können.

Er befand sich in einer merkwürdigen Lage, die ihn zwang, die Empfindung gegen das Wissen auszuspielen. ›Du willst tot sein? Sitzt doch in diesem Augenblick quicklebendig vor mir!‹ Gewiss, das war ein trotziger, also ohnmächtiger und armseliger Gedanke, der seiner Seele, jenem eingesperrten und schwergepeinigten Wesen unter der Haut, höhnisch erschien und ihr ein wenig Genugtuung verschaffte. Sie kam ihm wie schreihell erwacht, zum Reißen angespannt und hinter allen Poren wundgescheuert vor. Die Tatsache, dass sie sich erst gestern, ja, noch heute früh geküsst hatten, war dabei wohl seine einzige Waffe, eine Schlagkeule, in seiner Hand gegen die Frau, die unter der heraufbemühten fremden Schicht über ihrer Gesichtshaut ernst und kühl wirkte. Mit seinem verliebten und verzweifelten, irren Blick streifte er sie wieder und wieder und gab dabei nicht auf, gegen allen Anschein der Dinge zu denken: ›Ich weiß doch, dich verlangt es genauso nach mir! Dennoch willst du dir einen Schleier umhängen, Dumme? Hätten wir Zeit genug miteinander, dann hätte ich nichts dagegen, das alberne Versteckspiel so lange mitzumachen, bis du, gleich einer Wölfin, die an der Spitze eines liebestollen Rudels tagelang gehetzt und nun am Ende ihrer Kräfte und ihrer Geduld, erhitzt und ermüdet, sich endlich dem Leitwolf stellt, bis du den Schleier von selbst abwürfest und mir sagtest oder auch nicht sagtest, weshalb du es getan, mir aber zeigtest, wie sehr du nach mir brennst. Nur, uns beiden ist hier so, so wenig Zeit gegeben, und darum wäre es dumm, sie mit solchen Kindereien zu vertun, Mädchen!‹

Sein Verlangen nach ihr war wahrlich groß. Es hatte sich in den Jahren wie eine lebenslange Strafe in seinem tiefsten Innern wach erhalten und war sogar während der kurzen, süßen Augenblicke der buntscheckigen Träume in den tollsten Verpackungen, aber immer mit der gleichen Geh- und Wehrichtung viel zu oft so gesteigert worden, dass es überlief. Und gerade da hat er sich selbst jedes Mal einer schweren Beschuldigung stellen und mit bitteren Vorwürfen quälen müssen.

Damals, als er ihr begegnete, hatte er gerade ein Liebeserlebnis hinter sich gehabt. Das war die Sache mit Badmaa, jener fürsorglichen Landsmännin und Mitstudentin. Es war von Anfang an eine ziemlich einseitige Leidenschaft gewesen. Das schüchterne mongolische Landmädchen hatte stumm und beharrlich um ihn geworben. Er hatte ihre Liebeswerbung weder angenommen noch zurückgewiesen. Und das bedeutete, er hatte ihre kleinen, alltäglichen Dienste, ihre angenehme weibliche Fürsorge so lange geschehen lassen, dass sie ihm nach einer gewissen Zeit unentbehrlich wurden. Dies wiederum hat in ihr die Hoffnung genährt. Dann hatte sich die Gelegenheit geboten. Sie wohnte einige Wochen lang in ihrem Studentenzimmer allein. Er verbrachte dort, von süßer Fürsorge umgeben, erst die Nachmittage, dann die Abende und später auch die Nächte. Da kosteten sie alles aus, was zu haben war. Davon war sie wohl grenzenlos beglückt, während seine Seele nur eine einseitige Befriedigung verspürte. Nach etlichen schlafarmen Nächten ging er von ihr übersättigt wie ausgehungert. Die anspruchlose, bemutterungslustige Badmaa war nicht die Frau, mit der er auf die lange Sicht hin glücklich hätte sein können. So endete die Sache vorläufig mit einem Brief seinerseits und vielen Tränen ihrerseits. Damit war die Liebe beendet, war aber, zum Glück, in eine Freundschaft umgeleitet worden, die sich dann auch bewährte und im Grunde heute noch andauerte.

Diese Geschichte hatte in seiner Beziehung mit Anni Folgen. Er nahm sich vor, sie, die er mit einer solchen Leidenschaft ohne Vergleich und Grenzen liebte und bei der er doch sah, sie war noch das unschuldige Kind, nicht zu beschmutzen. Ja, er selbst kam sich bei dem unberührten Wesen schuldbeladen und beschmutzt vor. Die Sache mit Badmaa, die wie eine

Brandwunde sein Gewissen plagte, sollte erst von der Zeit geheilt werden. So hielt er sich bei allen Zärtlichkeiten, die er mit Anni auskostete, vor dem Letzten zurück. Einmal sagte er ihr sogar, dass sie sich Zeit nehmen und die heilige Schwelle erst dann betreten sollten, wenn sie es geschafft hätten, im unlösbaren Bund zu stehen. Diese unzeitgemäß klingenden, nach Papierstaub und Altersmoder anmutenden Worte sollte er später oft bereuen und sich derentwegen sehr schämen. Dafür hat er sie damals, Scham und Schmerz überwindend, schwer auf die Zunge gebracht. Er hat es nur getan, weil er sich verpflichtet fühlte als Älterer, als Mann, da er spürte, wie sehr es sie nach noch mehr, nach der nächsten Nähe, der höchsten Höhe und tiefsten Tiefe verlangte.

Ja, später ärgerte er sich wegen dieser so schwer über seine Lippen geschlüpften Worte viele Male so, dass er sich dabei hätte umbringen können. Denn sie brachten ihn um die heilige Zauberfrucht seiner Liebe, raubten ihm den Tritt auf den zarten Gipfelscheitel seines Lebens. Ihm, der sich als einen der glücklichen Menschen wähnte, die der von Dichtern so heiligfeierlich beschriebenen großen Liebe haben begegnen und ihre Seligkeiten auskosten dürfen, war durch jene Worte dieses Eine versperrt und versagt geblieben.

Die Selbstvorwürfe kamen nicht allein wegen der ungelösten Spannung. Er hielt dieses sein, wie er es damals zu beherrschen glaubte, Entsagen, und wie er später zu wissen glaubte, Versagen für den eigentlichen Grund seines Pechs. Anni, die werdende Frau, voll schwellenden Fleisches und gärenden Saftes, könnte doch von ihm durchaus enttäuscht gewesen sein und sich einem anderen hingegeben haben, der aus der erstbesten Gelegenheit das herausholte, was sich geziemte und sie so zum Dableiben veranlasste …

Die Zeit war fortgeschritten. Sie musste ein Gähnen unterdrücken. Ihm fiel es schwer, weiter sitzen zu bleiben, als hätte er es nicht gemerkt. Andererseits war er nicht gewillt, einfach aufzugeben und das Feld zu räumen, in dieser einzigen Nacht, die ihnen je gegeben war. So suchte er in seinen Gedanken krampfhaft nach einem Weg, die künstliche Hürde, die sie um sich herum errichtet hatte, zu umgehen und an sie heranzukommen. Schließlich stand er auf, sich an einer breiten Schilderung nomadischer Sitten festhakend und schlenderte, während er redete, ein paarmal zwischen Fenster und Tür hin und her, sich ihr immer mehr nähernd und blieb auf einmal stehen. Dann trat er von hinten an sie heran, legte ihr die Hände sanft auf die Schultern und verspürte, wie heftig sie zitterte. Was ihn ermutigte. Da vergrub er sein Gesicht in ihrem lose herabhängenden Haar und vergaß, was er bezweckt hatte. Dafür aber glaubte er den Duft zu wittern, der immer noch derselbe war. Sie griff, aufstehend, behutsam nach seinen Händen, schob sie vorsichtig dort weg und drehte sich zu ihm um. Er stand mit geschlossenen Augen, die Hände mit den gespreizten Fingern am Ende der immer noch leicht vorgestreckten Arme, die nun in der Luft ruhten und nach einem Halt zu suchen schienen und zitterten.

»Migga, komm bitte zu dir«, sagte sie gedämpft. »Warum wollen wir das ohnehin Schreckliche, das zwischen dir und mir passiert ist, noch verschlimmern? Gut, vorher hatten wir mit einem Irrtum zu tun, aber jetzt? Du weißt doch, dass ich nicht die bin, die du meinst!«

Ihre Stimme erklang sanft, aber bestimmt. Und sie wartete mit derselben Sanftheit und Bestimmtheit auf sein Erwachen aus dem Tagtraum. Er tat es auch, schaute sie mit einem Mal aus weit geöffneten, sehr dunklen Augen an. Aber in dem Blick dieser Augen, die ihr sehr verändert erschienen, lag fürchterlicher, grell flammender Zorn.

Und er sprach: »Warum redest du von einem Wir? Hattest auch du mich für deinen damaligen Geliebten gehalten, als sich mein Mund dem deinen näherte, um ihn zu küssen? Warum hast du dich nicht gewehrt? Und zu dem Schrecklichen, von dem du sprichst: Ich habe deine Tochter geliebt, bis zum Wahnsinn geliebt, aber ich habe mit ihr nicht geschlafen!«

Sie wusste, dass sie sich mit ihm auf keinen Fall zanken und sich von ihm im Unguten trennen durfte. Darum beherrschte sie sich, wartete, bis sich seine Aufregung gelegt hatte. So sprach sie nach etlichen, schweren Pulsschlägen: »Vielleicht war ich ungenau im Ausdruck, vielleicht hätte ich sagen sollen: Du hattest mit einem Irrtum zu tun. Aber da du eben im Irrtum warst, hast du wohl so geglüht, dass ich davon angesteckt wurde.« Sie schüttelte gequält den Kopf, fasste seinen Jackensaum an, knöpfte einen Knopf zu, knöpfte ihn darauf aber wieder auf. »Ich kann mich schlecht ausdrücken. Oder hast du schon verstanden, was ich meine?«

Er sagte leise: »Ja. Hättest du keinen Pflock eingeschlagen, worauf hätte sich dann die Elster niedergelassen? Und wäre die Elster nicht aufgeflogen, wovor hätte dann mein Pferd gescheut? So heißt es bei den Nomaden.«

»Nein!« sagte sie entschieden. »Das wäre dann einer Beschuldigung gleich. Aber ich will dich in nichts, nicht im leisesten beschuldigen. Wollte man überhaupt von Schuld reden, dann bin ich diejenige, die sie betrifft. Dabei weiß ich gar nicht, weshalb mir solches passiert ist, mein Gott.«

»Ich aber weiß es!« Das war er, und es war mit Schwung gesprochen. »Weil dein Herz die Liebe, die es in einem anderen Leben erlebt hat, sofort wiedererkannt, eh es dem Kopf bewusst geworden ist! Weil du und ich, wir beiden Liebenden, wenn auch in einiger Abwandlung, uns endlich wiedergefunden haben! Weil …«

Sie, hörte anfangs angestrengt, später gelöst und zum Schluss sogar belustigt seiner schwungvollen Rede zu, neigte sich plötzlich zu ihm, und ihre lächelnden Lippen drückten einen flüchtigen Kuss auf seine Backe. Sie hat es auf Geheiß ihres Hirnes getan, um die Rede zu unterbrechen und ihn so von einer gewollten Selbsttäuschung zu befreien, in die er immer tiefer versank, je mehr Worte fielen – sie hatte längst gemerkt, er war ein guter, ein gefährlich guter Redner.

Er, angenehm überrascht von ihrer unvermittelten Nähe und noch dazu von dem unverhofften Küsschen, kam ihr nur allzu gern und geschwind entgegen: Eilte Mund auf Mund auf sie zu und küsste sie, ihren Hals mit beiden Armen umklammernd. Es war ein gieriger, ein mörderischer Kuss. Unzurechnungsfähig wie ein Verdurstender, den Wasserstrahl im Mund, sog und sog er an ihren Lippen und ihrer Zunge. Merkwürdig, dass er dabei doch wahrzunehmen vermochte, wie sein Kuss erwidert wurde, und dieses beglückte ihn bis in die stille Tiefe seiner Seele hinein.

Ebenso merkwürdig, dass sie sich auch diesmal nicht wehrte, so sehr ihre Sinne keinesfalls auf Zärtlichkeiten mit ihm bestanden. Sie konnte beim besten Willen oder übelsten Unwillen später nicht behaupten, sie hätte seine Handlung nicht gemerkt, die Umklammerung seiner Arme um den Hals und die Berührung seiner Lippen auf den eigenen nicht gespürt. Nein, sie merkte, sie spürte alles. Und sie wusste sogar, dass sein Kuss ihr wohltat und sie ihn erwiderte, da sie ihm dasselbe wünschte, was sie selber empfand. Nur, es war ein anderes Wissen, nicht vergleichbar mit dem, dass Salz durstig macht und Wasser den Durst löscht. Und trotz dieses Wissens musste sie weg gewesen sein. Musste sich hinter einer Wand befunden haben, die sie von ihrem bisher erworbenen gesamten Wissen trennte.

Als sie dann zu sich kam, lag sie auf dem Bett. Er saß neben ihr und beugte sich über sie; heiß und stoßweise schlug ihr sein Atem ins Gesicht. »Nein!« schrie sie leise auf und wollte sich aufrichten. Er aber versteifte sich und drückte beidhändig gegen ihre Schultern. Der Druck war schwer, jede Handfläche glich einer festen Platte, vielleicht aus Holz oder gar Stein. Sie begriff, dass sie gegen ihn nicht mit Körpergewalt kämpfen durfte. Sie ließ sich zurückfallen und sah ihn gelassen und fast spöttisch an. Dann sagte sie: »Ich will hoffen, du gehörst nicht zu den Männern, für welche Kultur nur ein Wort ist!«

Die Worte trafen ihn sichtlich. Doch er sprang nicht auf, rückte nicht einmal von ihr weg. Es war der Trotz, den die Worte in ihm erweckten und nun dort festhielten. Und nicht nur das – er lachte schallend laut. Ja, er lachte. Nur, es war kein lustiges, kein spöttisches, auch kein zorniges, nicht einmal albernes und dummes, sondern ein fürchterlich hohles und sinnloses, also ein krankhaftes Gelächter.

Sie dachte mit einem Schauer über Rücken und Bauch: ›Vielleicht wird er mich umbringen!‹ Aber sie wusste, sie durfte sich auf keinen Fall ängstlich zeigen. So sagte sie, scheinbar freundlich: »Aber Migga, hör mal gut zu. Selbst dann, wenn es die Geschichte zwischen dir und meiner Tochter nicht gegeben hätte, würde ich mich mit dir nicht einlassen, nein, glaub's mir! Denn ich habe einen Mann, den ich liebe und der mich auch liebt!« Sie hatte noch manches sagen wollen, noch Kräftigeres. Doch sie brauchte es nicht, denn er war aufgestanden und hatte sich von ihr abgewandt.

»Entschuldigung«, sagte er dumpf. Dann noch leise: »Gute Nacht.« Darauf ging er, ohne ihr sein Gesicht zu zeigen. Schnell stand sie auf, eilte zur Tür und schloss ab. Dann betrat sie das Badezimmer, starrte, wohl aus Gewohnheit, in den Spiegel, und es dauerte seine Weile, bis sie ihr Gesicht mit dem zerzausten Haar, der blassen Stirn und den weit geöffneten, blicklosen Augen wahrzunehmen vermochte. Eine ganze Weile später wusch sie sich die Hände, oder richtiger, sie hielt die gespreizten, zittrigen Finger lange ins laufende Wasser und trocknete sie dann an dem duftfrischen Handtuch übertrieben gründlich ab. Während sie das alles tat, wartete sie vergebens auf das Ersterben eines lästigen Gefühls, das immer noch andauerte und aus einer doppelten Ader zu kommen schien. Das war, als wenn sie auf ihren Lippen den gemeinsamen Kuss spürte und in den

Ohren die eigenen Worte hörte, die Worte von der liebenden Gattin und deren ebenso liebenden Gatten.

Minganbajir konnte nicht in sein Zimmer. Die Tür war abgeschlossen. Er klopfte ein-, zweimal leise an. Nichts rührte sich drinnen, während es nach außen schon sehr laut hallte. So entfernte er sich erschreckt und entmutigt, auf Sohlenspitzen schleichend und begab sich wieder zu der Hintertreppe, über die er vorher gekommen war, nun noch leiser als ein Dieb, den gedrungenen, runden Hocker im Sinne, der in der Mitte der kreisrunden Fläche neben einem ebenso runden Tischlein stand. Später, endlich dort angekommen, nahm er auf dem Hocker Platz und schloss die Augen, entschlossen, die Nacht so zu verbringen. Zum Pförtner zu gehen und ihn um Rat und Hilfe zu ersuchen kam ihm nicht in den Sinn. Die Hausordnung, die er durch sein langes Aufbleiben schon verletzt zu haben glaubte, zwang ihn zu dieser sinnlosen und erniedrigenden Duldsamkeit.

Woher kam sie, die Duldsamkeit?

Aus Niederlagen, die man im Leben eine nach der anderen hat einstecken müssen, denn deren Wunden samt den Vor- und Nachwehen setzen sich wohl zu einer bleiernen Schicht auf der Leber ab, und einer dicken und schweren, eben bleiernen Leber entsickert ständig Angst. Und nichts als die Angst konnte einen so unrettbar in die knöchernen Krallen des Schreckensweibes treiben, zu welchem die eigentlich gutartige und sogar spiellustige Göttin Schicksal von schlauen, bösen Menschen und deren satten, fetten Einrichtungen erniedrigt und entstellt worden war.

Minganbajirs Leben, so lichthell und taurein angefangen, hat von einem verheißungsvollen Tag mitten in einem aussichtsreichen Jahr an einen unguten Verlauf genommen. Es ist bei einem, wie er anfangs geglaubt hat, sehr ernsten und, wie er heute dachte, völlig überflüssigen Vorhaben passiert. Es ging um seine Mitgliedschaft in der Partei, also um seinen Wert in der Gesellschaft und seine künftige Stellung im Staat schlechthin. Während seines vorletzten Studienjahres wurde er einmal vom Sekretär der Parteizelle im Rat mongolischer Studenten in ganz Moskau darauf angesprochen, ob er nicht die Absicht hegte, der Partei beizutreten. Und am Schluss dieser Anfrage, die schnell zu einer aufklärenden Ansprache werden sollte, zeigte er die Schwäche, der so wichtigtuenden und schmackhaft gemachten Werbung auf den Leim zu gehen. Diese Bewertung des Sachverhalts war natürlich eine spätere, die des Enttäuschten und dabei Beschädigten auf Lebenszeit. Damals lautete seine Antwort, er würde darum kämpfen, um sich dem Vertrauen des Genossen würdig zu erweisen und eines baldigen Tages in den ehernen und edlen Reihen der Mongolischen Revolutionären Volkspartei stehen zu dürfen.

Übrigens, aus seinem Mund war zu dem erhabenen Augenblick zwar das pathetische Lieblings- und Pflichtwort eines jeden Strebers »kämpfen« hinausgeschossen gekommen, aber eigentlich brauchte er, nichts weiter, als zu bleiben, wie er bisher gewesen war. Denn er war weder Sauf- noch Raufbold, rauchte nicht, betrieb keine Schieberei über Staatsgrenzen, wie manche andere, galt als ein ordentlicher und vorbildlicher Student mit guten Lernergebnissen. Noch wichtiger als all diese lächerlichen Plattheiten, hatte er, wie er später erfahren sollte, genau die richtige Herkunft mit unbelasteten Vorfahren: Weder seine Eltern noch seine Großeltern hatten sich an irgendeiner staatsfeindlichen Tätigkeit beteiligt. Das war schon ein seltener Glücksfall für einen, der aus dieser Gegend, dem berüchtigten burjatischen Winkel, stammte, wo vor drei Jahrzehnten die meisten Männer als Konterrevolutionäre und japanische Spione erschossen worden waren. Der Grund für dieses seltene Glück war einfach: Zu dem Zeitpunkt waren seine Eltern zu jung und deren Eltern schon tot gewesen.

Also wurde der Musterstudent bei der nächsten Zellenversammlung in die Partei aufgenommen, erst einmal als Kandidat mit der Bewährungsfrist von einem Jahr. Ach, da ist seine Brust von einem erhabenen Gefühl erfüllt gewesen! So fühlte er sich an dem Tage und zu der Stunde wie einer, der soeben die heilige Hauptstraße seines Lebens betreten hatte und genau 365 Schritte vor dem Ziel stand. Das Ziel, das hieß, zu einem Genossen, was wiederum hieß, zu einem vollwertigen Menschen, zum Aug und Ohr des Staates zu werden! Und mit jedem verflossenen Tag dann, fühlte er sich dem Ziel einen weiteren Schritt näher gerückt. Und dabei fragte er sich so manches Mal in Gedanken: ›Was dann, wenn er das Ziel endlich erreicht hätte?‹ Er fand keine klare Antwort darauf. Aber ein- oder zweimal glaubte er sich schon als jungen, verheißungsvollen Leiter zu sehen, der es eines Tages wohl auch zum Minister bringen würde – o süß war diese Wahnvorstellung, süßer als Zucker, und berauschen tat sie auch noch, schneller und schöner als Schnaps!

Als dann die gezählten Schritte endlich abgegangen waren, tauchte zum Schreck des parteiseligen, karrieresüchtigen Kandidaten eine Frage auf, die den Vatersnamen betraf und einer Klärung bedurfte: In seinem eigenen Antrag stand, wie in allen seinen Papieren auch, *Tschimed*, während im Protokoll und Beschluss der Mitgliederversammlung über seine Aufnahme als Parteikandidaten *Tschimid* stand. Ein Buchstabe. Der Name wurde so oder so geschrieben. Ein jeder wusste es. Der Zirkelleiter, der dem Vater die kyrillische Schrift beigebracht hatte, mochte ein i-Mensch gewesen sein, während der Schullehrer, der den Schüler Dshigdshidsüren, den künftigen Parteisekretär und Protokollführer, in der Muttersprache unterrichtet, ein e-Mensch war. 99 von 100 Menschen würden diese einfache Tatsache anerkennen und die harmlos kleine Ungenauigkeit, ohne sich darüber groß Gedanken machen zu müssen, passieren lassen. Aber es saß wohl in jener Versammlung, die über die Aufnahme eines Kandidaten als Mitglied in die Partei zu entscheiden hatte, eben der 100. Genosse. Und dieser erteilte, an den Vorstand gerichtet, die Mahnung: »Wir dürfen, Genossen, in Dokumenten, betreffend die Partei, das Hirn und das Herz unserer Gesellschaft, auch die kleinste Abweichung nicht zulassen! Einen doppelten Grund für eine solche Wachsamkeit gibt uns die Herkunft des Kandidaten: Bezirk Henti, Landkreis Bindir! Dass wir nicht später jammernd dastehen müssen, ich habe es euch gesagt, Genossen!«

Den Menschen kannte man übrigens. Er war ein Älterer, mit Frau und Kindern zu Hause, was ihn jedoch nicht zu hindern schien, Badmaas Bemerkungen zufolge, besessen, wenn auch meistens erfolglos, nach Schürzen zu jagen. Dort aber hatte er Erfolg. Die Angst, die jener geschürt hatte, kam schnell zustande. Und es wurde vom Zellenkollektiv – wie denn anders auch? – einstimmig beschlossen, die Entscheidung über seine Mitgliedschaft bis zur nächsten Mitgliederversammlung zu verschieben. Das hört sich einfach an. Aber das Studienjahr ging zu Ende, die Studenten, aus welchen die Zelle bestand, waren im Begriff, sich bald in alle Himmelsrichtungen zu verkrümeln, und so war die nächste Mitgliederversammlung erst im Herbst möglich. Und im Herbst würde er, Minganbajir, nicht mehr in Moskau, nicht mehr Student, sondern in die Mongolei zurückgekehrt und wohl Staatsangestellter sein.

Und was konnte er da machen?

Mit dieser Frage reiste er in sein Heimatland zurück. Und der neue Genosse, in dessen Händen von da an die Fäden seines Schicksals ruhen sollten, schien seiner Erzählung, die den Unterschied zwischen einem e und einem i zum Drehpunkt hatte, nicht ganz zu glauben. Denn er machte ein verwundertes Gesicht und schüttelte darauf den Kopf und sagte zum Schluss: »Dann musst du eben noch ein Jahr abwarten, damit das neue Kollektiv dich in dieser Zeit kennenlernen und nach Ablauf deiner neuen Bewährungsfrist sein Urteil über dich aussprechen kann!«

Freilich war das keine Erfindung des Genossen, sondern die Bestimmung der Parteistatuten. Und in dem Jahr, das für ihn abermals und nun im wahrsten Sinne des Wortes eine Bewährungsfrist darzustellen hatte, sollte so vieles geschehen …

Anni Erdős konnte wieder nicht einschlafen. Vieles stellte sich gegen den Eintritt des Schlafes, den sie so sehr brauchte. Die Worte, die in dieser Nacht gefallen waren. Seine kindlichen, zum Schmunzeln und auch zum Weinen geradlinigen. Ihre wohlüberlegten und bewusst eingesetzten, um ihn zu ernüchtern und auch zu beschämen. Und der Kuss. Mit dem er sie, nun zum dritten Mal, überfallen hatte. Überfallen? War es vielmehr nicht so, dass sie ihn dazu verleitet, er darauf aufgeflammt war und dann sogar sie mit verblendet und verbrannt hatte? Hatte er nicht recht, sie zu fragen, wieso sie sich denn nicht gewehrt habe? Tatsächlich, wieso hat sie sich, wenigstens diesmal, nachdem er sie daran erinnert, darauf hingewiesen, ja, darin beschuldigt hatte, nicht gewehrt? Von wegen sich wehren – sie hat den Kuss sogar erwidert! Hat bei vollem Bewusstsein solches getan und darüber dann auch das Bewusstsein verloren! Ja, es ist ein so gewaltiger Kuss gewesen, dass sie in ihm wohl ertrunken war. Und er muss lange angedauert haben, wenn sie, die im Vorzimmer gestanden, als er anfing, irgendwann zu sich kam, auf dem Bett im anderen Raum liegend. Ob sie aus der Bewusstlosigkeit von selber je erwacht wäre, wenn er nicht aufgehört und sie weitergeküsst hätte? Migga konnte einfach nicht nur reden, sondern auch küssen, gefährlich, ja, mörderisch gut.

Während sie so dachte, spürte sie auf ihrer Haut den Schauer erneut, der ihr diesmal auch vom Hals über Brüste, Bauch und Schenkel bis zu den Zehenspitzen rieselte. Und da fiel ihr ein: Während sie vorhin im Bad die Hände so übertrieben lang gewaschen und abgetrocknet hatte, vielleicht um die Spuren des Geschehenen zu verwischen und zu vertilgen, war sie gar nicht auf den Gedanken gekommen, den Mund zu spülen. Auch jetzt empfand sie kein Bedürfnis, es zu tun. So erwachte in ihr, wenn sie an den Kuss dachte, kein bisschen von einem unangenehmen Gefühl, im Gegenteil, sie genoss ihn nachträglich noch, obschon ihr schwerfiel, es sich zu gestehen. Und noch schwerer tat sie sich mit etwas, das sie in der schummrigen Tiefe ihrer Seele dumpf ahnte, und sie versuchte zu verhindern, dass sich dem ein Gedanke abschälte, der dem noch Unsichtbaren etwa erkennbare Umrisse verleihen und so das ohnehin ruhlose, spinnsüchtige Hirn zu weiteren Gebilden und Gespinsten verleiten könnte. Verdächtig kam ihr vor, dass dieses Etwas mit den Augen ihrer Tochter auf sie zu schauen und mit der Stimme von deren Geliebten auf sie einzureden schien. So war sie schon wieder bei ihm und seiner Stimme. Und sie klang in ihrem Innenohr nicht zu laut, nicht zu leise, nicht zu rau, nicht zu süß – gerade richtig: beschwörend und betörend.

Alles das hat sie schon vorher erkannt, spätestens da, als sie von der zweiten Jurte zu der Hoteljurte fuhren, noch bevor er seinen Leib gegen ihren lehnte. Doch es hat sie dann, wenige Stunden später nicht gehindert, angesichts des Liebeskranken und Liebeerhoffenden ihre Haut mit einer Eisschicht zu überziehen, aus ihrer Kehlengrube kantige, schartige Steine herauszugraben und sie, in den fetten Worten einer Satten auf dem hohem Flügelross einer liebenden und geliebten, treuen Gattin jenem ins Gesicht zu spucken, o je!

Liebte sie denn überhaupt ihren Mann? Und er sie? War es Liebe, wenn Mann und Frau unter einem Dach wohnten, in einem Bett lagen und alle vierzehn Tage einmal miteinander schliefen? War es denn Liebe, wenn beide sich imstande fühlten, den anderen alle Tage noch zu ertragen, manchmal ganz gut leiden zu können und hin und wieder sogar dessen wärmende und beschützende Nähe zu suchen?

Aber es gab offenbar auch die andere Liebe. Die Liebe, von der in Büchern geschrieben steht. Die man auf der Leinwand, auf der Bühne sieht. Die, die ihre Tochter erlebt und mit diesem Menschen geteilt hat.

Sie sah einen Wachtraum – oder sollte man sie nun mitten in der schwarzen Nacht auch noch Tagtraum nennen, um einer sprachlichen Gewohnheit keinen Bruch zu tun? Die beiden gingen, Hand in Hand, in einer baumbestandenen, wiesengebreiteten Gegend spazieren. Das konnte gut der Ismailowskij-Park in Moskau sein, von dem sie in ihrem letzten Brief mit der Unbeschwertheit eines Kindes und Hellsichtigkeit einer Verliebten seitenlang geschrieben hatte. Ringsum prasselte ein Gewitterregen hernieder. Doch die beiden blieben seltsamerweise immer davor geschützt – wo sie hintraten, blieb es trocken und sonnig. Ja, ein scharf geschnittener Streifen gleißendes Sonnenlicht, wie aus einem Riesenscheinwerfer, begleitete sie durch den düsteren, nassen Regentag.

Hatte der Brief solches enthalten? Sie konnte sich nicht so genau daran erinnern. Aber sie wusste, er war voll von Aussagen, die nur aus einer bis zum Durchdrehen erwachten Seele kommen konnten und dem Ermessen eines davon Nichtberührten und Stumpfgebliebenen nach krankhaft erscheinen mussten.

Der Wachtraum ging weiter. Jetzt war die, die neben ihm ging, nicht mehr die Tochter, sondern sie selbst. Da verwandelte sich der hohe, schlanke Nadelbaum über ihnen – vielleicht eine Silbertanne? – in eine Trauerweide, und in dem Augenblick erlosch auch das Sonnenlicht, so dass der Regen den schutzbietenden Streifen sogleich überflutete und sie traf. Nun standen sie klitschenass und mit gesenkten Köpfen. Sie trauerten, sie hatten ja Grund dazu – wussten, die, die einst mit ihm hier spazieren gegangen, war tot.

Anni Erdős verspürte einen dumpfen Stich ins Herz, der sich dann noch zweimal wiederholte, anders als sonst, wenn sie an den Tod der Tochter erinnert wurde. Darauf fuhr sie auch noch zusammen, da sie glaubte, ein Gelächter zu hören. Nur, es war nicht seines, nicht von dieser Nacht. Nein, es war von jenem, ihrem Mann und ebenso in einer Nacht, vor Jahren aber geschehen und es hatte ihr einen ebensolchen Schauder eingejagt wie heute.

Damals – da war die Tochter schon an die fünf Jahre tot – war sie mit einem älteren, überaus lieben Menschen, der sich am Ende als ein weltbekannter Turkologe entpuppte, im Zug in einem Abteil gefahren und hatte von ihm erfahren, dass sich in der ungarischen Sprache Hunderte und Tausende von Wörtern türkisch-mongolischer Herkunft bis auf die heutige Zeit erhalten haben. Durch das bewegte Erlebnis der geliebten Tochter für alles Östliche aufgeschlossen, hat sie bei der Rückkehr nach Hause dem eigenen Mann davon erzählt, im Glauben, es würde auch ihn interessieren. Aber es hat ihn kaltgelassen, mehr noch, er hat dabei eine Bemerkung gemacht, die ihr unerträglich überheblich vorkam – er würde eher glauben wollen, dass seine Vorfahren von Affen stammten als von Türken und Mongolen. Was einen Streit und irgendwann auch jenes fürchterliche Gelächter zur Folge hatte. Er hat sie, wie er sagte, für ihre Mongolenliebe zuerst mit der Bemerkung, vielleicht hätte sie mongolide Gene in sich, und zum Schluss mit dem Gelächter bedacht, das sie zutiefst verletzte. Sie war es vor allem für ihre Tochter.

Anni Erdős wälzte sich heftig auf die andere Seite und fragte sich ratlos: ›Wieso denn fallen mir neuerdings nur hässliche Erinnerungen an den Menschen ein, der doch mein Ehemann ist und mit dem ich immerhin so viele Jahre vorwiegend in Frieden und stillem Glück verbracht habe?‹

… in stillem Glück. Sie ging dem soeben Gedachten noch einmal nach. ›Stilles Glück. Ein merkwürdiges Wort. Das vom Glück, dem Ziel eines jeden menschlichen Lebens redet, aber merken lässt, etwas hat doch gefehlt. Ist das Erreichte dann trotzdem Glück gewesen? Ob die Tochter im Falle, alles ist gut und ihr Traum in Erfüllung gegangen, ihr Leben neben diesem Menschen auch in stillem Glück hätte verbringen müssen? Oder würde sie dann zum Schluss ihres Lebens von einem heftigen Glück hätte reden dürfen?‹

Der Gedanke floss weiter. Führte sie an weiteren Windungen und Krümmungen vorbei. Auf dem ganzen Weg blieben die Tochter und ihr Geliebter immer gegenwärtig. Sie wusste nicht genau, ob sie dabei die beiden auch körperhaft sehen konnte. Ebenso wenig wusste sie, was und wer der in ihrem denkenden Hirn, belauernden und belauschenden Aug und Ohr und auf ihrer vor sich hin flüsternder Zunge war: Migga? Minganbajir? Der Geliebte? Der Schwiegerfreund? Oder schon der Schwiegersohn? Was er nicht gewesen, nicht gewesen sein konnte, wusste sie: der Burjate oder gar der Mongole.

Über diesem endlos erscheinenden Gedankenfluss war sie irgendwann doch eingeschlafen und schlief wohl schwer wie ein Steinbrocken. Aber dann drang in diesen steinschweren Schlaf ein Traum ein, der die Fortsetzung, oder genauer, die fehlende Stelle des Wachtraums war: Dieselbe Gegend mit Bäumen und Wiesen. Derselbe rauschende und prasselnde Gewitterregen. Die Tochter und ihr Geliebter. Jetzt jedoch ohne den Sonnenstreifen, der, dem Licht eines mächtigen Scheinwerfers gleich, vom Himmel heruntergeflutet und die beiden immer im Trockenen begleitet hatte. Das Gegenteil davon geschah auf einmal: Eine Hochwasserflut kam und riss die beiden auseinander und trug sie in zwei Richtungen. Schnell verlor die Mutter die Tochter aus der Sicht, hörte aber ihre Stimme, die lange nachschallte, als wäre sie in der Luft stehen geblieben: LASS MICH IN DIR FORTLEBEN, MUTTER … LASS MICH IN DIR FORTLEBEN, MUTTER … LASS MICH IN DIR FORTLEBEN, MUTTER …

Der diplomierte Rückkehrer Minganbajir wurde als Mitarbeiter in der internationalen Abteilung des Außenministeriums angestellt. Der erste Tag war sehr merkwürdig und hat, zurückliegend und von der Warte einer späteren Zeit aus gesehen, schon reichliche Anzeichen von dem aufblitzen lassen, was auf ihn, den Neuling, demnächst zukommen würde. Als er auf die künftigen Mitarbeiter, die zu beiden Seiten eines langen, schmalen Tisches saßen, Mann gegen Mann, ein Dutzend Menschen, jeder mit einem dicken Schreibblock und einem Stift in der Hand, mucksmäuschenstill, erstmalig schaute, glaubte er, eine Seminargruppe bei einer schriftlichen Prüfung vorzufinden. Und an der Stirnseite dieser Reihe thronte hinter einem erhöhten, breiten Tisch einer, wohl der Chef. Und immer, wenn er etwas sagte, schrieben die anderen emsig mit.

Dieser Chef, der Abteilungsleiter, war ihm, dem noch blinden menschlichen Welpen, der am nächsten gestellte Vertreter des seelenlosen und geistarmen, aber reichlich bemuskelten und längst verknöcherten Staates, ruhend auf Misstrauen, Angst, Betrug und Züchtigung. Er war ein Mann in mittleren Jahren und hatte mit seinem kurzen, borstigen Haarschnitt, seinen unbeweglich schielenden Augen und dem knitterigen Sack um den schlottrigen Körper das Aussehen eines Chinesen vom Schwarzmarkt am Außenrand der Stadt und der Zeit. Wie man später erfuhr, hatte dieser in jungen Jahren in Peking studiert, und so verriet, bei einer genauen Betrachtung, alles an ihm hanchinesische Spuren.

Was schon bei den Namen begann. Er hat bei seinem Vatersnamen, Haidaw, die zweite Silbe weggemogelt und seinen Eigennamen, Sanliw, zu San Liu verdreht und war auf diese Weise zu einem einwandfreien chinesischen Namen gelangt. Freilich waren die Zeiten nicht die richtigen für eine chinesische Seele auf mongolischem Boden unter russischer Aufsicht. Doch welche chinesische Seele wäre es gewesen, wenn sie nicht gewusst hätte, sich rechtzeitig abzusichern? Dieser Mensch hat, sobald der Streit zwischen beiden Nachbarn aufflammte, eine lange Abhandlung *Zur Unterscheidung der reaktionären maoistischen Politik Pekings von dem fortschrittlichen chinesischen Erbe* verfasst und sie einem Titel vergebenden Ausschuss vorgelegt. Das war die sprichwörtliche Klappe, mit der er nicht nur zwei Fliegen schlug: Er war betitelt, wies sich als Antimaoist aus und durfte daher seine chinesische Seele weiterbehalten, wurde zum Autor, zum Forscher und bald darauf auch zum Chef.

Das alles erfuhr man erst später, nach und nach. Aber an dem Tag war man eben wie ein Blinder. Während man sich dem Chef vorstellte und ihm das Überweisungsschreiben der Kaderabteilung zeigte, entdeckte er keinen einzigen Menschen, der herübergeschaut oder wenigstens einmal aufgeblickt hätte. Man war von der Disziplin beeindruckt, aber auch eingeschüchtert.

Man war aufgefordert zu bleiben und an der Stunde zur Wissenserweiterung, die gerade im Gange wäre, teilzunehmen. Man blieb und hörte Dinge, von denen man nicht wusste, ob sie gut waren oder schlecht. Es ging um das Erbe. Das konnte alles sein, was irgendwie asiatisch war. Man bekam einen Riesenknollen aufgetischt, der einen mongolischen Kern auszuweisen und von vielfältigen, kunterbunten Schalen vielfach umgeben sein musste – einen mongolisch-chinesisch-tibetisch-indisch-arabisch-türkisch-persisch-sumerischen Mischmasch. Hätte er dem noch zugefügt: slawisch-germanisch-romanisch, dann hätte man verstanden, es ging um die gesamte Menschheit, die man von hiesiger Warte aus kannte. Doch so weit ging es nicht. Und die erwähnte Hälfte war gegen die nichterwähnte gemeint, wie man später begriff. Aber da hat man freilich die Lösung des Rätsels gekannt: Der Genosse Doktor Hai San Liu war asiatisch-patriotisch.

Schlag siebzehn Uhr hörte die Lehre auf, und die Mitarbeiter erhoben sich, wie Lehrlinge oder, noch besser, wie Soldaten auf Kommando, und verließen den Raum. Auch der Neuling wollte gehen. Aber der Chef hielt ihn zurück und gab ihm ein Buch und erteilte ihm die erste Hausaufgabe – man sollte eine Kleinigkeit daraus bis morgen ins Mongolische übersetzen. Das war die Beschreibung der Begegnung eines russischen Diplomaten mit einem türkischen Sultan vor fast zwei Jahrhunderten – vielleicht tatsächlich eine Kleinigkeit für einen Erfahrenen, aber nicht für den Neuling, der sich vorher nie mit Ähnlichem hat abgeben müssen. So kostete ihn die Übersetzung der drei Seiten die halbe Nacht.

Am nächsten Morgen sah sich der Chef die Übersetzung an und fand sie schwach, was unter Umständen auch des Übersetzers Meinung hätte sein können, wenn die Beurteilung in einer gewöhnlichen Sprache gesagt worden wäre. Aber der Chef sagte: »Deine Sprache ist nicht Mongolisch, sondern Monzameisch!« (Anspielung auf MONZAME, die mongolische Nachrichtenagentur, damit sollte wohl die Unbeholfenheit der Sprache gemeint sein.) Man freute sich nicht gerade, so ein Urteil über seine erste schlafkostende und schweißtreibende Arbeit zu hören. Aber man wusste sich in der Gewalt zu haben und zu schweigen.

Was der Chef auch zu würdigen schien. Denn er sagte in einem milden Ton, dass solches bei einem, der im Ausland studiert habe, weder Schande noch Sünde bedeute, eher begreiflich und darum auch verzeihlich sei, aber nun gälte es, sich das Erlernen der Muttersprache als die nächste und dringendste Aufgabe vorzunehmen. Er, der Chef, würde ihm dabei helfen. Das waren gute Worte, und diesen folgte auch eine gute Geste: Er gab einem ein schmales Buch, nicht zum Lesen, sondern zum Studieren, wie er sagte, da man daraus lernen könnte, wie schön und reich die mongolische Sprache wäre. Das Buch hatte den Titel *Mitbringsel von einer Reise in das Land der Tuski zu Muski*, und der Verfasser hatte einen unlesbar – ganze 33 Buchstaben – langen und unaussprechlich schweren – lauter ...krst...mntr...pdlt...sntr – Namen, der, wie man zu guter Letzt anzunehmen geneigt war, weil einem nichts anderes übrigblieb, vielleicht einen Zungenbrecher oder ein Mantra oder aber auch beides gleichzeitig ergeben hätte.

Das war die Beschreibung einer Reise in ein christianisiertes slawisches Land, unternommen vor langer Zeit von einem indisch-tibetischen Gelehrten. Das Ziel der Reise ist die Teilnahme an einem geistigen Wettstreit. Was auch geschieht und aus dem der Verfasser als Sieger hervorgeht. Daher wohl ist seine Tat einer Heldentat gleichgestellt. Was noch erträglich wäre. Doch er geht darüber hinaus und stellt alles, was er in der fremden Ecke entdeckt und ihm widerfährt, in ein schiefes Licht, während er über alles, was er von der eigenen Welt her kennt, ein Lobesgewitter zu schütten weiß. Und das berührt das Gemüt des Lesers peinlich.

Es gab aber ein noch größeres Übel. Das war die gespreizte Sprache, rammelvoll mit Wortkadavern und Satzschlangen, aus denen Muff und Moder einer vergangenen Zeit und einer untergegangenen Welt samt all ihren beschränkten Vorstellungen und überholten Ansichten einen anzustinken schienen. Von wegen studieren und lernen! Das Buch missfiel einem so sehr, dass man es, nachdem man wohl und übel bis zum Ende ausgehalten hatte, angewidert und verärgert von sich wegstieß, fest entschlossen, mit seiner ehrlichen Meinung herauszurücken. Und man tat es dann auch, vollbewusst der möglichen Folgen, die emsig wirkenden, auf Kommando lebenden, furzstinkängstlichen Sklaven eines zwerghaften Tyrannen und des ebenso zwerghaften Staats hinter diesem vor Augen und darum voller Abscheu und erneut und noch fester entschlossen, dem schändlichen Unrecht, das seit langem geschah und noch in diesem Augenblick geschieht, die Stirne zu bieten.

Man hatte vor längerer Zeit *Don Carlos* auf der Bühne gesehen. Carlos' Worte, an Marquis von Posa gewandt:

> Ich fürchte nichts mehr – Arm in Arm mit dir,
> so forder ich mein Jahrhundert in die Schranken.

fielen einem in diesem Augenblick ein. Auch glaubte man sich darauf an weitere Worte, ebenso aus dem gewaltigen Stück und ebenso mit Jahrhundert, zu erinnern. War es nicht der Marquis, der sie aussprach, eh er vor den König Philipp trat, entschlossen, von ihm Gedankenfreiheit zu fordern? Und haben jene Worte nicht gelautet:

Mit dir will ich vor den König treten
Stehe mir bei, mein Jahrhundert!

Vielleicht war man selber auch ein anderer, späterer Don Carlos? Noch hatte man einen Freund, seinen Marquis, nicht gefunden. Doch beschwor man in Gedanken einen herbei und sprach vor sich hin:

Stehe mir bei, Friedrich Schiller, mit dir
Will ich ein Jahrhundert in die Schranken fordern
Und ein anderes aus der Taufe heben!

Dann sprach man klipp und klar aus, was einem hinter der Stirne brannte: »Das Buch habe ich gelesen. Es hat mir überhaupt nicht gefallen. Hat mir sogar sehr missfallen. Und dies aus mehreren Gründen.« Man zählte die Gründe nicht auf, man brauchte es auch nicht. Denn man sah, der Chef wurde kreideblass im Gesicht, und dieses begann, an der einen und anderen Stelle heftig zu zucken. Später sah man ihn mit zittriger Hand über den Tisch tasten, wohl auf der Suche nach einem Stift, und hörte ihn mit ebenso zittriger Stimme sagen: »Das Rindvieh kennt den Geschmack des Honigs nicht!« Es fielen auch andere heftige, sogar beleidigende Worte, die auf die Herkunft des Burjaten-Volkes zielten, das vor einem halben Jahrhundert seinen Wohnort hatte wechseln müssen. Nur, man wusste, dem Himmel sei Dank, sich aus einem drohenden, im Grunde jeden, der sich daran beteiligte, beschädigenden und erniedrigenden Streit herauszuhalten.

Dann jedoch, als man sah und hörte, dass der Gegner alle seine Pfeile abgeschossen hatte, da endlich sprach man, und dies mit der Ruhe eines Wissenden über die Besiegelung seines Schicksals. Und die Worte, die aus der ruhigen Kehle eines Verlorenen kamen, lauteten: »Ich sehe, ich habe hier an ein Tabu gerührt. Und ich weiß auch, ich werde dafür bezahlen müssen. Doch ich werde nicht wimmern noch winseln. Denn ich weiß, die Zukunft wird mich freisprechen. Diese zuletzt ausgesprochenen Worte sind nicht von mir. Sie stammen vom Genossen Fidel Castro. Er hat sie der Henkerjustiz des Diktators Batista ins Gesicht geschleudert. Einmal die Lippen geöffnet, möchte ich auch die Lunge öffnen, wie das Sprichwort lautet. Hier noch ein Mundvoll Worte, Leuchtsterne, denen ich folge. Sie stammen von dem großen türkischen Dichter und Kommunisten Nazim Hikmet:

Wenn i c h nicht brenne
Wenn d u nicht brennst
Wenn w i r nicht brennen
Wer denn wird dann
Diese Finsternis beleuchten …«

Man hat diese Worte damals nicht so sehr an den Abteilungsleiter, vielmehr an dessen gehorsame Herde von willenlosen Zweibeinern, an die Mitarbeiter, gerichtet, die alles mitgehört haben und nun die Folgen vorausahnten.

Der Chef sagte, immer noch blass und mit zusammengebissenen Zähnen, leise: »Du bist mutig, wie man sieht und hört. Aber wir werden sehen, wo so ein dummer, blinder Mut hinführen kann und wo er enden muss!« Immerhin, hat er damit nicht zugegeben, dass er angesichts eines Auftritts nach Schillers Hirn und der Worte aus Castros Mund und Hikmets Feder machtlos war? Vielleicht. Wenn ja, dann musste es für den Tyrannen, der sich allmächtig wähnte, sehr unangenehm gewesen sein, in Gegenwart eigener Untertanen einem solchen Ungehorsam begegnen und eine solche Demütigung hinnehmen zu müssen. So gesehen, durfte man sich später damit trösten, dass man damals wenigstens einen kleinen, süßen Sieg hat erringen können. Und hinter diesem zweifelhaften Sieg steckte ein weiterer, wichtigerer, den man schon in den nächsten Stunden als solchen ersichten und erkennen konnte.

Das waren die verwandelten Blicke der Mitarbeiter einem gegenüber. Manche der Blicke trafen einen sanft, dankbar und vor allem anerkennend, während andere – diese waren freilich in der Mehrheit – einen eiskalt streiften und sich feindselig in einen bohrten. Dazwischen gab es auch welche, die verrieten, was dahinter steckte: Angst und Verwirrung. Den Blicken folgten bald Gesten und Taten. So kam man zu seinen Freunden und Feinden. Wobei die Ersteren sich nur dann als solche zu erkennen gaben, wenn kein Dritter in der Nähe war, und die Letzteren benahmen sich genau umgekehrt: Die Gegenwart von anderen zündete sie an: Je mehr Zeugen, umso wilder flammte das Feuer ihres Hasses und umso reichlicher entsickerte ihnen das Gift der Verachtung. Und in der Stunde der Entscheidung blieben die Freunde im Versteck – sie mussten es wohl –, während die Feinde mit vereinter Kraft aus ihren kleinen und großen Gewehren auf einen losfeuerten – sie konnten, sie durften, sie mussten es auch.

Die Entscheidung fiel zu der Zeit, als das Bewährungsjahr zu Ende ging. Das Szenario der Verteufelung des Ungehorsamen war bestens eingeübt worden. Zuerst kam man vor die Mitgliederversammlung der Partei. Die Rote Flamme, oder Sodnomdamdin mit dem Namen auf den Papieren, eröffnete in flammenden patriotischen und parteipolitischen Worten den Feuerangriff. Sobald er sich wieder hinsetzte, stand der nächste auf und setzte den Beschuss fort. So ging es pausenlos weiter. Dr. Hai San Liu bestätigte in teuflisch genau ausgewählten Worten, was die vorhergehenden Redner gesprochen hatten, und schlug vor, den Sündenbock aus der Partei auszuschließen, um, wie er mit einer geballten und hoch erhobenen Faust und mit Betonung jedes Wortes losfeuerte, einem solchen unpatriotischen Rohling und antikommunistischen Unkraut ein für alle Mal jede Möglichkeit zu rauben, sich den heiligen Reihen der Partei wieder anzunähern, geschweige denn sich da einzuschleichen.

Zwar äußerten einige Mitglieder aus anderen Abteilungen, die einen nur flüchtig kannten, Bedenken, ob die Strafe nicht zu hart wäre und es daher nicht genügen würde, den Betreffenden aus der Partei lediglich zu streichen. Aber als es zur Abstimmung kam, erwiesen sich diejenigen, die einem übelgesonnen waren, als die Mehrheit.

Ach ja, an dem Abend bekam man einen unerwarteten Besuch von einem jungen, lieben Mädchen. Dummerweise hatte man am Vortag Badmaa, die ihn von Moskau aus anrief, ausgeplaudert, was einen am heutigen Tag erwartete: die Mitgliederversammlung, durch die man als Parteikandidat nach Ablauf der Bewährungsfrist gehen würde. Das Mädelchen nun war von ihrer älteren Schwester Badmaa beauftragt, dem frisch Gebackenen als vollwertigen Parteigenossen Glückwünsche zu überbringen. Schüchtern lächelnd zog der Besuch aus einer bauchigen Einkaufstasche einen Blumenstrauß und sagte: »Darf ich Sie im Namen meiner Schwester und aller Ihrer Moskauer Freunde beglückwünschen?« Da blieb einem nichts weiter, als den Blumenstrauß entgegenzunehmen, stumm und mit einem aufquellenden Klumpen im Hals und in der Brust. Irgendwann sagte man leise: »Ich danke dir, Schwesterchen.« Dann fügte man dem hinzu, jetzt schon lauter: »Aber sie haben mich nicht aufgenommen.« Und wieder etwas später und noch lauter: »Ja, ausgeschlossen haben sie mich aus der Partei!«

Das arme Mädchen, vielleicht achtzehn, einem erstmalig

über den Weg geschoben, bekam einen Schreck, der einem Faustschlag glich, stotterte einige laute, schwere Herzschläge lang: »Aber … aber meine … aber meine Schwester …« Dann kamen ihr schon die Tränen und sie fing an, leise vor sich hin zu wimmern. Man versuchte gar nicht erst, sie zu trösten.

Das Leid, von dem ein außenstehendes, unschuldiges Menschenkind mitbetroffen und mitgepeinigt wurde, war einem schier unerträglich. Doch schien es etwas sehr Wesentliches zu enthalten. Denn man wurde in seiner sengenden und ätzenden Gegenwart zu Gedanken gezwungen, die gar nicht so weit weg gelegen haben dürften, aber von einem bislang dennoch glattweg übersehen worden waren: Ob die Gerechtigkeit, in deren Namen Revolutionen stattfanden, nach so vielen Jahren erreicht war? Ob sie auf revolutionärem Weg mit Zerstörungen, Erschießungen und Vergewaltigungen je erreichbar war? Ob die Menschlichkeit, von der ein jeder tagtäglich nach Herzenslust redete, mit dem, was Menschen eines Landes und Mitglieder einer Partei einander antaten, überhaupt vereinbar war?

›Nein!‹, leuchtete es mit einem Mal in seinem verwirrten und benebelten Hirn. ›Im Namen der Gerechtigkeit geschieht weiterhin Ungerechtigkeit, und im Namen der Menschlichkeit blüht erst recht die Unmenschlichkeit!‹ Das Licht dieser Einsicht ließ den Geist auf die Blöße der Maschinerie schauen, die seit einer Ewigkeit schlecht und recht lief und als deren stumme und billige, da beliebig ersetzbare Schräubchen Millionen von Menschen pausenlos dienten und sich verbrauchten und verschlissen, namen- und gesichtlose Späne und Spleiße. Dabei glaubte er, im wackligen Schein eben des Lichts auch etwas Sonderbares zu erblicken und es als ein unbarmherzig mahlendes Gebiss in einem unablässig vertilgenden Schlund zu erkennen.

Da bereute man seinen Entschluss, sich mit dem Ungeheuer Partei eingelassen zu haben. Und man erkannte ihn als den schwersten Fehler, den man je gemacht. Und in dem Augenblick spürte man in sich die Welt zusammenstürzen, in der man bisher gelebt hatte. Es war ein bitteres und peinigendes, mehr noch, ein erschütterndes Gefühl. Doch es war auch ein befreiendes und reinigendes. Und es ließ einen nicht nur das Salz des Verlusts, so auch den Honig des Gewinns schmecken.

So wandte man sich dem Mädelchen zu, das jetzt erst recht Tränen vergoss, laut schluchzte, hemmungslos, und sprach bestimmt: »Hör auf zu flennen, Kind. Und hör dafür gut zu. Es besteht überhaupt kein Grund, Tränen und Rotz zu vergießen. Ich bin noch am Leben und bin gesünder als zuvor. Habe lediglich eine Lehre erteilt bekommen, gesalzen mit einem knallenden Faustschlag gegen meine eitle Fresse und gepfeffert mit einem klatschenden Tritt auf meinen dummen Hintern. Und diese Lehre hat mich von Dummheit und Blindheit geheilt. Also gehe ich aus einer scheinbar verlorenen Schlacht doch mit manchem Gewinn hervor. Sage das alles wortwörtlich deiner Schwester oder schreibe es so an sie! Und nun werden wir uns was Schönes kochen und den bittersüßen Sieg feiern!«

Das Wunderbare war, dass sich die liebe Seele von dem Mädelchen tatsächlich trösten ließ und einen guten Eintopf mit reichlichem Fleisch und handgemachten Nudeln zubereitete. Am Ende des Abends hat es einen sogar mit glühenden Backen und strahlendem Gesicht verlassen!

Die trotzigen Worte hatte man aus den blutenden Ecken seiner wunden Seele gewaltsam herausholen müssen, um die unschuldige Außenstehende und die ebenso unschuldige Dahinterstehende zu trösten. Doch waren sie, die Worte, nichtsdestoweniger ein Kind der neuen Erkenntnisse, auf die hinzustolpern man gezwungen war. Und sie verliehen einem vielleicht tatsächlich die Kraft, den nächsten Schlag, alle nächsten Schicksalsschläge einigermaßen gefasst hinzunehmen und zu überstehen.

Wenige Wochen darauf wurde man aus dem Ministerium rausgeschmissen. Das war von Seiten des Abteilungsleiters, der die Sache längst durchdacht hatte und sich nun auf vielfache Bestimmungen zu berufen wusste, eine Kleinigkeit, war die folgerichtige Fortsetzung der Parteistrafe.

Freilich hätte man Einspruch erheben können, gegen den Parteiausschluss wie auch gegen die Entlassung. Aber da hätte man an einen der Genossen aus der hochheiligen Führungsspitze der Partei und des Staates ein Bitt- und Beschwerdegesuch richten müssen, um später von einem weiteren Genossen aus einer etwas niedrigeren Ebene, der im Auftrag jenes Hohen und Heiligen handelte, geladen zu werden und diesem nun sein ganzes Elend zu schildern, am besten unter Tränen und Rotz. Doch, war eine solche Selbsterniedrigung mit den stolzen Worten, die Zukunft würde einen freisprechen, überhaupt vereinbar? Nein, keinesfalls! Wenn nicht, dann bitt schön! Es war einem jede Lust verdorben, dort, wo man einmal gescheitert, weiter zu bleiben.

Außerdem noch, das Außenministerium war mehr Schale als Kern. Es war eine Einrichtung, die einem die anfängliche Erwartung nicht im mindesten zu erfüllen vermochte. War ein Zwerg, dazu noch ein zwitterhafter: An seiner aufgebauschten, hohlen Schale Außenministerium vielleicht, in seinem geballten, versteinerten Kern Innenministerium. Es gab wenig, eigentlich nichts zu tun. Selbst der Papierkram, den man tagtäglich zu wälzen hatte, vermochte die Arbeitszeit nicht auszulasten. Schreiender Beweis: Angefangen bei der heilig-ministeriellen Führungsebene, waren alle mehr Universalgenies als Diplomaten – übersetzten Romane, schrieben Gedichte, unterrichteten an den Hoch- und Fachschulen. Sie langweilten sich. Versuchten, ihr kümmerliches Gehalt durch Honorare, gleich woher, zu erhöhen. Das Einzige, womit dieser Zwitterzwerg seine Mitarbeiter an sich fesseln konnte, war die Aussicht, irgendwann ins Ausland beordert zu werden und in der dortigen mongolischen Botschaft zu arbeiten.

Tiefer, kühler Herbst ist es gewesen, als man entlassen wurde. Tiefer, kalter Winter war, als man eine neue Arbeitsstelle fand. Dazwischen lag die Hölle. Wie viele Türschwellen hat es in dieser Hölle gegeben, die man, bangend und hoffend, betreten und nach kurzer Zeit, enttäuscht und entmutigt, wieder verlassen musste! Gemeinsam ist allen Höllenräumen gewesen, dass dort junge Menschen mit Fremdsprachenkenntnissen gebraucht wurden und einer, gerade aus der Partei ausgeschlossen und von einem Staatsministerium entlassen, so unerwünscht war wie die Pest. Nach siebenundsiebzig Höllentagen und -nächten fand man doch einen Unterschlupf, und dies in einem Übersetzerbüro, in einer düsteren Nische im Kellergeschoss des mongolischen Staatshauses sozusagen.

Ein dreifacher Hochruf dem Sozialismus, der keine Arbeitslosigkeit zuließ! Wäre es nicht so gewesen, man wäre gezwungen gewesen, zu seinen Eltern zu fahren und wieder Schafe zu hüten, Dung zu sammeln, Murmeltiere zu jagen. Nicht, dass man sich für solche und ähnliche Beschäftigungen zu gut vorgekommen wäre. Nein, alles, was einen ernährte, wäre einem recht gewesen. Nur, wie hätten die Eltern ins Gesicht ihrer nahen und fernen Nachbarn blicken können, wenn der Sohn nach dem langen Studium im Ausland und sogar nach der feinen Büroarbeit im Außenministerium eines Tages zurückkehrte, um wieder als Hirtennomade zu leben? Nein, man hätte alles ertragen können, aber dieses eine hätte man den armen Eltern nimmer antun wollen!

So war man dem Sozialismus, dieser selbstgerechten und selbstherrlichen, aber immer noch sehr unbeholfenen Ordnung jeglicher kleinschlauer Jäger nach Macht, Geltung und Besitz, doch noch einen Dank schuldig. Übrigens, sowie man in seinem hirnlosen, von Überlebenstrieb angezündeten und von Herdentrieb entfachten Anlauf zum Kommunisten kläglich gescheitert war, wurde man auch nicht zum Antikommunisten. Und dies, weil beide Überzeugung und Leidenschaft voraussetzten, Letzteres noch mehr als Ersteres.

Hier hatten die Wortführer und Hirnwäscher des Kalten Kriegs mit einem zu tun, der nicht nur enttäuscht, auch nicht nur verletzt, sondern bis ins Mark erschüttert und an allen Ecken und Enden erwacht war und die Welt auf ihren Grund hin erkannt hat. So einen Ausgehöhlten bis zur eigenen Tiefe und Geläuterten bis zum eigenen Kern konnte nichts mehr verführen. Die von Menschen erfundenen und aufgeblähten Größen vermochten so einem nichts mehr anzuhaben. So war der Klassenkampf, dessen anderer Name Futterneid ist, außerstande, dem Ausgebrannten Feuer in die Adern einzuflößen. Aus ebendiesem Grund dachte man an die Partei, diesen Gott der Gottlosen, nicht anders als an einen Gegenstand, den man irgendwann gehabt oder auch nicht gehabt hat, an einen Menschen, dem man irgendwo begegnet oder nicht begegnet war, oder an einen Metallsplitter, für manchen wertvoller als Gold, weil er einen Orden darstellte, mit dem man selber ausgezeichnet worden war, für einen anderen aber war er wertlos, sogar lästig, weil er nicht ihm, sondern dem anderen gehörte, den dieser nicht leiden konnte.

Nun empfand man vor dem, dessentwegen man seine verheißungsvolle Zukunft in Scherben hat gehen lassen, nichts mehr, nicht Freude, nicht Ärger, nicht mal Scham oder Hass. Wenn das, was man bei dessen Benennung oder bei dem Gedanken daran empfand, überhaupt einen Namen hatte, dann war dies die Gleichgültigkeit. Ja, man war von ebendieser Gleichgültigkeit erfüllt, ratzevoll aufgefüllt von ihr, wie ein verbeultes, altes, von Menschen weggeschmissenes Gefäß im Meeresgrund von Wasser und höchstens noch von etwas Schlacke und Schlamm gefüllt sein mochte. So lebte man in Gleichgültigkeit ertrunken. Ja, ertrunken eben, denn man wusste hin und wieder nicht mehr, ob man überhaupt noch lebte. Und das war so bitter und auch irgendwie schade für das Vaterland, das tagtäglich unzählig oft genannt wurde, und für den Schöpfer, wenn er wüsste, was aus seinem Werk geworden …

Anni erwachte schweiß- und tränennass. Das Bewusstsein über die Befreiung von dem Albtraum vermochte ihre aufgewallte Seele nicht zu beruhigen. Ihre Sinne waren erfüllt von dem nicht enden wollenden Geschrei und blieben wohlerwacht und erschüttert auf lange Sicht, denn sie konnte nicht glauben, dass sie die Stimme – sogar echt im Klang –, diesen letzte Notschrei ihrer so innig geliebten und wieder einmal so bitter vermissten Tochter je vergessen könnte.

Sie lag trotz des immer noch heftig pochenden Herzens still und sann nach. Fand heraus, wie gut dieser Traum zu dem vorhergehenden passte. ›Wie ein fehlendes Stück‹, dachte sie. ›Nun ist es wieder da und hat das Bruchstückhafte vollkommen ergänzt!« Sie war entsetzt über den Sinn, der hinter der scheinbaren Sinnlosigkeit gelauert und auf den richtigen Augenblick gewartet haben musste. Sie, die bisher mit ihren Träumen sehr lässig umgegangen war, hielt es nicht mehr aus, richtete sich im Bett auf, setzte sich nach ein paar Herzschlägen auf den Bettrand, stand um weitere, lästig laute Herzschläge später auf, machte Licht und schritt im Raum, der ihr mit seiner nach innen gewölbten, gitterholzbetäfelten Filzwand unwirklich vorkam, hin und her, immer wieder kopfschüttelnd und mit einem irren Blick, der verriet, dass sie nicht zur Ruhe kommen konnte.

Schließlich blieb sie stehen und dachte angestrengt nach, die vollen Arme mit den schlanken, gespitzten Händen um die Brust geschlungen. Doch es dauerte nicht lange, da löste sie sich ruckartig aus der Haltung, griff nach dem Morgenrock, schlüpfte hinein und eilte zur Tür. Und während sie den Schlüssel drehte, dachte sie: ›Mein Gott, ich bin ja nicht einmal gekämmt!‹ Doch vermochte sie nicht zurückzukehren, um in den Spiegel zu schauen und sich wenigstens die Haare zu ordnen. Stattdessen drückte sie die Klinke entschlossen herunter und öffnete die Tür. Denn sie glaubte, einen Ruf gehört zu haben und hatte jetzt nichts anderes im Sinne, als ihm folgen zu müssen. Und sie meinte, der Ruf wäre derselbe, den sie vorhin im Traum gehört hatte – die Stimme der Tochter – vielleicht dauerte der Traum noch an, wer konnte es wissen …

Sie bekam einen Schreck und dieser ließ sie mit der Schnelligkeit und Helligkeit eines Blitzes ahnen, was es mit dem Ruf auf sich gehabt haben müsste. Denn sie sah im schummrigen Licht der Deckenleuchte, kaum drei Schritte vor sich, auf den Wandelhallentisch beide Ellbogen aufgestützt und darüber, Kinn und Gesicht in die gespreizten Handflächen gesenkt, ihn sitzen. Sogleich erkannte sie, dass er schlief. Daraufhin trat sie zwei Schritte näher und betrachtete, mit einem Gesicht zwischen Lachen und Weinen, den Schlafenden. Der Kopf drückte offensichtlich zu schwer auf die Hände, die Finger waren blau angelaufen. Auch für den Kopf musste es anstrengend sein, sich, in eine Gabel aus zwei Händen eingezwängt, zu verhalten: Die Schläfenadern standen angeschwollen, und das Gesicht sah dunkler und dicker aus als sonst, wirkte entstellt. Die Lippen, sonst so sinnlich, nun grausam verzogen, bewegten sich unaufhörlich, was verriet, dass nicht nur der Schlaf recht seicht sein musste, sondern darüber hinaus verlangte es auch den Körper danach, von der qualvollen Lage befreit zu sein.

Sie bückte sich über ihn und fuhr, um ihn nicht zu erschrecken, mit den Handflächen sanft über die Rücken seiner verbogenen und blau angelaufenen Hände. Er erschrak nicht. Hielt still für einen Lidschlag, der in ein tiefes Einatmen überging und dann als ein leiser Schluchzer herauskam. Daraufhin öffneten sich die Mandelaugen, in denen sonst Liebe, Trotz und Angst abwechselnd lagen und zwischendurch auch Spott oder sogar Feindseligkeit auftauchen konnte. Jetzt aber entpuppte sich das, was drinnen aufschien, als Demut, eine tiefe Demut ohne jeglichen Hintersinn.

»Guten Morgen!«, sagte sie, fast flüsternd leise, und fasste die Hände, die sie immer noch berührte, nun umso fester und so lange, bis sich das, was in seinem Blick lag, verändert und er den Gruß beantwortet hatte. Und es dauerte Zeitchen, bis sich die taureine, wunderstille Demut wandeln und in eine andere Gemütslage verwandeln konnte. Das war nun die Freude, wiederum taurein und wunderstill – Tränen füllten die Augen. Und er flüsterte kaum hörbar, versucht, die in ihm aufsteigende Aufregung zu unterdrücken: »Guten Morgen.«

»Was machst du denn in aller Herrgottsfrühe hier?«

»Habe eben hier übernachtet.«

»Wieso denn? Du hast doch eine Bleibe zugewiesen bekommen, wohl auch mit einem Bett für dich?«

»Die Tür war abgeschlossen. Vielleicht haben die Zimmergenossen mich vergessen.«

»Du hättest zum Pförtner gehen und ihn um Rat und Tat bitten können.«

»Vielleicht, aber ich hatte Angst …«

»Mein Gott … entschuldige … mein Gott … entschuldige …« Sie stammelte die Wörter vor sich hin, erschüttert. Wobei sie wusste, woher diese Erschütterung kam: am wenigsten von seiner Angst, etwas mehr von dem Geschehenen, am meisten aber von ihrer Hartherzigkeit. ›Was für ein böser, böser, böser Mensch bin ich!‹, dachte sie in einem fort.

Dann aber sagte sie entschlossen: »Jetzt kommst du zu mir!« Und griff wieder nach seinen Händen, die er ihr vorhin so lange gelassen hatte und die ihr dabei sehr kalt vorgekommen waren. So: mit ihren glühheißen Händen an seinen eiskalten eilte sie auf die Tür ihres Zimmers zu. Und dachte dabei: ›Ja, der arme, durchgefrorene Kerl soll sich in dem angeberisch verschwenderischen Raum aufwärmen und auch ein wenig ausruhen!‹

Ihn vor sich herschiebend ins Zimmer eingetreten, die Tür hinter sich zugeschoben und dazu noch abgeschlossen, dachte sie mit einem Mischgefühl aus Selbstneckerei und Selbstbeschuldigung: ›Welche verspätete Fürsorge und welcher verwandelte Mut auch!‹ Denn da fiel ihr die gewollt selbsterzeugte Angst vor ihm am anderen Ende der Nacht ein, die immer noch andauerte: Er könnte sie umbringen – welch schändliche Blödheit von ihr, der erwachsenen, betitelten Frau!

Er wirkte schüchtern, zumindest in ihren Augen. So musste sie ihn dazu zwingen, wenigstens die Überbekleidung abzulegen und die kalten Hände, vermutlich auch die Füße, mit heißem Wasser zu waschen. Wenn er wollte, könnte er sich auch heiß duschen. Sie hätte ihm um ein Haar gesagt: »Alles, was hier ist, steht auch dir mit zur Verfügung.« Aber da hat sie sich plötzlich zurückhalten können, mit dem Gedanken: ›Dann müsste er ja auch über mein Bett verfügen!‹ Doch diesem entgegen zuckte in ihrem Hirn ein anderer Gedanke, der sie leicht erschreckte, aber auch begeisterte, wie sanft kitzelnd und aus großer, grundtiefer Ferne irrlichternd: ›Und wenn schon!‹

Auch dann, nachdem er ihrer Weisung gefolgt und aus dem Bad zurückgekommen war, zeigte er sich weiterhin in dem merkwürdigen Zustand, den sie jetzt aber als traumwandlerisch erkannte und der sie veranlasste, abermals nach seinen Händen zu greifen, ihm in die Augen zu schauen und ihn zu fragen: »Was hast du?«

»Ich habe geträumt. Aber ich kann dir meinen Traum diesmal nicht verraten.«

»Diesmal? Nun gut. Wieso willst du mir deinen Traum nicht verraten?«

»Weil ich damals den Fehler gemacht habe, dir alle meine Träume zu erzählen, und mir erst später, als du wegbliebst, eingefallen ist, was ich falsch gemacht.«

»Wie meinst du das?«

»Man soll ja die guten Träume für sich behalten, während man die schlechten in eine Höhle hineinerzählen und darauf dreimal spucken muss!«

»So? Dann werde ich dir meine Träume auch nicht verraten. Muss aber überlegen, ob ich sie für mich behalte oder in eine Höhle erzähle, um darauf dreimal zu spucken.«

»Du hast also auch geträumt. Richtig, entscheide selber darüber. Nur, dass du einen guten Traum nicht mit einem bösen verwechselst!«

Sie schaute mit gesenktem, zerstreutem Blick nachdenklich vor sich hin. Sammelte ihn dann langsam, hob und blickte ihm fest in die Augen. Sie hatte sich entschieden: umschlang seinen Hals mit beiden Armen und drückte ihren Mund auf den seinen. Er kam ihr nach kurzem Zögern entgegen. Die Lippen und Zungen verfingen sich sogleich. Es kam zu einem gierigen, atemberaubenden Kuss, einem Brand aus zwei Feuern gleich, jedes von einem anderen Wind auf den anderen zugetrieben, sich in einer Mitte getroffen und zu einem Flammensturm, mit vielfacher, verwüstender und reinigender Kraft, zerberstend, zusammengestürzt.

Diesmal war sie es, selber besinnungslos zwar, die den anderen Besinnungslosen in den Schlafteil des Raumes führte und anfing, ihn auszukleiden, der dem Beispiel folgend, ihren strammen, weißen Körper, der einen Funkenregen zu sprühen und alle Edeldüfte dieser Welt zu verströmen schien, dem Morgenrock und dem Nachtkleid entschälte, ohne dabei auch nicht einen Lidschlag lang aufzuhören, aus dem Gegenüber Flamme auf Flamme zu saugen, während er selber im Gegenzug ihm immer neue einflößte.

Zu guter Letzt stürzten sie ins Bett, jeder vom anderen gefällt, aber auch von diesem mit so viel Kraft aufgefüllt, dass es sogleich zu jener bald urnatürlich, bald unnatürlich anmutenden Balgerei kam, unverständlich selbst für den hellsten Verstand und unschicklich für die ständig bewertenden und urteilenden Sinne Außenstehender. Allein der Allmächtige, der über ihnen, wie über uns allen, stand, durfte sich ihnen zuwenden, wenn er wollte, und konnte darüber urteilen, was und wie es zu sein hatte. Jede menschliche Einmischung war da überflüssig. Jede Moralpredigt sinnlos. Alle beide waren aus der Bahn geraten, die ihnen zeitlebens von außen zugewiesen worden war, und in der sie, willenlose Sklaven fremder Willen, ihre bisherige

Lebenszeit zugebracht hatten. Somit hat ein jeder die unsichtbare Hülle, die ihm ohne sein Wissen irgendwann übergestülpt worden war und die sich mit der Zeit zu einem Panzer vor ihm selbst erhärtet hatte, zerbrochen und von sich abgeworfen. Also war ein jeder zu sich zurückgekehrt, zu seinem Urrecht, zu seinem Urwunsch, sich auf das Glück zu stürzen, sich ihm hinzugeben und darin aufzugehen wie Salz im Wasser. Dafür aber konnte jetzt keiner für sich allein da sein. Jeder war nur mit dem anderen, ja, in dem anderen so da, wie er nun einmal war. Es war ein Zustand, erreichbar nur mit dem anderen. Denn jeder war im Grunde seines zum Geben verpflichteten und zum Nehmen berechtigten Wesens ein Halber und konnte nur mit dem anderen zu einem Ganzen werden. So wie alles nur in der Ganzheit vermochte, so zu sein, wie es gern wollte.

Auch dann, als die Spannung fürs Erste gelöst war und die Leidenschaft, die sich an dem gegenseitigen Wunsch, dem anderen noch mehr zu geben, als von ihm gerade erhalten, zur Festigkeit verdichtet und zur Glut angeheizt war und dann flammend sich entladen hatte, fühlte sich ein jeder immer noch in seiner neuen Haut, entledigt der alten Panzerschale und angefüllt mit lichtem, erhebend leichtem Inhalt und in einem ungestillten Verlangen nach noch mehr Nähe an die andere Hälfte. Und das war sehr wesentlich, war ihr gemeinsames Glück – ein Glück mit Berechtigung und Verpflichtung, aber auch mit Sicht und Gesicht, mit An- und Zukunft.

Sie waren körperlich und seelisch entspannt. Obwohl das, was sie voneinander erwartet haben mochten und dann zusammen zustande gebracht hatten, ihrem namen- und grenzenlosen Wunsch schwerlich entsprechen konnte. Möglich, er mochte von den Erlebnissen und Erinnerungen der letzten Tage zu sehr angespannt, von der Schlaflosigkeit zu sehr mitgenommen und nicht zuletzt von der jähen Wende der Dinge zu sehr überrascht worden sein. Und sie konnte von dem unvermuteten Erwachen der Erinnerung an das bitterste Leid in ihrem Hirn erschüttert und von den schlafarmen, schmerzvollen Nächten ausgehöhlt gewesen sein, und nicht zuletzt ließ sich ja auch das Alter nicht von der Hand weisen. Schließlich waren sie einander körperlich zu neu. So war ihr da jungfräuliches, hier jungknabisches Erlebnis miteinander, das von der Warte mancher einen Selbstzweck hätte abgeben können, nicht gerade umwerfend. Doch brauchte es das auch gar nicht zu sein. Sie waren mit der Gabe des Spiels ihrer Körper unter Anleitung ihrer Seelen, das leicht an einen Kampf gegeneinander gegrenzt hatte, rundum zufrieden. So lagen sie, erlöst, hemmungslos ineinander verschlungen, und dachten, dankbar und glücklich, an das soeben Geschehene, das noch Andauernde und das immer Wiederholbare.

Worte waren überflüssig. Dafür sprachen ihre Körper, ihre Blicke, und selbst ihre Atemzüge. So hörte er den Druck ihrer Schenkel flüstern: Was dir meine Tochter nicht hat geben können, das tu nun ich ... Und sie vernahm die Kuppen seiner Finger auf ihrem Rücken raunen: Was du vorher nicht hast nehmen können, nimm das nun ... Ja, jeder Zug, den sie miteinander atmeten, jede Muskelbewegung, die von dem einen auf den anderen überging, und jeder Blick, den einer von dem anderen empfing, glich einem weckenden, wärmenden und erhellenden Bündel von Sonnenstrahlen – alles besagte: Sieh mein Glück hier, und das hast du mir gegeben. Oder: Nimm da die Gabe, ist von mir für dich.

Mitten in dieser Glückseligkeit schliefen sie ein, einander in die wohlige Tiefe des Schlafes niederziehend und darüber die lauschigen Wolken des Behagens streuend. Sie lagen einander beleuchtend und ineinander gekrochen wie Wurzel- und Fersenbein, wie zwei Wesen, die immer zusammengehörten, wie Mutter und Kind, Mann und Weib. Dabei wiegten sie einander durch ihr gleichmäßiges Atmen und das gleichzeitige Heben und Sinken ihrer Rippen und Flanken. Schnauften friedlich, spendeten einander Frieden, waren selber Friede, ein verdoppelter und vereinigter. Hätte der Allmächtige, von dem wir vorhin anzunehmen bereit waren, er stünde wachend über ihnen, etwas gegen dieses Bild gehabt, dann wäre er keiner mehr, als ein vom urteilssüchtigen, aber vorurteilsvollen Geist der Menschen beeinflusster. Aber wir, die wir an die gütige Allmacht jenes Überwesens glauben, wollen uns weiterhin vom Zweckklatsch Mephisteuflischer fernhalten. So glauben wir lieber daran, dass wir mit Ihm, dem Allmächtigen, Zeit und Raum samt Ziel und Gefühl geteilt haben, während wir uns den obigen kleinen Ausrutscher erlaubten, einen bewundernden Blick auf die beiden warfen und noch ein paar wohlwollende Worte fallen ließen.

Sie erwachten unter hellem Tageslicht, das sich vom Kuppeldach in einem warmen, dichten Strahlenbündel in den Raum ergoss. Den Gewohnheiten nach, die in den Zellen ihres Bewusstseins hausten, hätten sie eigentlich erschrecken und aufspringen müssen, denn die angesagte Frühstückszeit war dicht herangerückt. Aber er wie sie, sie wie er, beide blieben ruhig liegen. Und das nahm vor allem sie erfreut zur Kenntnis, denn sie hatte bei etlichen Anlässen beobachtet, dass er zur Panik neigte, da er schnell von Angstgefühlen heimgesucht wurde. Dann, als er meinte, dass es ja gerade Zeit sei aufzustehen, sagte sie: »Bleib noch eine Minute liegen und höre mir zu. Ich bereue nichts. Freue mich sogar darüber, dass es sich so ergeben hat. Was die Zukunft und mich betrifft, überlasse ich alle Entscheidungen dir. Das sage ich so, da ich nichts von deinem Leben weiß. Ich erwarte von dir jetzt keine Antwort, da wir noch einen Tag und eine Nacht Zeit haben, vor allem aber du deine Lage überdenken musst.«

»Nur so viel in dieser letzten Minute unserer allzu kurzen, aber umso bedeutsameren Nacht«, sprach er, eine aufkommende Erregung unterdrückend und überlegt. »Du hast ein Wort ausgesprochen, so großmütig und so zukunftsschwanger, dass ich es, einem Kleinod gleich, in meiner Herzensgrube orten und um es herum den Rest meines vergifteten und angeschlagenen Lebens von neuem aufbauen werde, wohlwissend dabei, ein Kleinod darf man so wenig missachten wie auch missbrauchen!«

Dann standen sie auf. Während sie dabei waren, sich anzuziehen, klopfte es an die Tür. Auch das löste keinen Schreck aus. Sie sah ihn lächelnd an und flüsterte: »Das wird unser Deutscher sein.« Dann trat sie an die Tür näher und fragte, mit sanfter, unschuldiger Stimme, wer da war. Das war er auch, Kőszegi. Der sagte, mit einer unüberhörbaren Mahnung in seiner leicht krächzenden Stimme, es wäre längst Zeit zum Frühstücken.

»Dann frühstückt doch«, erwiderte sie gelassen.

»Du willst nicht mitfrühstücken?«

»Doch, doch. Aber fangt schon an. Bei mir dauert es noch ein wenig.«

Anstatt wegzugehen, blieb der Mensch immer noch dort stehen. Denn seine Stimme erklang wieder: »Weißt du übrigens, wo der Dolmetscher sein könnte?«

Jetzt wollte der Schreck kommen. Anni, die sich von der Türnische schon abgewandt hatte, im Begriff, in den Schlafteil des Raumes zurückzueilen, um sich fertig anzuziehen, stockte und schaute zu Minganbajir hinüber, der in der vorhangbehängten Trennspalte zwischen beiden Raumteilen stand und allem zugehört hatte. Sie sah, wie sich sein Gesicht, das vorhin so jugendlich strahlend und männlich entschlossen ausgesehen hatte, verdüsterte und sein ohnehin kurzer Hals noch gedrungener wirkte, wie immer, wenn er mit der Angst zu tun hatte. Da begriff sie wohl, dass sie keine Hilfe von ihm erwarten konnte und mit dem, was auf sie zukam, selber irgendwie fertig werden musste. So wandte sie ihren Blick von ihm ab und wandte sich der Tür wieder zu. Dann rief sie dem Unsichtbaren zu: »Hallo!«

»Ja?«

»Hast du noch etwas gesagt, Pisti?«

»Ja. Ich habe dich gefragt, ob du vielleicht wüsstest, wo der Dolmetscher stecken könnte.«

»Wieso das? Ist etwas aufgetaucht, wo seine Hilfe benötigt wird?«

»Wir wollten gerne wissen, wann genau die Maschine startet.«

»Sie wird schon pünktlich starten, so wie wir das mongolische Kulturministerium kennen, und wir werden noch im Laufe des heutigen Tages in die Hauptstadt, in unser anderes Sternehotel zurückkehren. Ich hoffe, du hast keine weiteren Fragen mehr, und ich kann mich in Ruhe weiter anziehen!«

In ihrer Stimme klang Spott, verstärkt durch einen Hauch Ärger. Doch ihr unsichtbares Gegenüber würde nicht den Spitznamen der Deutsche verdient haben, wenn er sich davon hätte einschüchtern lassen. So blieb er unerschütterlich und sagte, nun auch mit einem Schuss Spott: »Wieso keine Fragen mehr, wenn du auf meine anfängliche Frage noch nicht geantwortet hast?«

Sie hielt inne, vielleicht, um zu überlegen, welche denn seine anfängliche Frage gewesen, und sagte dann mit einer unüberhörbar gereizten Stimme: »Wieso kommst du darauf, dass ich wissen müsste, wo der Dolmetscher steckte?«

»Seine Kollegen sagten, er wäre die Nacht ausgeblieben. Und daraufhin meinte man, du wüsstest vielleicht, wo er sein könnte!«

»Wer ist man? Ist es denn die Tüskés, die mutmaßte, ich hätte ihn ihr entführt?« Anni Erdős hatte eigentlich sagen wollen: »… also müsste er in meinem Bett gelandet sein …« Doch hat sie sich in dem letzten Bruchteil eines Lidschlages besinnen können und die Worte sogleich hinunterschlucken müssen. Nun spürte sie einen Druck im Hals, der von dem gezielten, aber nicht geknallten Schuss kommen und in ihrer Kehle liegen musste, Rauch qualmend und Funken sprühend.

»Ja, richtig. Ilona Tüskés meinte, du müsstest wissen, wo der Dolmetscher stecken könnte!« Das war so kalt und bestimmt ausgesprochen, dass sie, die immerhin über die Truppe, darunter auch über ihn, Pisti Kőszegi, die Führungsgewalt hatte, es nicht mehr aushielt und sich zu einer weiteren Steigerung hinreißen ließ:

»Ist das denn ein Verhör?«

Nun schien der Unsichtbare innezuhalten. Es erklang nach kurzer Pause: »Entschuldige, Anni. Du kommst also bald und lässt uns nicht länger führungslos sitzen inmitten lauter geführter Truppen.« War der letzte blöde Satz als Scherz gedacht, der dem soeben erfolgten, unerfreulichen Wortwechsel die Härte nehmen sollte? Sein Mut reichte doch nicht, es mit der Chefin gänzlich zu verderben.

Sie kam leicht taumelnd, wie es ihm schien und mit glühroten Wangen auf ihn zu, umhalste ihn und vergrub ihr Gesicht in seinem Haar. Er umschlang sie zur gleichen Sekunde mit dem gleichen Schwung und drückte ihren biegsamen Leib mit entflammender Leidenschaft und zunehmender Kraft gegen den eigenen. Nach einer Weile, die ausreichte, sein Blut so in Wallung zu bringen, dass er unter dem schweren, unablässigen Klopfen in den Adern anfing zu stöhnen und zu zittern, überwand sie sich: Hob den Kopf, nahm die Arme herunter und löste sich sanft, aber entschieden aus seiner Umarmung, während sie nach seinen Händen griff und sie in den eigenen behielt. Dann blickte sie ihm fest in die Augen und sagte: »Migga, weißt du, welche Gedanken mir soeben durch das Hirn gegangen sind?« Und sprach, ohne auf seine Antwort zu warten, weiter, mit einem leisen Lächeln auf den Lippen, aber umso ernster der Blick: »Das soeben ist die erste Prüfung gewesen, uns beiden vom Leben gestellt. Wir haben sie nicht besonders gut bestanden. Doch durchgefallen sind wir auch nicht. Weitere Prüfungen werden auf uns zukommen. Werden wir sie bestehen?«

Er hat sie verstanden. So sagte er: »So wie du vorhin gewesen, so möchte ich auch werden. Du hast die Prüfung schon sehr gut bestanden. Nur ich war dabei nicht gut, und ich schäme mich über meine Feigheit.«

»Nein, Migga. Feige bist du nicht. Nur ängstlich bist du geworden. Ich war es zum Schluss auch. Woher aber kommt die Angst? Von unliebsamen Erfahrungen wohl, die man in seinem Leben hat machen müssen.«

»Ich werde es mir künftig merken. Und werde versuchen, an der Heilung meiner Seele zu arbeiten. Ich verspreche es dir, Anni.«

»Ich danke dir, Migga. Aber dass du mich nicht auf den Thron der Meisterin erhebst! Auch ich möchte so vieles von dir lernen. Du siehst doch, der Anfang ist getan – mit welchem Ergebnis aber!«

Er sah in ihrem Blick den Schalk und zwinkerte ihr zu. Und sie belohnte ihn für die helle Sicht mit einem mittelheftigen Kuss, der sogleich erwidert wurde, aber im nächsten Pulsschlag schon enden musste. Denn sie schaute ihn wieder ernst an und sagte: »Wir wissen voneinander einfach noch zu wenig. Müssen uns beeilen, einander kennenzulernen, solange wir zusammen sind.«

»Ist wahr. Wobei ich von dir viel mehr weiß, als dass du von mir weißt.«

»Das Wesentliche kennen wir alle beide voneinander. Was du meinst, sind die Fakten, die, letzten Endes, auch wichtig sein können. So dieses meinetwegen: Hast du eine Frau?«

»Ja.«

»Kinder?«

»Drei.«

»So wie bei mir auch – ein Mädchen und zwei Jungen, vielleicht?«

»Ja.«

»Ja? Das ist aber merkwürdig! Dass du deine Kinder liebst, das weiß ich so. Und liebst du deine Frau auch?«

»Ach, Mensch. Lieben kann man nur einmal richtig. Und dieses einzige Mal ist bei mir mit Anni – mit dir – gewesen. Dann gibt es Begegnungen und Beziehungen, die man teils aus Unwissenheit für Liebe hält, teils aus Gutwilligkeit und zum Selbstbetrug Liebe nennt.«

Die Worte trafen Anni Erdős hart. So kam sie zu sich. Und sagte bestimmt: »Wir müssen gehen!«

Während sie die Tür abschloss, schoss ihr ein Gedanke durch den Kopf: Ob es nicht klüger wäre, wenn sie getrennt im Frühstücksraum erschienen? Was, übrigens, auch seine Idee war. Doch zuckte dem Gedanken sogleich ein weiterer aus einer anderen Ecke entgegen: Hattest du vorhin nicht von Prüfungen gesprochen, die auf euch warteten? Willst du denen nun ausweichen und euren soeben begonnenen Weg in die Zukunft auch noch mit Lug und Trug pflastern? Sie spürte Scham ihren Hals hinaufsteigen und ihre Gurgel zuschnüren.

Während sie die Mitte der absteigenden Treppe erreichten, wussten sie, dass schon die nächste Prüfung auf sie wartete, denn sie sahen die Truppe um den Tisch der Wandelhalle versammelt sitzen. Hitze schlug ihnen entgegen, ins Gesicht, die, eingeatmet, sich in Kälte zu verwandeln und ihre ganzen Hohlräume zu überfluten schien, um dann aber, wenige Treppenstufen später, von einem anderen Gefühl verdrängt zu werden. Das war Trotz, der in beider Brust zeitgleich erwachte und sie nicht nur von der erniedrigenden Last der eisigen Angst und der quälenden Scham befreite, sondern sie auch mit einem satten Schuss Lebenslust erfüllte, die sich im Falle Angegriffener immer als Lust auf Gegenangriff äußerte.

Die Truppe empfing ihre Chefin und ihren Dolmetscher verdächtig fröhlich und für das anerzogene Maß des realsozialistischen Alltags und der angestrebten kommunistischen Ethik und Moral unschicklich laut:

»Guten Morgen oder Tag aber!«

»Herzlichen Glückwunsch zum murmelkindischen Schlaf, da der Steppensandmann wohl nicht jeden mit seiner Gabe hat belohnen wollen!«

»Los nun, Genossen – Spätstück ist noch besser als Frühstück!«

Anni Erdős fühlte sich in der Falle. Sagte aber, Scham und Zorn unterdrückend, umso fester sich an den Trotz haltend, den sie in diesem Augenblick als ihre Rückenstütze wusste, unmissverständlich sachlich und kühl: »Was soll die ganze Afferei! Pisti, du hättest lieber meinem Rat folgen und die armen Schlafgestörten und nun Hungerleidenden längst zu ihrem Frühstück entlassen sollen, anstatt sie hier als Katzen auf der Lauer nach irgendwelchen Sündenmäuschen zu halten!«

Die überlaute Fröhlichtuerei erlosch augenblicklich. Die ersten Worte fielen wieder, nachdem sich alle um den Tisch im Essraum gesetzt hatte. Das war Laci, der sagte: »Entschuldige, Anni, sollte unser Morgengruß vorhin sein Ziel verfehlt haben. Wir wollten lediglich, dass wir zu unserem ersten und letzten Frühstück in diesem märchenhaften Hotel mitten in der Steppenwüste, die in ihrer Einmaligkeit jedes Märchen übertrifft, als vollzählige, fröhliche Truppe schreiten, um diese wunderbare Reise auch ein wenig märchenhaft abzuschließen.«

»Ach, Laci, du mein goldiger Junge,« sagte darauf Anni, sichtlich gerührt. »Frieden zu stiften scheint der Sinn deines irdischen Lebens zu sein, du Glücklicher. Hast soeben das Wort Märchen mehr als einmal gebraucht. So will auch ich es in den Mund nehmen, mehr noch, ich will dir, euch allen ein Märchen erzählen.

Vor elf Jahren war es. Oder sollte ich lieber sagen, vor elf Ewigkeiten, weil es ein Märchen sein will? Da begegnete in der Weltstadt Moskau eine junge Europäerin einem ebenso jungen Asiaten. Das war während einer Sitzung des großen Heilers und wohl letzten Weisen aus unserer Gattung Schapirowskij, vor dem damals der ganze Osten auf den Knien lag, während im Westen kein Mensch von ihm Notiz zu nehmen schien, merkwürdigerweise. Die Sitzung, die von Abenddämmer bis Morgendämmer dauerte, gipfelte in der Verteilung des Lebenswassers, was eigentlich ganz einfaches Wasser aus einer Waldquelle war, aber dann von dem großen Meister gesegnet wurde. Dieses heilige Wasser durften nun alle zu sich nehmen. Und wer es trank, mit dem geschah sofort ein Wunder. Manche schwer Bettlägerigen erhoben sich gleich und fingen womöglich zu tanzen an. Manche dumpfen Einfältigen kamen endlich auf die lang erhoffte Hellsicht. Manche düsteren Schwermütigen wurden mit einem Mal fröhlich und konnten womöglich nicht aufhören zu lachen und zu singen.

Nun, unsere Europäerin hatte, da sie weder die Landessprache verstand noch über einen Dolmetscher verfügte, kein Trinkgefäß mitgebracht. Das begriff sie erst, als es zur Verteilung des Wassers und zu dessen Segnung kam – sinnlos, ein Gefäß, so einfach es auch wäre, finden zu wollen in dem Gewoge des Menschenmeeres – es gab wohl auch mehr Menschen als Trinkgefäße, nichts war so begehrt wie ein Glas oder eine Schale oder eine Tasse oder ein Becher oder ein Seidel oder eine Kanne – ein Gefäß eben. So war sie tief unglücklich über ihr Missgeschick und begann irgendwann zu weinen. Das hat ihr Platznachbar, unser junger Asiat, bemerkt, denn er hielt ihr sein Trinkgefäß, eine goldgelbe Holzschale, hin, und sie sah, drinnen war noch ein kleiner Schluck, er hat ihr die Hälfte seines wertvollen Trunkes überlassen. Also trank sie den kleinen Schluck noch schluchzend, aber dankbar und gierig, bis auf den letzten Tropfen.

Was nun geschah da? Sie wusste sogleich, dass sie endlich-endlich bei dem langersehnten Herzensgeliebten gelandet war, Flanke an Flanke neben ihrem künftigen Lebensgefährten saß und das Lebenswasser von seiner Hand empfangen und aus seiner Schale getrunken hatte! Und als sie vor Schreck wie Freude auch aufschaute und ihr Blick den seinigen traf, sah sie: Er wusste es auch bereits! So fielen sie augenblicks einander in die Arme. Aber daraufhin geschah ein weiteres Wunder – nicht nur Pech, sondern auch Glück kommt selten allein zu einem, merkt euch das, bitte! –, es stellte sich heraus, dass unser junger Asiat die Muttersprache unserer armen Europäerin beherrschte! So verfügten sie nun wirklich über jede Möglichkeit, sich bis in alle Feinheiten des Geheimnisses Leben zu verständigen. Sie blieben neun Tage und neun Nächte zusammen. Dann mussten sie sich trennen, da der Europäerin die Aufenthaltsgenehmigung im Reich ihres Glücks zu Ende ging. So gingen sie auseinander, fürs Erste, wie sie glaubten.

Dann aber kam das Unglück. Wie gerade gesagt, es kam nicht allein. Es meldete sich als ein schwerer Unfall, dem folgte eine lange Krankheit, an welche sich noch andere, weitere Unannehmlichkeiten des Lebens anschlossen. Das größte und schwerste Pech, was die märchenhafte Liebe heimgesucht, war wohl, dass sie aus dem Gedächtnis der Europäerin gelöscht war, so plötzlich, wie sie in ihrem Herzen entflammt war. Vielleicht war ein Gegengetränk im Spiel, das, einer Giftschlange gleich, unbemerkt über ihre Lippen gelangt war? Wir wissen es nicht. Was wir wissen, ist: Er, unser Asiat, versuchte bis zuletzt, sein gegebenes Wort zu halten, ihr geknüpftes Band aufrechtzuerhalten. Wartete und litt. So vergingen die Jahre schnell für die dumme, vergessliche Geliebte, langsam aber für den unvergesslichen, treuen Geliebten, so langsam, dass jedes Jahr einer Ewigkeit glich.

Dann aber geschieht das Wunder. Wie denn? So wie ihr es alle bis in jede Einzelheit kennt: Es kommt in einem Land dieser Erde zu einem endlos langen, wohl aber auch einigermaßen guten Zirkusspiel, gegen Ende des Spieles wird ein Dolmetscher krank, ein neuer muss her. Was ihr dennoch nicht kennt: Die zwei, die sich vor elf Ewigkeiten in einem anderen Winkel der Erde getrennt haben, stehen mit einem Mal einander leibhaft gegenüber. Und was ihr auch nicht kennt, aber ahnen könntet: Es musste erst etwas gefunden, getan werden, damit sich die Dumme mit dem gelöschten Gedächtnis an das Gewesene und an ihr gegebenes Wort, ja, an den abgelegten Schwur und die damals getroffene Entscheidung ihres Herzens erinnern konnte.«

Anni Erdős fiel aus der Erzählung und blieb sitzen, regungslos, den Blick gesenkt. Wirkte ihr Gesicht, als sie anfing zu erzählen, trotzig, hart und entschlossen, wie auch die Stimme, sah es jetzt milchigmild aus, wie soeben aus einem erquickenden Schlaf erwacht. Eine in gewisser Hinsicht ähnliche Wandlung war auch mit den Zuhörenden geschehen. Hatten sie anfangs eine spöttische bis ablehnende, Ungutes verheißende Miene auf ihren Gesichtern gezeigt, hat sie sich mit dem Fortschreiten der Erzählung allmählich gemildert, bis sie sich in eine hingezogene verwandelte und von da an rasch auf ein unverhohlenes Mitgefühl zuging. Und nun waren alle von der schnellen Kehrt und dem knallenden und krachenden Ende der Erzählung schwer betroffen, wirkten wie erschlagen: Saßen ebenso regungslos, mit irrenden Blicken und zuckenden Wimpern.

Minganbajir war von allen, verständlicherweise, am schwersten getroffen. Es war der sprichwörtliche Blitz aus heiterem Himmel, der kam und ihn traf, in die Herzmitte. Doch so in seine volle Mitte getroffen, blieb er dennoch am Leben, nun sogar anscheinend in einem besseren Zustand als vorher. Jedoch, sollte das voll treffende Blitzfeuer überhaupt etwas getötet, vernichtet und vertilgt haben, dann konnte es das letzte Eis, der letzte Schatten in seinem Inneren gewesen sein – jetzt war sein Herz, dessen Fassungsvermögen sich nicht nur auf seinen ganzen Innenraum, sondern auch auf die große Außenwelt, die ihn umgab, auszudehnen schien, voller Wärme, voller Licht. So kam es ihm vor. Dennoch war er sprachlos, war gerührt, war erschüttert von so viel Offenheit und begeistert und berauscht von so viel Entschlossenheit.

Was so eine Offenlegung des Geheimnisses zweier Menschen für die Zeugen und die Mitmenschen und Staaten hinter diesen zu bedeuten hatte, wusste der Mitentblößte noch nicht. Vermochte sich aber sehr wohl vorzustellen, dass ihr schon manche Unannehmlichkeiten folgen könnten, da das, was soeben einem Mund entrutscht und von einem Dutzend Ohren vernommen, demnächst in so manche verpflichtenden Berichte und damit auch vor so manche prüfende Behörde kommen dürfte. Für ihn selbst, der für die Gunst dieses wunderbaren Wesens so geworben hatte, wie je ein männliches Wesen auf Erden für die Gewogenheit eines weiblichen Wesens zu werben imstande war, war es das schönste Liebesbekenntnis.

Jetzt fiel ihm ein: Sie, Anni, hat ihm damals ihre Liebe auch auf so eine wunderbare Art und Weise gestanden, dass sie das zwar schöne, aber mittlerweile so abgeschmackte Wort *Ichliebedich* gar nicht erst auszusprechen brauchte und so auch ihn von der Pflicht, es zu tun, befreite. Auch damals sind zwischen ihnen keine Worte, sondern Taten gewesen, sie haben von Anfang an einander und der Mitwelt gezeigt, dass sie zusammengehörten und daher unzertrennlich waren.

Das Frühstück nun ... Es verlief recht sonderbar – still und bedächtig, wie im müden Schein eines fernen, weichen Lichts und unter gerade noch vernehmbaren, bald hauchenden und bald saugenden Klängen einer Musik, die demselben Licht entströmen musste. Während des ganzen Frühstücks traf kein Blick mit einem anderen zusammen, und die an diesem Spätmorgen gesprochene Sprache blieb wohl nur auf die Namen der Dinge, die in sicht- und greifbarer Nähe lagen und auf die Bezeichnung ihrer augenblicklichen Verwendung beschränkt.

Die gedämpfte Stimmung an dem ungarischen Tisch schien sich bald auf die Kellnerin zu übertragen, die ihn bediente, diese verleitete dann ihre Mitkellnerinnen zu sanfter Besonnenheit und zarter Behutsamkeit, und jene wiederum steckten alle

Gäste mit eben der geheimnisumwitterten Dämmerlicht- und Atemhauchstimmung an. Was sein Gutes für jeden und jede hatte, eigentlich. So zumindest folgerte der Deutsche, der alles still beobachtete und die Lage wieder und wieder überdachte.

Ja, Pisti Kőszegi, der übrigens auf seinen Spitznamen stolz war, obwohl er sich öfters fragte, wie viele der annähernd hundert Millionen Deutschen auf Erden über alle seine Tugenden verfügten, die Tugenden eines ungarisch-jüdischen Zigeuners, wie er sich gern nannte, wohlwissend, er hatte in seinen Adern weder jüdisches noch zigeunerisches Blut, dieser Mensch fühlte sich in einer sehr qualvollen Lage: Bevor er heute früh daran ging, die Chefin zu belästigen, hat er von Ilona Tüskés erfahren, wo der Dolmetscher stecken könnte, und so hat er als erklärter Unfreund von Schweinereien jeglicher Art durchaus die Absicht gehabt, die Beneidete, aber auf keinen Fall Verhasste wieder einmal kleinzukriegen, auf alle Fälle in Zukunft. Aber dann, als er seine kleine Morgenübung sozusagen verwirklichen wollte, hat er hinnehmen müssen, dass die anscheinend recht einfach gestrickte Frau sich so schnell nicht demütigen ließ. Daraufhin hatte er, wie sie später die Sache unerschrocken beim Namen nannte, die Falle für die Sündenmäuse aufgestellt. Doch dabei hat er nicht damit gerechnet, dass sie, auf frischer Tat ertappt, einen so unerhörten Mut aufbringen würde.

Ein Mut, der alles mit einem Schlag in sein Gegenteil hat verkehren können und darum in höchstem Maße Bewunderung verdiente, wie er sich zum Schluss gestehen musste. Außerdem hat ihm, der leidenschaftlich gern Krimis las und als Hobbydetektiv seinen Geist an der Erfindung von Pointen zu schleifen suchte, die erzählte Geschichte äußerst gut gefallen. Vor allem hat die Liebe, von der die Rede gewesen war und die das Weib erfüllte und innerlich glühen und leuchten ließ, wenn sie so unerschrocken handelte, ihn, der in seinen vierundvierzig Jahren nie richtig geliebt, beschämt und mit Trauer, aber noch mehr mit Sehnsucht erfüllt.

Aber das war nicht das, woran er jetzt dachte, während er, leise wie ein Dieb, an seinem Wurstbrot knabberte und seinem Kamillentee schlürfte. Er dachte an die Folgen des bewundernswürdigen, trotzdem nicht sehr durchdachten Geständnisses. ›Wenn es in einen Bericht hineinkäme, das wird dann das sichere Ende der Laufbahn der guten Genossin Professorin sein!‹ Während sein linker Zeigefinger an einer juckenden Stelle am rechten Ohr kratzen musste, ging die Arbeit seiner Gedanken weiter. Dass wenigstens einer es tun wird, ist klar. Aber wer wird dieser eine sein? Laci wohl nicht. István? Vielleicht auch nicht. Aber Ilona! Die wird es bestimmt tun – als Nichtstudierte und Nichtbetitelte, und auch nach dem Dolmetscher Schielende wird sie genügend Gründe gegen die Höherstehende und vom Schicksal besser Bedachte haben!‹

Plötzlich fiel ihm ein: Alle würden bereit sein, von ihm, Pisti Kőszegi, anzunehmen, er würde der Erste sein, der solches täte. ›Aber ihr irrt euch, Hundemeute! Täte ich solches, würde ich mich nicht einen ungarisch-jüdischen Zigeuner und andere würden mich erst recht nicht einen Deutschen nennen!

Wahrlich, in diesem Augenblick gingen ähnliche Gedanken auch durch Ilonas Kopf. Für sie stand fest, dass Kőszegi derjenige sein würde, der die Schweinerei, angerichtet durch Anni Erdős, bestrafte. Ihre Angst war, dass andere von ihr solches denken könnten. ›Nein, liebe Anni, nein doch! Ich werde dich nicht anzeigen, zugegeben, ich war auf dich eifersüchtig und bin es jetzt noch mehr. Aber ich tu es trotzdem nicht. Lieber wünsche ich mir, dass solches, was mit dir passiert ist, einmal auch mich erwischte – ich bewundere euch für euer Glück, für euer Pech, o ihr Glückspilze im Pechvogelbalg!‹

Istváns Schädel glich einem Sauermilchsack in einer Nomadenjurte, die er nie gesehen und von der er daher auch nicht die leiseste Ahnung hatte. Dennoch glich sein schmaler Schädel sehr dem bauchigen Rindlederbehälter mit zwei breiten Schultern zu dem langen Hals: In ihm zischelte und pfüschelte es, die Gärung fand statt und drohte den Behälter zu sprengen. ›Wunderbar die Geschichte, die Anni erzählt hat. Was wird daran wahr sein? Was zurechtgebogen? Oder erfunden? Und weggespart? Dennoch wird stimmen, dass sich die beiden von früher gekannt haben und nun wieder miteinander verklebt, nicht nur das, erst recht aufeinander zugeflogen und ineinander verknallt sind! Aber Scheiße, wenn die süßherbe Geschichte in falsche Ohren kommt … Wer soll sie denn ausplaudern? Wir, einer von uns! Pisti? Nein, bellende Hunde beißen nicht! Ilona? Sehr gut möglich … Manche Gründe sprechen dafür … Laci? Unwahrscheinlich eigentlich … Doch wer weiß es? Keiner hat ihm in die Hirnschale geschaut. Süße Zungen sprühen oft schlimme Gifte. Gleich, wer es sein wird, was, wenn? Die Wahrscheinlichkeit, dass der Verdacht der anderen mich treffen könnte, ist wohl am größten. Denn ich bin am stillsten veranlagt von allen. Vor mir hat man wohl letzten Endes die größte Vorsicht. Stille … Stinkig … Hinterfurzig … Scheiße!‹

Der stille István wurde zum Schluss stinksauer. Doch ließ er davon keinen etwas merken. Mit der bald zischelnden und pfüschelnden, bald gurgelnden und brodelnden Sauermilch passierte nichts, solange man dem Sack den Hals offen ließ. István hatte vorerst auch eine Lüftungsöffnung. Das war das Frühstück. Und es war, verglichen mit dem Angebot der Durchschnittshotels dieser Welt, sehr gut. War echt asiatisch-nomadisch. War alles echt. War dabei asiatisch ansehnlich. War dennoch nomadisch schlicht.

László Király, den aber keiner so nannte, daher Laci nur, diesem, dem es jeden Tag und jede Stunde gutzugehen schien, ging es an diesem Tage und zu dieser Stunde besonders gut. Denn er befand sich in einem Schwebezustand. Ihm erschien alles wahr, was in der Geschichte vorkam. Nur war die Geschichte zu kurz erzählt. Daher wollte er bei Gelegenheit die Erzählerin nach diesem und jenem ausfragen. Wollte vor allem

Einzelheiten erfahren, die, seiner Meinung nach, das Mark und den Saft enthielten.

Er dachte überhaupt nicht an die Folgen des offenbarten Geheimnisses. Würde ihn einer nachher darauf aufmerksam machen, würde er prompt antworten: »Wer soll es denn weitertragen? Wir Fünflinge einer Truppenfamilie sind doch unter uns!« Für ihn waren alle Menschen gut und vertrauenswürdig. Alle Frauen schön und lieb. Alle Männer edel und ehrlich. So dachte er gar nicht daran, dass irgendwer auf den Gedanken kommen könnte, die beiden irgendwo anzuzeigen. Vielmehr dachte er an die Fortsetzung der Geschichte.

Und wieso er dann mitschwieg und es allen anderen gleichtat? Das war die Folge seiner Wohlerzogenheit. Sein Großvater, eigentlich mit ihm leiblich gar nicht verwandt, umso enger aber seelisch – im Alter von vier Jahren hat er von dem schönen, großen Steinhaus seiner Eltern zu dem kleinen, schlichten Holzhaus des Nachbarn übergewechselt –, also der Mensch, der ihm von allen seinen Lieben am nächsten stand, hat dem Wahlenkel ans Herz gelegt, den Mund in Gegenwart eines älteren Menschen nicht eher aufzutun, es sei denn, er würde von diesem gefragt. Jener Großvater, der von allen Mitbewohnern anerkannte und hochgeschätzte Weise eines Dorfes, hat ihm vor der Reise in das Steppennomadenland einen Spruch, vor langer Zeit in einem Buch gelesen, auf den Weg mitgegeben: Vergiss nicht, dass du nur einen Mund zu zwei Augen und zwei Ohren hast!

So wusste der wohlerzogene Enkel eines abendländischen Weisen, seinen einzigen Mund den vielen Leckereien zu überlassen und dabei das Augen- wie Ohrenpaar so offen zu halten wie nur möglich. Auch vermochte er währenddessen manche Gänge in seiner Hirnschale frei zu halten, so dass sich sein Geist und seine Seele an der Geschichte weiterlabten und nach einer möglichen Fortsetzung derselben schauten. Und da zuckte es hinter seiner Stirne tatsächlich, und etwas fiel zunächst in die eigene Waagschale. Und später, bei genauerem Betrachten und Erwägen, entpuppte es sich als brauchbar. Brauchbar für den Fortfluss unserer Geschichte auf alle Fälle.

Der Vertreter des Ministeriums trat unter Geklingel eines Glases, das vom Nebentisch aus mit einem Löffel geschlagen wurde, vor und gab bekannt: Das Flugzeug, das heute Mittag die Gäste abholen sollte, könnte aus technischem Grund erst morgen, noch vor zehn Uhr, ankommen, um sofort zurückzufliegen, auf dass wegen des Weiterfluges keinerlei weitere Schwierigkeiten entstünden. Nachdem die zwei Mundvoll Worte in alle Sprachen übersetzt und der Sachverhalt von jedermann erfasst worden war, entstand zunächst ein unheilvolles Gewirr von lauten und leisen, tiefen und hellen, alles in allem erschrockenen und verstörten Stimmen. Nach einer Weile konnte man sinntragende Worte oder Bruchstücke von solchen verstehen: Nein, doch! Unmöglich! Regierungsmaschine … aus technischem Grund. Da haben wir's! Zu früh gelobt. … nicht glauben … nicht einverstanden … telefonieren mit dem ZK …

Alexander Sergejewitsch, der schon aufgesprungen war, wie einige andere auch, trat vor, mit einem Löffel in der Rechten und einem Messer in der Linken. Der Lärm ebbte schon ab, noch bevor er die Besteckteile gegeneinanderschlagen konnte. Dann, unter dem mehr dumpfen und klatschenden als hellen und bimmelnden Geklirr, erlosch der Aufruhr ganz. Auch die Stehenden setzten sich. Nun lauschte man dem, was kommen würde, gespannt.

Die Stimme des mächtigsten Mannes nicht nur in diesem Raum, sondern im ganzen Haus, wohl ja in diesem Steppenteil, erdröhnte: »Was heißt hier: aus technischem Grund?«

Der Vertreter des Ministeriums, der dem geduldig zugeschaut und zugehört hatte, antwortete nun artig: »Wir wissen es nicht, Alexander Sergejewitsch.«

»Das muss man doch zuerst herausbekommen, mein Lieber!«

»Die Genossen wollen es uns nicht sagen, Alexander Sergejewitsch.«

»Man muss dann das Zentralkomitee anrufen, Genosse!«

»Habe ich, Alexander Sergejewitsch. Habe sogar den persönlichen Gehilfen des Generalsekretärs erreicht und angebettelt.«

»Ist das Flugzeug etwa kaputt? Muss es erst repariert werden?«

»Das scheint nicht der Grund zu sein. Denn sonst hätte man uns nicht so fest versprechen können, dass es morgen, noch vor zehn Uhr, hier landen und uns abholen wird.«

»Darf man annehmen, dass das Flugzeug vom Genossen Generalsekretär oder vom Verteidigungsminister oder von einem Mitglied des Politbüros gebraucht wird?«

»Wir wissen es eben nicht, Alexander Sergejewitsch. Alles wäre möglich.«

»Oder findet gerade eine Truppenübung statt? Und der Flugbereich ist gesperrt.«

»Möglich, Alexander Sergejewitsch. Wenn Sie so denken, könnte es sogar stimmen.«

»Selbst dann, wenn das Flugzeug morgen zu dem versprochenen Zeitpunkt hier ankommt und nach der theoretisch kürzesten Zeit uns auf dem Flugplatz in der Hauptstadt absetzt, werden wir es nicht schaffen, die Maschine mit der Abflugzeit kurz vor dreizehn Uhr zu erwischen, da wir vorher in die Stadt, ins Hotel müssen, wegen unseres Gepäcks!«

»Alexander Sergejewitsch! Unsere Genossen haben an alles gedacht und einen detaillieren Plan diesbezüglich ausgearbeitet. Wir müssen nicht erst in die Stadt, ins Hotel. Das ganze Gepäck wird als Sonderladung unter Aufsicht der Staatssicherheit vom Hotel zum Flugplatz gebracht und wartet im VIP-Raum auf Sie alle. Und die Zeit wird völlig ausreichen, die eigenen Gepäckstücke zu zeigen, auf dass sie gleich eingecheckt werden. Wir werden noch über 20 bis 25 Minuten verfügen, um mit Ihnen allen einen Abschiedskaffee trinken und anschließend auch auf ein Abschiedsglas anstoßen zu können!«

»Klingt geradezu märchenhaft, nicht wahr? Wir wollen nur hoffen, dass alles auch so geschieht, lieber Genosse.«

»Alles, alles wird so geschehen, wie ich es Ihnen soeben geschildert habe. Oder haben Sie plötzlich kein Vertrauen mehr zu unserem Kulturministerium, Alexander Sergejewitsch?«

Der mächtige Mann mit dem wild-kultivierten Aussehen, der noch vor wenigen Minuten in solcher Aufregung war, dann aber, im Verlaufe des langen Zwiegesprächs, immer ruhiger wurde, hielt für einen schicksalhaften Pulsschlag lang inne und brach dann in sein berühmtes, dröhnendes Gelächter aus. Dieses Gelächter übertrug sich wohl augenblicklich auf alle Anwesenden. Denn man merkte mit einem Mal, dass alle Spannung im Raum gelöst war.

Da aber meldete sich Mischa Tumanow: »Dann will's also heißen, dass der angesagte Empfang des Ministers, auf den wir uns alle so gefreut haben, ausfallen wird, nicht wahr?«

Der Vertreter des Ministeriums blickte dem Fragesteller mit einem wohlwollenden Lächeln auf der ganzen Fläche seines breiten, feisten Gesichts entgegen und sprach mit einer veränderten Stimme: »Gut, mein Junge, dass du das fragst.«

Der Wechsel fiel allen auf. Nicht nur von dem kühlen Sie zu dem warmen Du. Sondern auch von einem artigen Schüler zu einem gutmütigen Vater. Aber Verständnis lag auf den Gesichtern der beobachtenden Außenstehenden. Vermutlich hätte keiner von ihnen es anders gemacht.

Der Vertreter fuhr fort: »Denn du hast uns hiermit an einen sehr wichtigen Punkt der Tagesordnung, an den feierlichen Abschluss unseres gemeinsamen Kulturereignisses, erinnert. Der Empfang des Genossen Minister findet natürlich statt.«

»Aber wie denn?« Das war nicht der langsame Mischa Tumanow mit seiner hellen Knabenstimme, sondern der ständig wache Alexander Sergejewitsch mit seinem donnernden Bass.

»Der Genosse Minister hat sich auf dem Landweg längst zu seinen hohen Gästen begeben, wird gegen 18 Uhr hier erwartet, und um 19 Uhr beginnt der Empfang.«

»Geben Sie doch zu, lieber Genosse Vertreter, dass alles von Anfang an so vorgesehen war!«

Das war und konnte nur wieder Alexander Sergejewitsch sein.

Der Vertreter, bislang immer in der Rolle des Untergebenen gewesen, widersprach ihm diesmal heftig: »Nein, nein, teuerer Genosse Puschkirin! Und Sie alle, Genossinnen und Genossen! Ich bitte Sie, mir zu glauben. Bis gestern Abend, 19 Uhr 20, habe ich von der Programmänderung nichts, gar nichts gewusst. Dann kam der Anruf, mit der Anweisung, Sie, werte Gäste, erst gegen Ende des Frühstücks davon zu unterrichten, auf dass Sie die Nachtruhe genießen können, ungestört von überflüssigen Überlegungen! Da unsere Seite dem längst zur Tradition gefestigten Abschlussempfang eine außerordentlich hohe Bedeutung beimisst, hat der Genosse Minister in Absprache mit den Genossen aus der Führung der Partei und des Staates beschlossen, das feierliche Beieinandersein mit Ihnen allen diesmal hier draußen stattfinden zu lassen. Und so hat er sich heute früh, um 5 Uhr, auf den Weg gemacht.«

Das war eine erschöpfende Antwort. Es gab keinen Zweifel, so auch keine Gegenfrage mehr. Dafür gab es den ungestörten Fortgang des Tages wieder, der nun freilich unter einem anderen, schärferen, Licht stand und eine andere, mildere Stimmung hervorbrachte.

Um den ungarischen Tisch herum war es während des ganzen Tumults mucksmäuschenstill geblieben, hat sich das Frühstück fortgesetzt, mit dem leisen Geklirr des Bestecks und Geschirrs, dem leisen Geschlürfe der saugenden Lippen und dem sanften Geschmatze der kauenden Zähne, begleitet von der gedämpften, weichen Stimme Minganbajirs, der alles, was drüben gesagt, sogleich dolmetschte, ohne Hast, ohne Erklärung, auch ohne sich dabei zu verhaspeln oder wenigstens, wie sonst manchmal, zwischendurch zu hüsteln. Er glich einem Automaten. Und das zeugte von der neuen Lage seines Gemüts, das sich befreit fühlte und entschlossen dem stellte, was auch käme.

Anni Erdős dachte: ›Wo der Riese brüllt und wütet, haben die Zwerge weder was zu sagen noch zu tun; was er herausschlägt, werden die mittragen.‹

Pisti Kőszegi dachte: ›Ihr werdet längst darauf warten, dass ich aufspringe und mir die Sohlen unten wie oben verbrenne, nicht wahr? Hier und heute werde ich wissen, euch um eure gemeine Erwartung zu bringen, ihr Schafsohren!‹

Ilona hat das Spektakel samt dem kalten Hammelbraten zu dem tränenscharfen russischen Senf und dem honigsüßen chinesischen Knoblauch genossen. Hat dabei schon ein wenig wie in der betäubenden Nähe des Wunders gelebt, auf welches zu warten sie sich gerade entschlossen hatte.

István hat Gründe gefunden, unter seiner beginnenden Glatze zu jammern und hinter seinem hüpfenden Adamsapfel zu winseln: ›Die morgige Maschine verpasst, bedeutete eine weitere Woche in der Hotelwüstenei und manche Ausbrüche für vier ausgelaugte Arbeitslose mit einer durchgedrehten Chefin und Endergebnis: ein schändlicher Skandal mit Einschaltung der Sicherheitskannibalen!‹

Laci hatte keinen Sinn für andere Dinge mehr, er bastelte an der Fortsetzung der Geschichte, die ihm immer rührseliger erschien, je länger er sich in ihrem Bann aufhielt. Und da sie fortgesetzt werden sollte, nahm er die Aussicht, die andere erschreckte, mit Freude zur Kenntnis. So schlemmte er noch seliger weiter.

Eine neue Durchsage kam: Wer Lust hätte, könnte sich an einem Ausflug zu der Wanderdüne *Heute-hier-morgen-wo*, eine

Stunde Busfahrt, beteiligen. Kőszegi sagte als Erster: »Ich würde gerne mitfahren, unter einer Bedingung aber …« Er hielt inne, und alle schauten ihn fragend an. Da wandte er sich an Minganbajir und fuhr fort: »Ich brauche dazu keinen Dolmetscher, also brauchst du nicht mitzukommen!« Dem Vorschlag schlossen sich Ilona und István an, mit der gleichen Bedingung. Sie taten es so zeitgleich, dass ein Außenstehender hätte denken können, die drei hätten es vorher abgesprochen. Aber in diesem Falle war solches ausgeschlossen.

Minganbajir, von Natur aus wohl mit längeren Leitungen versehen, fragte, wie betroffen: »Bin ich denn euch lästig mit meiner Dolmetscherei?«

Ilona sagte: »Denke, was du willst. Aber wir brauchen dich heute nicht!« Jeder, also auch der, der sich soeben wie ein Verschmähter gefühlt, hörte, dass die Stimme keinen Hauch Feindseligkeit enthielt.

Laci, der in den Augen anderer bis soeben den Eindruck erweckt hat, er wäre der satte, verträumte Säugling der Truppe, fuhr, wie erwachend, auf, schaute seine Gefährten bedeutungsvoll an und sagte: »Könnte ich euch für einen Augenblick unter acht Augen sprechen?«

Anni Erdős sprang in das sich brauende Gespräch schnell ein: »Ihr braucht nicht aufzustehen. Bleibt hier sitzen und schmiedet eure Pläne!« Darauf sagte sie zu dem Dolmetscher, der immer noch nicht wusste, was da geschah: »Komm, Migga. Wir gehen!«

Minganbajir schämte sich ebenso heftig, wie er sich freute, als er erfuhr, weshalb man ihn nicht zum Dolmetscher haben wollte: Er sollte ihr frei zur Verfügung stehen!

»Ist das wahr?«, rief er leise aus.

Sie antwortete darauf mit einer Leidenschaft, die ihn entzündete: »Ja, doch! Es ist so wahr, wie die Tochter in der Mutter wiedererwacht, um ihr unterbrochenes Leben fortzusetzen!«

Das waren wahrlich Worte! Und nun, im Schein solcher

tönenden, züngelnden Flammen aus ihrem Mund und des aufflammenden, wallenden Freudegefühls in eigener Brust, also im Schein vereinter Flammen und unter Druck vereinter Winde begriff er endlich, weshalb ihre Geschichte in ein Märchen eingehüllt worden war – eigentlich war ja das Leben, allen Geschöpfen gleichermaßen gegeben und von den meisten der Zweibeiner als Mühsal empfunden und darum auch mühselig ertragen, ein Märchen voller Wunder; nur kam es auf den Mut seines Besitzers an, mehr aufzubieten: mehr Licht im Hirne, mehr Feuer im Herzen und mehr Festigkeit im Rückgrat!

Erst einmal schwach geworden im verblendenden Licht dieses Erkenntnisses, sagte er leise: »Dann haben wir ja einen ganzen Tag geschenkt bekommen, meine Güte …«

Angesteckt von der Sanftheit, die von ihm ausging, antwortete sie demütig: »Ja, wir alle haben von Gott diesen weiteren Steppentag geschenkt bekommen, und die Kinder haben es begriffen, und sich sogleich auf die Seite Gottes gestellt!«

Während solche Worte in der Wandelhalle fielen, fielen andere Worte am Esstisch. »Kinder«, sagte Laci mit gesenkter Stimme, nachdem er mit dem unschuldigen Blick eines abenteuerlustigen Knaben die Runde gestreift hatte, »ich habe an die Fortsetzung der Geschichte gedacht.« Und verfiel darauf in ein geheimnisvolles Schweigen, offensichtlich auf die Frage wartend, die seinen Worten folgen müssten.

István schien nichts gehört zu haben. Saß mit immer noch gesenktem Blick, wie brütend und dämmernd vor sich hin, ein Brocken Undurchdringlichkeit. Ilona schaute ihm, wie immer, lebhaft und wohlwollend entgegen, mit leicht gehobenen Augenbrauen und verzogenen Mundwinkeln, bereit, sobald sich der Anlass bietet, loszuprusten mit ihrer hellen, aber weichen Stimme, die der Junge anscheinend mochte. Kőszegi lauschte, die Arme vor der Brust verschränkt und den Blick, an Istváns beringtem linken Ohr vorbei, in die Weite gerichtet. Seine Gedanken waren bis soeben mit sich selber beschäftigt: Es wunderte und freute ihn insgeheim, dass er es heute so lange hat aushalten können, abseits und still zu bleiben, ohne sich in fremde Angelegenheiten einzumischen oder von solchen stören zu lassen. Doch jetzt, als ihm bewusst wurde, dass er und die anderen beiden nur da waren, um Lacis Worte zu hören, der aber seit einer ganzen Weile schwieg wie sie und dadurch ganze drei, und zwar ältere, erfahrene Menschen zum Besten haltend, da brach ihm die Geduld doch ab: »Was für eine Geschichte?«, kam aus ihm unsanft herausgeschossen. »Und was für eine Fortsetzung?«

Pisti Kőszegis grünlichgraue Augen blickten Laszlo Király streng an, dazu bebten die Nüstern seiner schmalen und hohen, sehr europiden Nase unübersehbar.

Der so unsanft Gefragte und Angeblickte machte nicht im mindesten einen irgendwie eingeschüchterten Eindruck. Antwortete prompt: »Die Geschichte, erzählt von der Chefin und betreffend die beiden. Ich habe gedacht, wenn es diese merkwürdig märchenhafte Begegnung, große menschliche Liebe und verspätete, aber wunderschöne Wiederbegegnung gegeben hat, muss alldem dann auch die Hochzeit folgen.«

»Hochzeit? Hochzeit, mein Gott!«

Das war nicht Kőszegi, von dem die unsanfte Frage, begleitet von ebenso unsanfter Gebärde, ausgegangen war und dem nun der natürliche Hall der Verwunderung als Worte entfahren wäre. Es war auch nicht die immer wohlgesonnene Ilona. Nein, es war István, der wie es schien, nichts hören noch sehen wollte.

Und ebendieser István, der Brocken Undurchdringlichkeit, schrie – ja, er schrie! – weiter, noch bevor Laci oder einer von den anderen beiden zu Wort kommen konnte: »Weißt du, Grünschnabel, wer die Braut ist, die du im Hochzeitskleid, womöglich mit einer klafterlangen Schleppe, sehen willst? Die Hälfte einer uralten Ehe, Gattin eines angesehenen Mannes und Mutter von drei – gut, inzwischen zwei – erwachsenen Kindern! Und wir wissen nicht, wie es im Hinterland des Bräutigams ausschaut, was für ein liebes- und leidensfähiges Frauenherz und wie viele schutzbedürftige Kinderschicksale! Bist du von Sinnen, da von einer Hochzeit zu reden?«

Doch auch das vermochte Laci nicht einzuschüchtern. Er blieb mit seiner Körperhaltung, seinem Blick und seiner Stimme fest und sprach ruhig: »Mit Hochzeit habe ich weder christlich noch bürgerlich, sondern rein menschlich gemeint, im Sinne von einer Hohen Zeit, also einem herausragenden Augenblick im heilig-wertvollen Gefühlsleben zweier Mitwesen. Du älterer, weiser Bruder, der du von der Ehe redest wie von einem Heiligtum, wisse aber: Dieses Heiligtum unseretwegen hat von Anfang an auch ein Gegenheiligtum gehabt – die Sehnsucht, die von der unerfüllten Liebe ausgeht! Wagen wir einmal, uns zu fragen, was im Leben öfters vorkommt, erfüllte oder unerfüllte Liebe? Wenn wir ehrlich genug sind, werden wir zugeben: die unerfüllte. Wissen wir es einmal so, dann brauchen wir nicht moralischer tun zu wollen als die Wirklichkeit. Nun möchte ich Grünschnabel nicht weiter philosophieren, obwohl es mir sehr danach wäre, etwas tiefer in dieses Mysterium einzudringen. Gut, ich tu es hier und heute nicht, kehre zu unserem Ausgang zurück. Die verheiratete, bemannte und bekinderte Anni. Und Migga, von dem wir nicht wissen, wie fest er an diese heilig-lästige Pflicht gebunden. Die unumgängliche Tatsache ist: Sie, die so gern zusammengeblieben wären, dann aber im Dschungel des Lebens auseinandergerieten, haben sich wiedergetroffen. Das, was vielleicht besser nicht geschehen sollte, ist bereits geschehen oder wird noch geschehen, so oder so. Warum können wir erwachsene, gebildete und edelgesinnte Menschen den beiden Verdammenswerten, aber Beneidenswerten auch, den in dieser Stunde so, so, so Glücklichen, nicht eine kleine menschliche Geste zeigen, ihr Glück von der Dauer eines Wetterleuchtens noch zu vergrößern und zu verlängern?«

Die drei waren sprachlos. Keiner von ihnen hatte erwartet,

dass in Laci solche Worte und Gedanken lauerten. Er ist bis zu diesem Augenblick für Kőszegi lediglich der harmlose Träumer, für Ilona der liebenswürdige Junge und für István eben der Grünschnabel, der erst noch erwachsen wird, gewesen. Nun diese unerhörte Rede mit der unerschütterlichen Stimme und dem unbeirrbaren Gedankengang!

Ehe sie also zu Wort kommen konnten, überraschte der sozusagen aus heiterem Himmel heruntergeblitzte Redner sie mit einem weiteren Bündel Worten, das sie endgültig plattzuwälzen schien: »Damit ihr mich nicht falsch versteht, ihr Reiferen und Reicheren an Lebenserfahrung: Es geht hier nicht um die Zerstörung eines Heiligtums, sondern um die Beachtung seines Gegenheiligtums.«

Jetzt war für Kőszegi eine kleine Bresche im Zeitkörper gegeben, in die er einzuspringen vermochte, aber seine Worte waren nicht an Laci, sondern an die beiden anderen gerichtet: »Himmel, Hammel und Lümmel! Könnt ihr verstehen, was heute los ist? Mit einem Mal so gewaltige Worte, so geschickte Redner!« Dann endlich wandte er sich an den, der ihn, den kühlen Logiker, für den sich Pisti Kőszegi, der studierte Mathematiker, betitelte Schachspieler und Aussteiger von beiden und allem dazwischen und ringsherum, zu halten pflegte, zu dem Ausbruch veranlasst hat: »He Junge! Kannst du uns nicht in drei, vier einfachen, für uns dumme Alte verständlichen Worten sagen, was du von uns willst?«

»Wollen wir nicht ein kleines Fest feiern, mit Beteiligung der beiden, damit sich dieser Steppentag für sie noch tiefer und heller ins Gedächtnis einbrennt?«

István erklärte sich damit sofort einverstanden, und dies aus dem einen Grund: So würde sich ein jeder darin verstrickt haben, dass später keiner auf den Gedanken käme, es in seinem Bericht zu erwähnen. Ilona schloss sich ihm an. Für sie wäre so ein Fest ein erster Schritt in Richtung ihres frisch getroffenen Entschlusses, auf der Suche nach dem Wunder zu leben.

Kőszegi wusste, dass er sich da auf keinen Fall heraushalten durfte, ihm war die ganze Zeit bewusst, dass er unter allen am gefährdetsten war, da die anderen Mitglieder der Truppenfamilie ihn am wenigsten mochten, ohne dass er selber wusste, weshalb. Oft genug hat er darüber gegrübelt und hat manchmal geglaubt, den Grund dafür herausgefunden zu haben: Er war denen wohl zu intelligent und auch zu prinzipienfest … Würde die heikle Geschichte dennoch an die Öffentlichkeit kommen, dann würde für das Opfer und den unschuldigen Teil der Truppe sofort klar sein, von wessen Seite die Anschwärzung gekommen war, wenn er sich jetzt heraushielte. Außerdem hatte er, der trotz seines selbstbewunderten Scharfsinnes und Edelmutes es bisher nicht fertiggebracht, hinter das Rätsel Liebe zu kommen, nichts dagegen, sich mal mit zwei Verrückten und ihren Bewunderern in eine Trinkrunde zu begeben. Also sagte er: »Selbstverständlich, ich mache mit!«

»Und wann feiern wir?«

»Am besten gleich, da wir am Abend schon wieder trinken müssen!«

»Heißt das, dass wir den Ausflug nicht mitmachen?«

»Nein, keine Düne. Eine Feier aber ja!«

»Was für eine? Vielleicht doch eine Hochzeit?«

»Hör auf! Wir werden schauen …«

»Richtig. Es wird sich schon von selber herausstellen!«

»Also, vielleicht doch …«

Minganbajirs Dienst wurde doch gebraucht. Laci ging mit ihm zum Hoteldirektor und trug ihm seinen Wunsch nach einem Raum für eine festliche Stunde für sechs Personen vor. Man kam ihm sofort entgegen: Natürlich gab es einen solchen Raum, und er trug die schöne Bezeichnung »die Herztasche«.

Eine Weile später betraten sie zu sechst die Herztasche. Es war ein rundlicher Raum mit rosa Wänden und einem herzförmigen, schon aufgedeckten Tisch in der Mitte. Anni verstand alles, als sie die aufgereihten Gläser, allen voran, die Sektgläser sah, denn vorher hat sie von Laci zugeflüstert bekommen: »Ihr beiden dürft euch bitte eingeladen fühlen!«

Sie sagte, an Kőszegi gewandt: »Ich danke dir, lieber Pisti, und bewundere deine Begabung abermals!«

»Diesmal war ich es nicht«, fing der Angesprochene bescheiden an, zeigte grinsend auf Laci und redete weiter, von Wort zu Wort immer schwungvoller: »Der Bursche, das Genie Nummer zwo an diesem denkwürdigen, aber auch dankeswürdigen Tag, hat mich mittlerweile entthront!«

Es gab ziemlich alles an Getränken, wie es vorhin mit der Barfrau ausgemacht worden. Minganbajir wusste schon Bescheid, da er bei der Bestellung wieder hatte dolmetschen müssen. Tatsächlich ist Laci dabei derjenige gewesen, der über alles entschied. Der Hoteldirektor wollte wissen, welches Ereignis gefeiert werden sollte. Laci hat gesagt: »Eine kristallene Hochzeit.« Der Direktor, der nicht wusste, nach wie viel Jahren Ehe so ein Fest fällig wurde, hat ihn, den Dolmetscher, um Hilfe gebeten. Und er, der es auch nicht wusste, hat aber jenem seelenruhig erklärt: »Das ist die Neuverkündung einer unterbrochenen Hochzeit.«

Aber jetzt am niedlichen, festlichen Tisch in dem recht kitschigen und sehr stickigen Raum fiel dem, der sich vorhin bei seiner Arbeit als Dolmetscher schon in der Haut des Bräutigams gefühlt hat, auf, dass keiner von einer Hochzeit sprach. Dafür sprach jeder von etwas anderem, was der Anlass zu der Festlichkeit sein könnte. Ilona nannte das Lebenswasser, das zwei Menschen aus zwei Erdteilen aus einer Schale getrunken hatten und dadurch bei einer Erkenntnis gelandet waren. István erwähnte die Jahre, die eine lange Zeit wären, tatsächlich gleich elf Ewigkeiten. Kőszegi sprach vom erfolgreichen Abschluss einer Gastspielreise, die für ihn, den Einsamen und Übellaunigen, ein großer Gewinn gewesen, da er dabei in eine verständnisvolle Familie hat hineinwachsen und einer ganzen Menge Sanftmut begegnen dürfen. Laci sagte oder tat nichts

Besonderes. War einfach glücklich. Er war der Gastgeber. War herzlich. Er war auch sein eigener Gast. War höflich. Also war er alles. Seinem lieben, unbeschmutzten Wesen entströmte wohl eine leise, wundersame Weise. Seinem jungen, biegsamen Körper wohnten sanfte, wunderbare Bewegungen inne. Sein hübsches, knabenhaftes Gesicht drückte das menschliche Wohlbefinden aus. Also tat er alles.

Und Anni? Sie schien von Laci angesteckt. Es wäre zu wenig, sagen zu wollen, sie wäre glücklich. Sie war das Glück. So auch mit ihrem Gesicht und Leib, um Jahre verjüngt und reibungslos zueinander stehend: Gesang und Tanz waren sie. Sie war, in Minganbajirs Augen, zu sich zurückgekehrt. Er dachte gerührt: ›Wie damals auch …‹

Damals … An jenem Abend im Restaurant Baikal hat sie ein weißes Kleid angehabt, fast wie eine richtige Braut, wäre es etwas länger und am Saum auch ein wenig üppiger gefaltet gewesen. Jetzt dagegen war sie in einem Himmelblau, das ihr so gut stand, da es die elfenbeinhelle und -glatte Haut, das volle, nussbraune Haar und das ebenmäßige, leicht gebräunte Gesicht mit den ovalen, sanften Augen, der edlen Nase und dem vollen Mund hervorstechen ließ, wie aus einem tiefen, dichten Grund herausgemeißelt.

Die Festenden glichen in ihrer Neugier Kindern, nippten bald von diesem, bald von einem anderen Getränk, kamen schnell in jenen Rausch, der einem die Dinge mit einem Schlag in einem warmen, weichen Licht erscheinen und einen selbst sich in jeden der Mitmenschen verlieben ließ. Darüber vergaßen wohl alle die Verbindung zur Zeit. Denn mit einem Mal sagte die Kellnerin, die zwischendurch immer wieder, und jedes Mal mit einer kleinen Überraschung erschienen war: »Es ist Mittagszeit. Auf Wunsch können Sie auch hier essen!« Da erschallten verwunderte Ausrufe zwar, die der so schnell vergangenen Zeit galten, aber keinem war danach, aus der erhobenen Stimmung gleich herauszutreten. Also entschied man sich dafür, dass man auf seinem warmgesessenen Sitz blieb und die festlich getränkte Luft, inzwischen noch stickiger, weiterzuatmen. Bald erschien auch schon das Essen. Es war Quarksuppe mit winzigen, fleischgefüllten Teigtaschen. Beim Anblick der dampfheißen, sehr hellen Suppe rief Ilona aus: »Mein Gott! Genau diese Suppe hat es am Vorabend, bevor wir uns auf den Weg machten, bei einer silbernen Hochzeit gegeben!« Wohl bekam sie darauf von ihrem Sitznachbar zur Linken einen Schenkelzwicker oder gar einen Rippenstoß. Denn sie ließ hören, nun schon gedämpft: »Entschuldige, István! Das ist mir halt so eingefallen.« Und kurz darauf ließ sie abermals verlautbaren: »Darauf hat es zum Hauptgang gebratene Hammelrippen mit Gemüse und Makkaroni gegeben.«

Jetzt wusste man, dass es tatsächlich István gewesen sein musste, der seiner geschwätzigen Platznachbarin den Schenkelzwicker oder den Rippenstoß erteilt hat. Denn dieser sagte mit zwar unterdrücktem, aber immer noch erkennbarem Unmut: »Schwer zu glauben, Ilona, dass es zu einer silbernen Hochzeit so was in heutigem Mitteleuropa geben könnte. Außerdem passen ja die beiden Gerichte so schlecht zueinander! Vielleicht hast du doch zu viel getrunken?«

›O Himmel!‹, dachte Minganbajir, der sich fest vorgenommen hat, an dem heutigen Tag auf keinen Fall betrunken zu werden, und daher auch immer nur genippt hat. ›Das ist bestimmt nicht die richtige Art, einer Frau wie ihr nach den Getränken solches zu sagen!‹

Tatsächlich fuhr da die Ermahnte hoch: »Ich zu viel getrunken? Dann schon besoffen? Hast nicht gut gearbeitet, du Aufpasser – habe nur genippt, wie der Migga auch, also bin ich noch stocknüchtern!«

Sogleich verstummte alles ringsum. Anni, obwohl hinreichend beschwipst, spürte sogleich die Spannung, merkte den Ernst des Augenblicks und suchte in ihrem Hirn fieberhaft nach etwas, was die Luft, die sich mit einem Mal als dick erwiesen und in der es schon zu funkeln schien, zerstreuen und der Runde aus der peinlichen Lage heraushelfen könnte. Doch wollte ihr so schnell nichts einfallen. Da kam Laci mit einer Frage: »Wer unter euch kennt den Unterschied zwischen den Männern und Frauen in Ungarn und denen in der übrigen Welt?« Die Runde blieb weiterhin in dem schweigenden, gespannten Warten. Zwar war es immer noch dasselbe Schweigen, aber jetzt war es ein Warten auf noch etwas anderes, und darum wuchs die Spannung.

»In Ungarn haben beide recht«, sagte der Fragesteller schließlich trocken. Es dauerte seine Weile, bis man dahinterkam. Diese Weile hatte bei jedem Menschen eine andere Länge. Und wer schon herausgefunden hatte, wo der Dreh lag, fing an zu lachen, die anderen, die noch auf der Suche waren, schon ein wenig zum Mitlachen ziehend. Am Ende schüttelten sich alle vor Lachen.

Minganbajir hatte jedes Mal, wenn einer anfing zu lachen, mitgelacht, ohne selber begriffen zu haben, weshalb man da zu lachen hatte. Aber er hat es, wie Anni auch, aus freudigem Bewusstsein getan, die Spannung löste sich. Als er selber endlich dahinterkam, ist es mitten auf dem Empfang gewesen, der gerade seinen Höhepunkt erreicht hatte: Es wurde da, wie man untereinander gespöttelt, endlich wieder gegessen und getrunken.

Aber noch war es nicht so weit. Noch steckte man in der Herztasche. Saß über dem anderen Essen, angestarrt von der Suppe und den vielen Teigtäschlein darin, gleich körperhaften Geistergnomen und von manchen halbvollen kleinen und großen Gläsern. Noch dauerte das Feierstündchen, nun schon in der dritten oder vierten Stunde, an. Von dem man sich ermüdet, da im Magen überfüllt, aber auch erfüllt und beglückt, da im Geist geehrt und in der Seele beleuchtet fühlte. Denn es sollte vielleicht doch eine Hochzeit sein, und es war wohl auch eine – Annis und seine.

Das Hauptgericht erschien. Ilona und Kőszegi riefen wie aus einem Mund zeitgleich aus: »Schaut mal, was da kommt!« Das waren gebratene Rippchen mit Gemüse und Makkaroni. Jetzt begriffen die anderen den Grund des Ausrufduetts. Der Deutsche, der heute auffallend wenig gesprochen, sprach nun gewichtig: »Ich habe gewusst, dass du keinen Grund hast, uns eine Unwahrheit aufzutischen, Ilonka! Der gute Geist scheint sich gleich auf deine Seite begeben und die Wahrheit deiner Aussage hiermit bestätigt zu haben! Komm, Mädchen, lass dich drücken!«

Ilona schaute den Sitznachbarn zu ihrer Rechten verwirrt an, ohne sich entscheiden zu können, ob sie sich zu ihm neigen und von ihm drücken lassen sollte oder nicht. Ihr Blick schien zu sagen: ›Ist er denn betrunken, dass er solche Worte in den Mund nimmt und solches Gefühl an den Tag legt?‹

In diesem Zeitbruchteil neigte sich von der anderen Seite István zu ihr und drückte sie. Und sagte, erst nachdem er diese kleine Geste der Freundlichkeit getan hatte: »Ob Hochzeit oder nicht Hochzeit, Pisti hat recht, ein Geist hat sich auf deine Seite gestellt und das bestätigt, was du gesprochen hast – ich nehme meine Worte zurück, Ilonka!«

Jetzt schaute Ilona diesen Menschen an, der ihr immer unergründlich vorgekommen wie der finstere Grund eines Meeres und vor wenigen Minuten sie so gemein gebeckmessert hatte. Ihre Verwirrung war groß. ›Sind denn beiden Männern ihre edel-maskulinen, eiskühlen und -klaren Hirne von dem bisschen Gesöff so sehr benebelt, dass sie Worte in den Mund nehmen, die gar nicht ihre sind, und sie, die Hilfsgestalt in der Manege und das Niemand in spielfreien, langen Stunden des Tages und der Nacht, erstmalig und wie um die Wette bei einem ewig nicht mehr gehörten, verniedlichenden und versüßenden Namen nennen?‹

Das Gericht, Dampf und Duft verströmend und aufgetragen auf hellen Holzplatten mit seichtem Grund und rundem

Rand, reizte Annis leicht benebeltes, aber stark erregtes Hirn zu einem Gedanken in dieselbe Richtung, in kleiner Abwandlung gewiss: ›Ein Wesen spielt mit uns allen!‹ Doch das Spiel gefiel ihr, mehr noch, es erweckte und schürte in ihr den Drang nach weiteren, tiefer wühlenden Spielen. Womit sie dem bedenken- und besinnungslosen Bewerber um ihr Ein und Alles abermals herz- und hirndicht zur Seite stand, ohne zu wanken und zu schwanken, und mit ihm dasselbe Gespann bestieg, das drohte, sie wie ihn der eingefahrenen Bahn ihres bisherigen Lebens zu entführen und damit zum Gespann ihres vereinten, neuen Schicksals zu werden, welches, an unterschiedlichen Orten und zu unterschiedlichen Zeiten zertrümmert, dann aber, zwei Haufen Scherben, zusammengetragen und zu einem Ganzen notgeflickt vielleicht, in nebelhafter Ferne, umgeben von Ungewissheit liegen musste.

Und Laci, alles im Überblick, schlussfolgerte zufrieden: ›Na also, alle in derselben Soße. Dieselben Geschöpfe, keines edler oder gemeiner als das andere, welche Nerven auch getroffen wurden, aus jedem erwacht jeweils das, was dahinter gelauert – mal Gott, mal Teufel; wer das erkannt, wird zum Bändiger von Geistern.‹ Da glaubte er sich plötzlich in seiner eigenen Zukunft, im Voraus als Vergangenheit, zu sehen: zum Raubtierbändiger und Bühnenzauberer geworden, im Jargon der Zunft: sich zum Dompteur und Magier neu- und weiterqualifiziert. Als er das sah und wusste, oder besser, zu wissen glaubte, glaubte er sehr viel zu können. Und da kam ihm das Leben, zu dem er ohnehin strebte und neigte wie ein Löwenzahnköpfchen nach der Sonne, noch viel schöner, weil verständlicher, ja, wie ein aufgefalteter Brief von der Mutter vor.

Doch ach. Was weiß man in dem Alter von der Mutterseele, die in dem Brief steckt? Versteht man von der Größe der Liebe und Tiefe der Weisheit, die selbst in dem oberflächlichsten Brief der dümmsten Mutter innewohnt? Der Verfasser, der im spärlichen Schein des Abendlichts ermüdet, aber versöhnt steht und darum seine Milde zu allem und allen auf dieser ewig vergänglichen Welt und im vergänglich ewigen All um sie herum hinaussendet, nimmt sich einfach diese Freiheit, ohne Bedenken, den Verlauf der Geschichte zu stören. Er, der seinen Gestalten, dem Strom des Lebens abgefangen, gereinigt und geläutert mit dem Licht und Feuer des eigenen Geistes, gestillt und genährt mit dem Blut des eigenen Herzens und der Milch der eigenen Seele, unermüdlich nachgeschlichen ist, ihnen atemlos zugeschaut und scham- und furchtlos berichtet hat, was sie erfahren haben, glaubt an sein Recht, solches einmal tun zu dürfen.

Laci, für den Verfasser, seinen geistigen Vater, immer noch ein Junge, ein goldiger dazu, glaubte zu der Stunde an diesem Tag daran, viel zu wissen und zu können. Wir belassen ihn gern bei diesem seinen Glauben, denn dazu und zu vielem anderen berechtigten ihn eben seine Jugend und die lichte Güte, von der sein Herz erfüllt war.

Was er nicht wusste, noch nicht wissen konnte, war: Das Leben, das er im schönsten Licht sah und als wunderbar richtig erkannte, war aber dennoch mehr: war mächtiger in seinen Wandelmöglichkeiten, als er zur Stunde glaubte, ja, als einer von ihm je zu glauben vermochte. Denn es war grenzenlos in seiner Fähigkeit, sich auszudehnen, und verfügte daher jederzeit über genug Raum, um die Beteiligten darin handeln zu lassen, solange diese selber nicht müde wurden. Es konnte dem kühnsten Traum vorausgehen und -wehen und ihn nachträglich zur Berichtigung nötigen.

Als die Feier endlich ein Ende fand, war es kurz vor 15 Uhr. Bis zum Empfang waren noch vier Stunden Zeit. Anni sah und fühlte und freute sich darüber, wie flink sich Minganbajirs Füße bewegten, als sie die Treppe hinaufstiegen. Sie hatte sich bei ihm untergehakt, bar jedes Bedenkens, noch in Gegenwart der anderen, während sie sich auseinanderkrümelten. Ach, es war ein befreiendes Gefühl, sich entschieden zu haben und nichts verheimlichen zu müssen!

Er sagte, in ihrem Zimmer angekommen: »Ich bin so verschwitzt und muss mich wohl erst schnell duschen.« Sie sagte: »Nimm mich bitte mit unter die Dusche!« Sie zogen sich wie um die Wette aus. Er musste ihr ein wenig helfen, wegen des Büstenhalters. Dann, unter dem rauschenden und perlenden, heißwarmen Wasser, zwei kugelnackte Leiber, eng aneinandergeschmiegt und mit dem Gefühl behaftet, dennoch nicht eng genug beieinander zu sein. Ach, was sind Träume schon, verglichen mit der Wirklichkeit, die man, bei etwas Mut, dann und wann greif- und kneifbar echt in seinen Lebenskreis hinein- und an seine Herz- und Nierennähe heranholen darf? Er, dem dieser Gedanke durch den Kopf geschossen, rief gegen Zischen und Rauschen: »Anni, Anikó! Ich habe von dir, von uns vielmals und vielfach geträumt. Doch das wunderbare Glück, das in diesem engen Gewölbe auf uns gewartet, ist außerhalb aller Träume geblieben!«

Sie entgegnete: »Ich habe mich zeitlebens nach dem Glück gesehnt, ohne es selber zu wissen und ohne zu wissen, was das ist, dieses Glück, von dem so oft die Rede ist. Ab hier und heute, wo ich ihm endlich begegnet, weiß ich es. Und das ist der Zustand meiner Seele, wenn ich mit dir zusammen bin!«

Sie erzählte auch andere Dinge. Er spürte, sie befand sich unter starkem Mitteilungsbedürfnis. So ließ sie ihn hören, sie sei ein besoffenes Weib, dem er und das heißwarme Wasser helfen möchten, sich noch vor dem Empfang zum nüchternen Zustand zurückzufinden. Und als sie dann, abgetrocknet, das Bad verließen, hatte er das Gefühl, ihr sei weitgehend geholfen. Vielleicht hatte er ihr, wie sie behauptete, den Schwips, im Zusammenwirken mit dem klopfenden und peitschenden Wasserstrahl, durch seine Küsse tatsächlich aus dem Leib gezogen? Auch erwähnte sie die Schwangerschaftsstreifen, die über ihren Bauch zögen und ihren Körper entstellt hätten. Was für ihn lediglich ein weiterer Anlass war, sie wieder zu beküssen, nun am Bauch. Er hatte die vielfach unterbrochenen Streifen aus verblassten, hellen Narbtüpfelchen schon vorher wahrgenommen und dabei eine gewisse Rührung empfunden, aber keineswegs Ekel. Nun nannte er sie sein dummes Mädchen, das den Kopf mit solcher Nebensächlichkeit belastete, wo es doch um was unzählig Vielfaches und unvergleichlich Größeres: um die Seele, ginge.

Später, im Bett, spürte Minganbajir, dass jetzt er der Beschwipste war. Was ihn allerdings weniger bedrückte oder verwunderte als beglückte: Es bestand wohl die Möglichkeit, dass einer der Liebenden dem anderen bei Notwendigkeit irgendwelche Last aus dem Körper und der Seele heraussog. Und die Folge dieses Gedankens war, dass er ihren Körper von Augen, Lippen und Brüsten über Bauchnabel, Kniescheibe und Knöchel bis zur Ferse, Sohle und zu jeder Zehe beider Füße mit Küssen bedeckte, besäte und brannte. Dabei fiel ihm ein, dass er damals bei weitem kein so feuriger Liebhaber gewesen war wie jetzt. Doch hier musste er sich gestehen: Damals hat er seinen ganzen Willen herausgekehrt und gegen jede erwachenden Gelüste und jedes entflammende Feuer im eigenen Fleisch eingesetzt, sich auf die Zukunft besinnend, die groß und sicher schien und unbefleckt zu bleiben hatte. Und jetzt? Hatte er denn keine Zukunft mehr? Darauf hatte er keine Antwort. Hatte dafür etwas, was er genau wusste: Es ging um die Gegenwart. Und sie schien keinerlei Überlegung zu dulden, die ihr irgendwie in die Quere kam.

Dennoch brach der Gedanke, der in den Jahren so oft durch sein Hirn gezuckt und jedes Mal von neuem nach einer Antwort gebrannt hatte, so manche Nachbarzellen wohl mitverbrennend, wieder in ihn ein: ›Was, wenn er damals den uralten Trieb in seinem doch sehr jungen, noch gärenden Körper einmal nicht hätte niederhalten können?‹

Jetzt, nachdem er wusste, dass das Ausbleiben der Geliebten

nichts damit zu tun gehabt hatte, und während die quicklebendige Mutter an Stelle der toten Tochter ergeben in seinen Armen lag, mit ihrem so weichen, doch so festen, brennheißen Leib, wie das Urweib, stöhnend und zuckend, war ihm die Frage lästig und schien nach einer anderen Antwort zu verlangen als die vielen Vormale. Denn sie enthielt diesmal etwas Drohendes. Doch sein Verstand sagte ihm, dass diese lästige, bedrohliche Frage nichtsdestoweniger berechtigt war, gestellt zu werden.

Anni kam schwer zurecht mit den vielen Gedanken, die ihr Hirn, wie im Spurttempo, aussonderte. Sie glichen Bildern, die zeitgleich erschienen und daher schwer zu erkennen waren. Mal war es der Ehemann, mal ihre Dienststelle, mal die Partei, deren Mitglied sie war und wodurch sie sich wie etwas Besonderes – Edles – gefühlt hat, in den ersten Tagen und Wochen vor allem; dann hat wohl dieses erhebende Gefühl, wie manch andere, anfangs wichtig erschienenen Gefühle auch, ständig abgenommen, denn als sie von dem neuen Dolmetscher, dem noch Stockfremden, den ersten unverständlichen Kuss auf die Lippen aufgedrückt bekam, hat sie weder an ihre Ehe noch an ihre Stellung, noch an ihre Mitgliedschaft in einer Partei, die ethisch-moralische Sauberkeit predigte, denken können – es ist nur ein Schreck gewesen, was sie gefühlt, der andererseits nicht so groß gewesen sein konnte, denn sonst hätte sie ja dem Fall gleich auf den Grund gehen müssen.

Die namenlose Feier heute, die so manche an eine Hochzeit erinnert haben musste, denn hätte Ilona sonst die Sache erwähnt, die beinah einen peinlichen Streit ausgelöst hätte? Vielleicht deswegen, vielleicht aber auch so, hat sie sich zwischendurch wie eine Braut gefühlt und sich dafür schämen müssen, lieber Gott! Von ihrer eigentlichen Hochzeit ist nur ein schönes, das heißt, recht angeberisches Foto geblieben. Sonst hat sie sich gepeinigt gefühlt, schon wegen der neuen Schuhe mit den hohen Absätzen, aber auch wegen der Strenge der Anweisungen, die sie von Seiten ihrer künftigen Schwiegermutter immer wieder hat hören müssen. Demgegenüber hat sie die heutige Feierlichkeit voll genossen, ob Hochzeit oder nicht Hochzeit, wie István da gesagt hat.

Das streng gestellte und dann tadellos retuschierte Foto. Die beiden jungen, glatten Menschen darauf. Sie taten ihr jetzt leid. Wenn sie gewusst hätten, was ihnen bevorstand! Der arme Junge, wenn er sähe, wie das Mädchen, das er zu seiner Rechten behutsam hielt, für seine Ehefrau von nun an und für alle Zeiten haltend, an die zehntausend Tage später splitternackt und aneinandergekuschelt mit einem Wildfremden lag, vor allem, wenn er wüsste, wie anders sie sich neben diesem anderen fühlte!

Die Kinder, eines in dem anderen, alle drei. Ihre lieben, armen Kinder, wenn sie wüssten, was für eine Mutter sie hatten: so bieder-genügsam all die Jahre ihres Lebens verbracht und am Ende dann ausgeflippt! Aber Anni, Töchterchen, wärmende Sonne und kühlender Schatten über meiner Seelenlandschaft zugleich! Du kannst dich weder schämen für deine Mutter noch ihr böse sein, denn so war doch dein Wunsch, nicht wahr? Ja, du bist aus mir herausgeschlüpft, Fleisch aus Fleisch, Seele aus Seele, und so sind du und ich im Grunde eine Fleischmasse und eine Seelenwolke! Daher auch hast du, Kind, in unserem gemeinsamen Traum mich so eindringlich beschworen, dich in mir fortleben zu lassen. Noch vor einem Tag erschien mir solches unmöglich. Doch mittlerweile weiß ich, es ist nicht nur möglich, es ist auch notwendig, für dich, die du ich bist, und mich, die ich du bin!

Dann fielen sie noch in einen kurzen, festen Schlaf. Zuerst erwachte er und sah und hörte, dass sie noch schlief. Sie hat sich im Schlaf von ihm abgewandt und lag nun, den Kopf vom Kissen abgerutscht, beide Arme um den Bauch geschlungen, das eine Bein ausgestreckt und das andere so eingezogen, dass es einen scharfen Winkel bildete. Das ist auch damals ihre

Schlafhaltung gewesen. Es war kurz nach halb sieben. Er küsste und streichelte sie wach. Sie wälzte sich, selig im Gesicht mit noch geschlossenen Augen, ihm zu, noch während sie sich reckte und streckte und umschlang ihn heftig und bedeckte seine Brust mit Küssen, die, wimmelnden Feuerameisen gleich, unter seine Haut fuhren und drohten, seinen Körper bis in alle Enden und Ecken zu erwecken. Doch sie mussten aufstehen.

Der Empfang fiel schöner aus, als Minganbajir erwartet und befürchtet hatte. Der Minister war gewiss ein strammer, verwöhnter Parteigenosse mit reichlichem Ehrgeiz in seiner Amtsstellung und bereit zu noch mehr, schien aber über einen guten menschlichen Kern zu verfügen, wie man es bei ihm sehr bald auszumachen glaubte und sich daher verpflichtet fühlte, seiner Erscheinung und seinen Worten die erwartete Achtung entgegenzubringen, ohne sich dazu innerlich zwingen zu müssen. Der Mann in mittleren Jahren, wie auch von mittlerem Wuchs, hatte einen leicht verrutschten Schlips zu einem nicht ganz einwandfreien Hemd und einem recht zerknitterten Anzug an. Was seinem ministeriellen Aussehen möglicherweise einen leisen Abbruch getan haben könnte, aber der Mensch, mit welchem man als Gast einen Abend lang verbunden war, konnte dadurch nur gewinnen.

Das war die Ansicht von Laci, der sich immer noch in seiner besonderen Stellung innerhalb der Truppe fühlte. So hörte er der Rede, die aus Minganbajirs Mund kam und der Widerhall der Gedanken und Gefühle aus einem ministeriellen Hirn und mongoliden Herzen war, mit derselben Aufmerksamkeit zu, die er den Worten seines geliebten und geschätzten Großvaters entgegenzubringen pflegte.

Der Genosse Minister erzählte, nach kurzer Begrüßung, von seiner Reise. Sie musste beschwerlich gewesen sein, an die zwölf Stunden Fahrt, zwei Drittel davon auf der Piste. Auch eine Panne. Ein Stück Draht wurde gebraucht, zur Wiederherstellung einer unterbrochenen elektrischen Verbindung. Im

Sommer wäre das kein Problem weiter gewesen, man hätte eine Eidechse genommen als verbindendes Element. Nun im Winter, woher die Eidechse nehmen? Er, der Minister, hat mitgesucht, nach ebendiesem Stück Draht. Und schließlich haben sie es auch gefunden.

Gegen Ende des ruhmreichen zwanzigsten Jahrhunderts auf unserem Planeten noch ein Minister, der auf einer Steppenpiste nach einem Stück Draht suchte, der, wäre es Sommer, auch eine Eidechse genommen hätte, um einen Schaden am Motor seines Dienstwagens zu beheben – es hörte sich unglaublich und spannend an. Aber unter seinen Zuhörern gab es wohl keinen einzigen, der ihm nicht geglaubt hätte. Das muss der Erzähler gewusst haben, denn sonst hätte er solches nicht bei einem Empfang zu öffentlicher Aufmerksamkeit gebracht. Oder war er ein Überschlauer, der so auf Pluspunkte aus war? Nein, das, was er daraufhin erzählte und wie er sich einen Abend lang sonst benahm, bestätigte, er hat die Begebenheit, die eigentlich mit der Sache nichts zu tun hatte, nicht aus Berechnung erzählt.

»Wir sind ein schwach entwickeltes Land, ohne Schwerindustrie und dazu mit Menschen, die ja immer den Hauptreichtum eines jeden Landes darstellen, leider sehr sparsam gesegnet«, nahm die Rede eine Wende, zum Offiziellen hin. Und ging weiter: »Sie haben einen ganzen Monat im Land zugebracht, wenn auch nur in der Hauptstadt. Und so hat es keinen Sinn, vor Ihnen etwas verheimlichen zu wollen. Ja, wie Sie gesehen haben, fehlt uns noch vieles. Und nicht jeder hat gelernt, seine Arbeit ordentlich und effektiv zu verrichten. Aber ich bitte Sie, uns richtig zu verstehen, im Rahmen der historischen Begebenheiten. Der mongolische Mensch ist in seiner Beschaffenheit noch zu sehr Jurtennomade. Die Zeit, dies zu überwinden, gab es noch nicht. Selbst das Fleisch eines abgebalgten Tieres muss aushängen. Und die Haut ausliegen. Alles braucht seine Zeit. Uns Mongolen, die wir uns vor einem Menschenalter erst entschieden haben, den modernen Lebensweg einzuschlagen, fehlt einfach die Aushänge- und Liegezeit. Das neuzeitige Leben ist noch daran, uns zu gerben ...«

Minganbajir fühlte immer mehr Erleichterung, während er mit Dolmetschen fortfuhr. Dieser Minister entsprach dem Bild immer weniger, das er von den Bonzen seines Staates in sich getragen hatte. Und er sah in den Augen der Menschen, die ihm zuhörten, dass die Rede auch ihnen gefiel.

»Uns fehlt wohl die kollektive Gattungserfahrung, von der neuerdings viel die Rede ist«, fuhr der Minister fort. Während Minganbajir die Strecke dolmetschte, dachte er: ›Meint er damit die Rede aus dem Bereich der Quantenphysik?‹ Darauf bekam er einen freudigen Schreck, als der nächste Batzen Worte kam. Denn er hatte richtig vermutet. Und diese Worte lauteten: »Ja, warum auch sollten wir Menschen als Lebewesen, als andere Kinder der Mutter Natur, anders sein als die Ratten, mit welchen die Forscher experimentiert haben und zu der bestimmten Erkenntnis gekommen sind?«

Während er sozusagen an dem Brocken kaute, bekam er mit, dass auch andere Dolmetscher damit ihre Schwierigkeit hatten. Und als er den Brocken endlich zerkaut und hinübergeleitet zu haben glaubte, sah er in den Augen seiner Zuhörer Hilflosigkeit. Nur Kőszegi schien zu ahnen, worum es sich da drehte.

Der Minister sah und spürte wohl, dass sein letzter Satz schwer herüberkam, und trat sogleich aus dem Offiziellen heraus und wurde wieder zu dem, als welcher er seine Rede begonnen: »Liebe Gäste! Ich hoffe, Sie werden mir glauben, ohne mich der Prahlerei bezichtigen zu wollen, wenn ich sage, dass ich als Minister öfters die Gelegenheit habe, offiziellen Empfängen beizuwohnen. Ebenso hoffe ich, dass Sie mich nicht für überdreht halten werden, wenn ich Ihnen eine Kleinigkeit anvertraue: Die dort gehaltenen Reden sind sehr oft so langweilig, dass man sich dabei fragt, wann wird, großer Himmel, dieser

Quatsch ein Ende finden? Also höre ich gleich auf. Das tue ich aber nicht allein aus ministerieller Hellsicht oder aus männlichem Edelmut. Viel eher aus dem natürlichen Bedürfnis eines Menschen – ich bin hungrig und durstig. Also wünsche ich allen einen guten Appetit und einen entspannten Abend!«

Darauf gab es ein lebhaftes Gelächter und jenen Beifall, den die Zeitungsschreiberlinge als laut und langanhaltend bezeichnen und nie unerwähnt lassen und dem ihre Aufpasser, die Ideologen, besonderen Wert beimessen und darum seit gut zwei Jahrzehnten nun schon in runden Klammern fett gedruckt sehen wollen. Und spätestens nach diesem scheinbaren Ausbruch aus dem amtlichen Rahmen, in Wirklichkeit aber nach dem gelungenen Rosinchen – wer träumte im Stillen nicht davon? –, waren alle Augen mit einem warmen, wohlwollenden Blick auf den Gastgeber im Raum gerichtet.

Nach Abflauen der eröffnenden Lebhaftigkeit, an die sich das eigentliche, sinntragende Erlebnis des Abends, das Essen und das Trinken, anschließen durfte, warum auch alle, mit heiterer Miene und gesammeltem Ernst gezielt daran gingen, zu tun, dass der eigene Gaumen und Magen zu weiterem Genuss kämen, ausgerechnet da musste Minganbajirs Hirn eines Lichts gewahr werden, das ihm, nun Stunden später, endlich den Grund lieferte, weshalb denn alle wieder und wieder gelacht haben – nach Lacis so trocken hingesagter Antwort auf die vorhergehende eigene Frage. Da brach aus ihm ein heftiges Gelächter hervor, worüber er selber erschreckt war.

Anni fragte, ob da was sei. Er, der von neuem anfing zu kichern, hatte, nachdem er sich wieder beruhigt hatte, keine Kraft mehr, den Grund seines unzeitgemäßen Gelächters zu verschweigen. »Lacis Frage und …«, sagte er und drohte wieder ins Gelächter zu verfallen.

»Was ist mit meiner Frage?« Laci schaute herüber, sein ganzes Gesicht eine einzige Frage.

»Nicht die Frage so sehr. Vielmehr die Antwort darauf«,

sagte er gefasst und gestand offenherzig, »soeben habe ich endlich kapiert, weshalb man darüber lachen musste.«

Kőszegi machte ein Gesicht, das zu sagen schien: Ich habe auch nichts anderes erwartet! Von István wusste man nicht, ob er es gehört hat. Er schaufelte ungestört die gebratenen Fleischkügelchen aus der großen Schüssel auf die kleine Platte in seiner Hand. Dabei änderte sich an seiner Haltung nichts. Beide Frauen waren gerührt von der einfachen Ehrlichkeit, die keinen Hauch Raum für irgendwelche Hintergedanken zuließ.

Und Laci, wach, wie er heute war, schaute den Dolmetscher aufmerksam an und fragte sanft, aber wichtig: »Gab es vorhin einen Anlass, an das, das vor Stunden gewesen, erinnert zu werden?«

»Keine Ahnung!« Diese Antwort erklang wieder sehr ehrlich.

»Aber wie kommt es, dass man zu etwas, was einem einmal so gründlich verschlüsselt geblieben, Stunden später zurückkehrt und es diesmal richtig entschlüsselt?«

»Das geschieht mit unsereinen immer wieder. Meiner Meinung nach liegt darin der Hauptunterschied zwischen deinem europiden und meinem mongoliden Hirn.«

»Vielleicht aber liegt es an den unterschiedlichen Trainingsweisen? Hier ihr, Nomaden, die sich viel Zeit lassen, und dort wir, Städter, die ständig glauben, keine Zeit zu haben?«

»Junge, Laci! Das ist ein guter Gedanke gewesen! Aber du musst doch was essen und trinken ...«

»Ja, gewiss. Du etwa nicht?«

»Vielleicht später auch eine Kleinigkeit.«

»Wieso das? Ist dir etwa nicht gut von der Schmauserei und Säuferei ...«, Laci näherte seinen Mund, fein lächelnd und verschwörerisch zwinkernd, dem Ohr Minganbajirs und flüsterte: »... auf unserer kristallenen Hochzeit?«

»Nein, nein. Hole dir doch zuerst etwas. Während du dann isst, kann ich dir sagen, warum.«

Sie kamen nicht dazu, sich noch einmal zu unterhalten. Der Dolmetscher wurde gebraucht. Zuerst war es Alexander Sergejewitsch, der sich in herzlichen Worten für diesen Empfang bedankte und für alles, was die Mitarbeiter des mongolischen Kulturministeriums zum Wohlgelingen des internationalen Zirkusprogramms und zum Wohlbefinden der Gäste getan hatten. Dann widersprach er in ebenso herzlichen, schier wagemutigen Worten den selbstkritischen, um Verständnis ersuchenden Äußerungen des Ministers. Und dieser Wagemut gipfelte in den Worten: »Nein, werter Genosse Minister, ich darf Sie trösten, Ihr Ministerium funktioniert in meinen Augen vorbildlich, verglichen mit dem schwergelähmten Koloss bei mir zu Hause, tödlich durchdrungen von der russischen Schlampigkeit und der sowjetischen Bürokratie und genannt Kulturministerium! Ich denke, ohne mich zu erdreisten, Hiebe auf die höchsten Kulturämter anderer Staaten verteilen zu wollen, dass die meisten der hier Anwesenden, ausgehend von der Wirklichkeit in ihren Ländern, mir recht geben werden!«

Die Rede wurde mehrmals vom Beifall unterbrochen, immer von derselben Stärke wie bei dem Vorgänger. Nur, es dürfte für den Gastgeber angenehm und zugleich unangenehm gewesen sein, denn was hätte es für lauschende Ohren und spähende Augen des Staates bedeutet, wenn der Genosse Minister der Kritik an dem großen ministeriellen Bruder Beifall gespendet und sich dabei gar hingerissen gezeigt hätte? Unmöglich. Es wäre das Ende seiner Laufbahn gewesen!

Für den Dolmetscher waren die Worte des sowjetischen Genossen Ohrbalsam, und einen Genuss verschaffte es ihm, solche Worte in die Sprache der Magyaren übertragen zu dürfen, die für sein Verständnis der Weltgeschichte trotz aller zeitweiligen Niederlagen und Kompromisse ein unbeugsames Volk darstellten.

Erfahrungsgemäß war es eines der beiden Länder DDR oder Bulgarien, die sich bei solchen Toastreden dem Hauptland anschlossen. Diesmal war es aber Rumänien. Der kleine, stumme Spötter mit dem Charlie-Chaplin-(oder, der Himmel verzeihe es uns: Adolf-Hitler-)Bart nuschelte etwas zur Unterstützung des Riesen mit dröhnendem Bass, doch vermochte er es nicht, die Aufmerksamkeit der Öffentlichkeit auf sich zu ziehen, und so ging die Rede im Geraune und Geklirr des Raumes unter. Andere Toastredner traten vor, auch der vermisste Bulgare, wie der Deutsche, aber nichts Nennens- und Buchenswertes kam heraus.

Dafür gab es Folgendes: Der Minister trat abwechselnd zu den Leitern der Delegationen – so wurden die Truppen in der amtlichen Sprache genannt. Bei Anni Erdős angekommen und mit ihr angestoßen, versprach er sich, eigentlich unverzeihlich, doch es hatte am Ende sein Gutes: Er musste seinen Fehler mit einer sehr persönlichen Geschichte, einem kleinen menschlichen, aber keinesfalls ministeriellen Melodrama, wiedergutmachen. Denn er begann von Rumänien zu reden, anstatt von Ungarn. Minganbajir wies ihn leise zurecht. Und er, der Genosse Minister, hätte stillschweigend fortfahren und bei weiteren Gelegenheiten den richtigen Landesnamen anbringen können, doch er machte es eben nicht und entschuldigte sich bei der Genossin Professorin für seine Verwechselung mit angedeutetem Handkuss und den sehr merkwürdigen Worten: »Ein Glück, dass beide Länder sozusagen die Flächen zweier zusammengelegter Hände darstellen und deren Bewohner so herzlich zueinander stehen!« Minganbajir dachte mit einem inneren Zittern, bevor er daranging, das Gesagte zu dolmetschen: ›Na, na, na, Genosse Minister!‹ Und beim Dolmetschen dann schob er von sich aus ein »mittlerweile« vor »herzlich« ein, da er von der nicht ganz einfachen Beziehung der beiden Länder gehört hatte.

Anni Erdős kam den Ministerworten zu ihrem Land und dessen Nachbar durchaus gutwillig entgegen, obwohl man es dem lieben Gott allein überlassen musste, wie der Durchschnittsungar oder der Durchschnittsrumäne dazu stehen würden. Sie dachte, als sie von den Flächen zweier zusammengelegter Hände hörte: ›Warum auch nicht? Zwei ewige Nachbarn auf einer Erde!‹ Dann aber sagte sie: »Überhaupt scheinen unsere beiden Länder, die auch zusammengelegt winzig für mongolische Verhältnisse sind, für hiesige Menschen eine gewisse Ähnlichkeit miteinander zu haben, denn neulich wurde einer von uns für einen Rumänen gehalten.« Nachdem Minganbajir das soeben Gesagte in die andere Sprache, die vom Satzbau her, verglichen mit dem Russischen beispielsweise, so anders auch nicht war, übertragen hatte, fügte er von sich aus hinzu: »Dieser häufigen Verwechselung liegen wohl auch andere Dinge zugrunde – die Ähnlichkeit der Namen, beide zweisilbig (mongolische Aussprache für die Namen beider Länder: Ungaar, Urmiin), von fünf Lauten in beiden Namen drei gleich, und die Botschaften beider Länder liegen bei uns dicht nebeneinander hinter einer Mauer, nur durch eine Wand getrennt, Zwillinge sozusagen.« Der Genosse Minister zeigte sich über diesen Hinweis von Seiten des Dolmetschers äußerst erfreut und rief aus: »Ja, genau das ist es, was unbemerkt auf den Verstand wirkt!« Minganbajir dolmetschte das Ganze für Anni Erdős, und auch sie schien diese Neuigkeit für beachtenswert zu halten.

Der Minister fragte: »Was hat dieser lange Aufenthalt Ihnen persönlich gebracht? In drei Sätzen, bitte!« Die Frage allein bedeutete schon einiges. Die Grenze vom Amt zum Menschen war überschritten.

Die Professorin antwortete: »Ich bin schwer verliebt in dieses Land und sein Volk, Satz eins. Meine bleibenden Lebensjahre werden mit der Mongolei und den Mongolen in engster Verbindung bleiben, Satz zwei. Und ich bin und werde darüber glücklich sein, Satz drei.«

Der Minister stand zwei, drei Herzschläge lang wie erstarrt, als die Antwort, fertiggedolmetscht, bei ihm ankam. Feuer brannte in seinen leicht schrägen Mandelaugen. Dann sagte er, fast geflüstert: »Das sind Worte aus dem Herzen. Sind Worte eines verliebten Menschenkindes.« Das ohnehin erhitzte und erregte Gesicht der Professorin lief rot an, die Backen glühten wie bei einem sehr jungen Mädchen. Der Dolmetscher glaubte sich davon angesteckt. So standen die drei weitere zwei, drei Herzschläge lang, jeder mit dem Glas in der Hand beschäftigt. Dann sagte der Minister, immer noch leise: »Ich bitte Sie um Vergebung wegen meiner Entgleisung. Und als Wiedergutmachung erzähle ich Ihnen meine Geschichte, auch in drei Sätzen. Als junger Mitarbeiter des ZK und noch frischer Ehemann war ich vor vielen Jahren einmal für eine Woche in Bukarest. Verliebte mich dabei zum Sterben schwer, aber auch zum Ewigleben schön in ein dortiges Mädchen und musste dann, wieder zu Hause, tiefes seelisches Leid durchstehen. Seitdem stehen meine Sinne für dieses Land und seine Menschen sperrangelweit offen ...«

Der Minister musste weiter. Und die beiden blieben zurück, wie ertappt, aber wie beschenkt und besegnet auch. Später begegnete Annis Blick dem des Ministers noch drei, vier Male über Köpfe und Schultern anderer. Dabei wurde jeder Blick von einem Lächeln begleitet. Zum Schluss des Abends, der weit in die Nacht hinüberreichte, verabschiedeten sie sich mit einem herzlich festen und langen Händedruck. Davor wurde der Dolmetscher erneut gebraucht. »Ich bitte Sie, das, was ich Ihnen habe anvertrauen dürfen, als einen Splitter eines Menschenschicksals, das zerbrechend sich erhalten hat, in einer Nische Ihres Innenraumes aufzubewahren, so wie ich das Bild, das ich auf Ihrem Gesicht erblickt, und die Schrift, die ich darin gelesen, tief in mir, in einer Verstecktasche, weit weg vom Ehebett und Ministersessel unterbringen werde.« So weit war alles schön und passte in die rosarote Farbe des Abends und auch unserer Geschichte.

Darauf aber gab es eine Kleinigkeit, die der Gesamtstimmung des Tages Abbruch zu tun drohte. Und das war das, was er, der Minister, zu ihm, dem Dolmetscher, zum Abschied sagte.

»Übrigens«, sprach der Genosse Minister gedämpft, nachdem er sich von einem seiner Gäste, der Genossin Professorin, so herzlich und eigentlich unpassend menschlich verabschiedet hatte, zu dem Dolmetscher, der sich von ihm ebenso mit einem Händedruck verabschieden wollte und ihm an diesem Abend mit größter Mühe und auch bestem Gewissen gedient hatte, wie aus einem Traum erwachend: »Ich hoffe, du weißt, junger Mann, dass die Sachen, die du hier und heute mitgehört, in dir bleiben! Musst dazu nur wissen, ein Minister verfügt über lange Ohren und ebenso lange Arme!«

Ungläubig schaute der Dolmetscher den Minister einen Lidschlag lang an. Dieser kurze Blick war eine eindringliche Frage, gefährdet vom Schatten einer Enttäuschung – sollte das etwa eine Drohung sein? Ach, wie gern hätte er diesem Menschen seine wenigen Worte, die drohten ihm selbst mehr zu Schaden als dem Angedrohten, mit ebenso wenigen Worten beantwortet, imstande, aus jedem einen Feuersturm hervorzulocken und die winzige Fläche, auf der sie standen, in ein Schlachtfeld zu verwandeln! Doch er musste die Schlacht ungeschlagen lassen und das Feld räumen, denn hinten standen andere, warteten.

Anni war von dem Minister benommen. Wie er, Minganbajir, bis vor ein paar Minuten eigentlich auch. So nahm er es ihr nicht übel, dass sie in ihrem Herzen auch für einen anderen Mann so warme Gefühle trug. Außerdem konnte er sich nicht dazu entschließen, ihr die hässliche Wahrheit zu sagen, die sich ganz am Ende des schönen Abends zugetragen hatte. Was wäre, wenn sie ihm nicht glauben wollte? Dann noch, er wollte ihre Freude nicht trüben, lieber allein leiden, wenn in ihm neben seiner Liebe, seiner lodernd hellen Liebe noch Platz für Leid, ausgelöst durch einen Mundvoll halbgeflüsterter Worte, vorhanden sein sollte.

Als sie das Zimmer, die warme und weiche, saubere und saugende Nische ihres Glücks, betraten, zeigte die Uhr auf Mitternacht. Das Frühstück war auf halb acht angesagt. Also hatten sie noch siebeneinhalb Stunden Zeit.

Während sie dann, vorerst wieder zur Ruhe gekommen, ineinander verschlungen lagen, glaubte jeder, den Herzschlag des anderen und aus diesem heraus das Atemgeräusch des Planeten zu hören. Und es war ein schöner, liebens- und beschützenswerter Planet, dessen Atemzüge in die Schläge eines liebenden Herzens eingebettet waren.

»Dein Herz klopft pick-tuck, pick-tuck, pick-tuck!«, sagte sie.

»Damals hast du es umgekehrt gesagt: tuck-pick, tuck-pick, tuck-pick!«, antwortete er.

»Habe ich das gesagt?«

»Ja, das hast du gesagt. Und ich habe die Sprache deines Herzens als luck-tuck, luck-tuck, luck-tuck entschlüsselt. Kannst du dich daran noch erinnern?« Und etwas später fügte er dem hinzu: »Denke gut nach, du wirst dich daran bestimmt noch erinnern können!«

Sie sagte darauf nichts. Aber er spürte, sie dachte angestrengt nach.

Später, vielleicht nach einer kleinen Schlafrunde, fing er ein neues Gespräch an. Er hatte sich dazu entschlossen, nachdem er gemerkt hatte, dass sie wach lag.

»Hast du je darüber nachgedacht, wie viele Tage und Nächte ein menschliches Leben etwa ausmacht?«

»Nein.«

»Ich aber ja. Wir Wandernomaden in der kahlen und kalten Steppe leben im Durchschnitt an die 20.000 Tage und Nächte. Und ihr Sesshaften in der europäischen Wald- und Wiesenebene mit dem gemäßigten Klima an die 25.000.«

»Das ist ja gar nicht so viel!«

»Vielleicht. Auch in Stunden ausgerechnet nicht allzu viel: Wir 480.000, ihr 600.000 Stunden. Davon vergeht ein Drittel im Schlaf. Wie viele dann in sinnlosem Warten oder einfach verflossen, ohne dass man weiß, man lebt? Und wie viele in Hast, Gier, Hass, Streit – in selbstverschuldetem Leid? Wie viel bleibt da noch übrig? So gesehen, was ist viel? Was wenig? Und was ist Leben? Nur die menschlich gelebten, glücklich verlebten Tage, Stunden und Minuten, ein Winzigteil, vergleichbar mit dem Goldäderchen oder den Goldkrümelchen in der Erd- und Gesteinsmasse!«

»Das ist wahr. Wenn wir daran denken, seit wann wir zwei uns kennen. Zweieinhalb Tage erst oder noch weniger. Weniger als sechzig Stunden. Ich meine diesmal. Damals ist es doch auch nicht sehr viel gewesen, nicht wahr?«

»88 Tage lang haben wir da einander gekannt. Davon 7 in einem Raum verbracht, aber bei weitem nicht alle ihre Stunden. Gut, die nächtlichen in einem Bett. Aber immer brav durch die Kleiderwände getrennt, mit kindisch-göttlichem Vertrauen auf eine Zukunft, die dir wie mir felsenfest erschien. Aber selbst dieses wenige hat ausgereicht, dass wir über räumliche und zeitliche Fernen und Weiten hin einander nicht vergessen und am Ende uns getroffen haben!«

Dann schwieg er. Auch sie schwieg, vielleicht in der Erwartung, bald würde der Schlaf kommen. Doch er kam nicht. Da machte sie den Mund auf: »Woran denkst du gerade?«

›O je!‹, dachte er. ›Das, womit mich der Minister zum Schluss beschert hat, habe ich ihr schon verschweigen müssen. Soll es mit uns zweien denn immer so: unter Selbstzensur, halb wahr und halb klar weitergehen?‹ Dann sprach er, nach einer Körperbewegung, die eine neue Zärtlichkeit ausdrücken sollte, aber auch eine leise Entschuldigung mit ausdrückte: »An zwei Menschen, von denen der eine sich für meine Frau und der andere sich für deinen Mann hält.«

»Und wie hast du in Gedanken die beiden zusammen unterbringen können, wo du doch den einen gar nicht kennst?«

»Es ist wahr, dass ich den Mann noch nie gesehen habe. Aber

ich habe dieses und jenes über ihn gehört, was ein gewisses Bild ergibt, ergänzt durch das, dass er es gewesen, wie ich endlich weiß, der mir den Brief mit der Beschriftung zurückgeschickt. Und die Frau, die mir drei, nun gut, zwei Kinder geboren und mit der ich seit Jahren unter einem Dach wohne – aber kenne ich sie wirklich? Und hält sie sich überhaupt für meine Frau, wie ich es dir vorhin gesagt habe?«

»Du hast das gedacht, von den beiden?«

»Nein. Das ist mir soeben in den Kopf gekommen. Vorher waren da andere Gedanken, die dich und mich und künftige, praktische Dinge in deinem und meinem Leben betrafen. Aber muss ich dir wirklich alles sagen?«

»Du musst es nicht. Du musst überhaupt nichts. So behalte es für dich.«

»Wenn du es so sagst, nein. Ich werde dir alles auftischen. Also, hier ist es: Ich werde mit der Frau, die übrigens über dich und mich bestens Bescheid weiß, nie mehr schlafen. Du aber darfst mit dem Mann, dem Vater deiner Kinder, die eheliche Gewohnheit nach wie vor fortpflegen, wenn es sein muss.«

»Da verstehe ich aber was nicht. Wieso willst du dasselbe mir erlauben, was du dir selbst verbietest?«

»In dir wohnen zwei.«

Sie überlegte schweigend. Versuchte, seinem Gedankengang zu folgen. Und glaubte eine Weile später, ihn gefunden zu haben und ihm auch folgen zu können: Die Wiedergeburt der Tochter sollte nicht den Tod der Mutter bedeuten. Er wollte weder ihrem Mann die Frau noch ihren Kindern die Mutter wegnehmen. Das war sehr edel gedacht.

Oder aber, es war von ihr nur edel ausgelegt! Denn der ach so edel anmutende Gedanke hatte auch eine hässliche Seite: Er wollte, nachdem er sie dazu gebracht, die Tochterstelle einzunehmen und sein Ziel erreicht hatte, das Verpasste nachzuholen und ein paar süße Bettstunden auszukosten, sie nun entlassen!

Bittere Kränkung entstieg ihrem Bauch, kroch, ätzende Spuren aufreißend, entlang der Wirbelsäule empor und drückte schließlich schwer gegen Herz und Hals. Schon kamen ihr die Tränen und füllten die Augen. Doch in diesem Augenblick lieferte der Verstand ihr etwas, was sich beim Näherbetrachten als ein triftiger Gegenbeweis zu dem soeben gedachten, unseligen Gebilde erwies: Hätte er, wenn alles wirklich so gewesen wäre, wie sie sich es ausgemalt, einen Grund gehabt, sich selbst den Zwang gegenüber der eigenen Ehe auferlegen zu wollen? Sie musste überlegt vorgehen. So sprach sie: »Nicht nur in mir allein. Auch in dir wohnen zwei. Der Geliebte Annis. Und der Ehemann der jetzigen Frau und der Vater eurer Kinder.«

Er war bereit, verstandesmäßig zuzugeben, dass das, was sie sagte, so falsch nicht war. Aber dabei verspürte er in seinem Innern heftige Schmerzen, die ihn an Disteln denken ließ, die über die silberhelle, schaumweiche Fläche seiner Seele ausgesät lägen. Auch war es ihm mit dieser distelbesäten Seele unmöglich, die Verstörung in ihrer Stimme zu überhören. Und schließlich merkte er ihre Tränen, die beim Reden über die Augenränder überschwappten, und ausfließend, seinen Arm unter ihrem Kopf erreichten.

›Sie weint!‹, dachte er beunruhigt. ›Was ist dazu der Grund gewesen? War es etwa Rührung darüber, dass ich ihr die ungestörte Fortdauer ihres Ehelebens erlaube, während ich sie mir selbst verbiete? Nein, gerührt klang die Stimme nicht. Eher kühl und forschend. Habe ich ihr dazu einen Grund gegeben? Sie hätte mich ja gleich fragen können, sollte ihr etwas von dem, was ich sagte, unverständlich gewesen sein. Das hat sie nicht getan. Dafür aber hat sie geweint!‹

Ratlos im Kopf und regungslos am Leib lag er und atmete sogar leise dabei. Er grübelte, immer schwerer belastet von den Vermutungen und Mutmaßungen, die sich aus seinem Hirn herausschlängelten, um sich gleich hineinzuwinden in sein taubes Fleisch, weiterzuhasten in Richtung des Herzens und der Leber und dort ihr Gift zu sprühen. Plötzlich entfuhr seiner Brust ein lautes Gestöhn. Worüber er nicht weniger erschreckt war als sie.

Während es passierte, hatte er erwartet, dass sie ihn gleich fragen würde, was er auf dem Herzen hätte. Aber die erwartete Frage blieb aus. Und das traf die dornenbespickte, giftdurchtränkte Seele schlimmer als alles andere. Denn das kam ihm wie die Bestätigung auf eine, auf die schwerste, seiner Vermutungen vor: Es könnte, was sie in der Seele gepeinigt hat, plötzlich erwachtes Misstrauen gewesen sein!

Nun dachte er entsetzt: ›Dem Biest Misstrauen einmal den Zugang zur eigenen Seele gezeigt, kann es immer wieder zurückkehren, so lange, bis das Vertrauen zerstört ist!‹ Der Gedanke packte ihn so sehr, dass er mit einem Mal von einem Weinkrampf geschüttelt wurde. Jetzt ließ sie ihn mit seinen Schmerzen nicht mehr allein: Schmiegte sich schnell an ihn, umarmte seinen bebenden und zitternden Leib unterhalb der Achsel fest und fing an, ihn heftig zu küssen, auf den Hals, die Wange und schließlich abwechselnd auf beide Augen. Denn unter dem Ausbruch ihrer Liebe, die ihm für ein paar schwere Pulsschläge lang fragwürdig erschienen, nun aber, feuergleich, zu sprudeln und, wassergleich, zu strömen schien, hatte er jede Beherrschung über den Sturm in seinem Innern verloren und den Tränen freien Lauf gelassen.

Sie war tief berührt und erschüttert, dennoch ungemein erfreut von den unvermuteten, reichlichen Tränen, die ihr so seltsam wie auch sehr wesentlich vorkamen. Sie hat ihren Mann in all den Jahren der Ehe kein einziges Mal mit Tränen in den Augen erlebt, hat auch andere erwachsene Männer nie weinen sehen. Daher wohl hat sie Tränen für eine Gabe gehalten, von der Natur dem männlichen Wesen entzogen, sobald es aus der Kinderhaut herausgewachsen.

Nun aber dies! Und es riss sie aus der Bahn der kühlen, forschenden Überlegung heraus und warf sie in die fauchenden und züngelnden Flammen der Liebe zurück. So glich sie einer doppeltbeseelten und doppeltbestückten: lohenden und lodernden, streichelnden und stillenden Wesenheit, zusammengesetzt aus einer Furie des Westens und einer Thara des Ostens – presste durch ihre heftige Umarmung aus ihm immer neue Tränen aus ihm heraus und küsste sie ihm schon von den Augenwimpern ab. Sie tat es so unermüdlich und unersättlich, dass er, Quellgrube und Zielscheibe ihres Liebesausbruchs, wieder einmal vom seligen Gefühl des Glücks erfüllt, in ihren Armen lag, angeregt zu weiterem Ausfluss der längst übervollen Galle und gestillt vom Brand kreuz und quer an Leber und Zwerchfell.

»Ich schäme mich dafür, dass ich in mir Misstrauen zu dir zugelassen habe«, sagte sie irgendwann und fuhr im gleichen Atemzug fort, »aber ich freue mich ebenso, dass du mich dabei ertappt hast, mein Einziger!«

Das waren nun starke Worte! War der Balsam, nach dem seine überempfindsame, zur Selbstverwundung neigende Seele lechzte. Darum wohl gab es erst einmal eine neue Welle von Tränen. Dann aber, nachdem er sich endlich beruhigt hatte, geschah etwas, was manch einem Angesteckten und Ferngelenkten unglaubwürdig, denn zeitwidrig, erscheinen mochte, da alles Schiefe und Künstliche als originalgetreue Widerspiegelung der umgekippten Lebenswirklichkeit bewundert und bestaunt werden durfte, während alles Gerade und Natürliche zum abgeschmackten Wunschbild herabgewürdigt, gar als billiger Kitsch abgetan wurde: Sie legte einen Schwur ab. Was folgendermaßen vor sich ging: Sie stand auf, schaltete Licht an, kniete vor dem Bett nieder, hielt, die Rechte kopfhoch gehoben, Zeige- und Mittelfinger gespreizt, während sich darunter die übrigen drei Finger mit ihren Kuppen zusammentrafen, und sprach laut und feierlich: »Vor Gott, Dir Mann und Mir Weib, dieser anders selbigen Heiligen Dreiheit schwöre ich, dass ich nicht wahres Hindernis noch falsches Vorurteil scheuen und jederzeit zu der mir zugefallenen Liebe stehen werde!«

Minganbajir, der es gerade geschafft hatte, sich auf dem Bett aufzurichten und die Beine zu kreuzen, sah dem still und ehrfürchtig zu und sprach, nachdem die Worte verhallt waren, in würdig-demütiger Haltung und mit fester Stimme: »Höre, Mutterkindweib! Ich schließe mich dem Schwur an! Sollte ich davon im mindesten abrücken, möge mich richten der Blaue Himmel, der unser Zeuge ist!«

Wir Außenstehenden sollten wenigstens dies wissen: Schwüre sind so alt wie die Menschheit. Es hat sie immer gegeben, in Zeiten der Höhlen und Dschungel wie in denen der Festungen und Paläste. Die gibt es immer noch. Nur, sie heißen heutigentags, wo das gesprochene Wort nichts mehr gilt, dafür ein Blatt beschriftetes und bestempeltes Papier umso mehr, anders, sie heißen Verträge. Daher sind alle, denen die Schwurszene nicht ganz nach ihrem Geschmack erschienen, höflichst gebeten, sich daran zu erinnern, durch wie viele Verträge sie zu wie vielen Handlungen und Unterlassungen verpflichtet sind.

Bei dieser Gelegenheit möchte dem auch der Schriftführer einen Mundvoll Worte von sich aus beisteuern. Hast du, lieber Leser, lichte Leserin, dir je Gedanken darüber gemacht, wodurch sich ein Schwur von einem Vertrag unterscheidet? Der alte, müde Mann, der durch die Welten und Zeiten, in denen er abwechselnd zu leben beliebt wie auch verdammt ist, ist genötigt, auf den hucklig-buckligen Wegen und Stegen dieser Welt den buntscheckigen Freuden und Mühsalen des Daseins gegenüber sich bald durch den einen, bald durch den anderen ein Bleiberecht zu verschaffen. Und so weiß er, worin jene sich voneinander unterscheiden. Der Vertrag, das Kind des Verstandes mit einer länger währenden Geburt, duldet manche Nachbesserungen und darf auch gebrochen und durch Zahlung einer gewissen Geldsumme bereinigt werden. Der Schwur, das Kind des Gemüts mit einer Blitzgeburt, verfügt über keinerlei Möglichkeit, sowohl nachgeändert als auch wiedergutgemacht zu werden, und sein Bruch bedeutet den Riss eines Bandes und den Zerfall eines Ganzen, den dieser zusammengehalten. So ein Riss geht zersägend durch die Leber und zieht zerfetzend durch die Herzen zweier Menschen.

Minganbajir eilte hin, fasste Anni sanft am Oberarm und half ihr beim Aufstehen. Geleitete sie zum Bett, schaltete das Licht aus und legte sich zu ihr. Still lagen sie, ineinander verschlungen, und dachten an das, was soeben gewesen und empfanden darüber ehrfürchtige Schauer, denn sie wussten, es war für immer geschehen. Später schwappten ihre Gedanken auch auf anderes über. Aber das waren alles unwesentliche Dinge. Er hörte die halbgeflüsterte Stimme und sah das halbgelächelte Gesicht des Ministers wieder, während dieser die unwürdigen Worte ausgesprochen hatte. ›Gewiss, ein guter menschlicher Kern, nur ein wenig verdorben durch die Umstände, die auch an mir so manches entstellt haben werden‹, dachte er ruhig, jenseits aller Aufregung und jeglicher Bitternisse. Sie bastelte schon an dem Geständnis, mit dem sie vor den Ehemann treten würde, um sich Klarheit in der Beziehung zu ihm und Ruhe in der eigenen Seelenhütte zu verschaffen. ›Vielleicht wird er die Scheidung verlangen‹, dachte sie. Und fuhr heiter fort: ›Ich werde dem zustimmen!‹

Sie hat einen Weisen von einer fernen Weltinsel sagen hören, es gäbe nur zwei wirklich wichtige Dinge, denen sich ein Mensch zu stellen hätte, und das wären die Geburt und der Tod. ›Der braunhäutige und weißbärtige Weise hat wohl zu jenen unglückseligen Menschen gehört, die in ihrem Leben der richtigen Liebe noch nie haben begegnen dürfen‹, dachte sie. ›Wenn also die Liebe nicht dazu zählt, wozu dann erst Geburt, wozu auch Tod überhaupt!‹

Dann waren sie eingeschlafen. Es musste ein tiefer und traumloser Schlaf gewesen sein, der sich über sie gesenkt und sie in sich eingehüllt hat. Denn sie wurden erst vom Wecker geweckt, der auf sechs Uhr gestellt war. Da merkten sie auch, dass sie immer noch einander zugekehrt und ineinander verschlungen lagen. Worüber sie sich wie beschenkte Kinder freuten. Und es war auch ein Geschenk des Raumes und der Zeit, deren Schnittstelle die Geburts- und Wohnstätte ihrer Vereinigung war, die sogleich in jeder Brust die Zweisamkeit einzupflanzen vermocht hatte. Nur, alle beide Körper waren so eingeschlafen, dass sie sich für eine ganze Weile wie gelähmt vorkamen. Worüber sie wie aus einem Hals herzlich laut lachten, so wie Glückliche immer, bei welchen sogar ein Missgeschick deswegen zu passieren scheint, um die Beteiligten daran nach neuen Anlässen suchen zu lassen, die zu einem weiteren Ausbruch ihres Glücks reichen.

Das Frühstück war lediglich eine Pflicht, die erfüllt werden musste. Denn sie waren satt vom Vortag. Auch spürten sie eine dumpfe Mattigkeit im Fleisch und schwere Müdigkeit in den Knochen. Doch musste über ihren Seelenlandschaften die Sonne scheinen. Denn sie fühlten sich so hell im Innern. Lebten im Bewusstsein, sich nicht nur getroffen und vereinigt, sondern auch nach ihrem Glück, endlich ersichtet und erkannt, ohne zu fragen, ob erlaubt, sogleich gegriffen und es dann auch verteidigt zu haben. Er wie sie, sie wie er wussten sich in dieser Morgenstunde in dem hausbackenen menschlichen Paradies inmitten der berühmt-berüchtigten Wüstensteppe allen kleinen Sorgen des Alltags entrückt und umso fester geerdet im Leben. Fröhlichkeit strahlte aus ihren Blicken. Die Bürde in Gestalt von Jahren und Erfahrungen, die auf den Schultern gelastet hatte, war wie weggeblasen. Alles lag überschaubar da, wie geordnet, abgezählt und abgewogen. Das Leben war wieder wie am Anfang. Das Schicksal, in Gestalt der Außen- und Mitwelt, schien nur begrenzte Macht ihnen gegenüber zu haben. Sie selbst waren die beiden Stützen, auf denen die Welt ruhte. So genossen sie bewusst und selbstbewusst jeden Augenblick des Daseins, der klingend und glitzernd durch sie hindurchrann und sie wissen ließ, alles begann und endete bei ihnen.

Anni Erdős, die bei einer Inszenierung von Goethes Faust

dabei gewesen war, dachte: ›Verweile doch, du bist so schön!‹ Der Gedanke war an das Leben gerichtet. An dasselbe Leben, in welchem sie so viele Jahre lang nach einem erdachten Erfolg strebte, wie ein Ertrinkender nach einem Halt, und das ihr deshalb eine peinvolle Pflicht gewesen war. Nun war es ein lustvolles Recht.

Minganbajir, der das Riesenwerk des deutschen Riesen nicht weiter kannte, nur davon gehört hatte, so etwa wie vom Jupiter oder von den Chromosomen, dachte nicht so umständlich. Er hatte, während er, an ihrer Seite, den Raum betrat und zum Tisch schritt, in den Blicken der anderen gelesen, dass sie und er nicht nur die Nacht ihres Lebens haben genießen dürfen, sondern auch dabei den Sieg dieses Lebens erringen konnten. So dachte er immer noch an diese nächtliche Errungenschaft zu zweit, dachte, den Blick auf Annis schöne, erhabene Stirne gerichtet: ›Mit dir lässt sich auch siegen in dieser Welt!‹

Alles verlief nach dem Plan, verlief reibungslos. Man konnte nicht oft genug feststellen: Das Kulturministerium arbeitete abermals gut! Und von dem Minister hieß es: Er wäre gar nicht erst ins Bett gegangen und hätte sich kurz nach dem Empfang schon wieder auf den Rückweg gemacht, da er am Nachmittag einen Bericht zu einer Sitzung des Politbüros zu erstatten hätte.

»Wieso fliegt er nicht mit, wo er doch weiß, dass das Flugzeug schon gegen Mittag ankommt?« Das war eine Frage, die viele stellten. Am ungarischen Tisch war es Ilona, die sie stellte. Keiner wusste darauf zu antworten. Aber eine Vermutung wurde ausgesprochen und lautete: »Vielleicht gibt es auch hierzulande ein Verbot, dass ein hoher Partei- und Staatsfunktionär kein anderes Verkehrsmittel benutzen darf, wenn sein Dienstwagen die gleiche Strecke fährt. Ich habe davon gehört, da es eine Zeitlang zur Mode geworden war, in dem gewissen Kreis, die Dienstwagen nebenherlaufen zu lassen, während die Herrschaften selber, aus Bequemlichkeit oder Eitelkeit, weiterhin auf Staatskosten natürlich, im Luxusabteil eines Zuges fahren und fressen oder in der Business Class eines Flugzeuges fliegen und saufen.«

Die Vermutung mit dem sehr heiklen politischen Kern kam von István, ausgerechnet von dem sonst so Schweigsamen. Weder Kőszegi noch Laci sagten darauf etwas. Aber der Letztere, der merkte, dass beide Frauen Blicke wechselten, fragte sich: ›Was ist denn los, lieber Gott? Soll und will das heißen, dass ein Seelenschloss, so fest gemauert und so sicher verpackt, über Nacht Risse bekommen hat und nun anfängt, in seine letzten Nischen Licht einzulassen?‹ Und die Frage schien in seine hell erleuchtete Seelenstube einen zusätzlichen Packen Licht zu bringen, ohne dass er eine Antwort darauf wusste.

Die Worte Istváns haben die Nochchefin zu dem Gedanken veranlasst: ›Egal, ob das, was er gesagt hat, stimmt oder nicht, es ist doch ein Zeichen dafür, dass sich die Truppe immer fester zusammenzieht.‹ Sie hätte hinter den Worten auch eine Herauslockung mit böser Absicht vermuten können. Aber sie tat es nicht. Ihre Sinne waren nun einmal auf das Licht eingestellt.

Minganbajir schickte dem Minister, der am Ende eines schönen Abends so hässliche Worte an ihn gerichtet hat, linde, lichte Gedanken mit heiteren, aber tiefen Wurzeln auf seinem Rückweg durch die winterliche Sandschneesteppe hinterher: ›Jeder Staat braucht hündisch Ergebene und wölfisch Reißende, die in ihrem Eifer Wahnsinnigen gleichen. Der mongolische Staat allen voran, da sein Gründer, Dschingis Khan, sich selbst zu einem Glaubensstifter und sein Werk, den Kriegerstaat, in eine Glaubenseinrichtung verwandelt hat, und in der heutigen Zeit, wo die Religion zwar als Opium bekämpft, ihre Aufgabe aber weiterhin besteht, wird ein Ersatz gebraucht. Was der Partei-, Polizei- und Armeestaat ist. Und dieser Staat braucht an allen seinen Ecken und Enden Eiferer. Wären wir Menschen noch Herdentiere (was wir eigentlich sind, immer noch) und ich wäre ihr Hüter, dann würde ich dem Lamm oder dem Fohlen, das am Anfang seines Lebens unser Minister gewesen, die Hoden belassen, damit er zu einem Vatertier heranwüchse und der Herde tüchtigen Nachwuchs voller Eiferswürmer in allen Adern gäbe. Wäre ich Dschingis Khan, würde ich diesen Diener zum Befehlshaber über eine Tausendschaft ernennen. Wäre ich Mohammed, wollte ich jenen unbedingt zum Mullah über eine Gemeinschaft von mehreren Moscheen erhoben wissen.‹

Wieder die beiden Busse, wieder die Pistenfahrt, auf einem kürzeren Weg aber diesmal. Auch vermochte heute die Steppe die Sinne der meisten nicht so sehr auf sich zu ziehen. Der Hauptsturm der Gedanken flog dem Flugzeug entgegen: Ob es überhaupt käme? Und wenn es käme, ob es dann auch zu dem versprochenen Zeitpunkt eintreffen würde?

Dass ganz andere Gedanken die Köpfe unserer beiden bevölkerten, dürfte eine Selbstverständlichkeit sein. Der Gast, den Rahmen des Gastrechts gesprengt, dachte abwechselnd an die beiden Nomadenfamilien. Die Frau in der ersten Jurte, an deren Stelle die Tochter Anni sitzen sollte, drohte jetzt sich in sie selbst, in die Mutter Anni, zu verwandeln. Das Kindchen Anni aus der anderen Jurte, gerade erst anderthalb Tage alt, war in der Vorstellung der Nabelmutter schon ein großes Mädchen von sechs, sieben Jahren und brachte ihr, die vor dem Herd hockte, Brenn-Dung von draußen – also mussten beide Jurten zu einem Ail gehören.

Der Dolmetscher, über den Rand seiner Pflicht mächtig gestolpert, schaute mit stillem, verträumtem Blick hinaus und empfand eine schmerzende Liebe zu der Landschaft. Er, das Kind der Berg- und Waldsteppe, das bisher an seinem Heimatwinkel stolz und treu gehangen hatte, sah seine eigene Jurte mit einem Mal in einer seichten Mulde inmitten dieser kahlen Wüstensteppe stehen, umringt von ein paar spärlichen, fahlen Pfriemgrasbüscheln. Seine drei Kinder belebten samt hellbunten Tierherden die Umgebung. Was machten denn die drei – Tenggir, Anggir und Honggur? War das, dem sie sich hingaben, Arbeit, dann arbeiteten sie, dass Funken stieben. War es aber Spiel, dann spielten sie, dass sie damit die Tierwesen samt dem Erdewesen und dem Himmelwesen ansteckten – eine solche Heiterkeit ging von allem aus. Der fünfjährige Honggur, das Jüngste und der Liebling der Mutter, trabte auf dem Rücken eines Rindsjährlings einem Menschen entgegen, der am nahen Himmelsrand dunkel und breit erschien. Und im nächsten Augenblick entpuppte sich der Mensch als Anni, die einen Dungkorb auf dem Rücken trug.

Vom fahrenden Bus aus erblickte man auf einmal das Flugzeug, das bereits dastand, einer beruhigenden, eindeutigen Antwort auf die schreiende Frage aus vielen Poren eines gewaltigen Körpers gleich, vom Schoß der Steppe hervorstach und dem neuen, sonnenüberfluteten Tag mit dem unendlich blauen Himmel entgegenleuchtete. Ein freudiger Ruf aus vielen Kehlen erschallte, begleitet vom Beifall, der sich, wiederum begleitet vom Gedröhn des Motors, gewaltig anhörte.

Der Kubaner José Marti, der rabenschwarze Akrobat mit den porzellanweißen Zähnen, der eigentlich ganz anders hieß, wusste daraufhin den berühmten Spruch eines Monats in sehr zusammengezogenem, jedoch immerhin verständlichem Russisch abermals, nun in einer leichten Abwandlung, ertönen zu lassen: »Das mongolische Kulturministerium hat zum wievielten Male schon gearbeitet, per-fec-tí-si-mo!«

Aus vielen Kehlen dröhnte es darauf: »Ja, ja, ja. Per-fec-tí-si-mo!« Wobei das erste Wort jeweils in der eigenen Sprache ausgesprochen wurde, doch es wurde von allen verstanden. So kam die kunterbunte Mannschaft in fröhlichster Stimmung mit ihren liebseligen, eisernen Rössern am ersehnten, eisernen Vogel an, wie Hong, der kleine, ständig quicklebendige vietnamesische Radler, von dem man wusste, er war Dichter, die Lage beschrieb.

Diese angehobene Stimmung dauerte auch im Flugzeug an, doch nicht sehr lange. Denn recht bald ebbte die Fröhlichkeit ab, und die Fluggäste nickten da und dämmerten dort ein, und manch einer sank zum Schluss in tiefen, erholsamen Schlaf. Unsere beiden saßen, Elle um Elle, Hand in Hand, aneinander geschmiegt, und jeder befühlte die Pulsschläge unter Haut und Ader, behorchte die Herzschläge hinter Fleisch und Bein, bedacht darauf, auch den Gedanken des anderen zu begegnen und zu folgen.

Nur einmal drohte Anni inmitten des noch andauernden Traumes zu erwachen, Überlegungen anzustellen und so einer leichten Traurigkeit zu verfallen, indem sie in sein Ohr flüsterte, nachdem sie inbrünstig daran geschnuppert hatte: »Verzeih, Mann, dass ich dumme Gans unsere vom Himmel gegebene Traumzeit um eine halbe Nacht verkürzt habe!«

»Lass das, Frau«, sagte er sanft, während er ihre Hand fest drückte und ihren Körper an sich zog, »vielleicht sollte die halbe Nacht verloren gehen, damit wir weise umgehen mit dem halben Leben, das uns noch geblieben.«

»Ich habe dich sehr gut verstanden«, sagte sie darauf. »Ich werde auf Schritt und Tritt an diese Worte denken. Aber selbst dann, wenn wir die Dummen und Schwachen sein sollten, die mit gefalteten Händen dasitzen und so die verbliebene Hälfte des Lebens einfach vergehen lassen, ja, selbst dann werden für mich diese Tage und Stunden als ein unvertilgbares Kleinod, ein unerschütterliches Gegengewicht zu dem glatten, letztendlich mageren Leben dienen, das ich bereits kenne und zu dem ich nicht mehr zurückkehren möchte.«

Der Himmel war derselbe wie auf dem Hinweg: Endlos weit, endlos tief und endlos beleuchtet. Doch nahm man ihn heute mit anderen Sinnen wahr, fühlte man sich mit ihm verbunden, wie die Vögel mit der Luft und wie die Fische mit dem Wasser. Denn hat man vorgestern, was wohl zum Vorleben gehörte, seinen eigenen Teilhimmel behangen und finstergrau in sich getragen, so leuchtete er heute nicht anders als der große, weite Himmel, der ein jedes Lebewesen samt dem ganzen All mit seinen vielen Schichten und ineinandergeschachtelten Gehäusen vielfach von außen umgab wie der Mutterschoß die Gebärmutter, diese den Mutterkuchen, dieser die Fruchtblase, diese das Fruchtwasser und dieses die Frucht.

So gesehen, waren sie nicht nur miteinander vereint, sondern auch mit dem ganzen All bis in alle seine Schichten und Falten hinein vereinigt und versöhnt. Sie haben ihren eigenen Wunden das Gift entziehen und es in Honig verwandeln gelernt. Waren dem Schicksal auf die Schliche gekommen und haben Wege und Stege ersichtet, sich ihm zu nähern und sich in seine Bewerkstellungen einzumischen.

Die Mannschaft war sehr gut in der Zeit, als das Flugzeug landete. »Liebe Freunde und Genossen«, sagte der Vertreter des Ministeriums, als Erster aufstehend und feierlich laut, »dank Ihrer aller vorzüglichen Disziplin und Mitarbeit haben wir es geschafft, dass die Zeit auch für ein zweites Glas Kognak ausreicht!« Heiterkeit kam auf, mit Ja-Rufen und Beifall. Die Schläfrigkeit verflog gänzlich. Die Geschäftigkeit begann wieder. Wie der Deutsche Schwaigert bemerkte, war man aus der Urzeit der Wüstensteppe in die Uhrzeit eines Flughafens zurückgekommen.

Minganbajir hatte nicht im mindesten daran gezweifelt, dass den unsichtbaren Organisatoren dieses umständlichen und kostspieligen Zirkusspiels in der letzten Stunde alles bestens gelingen würde. So ging es jetzt auch: Reibungslos leicht und schnell. ›Schon toll‹, dachte er, der ernsten, aber mühelosen Fortsetzung des heiteren, aber mühevollen Spiels zuschauend, ›wie alles läuft!‹ Und er wunderte sich für einen Augenblick über sich selbst, der einen so bejahenden und anerkennenden Gedanken dem Gang der Dinge in diesem Land spenden konnte. Dann aber dachte er weiter: ›In mir ist wohl kein Platz mehr für Schatten, in welchen untergetaucht meine Innenlandschaften seit Jahren haben liegen müssen – endlich darf ich wieder das helle Sonnenlicht ausmachen, gleich, auf welchem Wege es zustande gekommen ist!‹

Er war so froh über diese Veränderung in der Welt seiner Gedanken. Denn er hatte nicht vergessen, in welcher Richtung er noch vor drei Tagen über die gut verlaufende Organisation gedacht hat: Krankhafter Ehrgeiz! Menschenschinderei! Sinnlose Vergeudung von Landesreichtümern! Affen-, ja, Zirkusspiel eben mit geschminkter Miene, aber nacktem Arsch!

Sicher hatte jeder solche Gedanke seine bedingte Berechtigung. Doch durfte man deswegen die Lichtflecke dahinter nicht übersehen. Man sollte den kleinen, weisen Gegenmut, lichte Augenblicke des Lebens wahrzunehmen und sich daran festzuhalten, nicht vergessen noch verlieren, nachdem man den großen, dummen Mut aufgebracht hat, dem argwöhnischen und gewaltsüchtigen Staat über Herden und Horden verängstigter Jasager, antrainierter Farbenblinder und bezahlter Schnüffler die Stirne zu bieten, indem man seinen Blick auf dessen Schattenseiten und Schandtaten gerichtet hat.

Zu dieser Erkenntnis gelangte er, während er an seinem halbleeren Kognakschwenker knetete und quetschte. Sollte und wollte das heißen, dass er, nach und nach dem Staat im eigenen Land entrückt und zum bitteren Ende in einem inneren Exil gelandet, sich endlich, endlich von dieser erniedrigenden Lage gelöst hat? O wie froh wäre er, wenn er von dem Land und dem Staat, wie im Vorvorleben, wieder *mein* denken dürfte!

Anni musste sehr darauf aufgepasst haben, eine Lücke der vielen, fremden Blicke zu finden, drückte mit einem Mal ihren Mund auf den seinigen auf, und er, mehr erfreut als erschrocken, schloss sogleich die Lippen auf und sog eilig nach der Zunge. Doch er bekam nicht ihre Zunge, dafür aber einen kleinen Schluck Kognak in den Mund hineingespritzt. Was leicht für einen kleinen Unfall mit ziemlich peinlichen Folgen gesorgt hätte. Denn er verschluckte sich um ein Haar, als der dicke Strahl über seine Zunge geschossen kam, gegen das weiche Ende des Gaumens traf und schon in den Eingang der Kehle rann. Er hielt den Atem schnell an und hüstelte, dass alles wieder in den Mund zurückzufließen schien. So gab es keinen Unfall, dafür aber einen Lachanfall, der tief in allen beiden wachgeworden sein musste und bald aus dem einen, bald aus dem anderen herauszubrechen drohte.

Später flüsterte sie ihm ins Ohr: »Ein weiterer Schluck Zaubertrunk nach dem Moskauer Märchen!« Er, der es auch so verstanden hatte, blickte sie stumm, aber liebevoll und dankbar an.

Sie blickten gemeinsam vom weichen, lederbezogenen Sessel des VIP-Raumes aus durch dessen blitzsaubere Glastür hinaus und schauten auf den Flugplatz, wo die hügelige Düsenmaschine seit einer guten Stunde lärmend dastand, und auf die blau-rot-gelb schimmernde Steppe dahinter. So lebten sie dem Abschied einträchtig und schmerzlos entgegen. Sie wussten in ihm lediglich eine Trennung ihrer Körper. Geistig und seelisch würden sie immer vereint bleiben, einander ergänzen und jeden der durch Eurasiens Weiten getrennten Körper gemeinsam bewohnen.

Diese erwartete und gedanklich im Voraus überstandene körperliche Trennung ereilte sie vor dem eisernen Gitter, das die Staatsgrenze versinnbildlichte. Sie umarmten sich heftig und lange. Dabei flüsterte er ihr ins Ohr: »Ich wünsche dir genügende Weisheit, Mutter, dass dir die Tochter nicht ein zweites Mal sterben muss! Und steh dabei deiner wunderbaren Mutter tatkräftig bei, wundervolle Tochter!« Sie entgegnete ihm während eben der Umarmung und ebenso im Geflüster, das heftiger wirkte als ein Geschrei: »Und handle, mein Bräutigam, mein Mann, dass deine Braut und Frau nicht ein zweites Mal sterben müssen!«

Dann wurden sie auseinandergerissen. Er wurde von den Ordnungshütern zurückgehalten, während sie zugelassen und weitergeleitet wurde. Sie ging als Letzte, ging langsam, ohne sich umzudrehen. Er stand, mit jeder Hand einen der daumendicken, graubestrichenen Eisenstäbe des Gitters fassend und seinen Blick auf ihre liebe, schöne Gestalt geheftet, gleich einer wärmenden und stützenden Gabe, die sie bis zur letzten Handbreite begleiten sollte. Dabei wusste er, dass ihre Gedanken, wie ein brennendes Feuer, auf ihn gerichtet waren. So waren sie mit einem ruh- und endlosen, mächtigen, für andere unsichtbaren und von nichts und niemandem beeinflussbaren Strom miteinander verbunden. Auch wusste er dabei, dass er, bevorzugt vom Himmel, Miterzeuger eines so mächtigen Stromes und Mitverwalter einer so zaubermächtigen Brücke, kein Recht mehr hatte, die Dinge in ihren nichtigen Fetzen und Scherben hinzunehmen, sondern im Gefüge wirklicher Größen zu betrachten, um nicht in der Galle widriger, niedriger Augenblicke zu zergehen. So lenkte er den gemeinsamen Gedankenstrom auf den Tag, den Winter, das Jahr und die Zeit.

Die Voraussage der Zweifler, der Winter würde nicht ausbleiben und würde spätestens zur Mitte der dritten Neun (die Steppennomaden, die an der alten 9-Tage-Woche und 9-Glied-Jahreszeit immer noch hängen, rechnen, verglichen mit der europäischen Zeitrechnung, folgendermaßen: Die erste Neun begänne am 22. Dezember, die zweite am 1., die dritte am 10. Januar usw. Danach wäre die obengemeinte Zeit um den 15. Januar) eintreffen und dann die Erde und ihre Bewohner für die gesetzwidrig genossenen milden Tage und Nächte nachträglich um so härter bestrafen, war nicht eingetroffen. Die vierte Neun ging zur Neige, und der Himmel döste immer noch friedlich vor sich hin im Feuerschein der Sonne und über dem Rauchdunst, der den Erdball wie ein beschützender Schirm bedeckte, wie ein abschirmender Ring umfing und wie eine würgende Last bedrückte.

Die um ihre dunkelmuffige Erwartung betrogenen Zweifler fluchten und meinten, die Zeit wäre aus ihrem Gleis geraten.

Andere versuchten, die seltsame Veränderung, die über die Erde und ihre Bewohner hereingebrochen war, zu ergründen. Manch einer von ihnen suchte die Gründe dieser Veränderung nicht allein in der Bewegung der Gestirne, sondern auch im menschlichen Werk. Und zu diesen Menschen gehörte er, Minganbajir. Der selbstgebastelte Denker oder selbsternährende Forscher glaubte jetzt fester denn je daran, dass die Gründe für den ausbleibenden Winter, wie das wieder verarmende Leben auch, im Eigenwerk des Menschen liegen müssten.

Die ersten Gäste aus dem VIP-Teil kamen mittlerweile an der Maschine an. Die anderen, gewöhnlichen Reisenden waren schon eingestiegen. Doch die Bevorzugten nahmen sich Zeit. Schauten herüber und bedachten die zurückbleibenden Gastgeber mit allerlei freundlichen Gesten. Sie winkten mit der Hand. Einige schickten Luftküsse herüber. Andere riefen Worte, unverständlich im Gedröhn und Gezisch des Flugbetriebes.

Anni Erdős kam an, stellte ihre Tasche ab und schaute hinüber. Warf beide Hände hoch und winkte übertrieben heftig. Das galt den Offiziellen. Dabei versuchte sie, ihn auszumachen. Da fand sie ihn auch. Sie konnte seine Gestalt nur im groben Umriss erkennen. Doch war das kein Hindernis für sie, sich sein lebendiges Bild, sein Wesen, das er ihr gezeigt oder auch nicht gezeigt hatte, vorzustellen und ihm das Wichtigste mitzuteilen: ›Die Leere, die meine Tochter in deinem Leben zurückgelassen, werde ich auszufüllen trachten, indem ich sie in mir fortleben lasse!‹

Minganbajir hatte scharf sehende Augen. So vermochte er, während er zurückwinkte, ihr Gesicht zu erkennen, mit den Veränderungen seiner Züge, und verfolgte jede ihre Bewegung. Oben auf dem Treppenabsatz drehte sie sich noch einmal um, schaute für einen vollen Pulsschlag lang herüber und sandte mit ihrer freien linken Hand einen Luftkuss. Der galt ihm. Alles an und von ihr in diesem Augenblick galt ihm. Er antwortete darauf mit einem hohen Sprung und auch einem zweiten. Das dürfte sie noch wahrgenommen haben. Und dann drehte sie sich weg, trat in die einladende, nein, hereinfordernde Tür ein und entschwand in der bläulichen Finsternis mitten im helllichten Tag. Er, bei dem ihr schwurgleicher Gedanke von vorhin angekommen war, schickte ihr nun die Antwort, ebenso schwurgleich, auf den Weg, auf dass sie ihr auf der großen blauen Straße durch den Himmelsraum zunächst und dann auch auf allen möglichen irdischen Wegen und Stegen eine gute Stütze sein möchte: ›Was dir in deinem anderen Dasein unterbrochen worden war, werde ich nun mit allen Mitteln, die mir zur Verfügung stehen oder auch noch nicht stehen, fortzusetzen trachten, indem ich dem Schwur, abgelegt von dir und mir in eherner Eintracht, auch eherne Treue leiste!‹

Die Sonne lohte und loderte von der Mittagshöhe herunter, der Himmel strahlte und die Erde schien vor solcher Glut inmitten des Winters zu frohlocken, den lästigen Rauch- und Dampfschwaden auf ihrem schwerbelasteten Rücken zum Trotz. Sonne, Himmel, Erde – alles ringsum war mit sich selbst beschäftigt, aber keiner der Körper, keines der Elemente stand für sich allein da. Sie lagen in gegenseitiger Umarmung, bildeten das All. Sie waren an diesem Tag und in dieser Stunde, so wie in der Urstunde und dann Jahrmillionen und -milliarden lang, Zeugen des Lebens wie in dessen großem, groben Gefüge, so auch in jeder seiner kleinen, feinen Einzelheiten.

Mächtige, würdige Zeugen waren das.

Zwischenbericht

Die obige Geschichte ist in ihrem Grundgerüst und mit ihrem Grundton vor einem Vierteljahrhundert entstanden. Wurde, wie immer damals, abwechselnd mit Bleistift, Kugelschreiber und Füllfederhalter – abhängig von Ort, Laune und Möglichkeit – handgeschrieben, und zwar vom 2. Februar 1982 bis 3. Februar 1983 (und vermutlich von ebendiesem letzten Datum oder dem folgenden Tag an) bis 30. Juli 1983 abgetippt – so die Eintragung am Ende des 69 Seiten starken, auf Durchschlagpapier zusammengestampften Manuskripts.

Es hat einen triftigen Grund gegeben, die Geschichte niederzuschreiben. Zuerst ist es eine Bekanntschaft gewesen, die ich als Berichterstatter während eines Ausflugs der Teilnehmer an dem jährlichen Internationalen Zirkusfestival *Freundschaft* mit einer blonden Europäerin und ihrem dunkelhäutigen Partner habe schließen dürfen. Mich haben ihre Eintracht untereinander und das nette Verhalten beider zu allen Menschen, die ihnen irgendwie in die Nähe kamen, tief beeindruckt. Dann habe ich wohl auch den Altersunterschied zwischen beiden gemerkt. Schließlich habe ich die Geschichte erfahren, wie sie zueinander gefunden: Am Krankenlager einer blutjungen Person, die ihre Tochter und seine Geliebte gewesen. Diese hatte, selber sterbend, die beiden einander vermacht.

In der darauffolgenden Nacht habe ich einen Traum gehabt, in welchem ich wohl selber derjenige gewesen bin, dem die Geliebte sterben gemusst, gleichzeitig aber auch bleiben gedurft. Erwacht, habe ich mich gefragt, wie solches ginge. Später ist der Traum, immer mit kleiner Abwandlung und meistens etwas weiterführend, wiederholt zu mir gekommen, wie immer übrigens, wenn ich im Leben bei diesem und jenem keinen Ausweg mehr wusste und daher im Suchen steckte. Und eines

Tages habe ich angefangen, die Bilder, die ich schon in mir trug, in Worte zu verwandeln und diese niederzuschreiben.

So weit ist alles mehr und weniger aus dem Boden gewachsen, den ein jeder kannte oder zumindest zu kennen glaubte, und auch die Geschichte hat sich auf der Bahn eines jeden Kunstwerkes bewegt. Aber dann ist mir, dem Verfasser, etwas Sonderbares zugestoßen. Das war ein halbes Jahrzehnt später, nachdem die Geschichte geschrieben und ich sie beinah vergessen hatte. Da erschien eines Tages ein Unbekannter in der Zeitungsredaktion, in der ich damals arbeitete, und wollte mich sprechen. Zunächst ahnte ich nichts, da es zum gewöhnlichen Gang der Zeitungsarbeit gehörte, dass Leser mit Wünschen, Beschwerden oder einfachen Dankesworten vorbeikamen. Dann aber bekam ich einen Schreck, wenn es auch ein freudiger war. Und dieser Schreck wuchs mit jeder Minute unseres Gesprächs, das sich um die Erzählung drehte. »Woher kennen Sie mein Leben?« Das war die erste und Hauptfrage des Unbekannten, gerichtet an mich. Sicher, ich hätte darauf dies und jenes sagen können, nach dem bekannten Muster: Wissen Sie, die Literatur ist ja die Widerspiegelung des Lebens, und so könnte das, was in meinem Hirn entstanden und dann meine Hand aufs Papier gesetzt, zufällig das getroffen haben, was einmal auch in Ihrem Leben gewesen …

Allein, ich tat es nicht. Zumal ich mich selber auch zu einer Frage berechtigt fühlte: »Woher kennen Sie die Geschichte, die nirgends erschienen ist?« Nur, ich sollte darauf keine genaue Antwort hören. Hörte lediglich, er hätte sie gelesen. Was mir nicht ganz geheuer vorkam. Denn sollte ich meinen, der Mann arbeitete bei der Staatssicherheit und hätte Zugang in mein Privatleben, in dessen sozusagen Innerstfach, meine Schreiberei?

Freilich habe ich später eine Antwort auf meine eigene Frage gefunden. Oder vorsichtiger ausgedrückt, ich habe glauben wollen, eine Antwort darauf gefunden zu haben. Und dieser Glaube rührte daher: Habe doch bereits erwähnt, dass die Geschichte auf Durchschlagpapier geschrieben war. O ja, damals pflegte ich nur solches Papier, auch für das Original zu nehmen und jedes Mal gleich fünf, sechs, sieben Durchschläge anzufertigen, die ich, bis auf den einen zum Aufbewahren, alle in die Welt hinausschickte, auf dass sich die Frucht meiner Arbeit erhielte, im Falle eines Brandes oder noch eher einer Beschlagnahme bei mir. Außerdem legte ich auf jeden Leser wert, ich verband- und verlagloser Dauerschreiber. Ja, ich scheute nicht davor zurück, die Briefpartner zu bitten, meine maschinenangefertigten Werke, nach Möglichkeit, zu vervielfältigen und an ihre Freunde mit der Empfehlung des Verfassers weiterzuleiten. Damals wusste ich und heute halte ich von Copyright nichts. Und so bin ich bis aufs Weitere bei meiner alten Gewohnheit geblieben, den Vervielfältigungslustigen alles zu erlauben, was in den Augen Außenstehender mal nach Großzügigkeit, mal nach Dummheit ausschauen mag, nach meinem Urteilsvermögen aber eine edle Schläue ist, dazu da, um meine Botschaft an möglichst viele Menschen zu bringen und mich so in der Welt noch bekannter zu machen. Meine Geschichte könnte ja den Unbekannten auf diese copyrightfeindliche, selbstwerbende Weise erreicht haben. Nur tauchte dabei die Frage auf: Konnte er denn auch Deutsch?

Aber damals, in der Stunde mit dem Unbekannten in einem Dreimalvierschrittraum, den ich mit drei anderen zu teilen hatte, fiel mir die soeben geschilderte Möglichkeit nicht ein, da meine Gedanken wohl zu sehr bei der Staatssicherheit weilten, die zu jener Zeit ständig gegenwärtig war und einen von innen heraus ruhelos antippte wie das Herz. Stattdessen stellte ich ihm eine Frage nach dem anderen: Wo er herstammte, was er von Beruf wäre, wo er jetzt arbeitete usw., usf. Die er alle mit einem Satz und einem fast spöttischen, leicht feindlichen Ton beantwortete: »Das kennen Sie doch!« Nur auf die Frage nach seinem Namen, gab er eine andere Antwort, die aus einer dreifachen Gegenfrage bestand: »Wieso haben Sie meinen Namen leicht geändert? Hatten Sie mit mir doch noch ein wenig Mitgefühl? Haben Sie wirklich gedacht, dass diese kleine Änderung helfen könnte, nachdem Sie mich so entblößt haben?«

Ich hielt es nicht mehr aus und bat ihn, mir ein amtlich bestätigendes Papier von sich zu zeigen. Er tat es, wie ich sah, mit unverhohlener Lust und wie ich dabei auch spürte, mit einer ebenso unverhohlenen Feindseligkeit: »Hier bitte!« Das war sein Bürgerpass, und darauf stand:

Vatersname:	Tschimed
Eigenname:	Lutbajir
Geburtsdatum:	13. 11. 1958
Geburtsort:	Bezirk Henti, Kreis Bindir
Nationalität:	Burjate
Aktuelle Anschrift:	Ulaanbaatar

Da endlich glaubte ich zu begreifen, was mit der Entblößung gemeint war. Doch das war nur der Anfang, wie ich am Ende tatsächlich begriff. Das Eigentliche war die Geschichte selbst. Alles war so, wie da beschrieben, fast alles. Das, was sich mit dem Geschriebenen nicht ganz deckte, hielt er für eine Entstellung der Fakten, wie ich es von anderen Fällen schon kannte. Dann gab es einige Missverständnisse. Vielleicht war Lutbajir doch nicht imstande, selber Deutsch zu verstehen? Dieser Zweifel kam mir später in den Sinn. Dann könnte er die Geschichte von jemand anders gehört haben. Ein anderer Grund dafür dürfte auch gewesen sein: Damals war mein Deutsch noch schwächer als heute, das heißt, noch mehr anders, als die Deutschen selbst reden und schreiben. Und einen Nebengrund könnte die Tatsache wenigstens in manchem Hirn geweckt haben, dass damals mein Wortschatz natürlicherweise reichlich sozialistisch war, während meine Gesinnung eindeutig als sozialismusfeindlich bezeichnet werden konnte, immer darauf bedacht, bei jeder Gelegenheit die herrschende Ordnung und deren Diener zu beckmessern, was wohl irgendwann dazu führen konnte, dass selbst meine Helden sich von mir, ihrem Schöpfer, angegriffen fühlten. Das war allerdings nicht meine Meinung, sondern die eines Literaturkritikers. Und was ich von der Meinung eines Menschen halten soll, der selber nicht imstande ist, Literatur zu erzeugen, aber berechtigt, sie zu kritisieren, weiß ich immer noch nicht.

Nun, der Fremde, den ich entblößt haben sollte, ohne ihn im mindesten gekannt zu haben. Zu guter Letzt kamen wir doch noch zum Frieden und trennten uns mit Worten, die beim Abschied einander nah stehende Menschen zueinander zu sagen pflegten, und dieses Gesagte mit einem festen Händedruck besiegelnd.

Ich vergaß Lutbajir nicht. Er bewohnte fortwährend meine Gedanken mit allen anderen Menschen, mit denen ich mich auf dieser weiten, vielfarbigen Erde, in diesem schönen wie schweren, rätselhaften Leben verbunden wusste. Jedes Mal, wenn ich sein liebes Gesicht mit der hellen, flächigen Stirne unter dem üppigen, leicht gewellten, schwarzen Haar, den dichten Augenbrauen und den wachen, klaren Augen vor mir sah, kam ich mir vor, als hätte ich vor ihm etwas verbrochen. Aber dieses Gefühl währte nicht lange. Ich wehrte mich und sagte mir: ›Wieso denn? Ist das, was ich in vielen mühevollen Stunden zusammengeschrieben habe, nicht etwas, wofür er mir dankbar sein sollte? Ich habe ihm und seiner Geliebten, ihrer merkwürdigen Liebe ein Denkmal gesetzt!‹ Also zog sich der Streit unter uns weiter. Was ein Zeichen dafür zu sein schien, dass auch er an mich fortwährend dachte und in diesen seinen Gedanken sich mit mir stritt. Aber je mehr Zeit darüber verging, umso vertrauter wurde mir der Kerl, und irgendwann merkte ich, er hatte in mir die Stelle eines Freundes eingenommen, die mir bislang gefehlt hatte.

Zweimal rief ich sogar in seinem Büro an. Beide Male war es mir nicht vergönnt, ihn zu erreichen. Das erste Mal hörte ich, er wäre ins Ausland gefahren. Schnell dachte ich: ›Nach Ungarn?‹ Und ich fragte, in welches Land. Doch man wusste es nicht. Oder – wollte man darüber etwa keine Auskunft geben? Das zweite Mal hörte ich, er hätte gekündigt und wäre aufs Land umgezogen. Ich wollte herausbekommen, ob er zu seiner Verwandtschaft in Henti gezogen sei. Doch es war unmöglich – die Person am anderen Ende der Leitung wurde wütend und legte auf. Das war auch früher so: Die sonst geduldigen, gesprächigen Menschen waren am Telefon immer sehr kurz angebunden und wurden schnell ungeduldig und sogar grob – ein mongolisches Rätsel. Jetzt aber erst recht! Ja, jetzt war der Durchschnittsstadtmongole schizophren geworden, und da wurde jeder am Telefon, der kein Freund oder Verwandter war, sofort für einen Feind gehalten und als solcher angeschnauzt.

Ja, ja: Da hat es den Weltuntergang für einen Teil der Menschheit gegeben, angefangen bei der Perestroika des edeleinfältigen Märchenprinzen Gorbatschow und mit der Grenzöffnung der nach außen widerspenstigen, nach innen verzweifelten Magyaren zu ihrem früheren Herrscher Österreich und dem Fall der Berliner Mauer. Vom Phönix, der aus der Asche der untergegangenen Welt aufzuerstehen hatte, war noch keine Kunde zu hören, dafür sah man sich tagtäglich von Aasgeiern umgeben und musste noch zuschauen, wie sich diese dick und fett fraßen. Und da noch alle Sinne beibehalten? Unmöglich! Ich selber lebte mitbenommen, kämpfte mit Zähnen und Krallen um das Überleben. Und vergaß wohl darüber dieses und jenes und darunter die merkwürdige Liebesgeschichte.

Als sich dann der Phönix doch endlich meldete und unter dessen Lichtschein auch ich mich fing und wiederfand, erschien mir alles, was vor dem Untergang unserer gleichgeschalteten Ordnungswelt gewesen, wie in einem Vorleben. Da merkte ich, dass sich die Schmerzen meiner Verletzungen milderten. Und ich fing an, über jenes Vorleben nachzudenken. Was mir mein verlebtes: genossenes und ausgelittenes Leben in einem milderen Licht wieder auferstehen ließ und mich mit ihm nicht nur versöhnte, sondern auch mit vielfachen Erkenntnissen belohnte.

Für den rätselhaften Zusammenfall des Gespinstes meines Hirnes mit der erlebten Wirklichkeit eines anderen Menschen glaubte ich, von den neuesten Einflüsterungen der Bio- und Quantenphysik ermuntert, folgende Erklärung gefunden zu haben: Meine Sinne, ohnehin geweckt und gestärkt durch das herzbrechend einmütige Paar, mussten als Fühler eines Lebewesens mit seinem Urinstinkt und als Antenne einer immer noch unübertroffenen Urtechnik, in die Zukunft vorgreifend, das Nahen der Geschehnisse gewittert und die Daten dem auf Hochtouren schaffenden und schöpfenden Hirn geliefert, und dieses dürfte sie daraufhin in zwei Etappen, zuerst der Seele als Traum und dann dem Geist als Gedanke, vorgesetzt haben.

Bleibt mir noch zu gestehen, dass ich, beruhigt von diesem verzwickten Hirngeflecht, mir keinen Gedanken über den jetzigen Stand der Dinge machte. Alles, was die beiden und ihre Liebe betraf, gehörte für mich zur Vergangenheit. Die Erzählung war geschrieben, und damit war alles erledigt. Obwohl ich ihr ein halboffenes Ende gegeben, war die Geschichte zu Ende. Nicht meine Sache schien es mir, wie es mit den beiden Menschen und ihrer Liebe weiterging.

Da aber wurde ich eines Besseren belehrt – Lutbajir meldete sich bei mir. Worüber ich mich ungemein freute, gewiss. Doch es war mir dabei auch unbehaglich, ja, peinlich. War ich vorher von meinem Helden beschuldigt worden, ich hätte ihn entblößt, jetzt beschuldigte ich mich selber – ich kam mir wie ein Unterschlager vor: Hatte so getan, als wollte ich meine Helden, nachdem sie von mir entblößt und entlassen, ja, ihrem Schicksal überlassen worden waren, nicht mehr weiterleben lassen.

Nachtrag

Was ich von Lutbajir erzählt bekam, mutete sehr nach einem Märchen an. Sicher, es war das Märchen seines Lebens, sowie jeder Mensch mit dem Leben, das, vom Blickwinkel all der zahllosen vorgeburtlichen Widrigkeiten, ihm schlussendlich doch noch gelungen und bedingungslos und gebührenfrei anvertraut, im Grunde nichts anderes leistend als dieses von Anfang an märchenhafte Leben zu leben, am eigenen Märchen tagtäglich weiterspann. Als wenn er diesen Gedanken, der bei mir ganz zum Schluss aufgetaucht war, vorausgeahnt hätte, sagte er ziemlich am Anfang: »Meine Rettung muss gewesen sein, dass ich, während ich nach elf Jahren wieder neben Anni liegen und sie in den Armen halten durfte, eine Sache habe begreifen können. Das war: Das Leben ist ja eigentlich sehr einfach erschaffen – willst du etwas wirklich, ist es schließlich auch machbar!«

Lutbajir sagte lachend, während wir schon draußen standen und zum Abschied einander die Hände hielten: »An und für sich sollten Sie ja mit eigenen Augen sehen, wie wir leben, damit ich Ihnen kein Märchen erzählt habe!«

»Soll das eine Einladung sein?«

»Ja!«

»Werde ich dich sehr erschrecken, wenn ich dir sage, nimm mich gleich mit?«

»Überhaupt nicht! Im Gegenteil, Anna wird sich mächtig darüber freuen, wird jubeln: ›Welche Ehre!‹ Denn sie hat die Erzählung schon vor Jahren ins Ungarische übertragen und dem Mann vorgelegt, der selber Schriftsteller war, aber bis zuletzt keinerlei Einverständnis zeigen wollte.«

»Und hat das geholfen?«

»Besser, wenn Sie das aus Annas Mund hören. Und damit soll meine Einladung wiederholt sein!«

Also fuhr ich mit zu der unbekannten Landesecke und zu der ebenso unbekannten Frau, von der ich bestenfalls behaupten konnte, vor langer Zeit auf eine unerklärliche Weise ein Bildnis von ihr angefertigt zu haben. Es war wieder eine merkwürdige Fahrt. Denn wir fuhren nicht zu zweit, wie ich anfangs erwartet hatte. Ein Dritter fuhr mir. Lutbajir stellte ihn mir als das Älteste seiner drei Kinder vor. Dann musste dieser, soweit sich das Gespinst meines Hirnes mit der Wirklichkeit tatsächlich zu decken vermochte, sein Stiefsohn oder das gemeinsame Kind von Sangi und Nara sein. Dass er nun mitfuhr, beirrte mich kaum, da ich bereits wusste, dass die beiden Geschiedenen seit langem wieder zusammenlebten und deren Erstling, auf Einverständnis aller drei Erwachsenen hin, weiterhin bei den beiden Geschwistern und dem Stiefvater geblieben war.

Nein, etwas anderes verlieh der Sache Gewicht: Der junge Mann war krank oder genauer: drogensüchtig. Was ich erst später erklärt bekam, von dem Mann, der dem Vaterlosen von Kindesbeinen an Vater gewesen und weiterhin gewillt war, es ihm zu bleiben. Schon unterwegs hatten wir ein unerfreuliches Erlebnis – der Kranke hatte seinen Ausbruch. Lutbajir hat wohl, ins Gespräch mit mir vertieft, die Zeit der Spritze verpasst und merkte es erst, als das Getobe schon begann. Es war fürchterlich. Gut, dass der Gesunde körperlich groß geraten und stark war, während der Kranke, ein schmächtiges Kerlchen, trotz fest geballter Fäuste nicht viel aufzubieten hatte. Dafür kamen aus dessen Mund so unerhört gemeine Worte herausgespritzt, die mich schnell an die Zunge einer Giftschlange denken ließen, wohlwissend, dass die Schlange, an die ich dachte, nicht mit der Zunge stach, sondern mit ihrem giftigen Zahn biss. Allein der Ausgeschimpfte und Ich-weiß-nicht-worin-alles-Beschuldigte blieb ruhig und wehrte den Angriff sanft und liebevoll ab, indem er immer wieder sagte: »Ich weiß, du hast recht, mein Kind.«

Bis die Spritze unter dem Getobe verabreicht wurde und die

beruhigende Wirkung eintraf, vergingen endlos lange Minuten. Dann versank jener in einen schlafähnlichen Zustand. Da sagte Lutbajir mit einer gepeinigten, schuldbewussten Miene: »Verzeihen Sie, großer Bruder. Ich hätte Ihnen vorher Bescheid sagen sollen. Aber ich habe mich auf die Worte der Ärzte verlassen und gehofft, seine Lage habe sich so weit gebessert, dass er die Fahrt ohne große Schwierigkeiten überstehen würde. Und vergessen Sie bitte, bitte die unerfreulichen Worte, die Sie mithören mussten. Der arme Kerl kann nichts dafür, dass er sie in den Mund nimmt. Er meint es nicht wirklich so, tut's nur aus Verzweiflung, denn er ist schwer krank und leidet unerträglich. Glauben Sie mir, sonst ist er ein lieber, selbstloser Kerl, sehr nach seinem leiblichen Vater geraten.«

Doch meine seelische Stimmung brauchte wohl noch mehr als solche tröstenden Worte. Ich war schwer verstört. Bereute meinen Entschluss, mich mit auf die Reise begeben zu haben. Auch wusste ich an sich belanglose Nichtigkeiten zu bemängeln, solche wie das Auto, in dem ich fuhr. Es war ein altes, russisches Geländefahrzeug, durch seine Härte und sein Geräusch mit meinem eigenen Wagen, dem südkoreanischen Hyundai Jeep, nicht zu vergleichen, wobei ich mir sehr bewusst war, was die dummen, gierigen Firmenbosse von meinem Mittelschichtauto halten würden: Nichts! Auch missfiel mir die Fahrweise Lutbajirs, obzwar ich sah, er war, verglichen mit mir, ein viel besserer Fahrer. Aber er fuhr für mich, der ich ärgerlich war, einfach zu langsam, wohl aus Rücksicht auf den Kranken, der jetzt, zusammengekrümmt, quer auf dem Rücksitz lag, eher wie ein Gepäckstück als ein lebendiger Mensch. Jedem Esel gefällt wohl sein eigenes Gebrüll.

Lutbajir, der meine Ungeduld längst gespürt haben musste, erzählte, mit dem Kopf auf den Liegenden deutend: »Jetzt schläft er. Auch wenn er noch wach sein sollte, kann er nichts mehr hören, da ihm sein betäubter Verstand Trugbilder des höchsten Wohlseins vorgaukeln dürfte, ach, armer Junge. Sie werden sich bestimmt gefragt haben, weshalb ich dieses Bündel Elend aus der Hauptstadt aufs Land schleppe. Es ist wegen der Geschwister und wegen Anna auch.«

»Wegen Anna auch?«

»Ja. Sie sagt, sie freut sich immer, wenn sie mit mir alles teilt. Nicht nur die Freuden und Genüsse, sondern auch die Schmerzen und Sorgen, die Last, das Leid.«

Das waren klare Worte. Ich verstand ihn und versuchte, an den ruhiggestellten Kranken andere: mildere Gedanken zu richten. Und glaubte, auf die Begegnung mit der fremden Frau schon besser vorbereitet zu sein. Wenig später fragte ich mich: ›Fremde Frau?‹ Ich überlegte und musste mir gestehen, dass ich in sie doch mitverliebt gewesen war, damals, während ich sie aus dem Nichts zog, in Worte einkleidete und ihr somit Gestalt verlieh. Nein, sie durfte alles sein und tun, was sie wollte, nur keine Fremde bleiben, vor mir, ihrem Mit-Schöpfer. Das konnte durchaus ein hochtrabender und selbstgefälliger Gedanke des ewig gefährdeten Künstlers sein, doch ich bitte dich, mein Geistervolk: Würde die Kunst, die schönste und heiligste unter allen Göttinnen, ohne diese kleine Unbescheidenheit den Weg zum Menschenvolk je finden können?

Bei der Ankunft erkannte ich sogleich, dass ich mit meiner kleinen, längst berühmt-berüchtigten Unbescheidenheit so unrecht doch nicht gehabt hatte. Denn es war ein überaus liebes Wesen, vor dem ich mein Herz voller Unsicherheiten ausschütten durfte. Wohl ist ihr freude- wie liebevoller, sehr mütterlicher Umgang mit dem Kranken der Schlüssel gewesen, der mir die Herztür so schnell hat aufschließen können.

Und dieser – ich scheue nicht zurück, das Wort hier zu gebrauchen – urmütterliche Umgang spielte sich vor meinen Augen so ab: Wir kamen bei Sonnenuntergang an und wurden aus ziemlicher Entfernung gesehen, zuerst von nur einem Menschen, und das war sie, die wie lange schon auch immer draußen hantiert hatte, in sich hinziehendem Warten und wachsender Sorge angesichts der untergehenden Sonne. Schnell kamen weitere Menschen aus den Jurten herausgetreten, zwei, drei, vier … acht insgesamt. Sie muss gerufen haben, dass das Auto käme. Lutbajir sagte sanft, an den Kranken gewandt, der sich mittlerweile aufgerichtet und dann auch ein paar Worte von sich hat hören lassen: »Tenggir, mein Kind, siehst du, wir werden erwartet.« Dann sagte er, an mich gewandt und sichtlich stolz: »Zwei fehlen noch. Einer wird in der Wiege liegen. Der andere scheint unterwegs zu sein. Zwölf Menschen, vier Hunde und neun Katzen, das wäre unser Sippenvolk zur Zeit.«

Ich sagte, von der Gefühlswallung in seiner Brust angesteckt, schnell: »Dann sind ja auch alle möglichen Tiere zu sehen!«

»Ja, Tiere auch«, sprach er nachdenklich. »Wir haben alle fünf Arten von Haustieren. Dann haben wir auch noch ein paar Hühner. Katzen und Hühner, da sehen Sie Europa! Von den sieben Jungkatzen werden demnächst sechs wegkommen. Wir haben den Landkreis um uns herum schon bekatzt, sozusagen. Seit einiger Zeit setzen wir das überzählige Katzenvolk an günstigen Stellen aus. Und das ist unser billiger, aber wirksamer Beitrag zum allgemeinen Kampf gegen die Mäuseplage und für den Weideschutz.«

Bei der Ankunft wurden wir von lärmenden und aufgeregten Menschen empfangen. Dabei bildete der Kranke das Ziel. Noch eh die Türen von innen aufgemacht werden und wir aussteigen konnten, bestürmte man das Auto und riss die Tür auf, hinter der wohl der Gesuchte entdeckt worden war. »Teggi ach – Bruder Teggi«, war von allen Seiten zu hören. Und die grauhaarige, leicht gebückte Frau war es, die mit ausgestreckten Armen auf den Geduckten und Wartenden eilte: »Ach, mein liebes, mein armes Kind … Gib nun deine Hände her …« Dabei war ihre Aussprache tadellos richtig, trotz der tränenerstickten, ein wenig brüchigen Stimme. Und der Angesprochene gehorchte nicht nur dem Gesagten, er schmiegte auch sein Gesicht an ihre Schulter, während er aus der verborgenen Ecke hinausrutschte und vom hohen Sitz hinunterglitt. Dann, als er, mit beiden Fußsohlen auf dem Erdboden, neben ihr stand, küsste sie ihn schmatzend laut auf beide Backen, nach Art nomadischer Mütter, und nachdem sie darauf in sein verhärmtes, bleiches Gesicht geschaut hatte, als wenn sie darin nach etwas suchte, umarmte und drückte sie ihn mit neuer Heftigkeit – hier endlich war unverkennbar die Europäerin. Dann führte sie ihn, untergehakt, zur Jurte.

Da wurde ich ihr von Lutbajir als der Schriftsteller vorgestellt. Worauf sie – sehr europäisch – ausrief: »Gibt's doch nicht!« Dabei erhellte sich ihr wettergebräuntes Gesicht, und ein Lachen entblößte ihre noch tadellosen Zähne. Daraufhin aber sagte sie, an mich gewandt und fast flüsternd leise, doch eindringlich: »Verzeihen Sie. Ich komme gleich wieder. Denn zuerst muss ich mein müdes Kind in die Jurte bringen.«

Sollte ich da etwa beleidigt sein, dass sie mir nicht einmal die Hand geben wollte? Nein, nein. So ganz schlimm war ich doch nicht. Habe verstanden, dass in diesem Augenblick der Kranke mit dem begrenzten Verstand, der zugleich das Kind mit dem unbegrenzten Recht auf die elterliche Jurte war, über allem und allen stand.

Nachher, als sie, eine gemäßigte Europäerin und eine zugesetzte Nomadin, auf mich zukam und so vielsagend, aber so eindeutig mir entgegenlächelte, um mich zu begrüßen, da wusste ich die Tür meiner Herzjurte sperrangelweit vor ihr geöffnet. Wir verstanden uns auf Anhieb. Sie war ein lieber Mensch. Und immer noch eine schöne Frau, vermutlich kurz vor dem Gletschergipfel des siebten Lebensjahrzehnts stehend.

Ich hielt ihre Hand wohl länger als sich geziemt, da ich mir ihre Haut erst angefühlt und dabei auch die ganze Gestalt angeschaut haben wollte. Sie stand geduldig und lächelte verständnisvoll, ihr Blick schien zu sagen: ›Sie vergleichen mich also mit der, an die Sie dachten, während Sie die Erzählung schrieben!‹ Sie war kräftiger gebaut als die Person vor meinem inneren Auge. An dieser Stelle darf ich vielleicht gestehen, dass ich auch ihn in meiner Vorstellung kleiner gehabt habe, als er in Wirklichkeit war. Was durchaus daher kommen könnte, dass ich selber mit meinen annähernd 170 cm und 70 kg in der heutigen verdinglichten Welt eher zu den Kleinen gehöre als zu den Großen.

Ich fragte, endlich ihre Hand loslassend: »Sie sind also Anna?«

Sie antwortete darauf, wie mir vorkam, mit einer Begeisterung, die sie schwer im Zaum halten zu können schien: »Ja!« Wieder die Europäerin. Oder gar die echte Ungarin, treu dem Hauptstolz ihres Volkes, am Anfang was anderes gewesen und dann das Jetzige geworden zu sein.

»Sie sind noch nie ›Anni‹ genannt worden?«

»Nein! Oder doch – nur von Lothar, wenn er mich manchmal necken will, an die Erzählung erinnernd.« Ich stutzte kurz. Dann begriff ich es. So nannte sie Lutaa, Lutbajir, also!

»Und der Nachname?«

»O was ganz anderes: Havas zu dem Zeitpunkt. Und zuvor, als junges, unverheiratetes Mädchen und später als geschiedene Frau wieder, Bodor!«

»Anders als Erdős schon. Aber ganz anderes doch nicht. Das eine ist haargenau kasachisch und das andere um ein Haar mongolisch.«

»Ist das wahr?«

»Havas hieß der Schwurbruder von einem meiner Onkel mütterlicherseits. Und Badar hieß mein zweitältester Bruder.«

Sie schaute mich abermals mit einem begeisterten, geradezu flammenden Blick an. Aber wir mussten das Gespräch abbrechen, da Lutbajir, fertig geworden mit dem Auspacken der Mitbringsel und mit lauter bepackten Kindern nun, auf uns zukam. Auch war die Abenddämmerung längst dabei, das Ail in sich einzuhüllen.

Die Jurte wies innen schon deutlich den Verstand und die Hand der Europäerin auf: Sauber und ordentlich wirkte alles im milchigen Schein einer elektrischen Leuchte. Statt der hochbeinigen, gefederten Metallbetten standen niedrige, dick gepolsterte Holzpritschen rechts und links. Ebenso weich gepolstert waren die runden Hocker aus Leichtholz um den runden Klapptisch. Zu beiden Seiten der Tür waren ein Waschstand und ein Küchenschrank untergebracht, beides größer und anders als sonst wo. Jurtenecht waren die beiden buntbemalten Holztruhen mit den Bilderrahmen darüber und dem Altar davor im Hoimor und der runde Blechofen in der Raummitte. Es gab keinen Fernseher drinnen, daher auch keine Satellitenschüssel draußen.

Echt und doch nicht ganz echt war die Küche. Die Jurtenfrau hat den Tisch gedeckt, während wir uns wuschen, wenigstens die Hände und das Gesicht vom Reisestaub und -schweiß haben befreien konnten. Das waren vier Schalen mit vier Löffeln und in der Mitte lauter Verpackungen in Tüchern. Erst als wir uns zu Tisch setzten, packte sie das erste Bündel aus. Das war, in eine Steinkanne mit faustgroßem Bauch verpackt, Teesud, dessen Aroma schnell in die Nase stieg, sobald der Stöpsel aus der Kannentülle gezogen wurde. Zuerst wurde von diesem Sud in jede Schale ein reichlicher Schluck ausgeschenkt, darauf aus einer kleinen Wärmekanne heiße Milch und zum Schluss aus einer großen Wärmekanne heißes Wasser gegossen – fertig war der Milchtee! Den dampfheißen Tee schlürfend und den begehrten Geschmack schmeckend, dachte ich: ›Wie umständlich für eine mongolische Jurtenfrau! Aber wie praktisch auch – der Tee blieb frisch und heiß, wann immer man ihn auch trinken will!‹ So auch das Essen: Die Einzelteile sind vorgekocht und warm gehalten, hier gedämpfter Reis, dort geschnetzeltes Fleisch mit Soße, da gebratenes Gemüse – jetzt brauchte alles nur noch beigemengt und gelöffelt zu werden. Und es schmeckte – die Jurtenvölker mögen mir es vergeben! – so unjurtig gut!

Später begriff ich dazu noch dieses: Es war ein Festessen, in sehnsüchtiger Liebe zubereitet; sie wollte die gemeinsame, kurze Sommernacht nach ganzen drei Tagen Getrenntsein keinesfalls mit Kocherei schmälern. Mit Freude wurde ich zum Zeugen einer noch frischen Ehe und sah mit Rührung dem Spiel zu, das in der kindseligen, aber auch altseligen Nomadenwelt so leicht belächelt werden könnte.

Vielleicht aus demselben oder einem nahliegend anderen Grund teilte der Sohn der Jurte nach dem Essen plötzlich seinen Entschluss mit, in der Jurte seiner Schwester schlafen zu wollen. Die Eltern versuchten, ihn davon abzubringen, vor allem die Mutter, mit der Begründung, er könnte doch auf seiner eigenen Pritsche schlafen, da für den Gast, für mich also, ohnehin das Feldbett zur Verfügung stünde. Doch nichts half, der junge Mann, der während des so schmackhaft gekochten und liebevoll dargebrachten Essens eigentlich mehr gelöst als verkrampft gewirkt hat, erhob sich nun rasch, blickte einen Augenblick finster vor sich hin, wie verkündend, er bestünde unerschütterlich auf seinem Willen, und machte noch eine merkwürdige Bemerkung, er möchte immer dort sein, wo er am wenigsten störe.

Das war nun etwas, was manch einem die Lunge sofort aufblähen könnte. Nur, die beiden zeigten sich davon kaum gestört. Mit der Leichtigkeit, die ihr angeboren schien, bekundete die Mutter – gut, Himmel, die Zungen, die alles so gut zu zertrennen wissen, würden sagen: die Stiefmutter; oder gibt es noch wenigeres oder noch härter Treffenderes für die Seele, die trachtet, Klaffendes auszufüllen? – friedlich ihre Bereitschaft, ihn dann zu der Jurte der Schwester bringen zu wollen, worauf der Kranke schroff sagte, er würde den Weg dorthin schon selber finden. Selbst da blieb sie friedfertig.

Im Bett liegend, bei ausgeschaltetem Licht und aus der

Dachöffnung auf eine Sternenherde schauend, hatten wir eine ungezwungene, wunderbare Unterhaltung, ohne Eile, mit reichlichem Schweig- und Nachdenkraum zwischendurch. Den Anfang machte ich, wohlwissend, meine Gabe würde nicht ohne Gegengabe bleiben. Ich erzählte von dem Zirkuspaar, von meinen Träumen darauf, wobei ich selber merkte, dass sich meine Erzählung jetzt mit den Tatsachen von damals nicht ganz deckte und sich immer auf das neigte, was ich später daraus gemacht hatte. Dann erzählte sie das, was ich im Grunde schon wusste, da ich es aus seinem Mund gehört hatte. Allein, es war eine andere Geschichte, aus ihrem Blickwinkel gesehen, weswegen es auch ihm durchaus hörenswert erscheinen durfte, wie ich wiederholt dachte, jedes Mal, wenn ich merkte, dass er immer noch wach war.

»Ich habe eins verstanden«, sagte sie ziemlich am Anfang, »und das hat im Grunde genügt. Es gab das Leben als solches nicht, es gab aber die Lebenszeit, und man konnte sie dazu verwenden, wonach einem der Sinn stand – der Sinn wirklich stand, zum Willen gezwirbelt, dieser Wille dann gestählt und gewetzt und geläutert, nicht ein bisschen bereit, es zu unterlassen. So wie man das Atmen, das Trinken, das Essen nicht unterlassen kann.«

»Du hast es wieder einmal sehr schön gesagt«, erklang aus der dämmerigen Finsternis seine Stimme. »Ich habe schon versucht, es dem großen Bruder zu erklären. Habe aber dabei absichtlich nur in meinem Namen gesprochen, da ich doch wusste, wir haben für eine und dieselbe Sache zwei verschiedene Benennungen.«

Mir fielen seine diesbezüglichen Worte ein: Das Leben als eigentlich sehr einfach Erschaffenes – und jegliches Ding, wenn es wirklich gewollt, ist erreichbar. So schwach fand ich diesen Gedanken und die Aussage darüber nicht. In Lutbajir musste die mächtige Zauberquelle der Liebe, die es uns ermöglicht, die andere Hälfte ständig über sich selber zu sehen und im strahlenden Licht leuchten zu lassen, immer noch sprudeln.

Für die Leserschaft, welcher es nicht gegeben ist, sich in der Jurte unter dem Sternenhimmel mitzubefinden und die darum außerhalb des Vorstellungskreises gegenüber der Zeitlosigkeit steht, lediglich als Zuschauer, umringt von tickenden Uhren und jeden Augenblick an die Vergänglichkeit erinnert, möchte ich alles, was mir in der Hinsicht zu erfahren beschieden war, zusammenraffen und geballt und gedrängt vorsetzen.

Zurückgekehrt von der langen Dienstreise, hat die bis zum Wahn-, oder richtiger, Hellsinn verliebte Frau ihrem Ehemann sogleich alles eingestanden. Der aber hat keinerlei Verständnis gezeigt und auf kurzem Wege den Scheidungsantrag eingereicht. Noch während die Gerichtsverhandlungen liefen, hat sie sich bei entsprechenden Behörden erkundigt. Hatte aber wenig Erfolg damit. Erst musste das System auseinanderbersten und untergehen. Das geschah auch, schneller, als je einer erwartet hatte.

Die Anstrengung in dieselbe Richtung war zeitgleich auch am anderen Ende unternommen worden, von ihm, dem Erfolglosen im Leben. Das Merkwürdige war: Diesmal war er im Endergebnis erfolgreicher als die Professorin, dieses scheinbare Sonntagskind bis dahin. Nur, seinem Erfolg ging eine vollendete Niederlage voraus, aus welcher dann eine Wiedergeburt, der Neuanfang, hervorging. Das begann damit, dass auch er der Mutter seiner Kinder, der ohnehin in die Geschichte schon Eingeweihten, alles kundgab und die Zukunft mit ihr zu besprechen und einen Weg, fürs Erste noch ungewiss, aber immerhin, zu ersichten vermochte. Daraufhin trafen sie sich zu dritt – Sangi kam hinzu. Und er, Lutbajir, der wusste, dass der andere mit fremden Kindern seine Schwierigkeiten hatte, erklärte sich bereit, die beiden eigenen Kinder bei sich zu behalten. Worauf der Erzeuger des ersten Kindes zu bedenken gab, ob es nicht besser wäre, wenn die drei

Geschwister zusammenblieben. Was auch den anderen beiden einleuchtete.

Nun, höre ich den einen oder anderen munkeln: Das sähe ja zu sehr nach einem Handel aus! Ja, nicht wahr? Aber ich bitte die wachen, edlen Geister, sich meine Meinung dazu anzuhören. Steckt nicht in dem Wort verhandeln das Wort handeln? Weshalb darf in einer Welt, in welcher auf der Ebene der Staaten nicht nur mit Kühen, sondern auch mit Mordwaffen und Meucheltrödeln tagtäglich gehandelt wird, weshalb, weshalb denn zum Teufel, darf Kindern zuliebe nicht ein wenig verhandelt, unseretwegen auch gehandelt werden?

Dass sich keiner einbilde, der Sturmwind der Neunzigerjahre, der das Dach der Behelfshütte des nomadischen Sozialismus weggeweht hat, habe lediglich die Bonzen getroffen, sie niedergemäht und die übrigen Bewohner auf die Belletage des Lebens erhoben. Nein, nein, die Entthronten wussten mit den Ratten und Schakalen der Gesellschaft, die im Rücken der Kämpfenden und Aufräumenden in die notwendige Nische geschlichen kamen, über die Schlüsselübergabe zu verhandeln und bar gegen bar zu handeln. So bezogen sie gemeinsam Stellung in dem Kellergeschoss, wo die vielgerühmte materiell-technische Basis des Sozialismus aufbewahrt worden war. Die Kleinen, die Ehrlichen wie Einfältigen, lagen, entwurzelt, auf dem Rücken und zappelten, einzig aufs Überleben bedacht.

Zu diesen Letzteren gehörte Lutbajir, der mit der ersten Sturmbö seinen Arbeitsplatz, damit jegliche Grundlage zur Existenz, verloren hatte. Was traurig war, aber auch erfreulich. Denn dadurch war er gezwungen, alles herauszuholen, was in ihm steckte. Und er tat es, was auch möglich war, da er jetzt, im Unterschied zu vorher, über die Freiheit verfügte – eine Freiheit, auch zu verhungern oder – früher hat er nicht einmal diese gehabt, er war immer gebunden: an die Stelle, wo er arbeitete, an die Stadt, wo er polizeilich eingetragen war, und an den Staat, dessen Bürgerpass er bei sich trug.

Lutbajir erfuhr mit einem Mal, dass viel mehr in ihm steckte, als er es selbst für möglich gehalten hatte. Er nahm ein Darlehen auf und fuhr zu der Geliebten. Das durfte er. Man durfte alles. Die Summe, die er beantragte und auch bekam, war nicht allzu viel, aber er hätte auch eine viel höhere beantragen und untertauchen können, wie es damals viele taten. Freilich hat er nicht gewusst, dass er damit an einem Großverbrechen mitbeteiligt war, von den neuen Machthabern bewusst eingeleitet, um sich selbst und ihre eigenen Sippen mit Mitteln vollzupumpen, solange die Staatskasse noch reichte.

Auch war die Auslandsreise so leicht, dass er, wäre er es nicht selber gewesen, der sie gemacht, solches nie für möglich gehalten hätte. Nun, Ungarn zählte zu den Bruderländern, man brauchte nicht einmal eine Genehmigung, die früher abgeschlossenen Verträge galten noch, aber die früher üblichen Überwachungen gab es jetzt nicht mehr. Eine traumhafte Woche mit Anna, die es nicht gerade leicht hatte, aber zuversichtlich lebte und ihm ans Herz legte, sich so schnell und so gezielt wie nur möglich in die Erschaffung einer neuen Lebensgrundlage zu stürzen, am besten weit weg von der Hauptstadt – bis sie sich freigekämpft habe und kommen würde, und sie würde sich bestimmt bald freikämpfen, denn die Zeit wäre günstig!

Die Zeit schien tatsächlich günstig. Lutbajir kehrte, ohne lange zu überlegen, der Stadt, die mit jedem Tag immer gröber: gieriger, lauter und dreckiger wurde, den Rücken und fuhr aufs Land, aber nicht in seine Heimatecke, sondern dorthin, wo er der großen Liebe erneut begegnet war. Und dort, wo ihn einige wenige Menschen wiedererkannten und die anderen auch liebevolle Worte zu ihrer Heimatecke, die sonst selbst von den eigenen Leuten mehr gemieden als ersehnt wurde, aus seinem Mund hörten, wurde er mit seinem Entschluss, sich für immer dort niederzulassen, überaus herzlich und mit großem Entgegenkommen aufgenommen. Beweis dafür: Er wurde gleich mit einer Jurte belohnt und mit der Aufgabe betraut, eine große Schafherde der Genossenschaft zu betreuen. Womit ihm im Grunde seine künftige Lebensgrundlage gegeben war, denn wenige Monate später wurde das Vieh privatisiert, im Klartext: Jeder durfte die Tiere, die er hütete, unabhängig von ihrer Anzahl, behalten. Abermals hatte er Glück, ohne zu wissen freilich, dass er abermals zu den Gewinnlern eines im Grunde teuflisch schlauen Schachzuges gehörte, der lange und gezielt von den Machthabern vorbereitet worden war, um den Rest ihrer Sippen nun auf dem Land wohl zu versorgen.

Man könnte bei dem einen wie dem anderen Blind-, aber Volltreffer von Glück reden. Wobei man nicht vergessen sollte: Dieses Glück hat ihn jedes Mal deswegen getroffen, weil er immer wach geblieben und flink gewesen. Zu Anfang des Jahres des weißen Schafes, 1991, kam Anna, ihr folgten zur Mitte des Jahres die Kinder, und damit war die Familie vollständig, die vom ersten Tag an die Aufmerksamkeit des Volkes in einem weiten Bogen ringsum auf sich gezogen hatte, wie ein scheckiger Hund. Aber wenn das stimmte, dann musste diese abgeschiedene Weltecke geradezu auf scheckige Hunde erpicht gewesen sein. Denn sie wurden von keinem zu keiner Zeit schief angesehen, von allen bei jeder Gelegenheit mit Wohlwollen wahrgenommen.

Schwierigkeiten? Gewiss, mehr als genug sogar. Aber sie waren schließlich dazu da, dass man gegerbt und geschliffen und geläutert wurde, während man an ihrer Meisterung arbeitete.

Sehr schwere Stunden? Viele. Fast jede Stunde fast aller Tage in den beiden Jahren, als das große Unwetter herrschte und der Sommer dazwischen wörtlich ausblieb. Dann noch die zwei Nächte und ein Tag, als Sangi und Nara da waren – in Wirklichkeit hießen sie schon anders, aber von ihren Namen hing wirklich nichts ab, in dieser Geschichte – und sie zu viert entschieden hatten, am Morgen, bevor die Städter zurückfuhren, auch die Kinder selber darüber entscheiden zu lassen: Wer wollte wo bleiben?

Dass sich dann alle drei für die Fortsetzung ihres neuen Lebens auf dem Land und in der Jurte entschieden haben, zählte wohl zu den gewichtigsten der schier zahllos vielen Freuden, die den beiden beschieden waren. Und jene selbständige und einmütige Entscheidung der Kinder war wohl deren wichtigster Vorschuss bei späteren Verfehlungen und Sorgen, die sie den Eltern bereiten würden.

Die größte Sorge, die auf ihren Seelen lastete, und die bitterste Niederlage, die sie erlitten, war zweifellos die Sucht des Ältesten der drei Geschwister. Woher konnte solches gekommen sein? Ja, wenn man das wüsste! Hier wurden die Stimmen beider brüchig. Und die Mutter sagte: »Bitte, versuchen Sie, nicht darauf zu achten, wenn der Arme wieder einmal in den Umstand verfällt und seine Eltern mit Worten beschimpft wie blöder, geiler Bock oder olle, läufige Hündin! Der Junge, der sonst eine geradezu silbrig-seidige Seele aufzuweisen scheint, kann nichts dafür. Ist schwer krank und leidet eben fürchterlich!«

Nach solchen Worten, die sie an ihre schlimmste Wunde erinnerten, mich aber an eine wunderbare menschliche Seele denken ließen, ebbte unser Gespräch ab. Und irgendwann waren wir eingeschlafen.

Ich schlief noch zwei weitere Nächte in der Jurte. Da gab es nur kurze, belanglose Gespräche. Aber tags bot sich uns immer wieder die Gelegenheit, miteinander in weitere Schichten des gelebten Lebens einzudringen, das, einer unsichtbaren, unvergänglichen Wunderzwiebel gleich, uns zu begleiten schien, mit Säften und Düften der Jugend, die fähig war, weit ins Alter hineinzureichen. Anna war nicht nur ein lieber, lichtstrahlender Mensch mit einer goldig-silbrigen, samtig-seidenen Seele, sondern auch mit einem klaren, sprudelnden Verstand. So sagte sie, während wir zu dritt einem frischkastrierten Altbock die Maden entfernten: »Anfangs habe ich gedacht, ich müsste die eigentliche Anna erst finden. Dann habe ich begriffen, es galt, Anna die Nomadin zu erfinden. Jetzt weiß ich, es gilt, die einmal Gefundene und Erfundene jeden Tag neu zu finden und zu erfinden, sie jede Stunde zu putzen und zu wetzen.«

Und Lutbajir. Ein unermüdlich Schaffender und unaufhörlich Träumender zugleich. Er verkaufte die überzähligen Schafe und Ziegen und erwarb für das Geld immer gleich andere Tiere: Pferde, Rinder und Kamele. Ob es so nicht zusätzliche Arbeit bedeutete? »Gewiss«, gab er zu. »Aber auch mehr Spaß!« Es ging also um den Spaß, die Lebensfreude bei ihm. So war er gegen die Farmerwirtschaft, die demnächst von oben eingeführt zu werden schien. War das nicht gegen den Strom? Wieder sagte er: »Gewiss.« Aber wieder wusste er, daran ein Aber anzuschließen: »Ist aber, so gesehen, das Nomadentum nicht etwas gegen den Strom?« Dabei schien er die volle Unterstützung Annas zu haben. Denn sie meinte: »Jede Tierart ist wie ein Volk, von dem zu lernen man berechtigt und mit dem auszukommen man verpflichtet ist.«

Und seine Sinne waren auf eine große Sippe ausgerichtet. »Wer weiß«, sagte er in Gedanken vertieft, »was in zwanzig, fünfzig, hundert Jahren aus dem Menschenvolk hier in den drei Jurten und den Tiervölkern um sie herum geworden sein wird?«

Anna kam ihm entgegen. Sprach: »Hier dreht es sich um etwas, worüber ich mir den Kopf wieder und wieder habe zerbrechen und viele Nächte lang schlaflos habe liegen müssen. Da ich meinen Zweifel hatte und hin und wieder immer noch habe. Aber der ist mit der Zeit schon kleiner geworden.«

Dann bekam ich von beiden Seiten die Geschichte erzählt. Es ging um die Zukunft der Kinder, die zuerst, der Gewohnheit des Landlebens folgend, im Internat der dreißig Kilometer entfernten Kreisschule unterkommen mussten. Nach einer Weile bekam der Vater heraus, dass die Kinder an schulischem Wissen sehr wenig, dafür aber Dinge gelernt haben, die lieber nicht hätten sein dürfen. Damals war Anna erst dabei, die nomadische Welt kennenzulernen und deren Sprache zu erlernen. Und sich natürlich bei den Kindern um die Mutterstelle zu bewerben. So konnte sie damals noch nichts dazu sagen. Er aber umso mehr. Ging wiederholt zur Schule hin und sprach mit den Lehrern. Half aber nicht. Da entschied er sich für den kürzesten, aber bislang unbeschrittenen Weg: Er kaufte alle Lehr- und auch sonstigen Bücher und nahm die Kinder mit, die sich so sehr freuten, vom Internat wegzukommen. Wollte sie selber unterrichten. Er durfte es tun, da die Namen der Kinder weiterhin in den Klassenjournalen eingetragen blieben, und vor allem, da er sich bereit erklärte, die Internatsgebühren für alle drei weiterhin zu entrichten. Und im Gegenzug erlaubte man ihm, zum Ende jedes Schulquartals mit den Schülern für einen Tag zu kommen und deren Lernergebnisse von einer Kommission prüfen zu lassen.

Was gutging. Sogar sehr, sehr gutging. Alle drei Kinder glichen, durch die Prüfungsfragen gehend, scharfen Messern, die Speck schnitten. Freilich gab sich die vierköpfige Kommission, zusammengesetzt aus den Lehrern der drei Klassen und unter Leitung des Schuldirektors, überzogene Mühe, Strenge zu zeigen, um sich nicht allzu sehr zu blamieren wegen ihrer anderen Schüler. Doch die Fernschüler bestanden jede Prüfung sicher und bekamen die nächsten durchzugehenden Abschnitte gezeigt.

Drei Fernschüler beim Lernen anzuleiten war für Lutbajir, der vorher solches nie gemacht, sicher nicht einfach, aber alles andere als unmöglich. Nein, er fand sich in seinen neuen Beruf oder richtiger, Nebenberuf schnell ein und bekam dabei sogar etwas sehr Einfaches und Wichtiges heraus: Es war am besten, wenn er alle drei immer zusammen hatte, als eine Klasse sozusagen, und wenn er mit dieser dann, von unten nach oben, alle drei Klassen durchging. Das war Wiederholung für die Größeren und Vorbereitung für die Kleineren. Und eines Tages bildeten alle drei tatsächlich eine Klasse, und zwar standen sie gemeinsam in der obersten. Ab da brauchte er den Stoff der unteren Stufen nur stellenweise im Laufschritt durchzugehen, um dann auf der obersten Stufe umso länger zu verweilen. Als es so weit war, merkte er, die Kinder waren einander alles: Lehrer und Schüler und Geschwister und Gefährten. Da zählten zu ihren engsten Vertrauten auch die beiden, so dass sie zu fünft den Fingern einer Hand und beim Lernen und Leben einer geballten Faust glichen. O das war eine schöne Erkenntnis, eine wunderbare Zeit!

Und in jener wunderbaren Zeit war sie, Anna, die wärmende Sonne, die erhellende und zusammenhaltende Seele der Familie. So kümmerte sie sich längst um die Kinder gleich wie der Vater, auch wegen der Schule. Ja, mit den drei Prüflingen fuhr jetzt abwechselnd auch sie zur Kreissiedlung, zu der Kommission, eine stolze Mutter, Erzieherin und Ehefrau. Ebenso: eine vornehme Nomadin und schillernde Gestalt im ganzen Landkreis. Denn sie hat als ehemalige Professorin und Mitarbeiterin des Kulturministeriums einen Bericht aus der asiatisch-nomadischen Wüstensteppe nach Ungarn geschrieben, mit einigen Bitten, von welchen die wichtigste erhört und erfüllt worden war: Ein Container mit Schulutensilien und neuwertigen Kleidungsstücken war eingetroffen.

So wurde der Tag schon zu einem besonderen für alle, wenn sie in der Kreissiedlung eintraf. Sie wurde von jedem erkannt, an jeder Ecke und jedem Ende gegrüßt. Ein jeder war auf ihr Mongolisch neugierig, auf die Bekanntschaft mit ihr begierig, selbst in der Leitungsebene. So wurde sie schnell zu einem inoffiziellen Leitungsmitglied. Man brauchte ihren Rat, ob bei der Einführung eines neuen Wirtschaftszweiges oder beim Bau eines Hauses wie beim Gemüseanbau an dessen windgeschützter Südseite. Der Wille, etwas Neues zu gestalten, war überall zu spüren. Und Anna Bodor-Tschimed, so ihr voller Name, oder einfach Aana, wie sie von allen genannt wurde, begriff von Mal zu Mal immer mehr, dass sie gemocht wurde und gefragt war. Und das war wohl ein überaus wichtiges Vitamin für ihre Seele. Was sie andererseits auch mit ihrer ursprünglichen Welt noch fester verband. Denn da fühlte sie eine innig-heiße Dankbarkeit gegenüber ihrer europäischen Erziehung und Gerbung und sogar einen sanften Stolz auf ihre ungarische Herkunft, die ihr mit einem Mal wie eine notwendige Vorbereitung auf ihr jetziges Leben vorkam, das sie gegen kein anderes tauschen wollte. Denn sie wusste, es war ein erfülltes Leben. So wollte sie nichts anderes sein als das, was sie gerade war. Also war sie weiterhin bestrebt, das Wanderleben in der Jurte fortzusetzen, jeden Tag von Tieren umgeben, und dabei zu einer immer besseren, einer echten Nomadin zu werden, um eines Tages in den Urmutterschoß der unendlichen mongolischen Wüstensteppe einzugehen.

Solch ein glücklich erfülltes Dasein im milden Schein der Sonne des Lebensnachmittags. Dann aber die böse Überraschung, die dem sprichwörtlichen Blitzeinschlag aus heiterem Himmel glich. Das ist einem freilich nur anfangs so vorgekommen. Später, in kühler Überlegung, hat man geglaubt, so manche Spuren des Bösen nachträglich zu entdecken. Doch glauben war nie und nirgends wissen. Anna sprach von einem Preis, den ein jeder für ein vielleicht nur halbverdientes Glück zu zahlen hätte. Lutbajir widersprach ihr da nicht.

Da die Kreisschule nur acht Klassen hatte, musste Tenggir, um zum vollen Mittelschulabschluss zu kommen, die letzten zwei Klassen im Bezirk hinter sich bringen. Aber da die Bezirkshauptstadt fast so weit weg lag wie die Landeshauptstadt, hat Lutbajir gedacht: ›Warum nicht dort, wo seine leiblichen Eltern sind?‹ Die Überlegung hat bei Anna Unterstützung gefunden. So ging der Junge nach Ulaanbaatar. Und kam dann nur in den Sommerferien zurück. Nur einmal, nach der neunten Klasse. Dann nicht mehr. Es hieß, er führe mit erfahrenen Schiebern nach Ereen, der chinesischen Grenzhandelsstadt, um demnächst für sein Hochschulstudium aufzukommen.

Im vierten Sommer, nachdem er wieder ausblieb, fuhr ihm Lutbajir hinterher und traf ihn nicht, erfuhr dafür von dessen leiblicher Mutter und seiner ehemaligen Frau eine bedenkliche Kunde: Er würde trinken und nur selten nach Hause kommen. Im drauffolgenden Jahr, zum Frühsommer, reiste man erneut hin, fuhr direkt zur Universität, um ihn in der Vorlesungspause zu erwischen. Doch er war nicht dort, da er schon lange nicht mehr studierte. Und nach tagelanger Suche fand man ihn endlich – in der Anstalt für Süchtige.

Im Anblick des Elends wusste man sich in den ehernen Krallen einer Verzweiflung, die einen lähmte und schließlich auch beschämte, im Rückschein der vielen Helligkeit und Leichtigkeit, die man in all den letzten Jahren in seinem Innern, in seinen Gliedern gespürt und dabei gedacht hat: ›Himmel, ist das Leben schön!‹

Da blieb einem nicht viel übrig, als irgendwann zu gehen, und zwar zu den beiden, denen man jenen anvertraut hatte, anvertrauen durfte und musste, da sie doch dessen leibliche Eltern waren. Und dort bekam man hundsgemeine Worte zu hören, nicht von ihm, nein, kein einziges, aber sehr viele von ihr, mit der man die düstersten Jahre seines Lebens unter einem Dach hat verbringen müssen und dennoch dabei zwei lieben, lichten Kinderseelchen die birkenhübschen, putzmunteren Leiber aus Haut und Haar, Fleisch und Bein schenken und für einen Dritten wärmend vor Kälte wie die Sonne und beschützend vor Wind wie ein Berg hat da sein dürfen.

Sie fuhr ihn gleich an, als sie hörte, was geschehen war: »Du bist schuld daran, dass meinem Kind solches zugestoßen ist!« Wieso sie das meinte? Ihr Beweisgrund: »Du, für ihn eigentlich ein Stock- und Steinfremder, hast ihn mir, seiner Mutter, abspenstig gemacht, und der Himmel allein wird es wissen, was ihr alles, du und deine fremdländische Frau, in den Jahren mit ihm angestellt habt!« Das ist ein etwas abgemilderter, um einiges verkürzter Auszug aus der Rede der einstigen Ehefrau.

Anna meinte, nachdem sie von ihm den kurzen Sachverhalt erfahren hatte: »Das ist die Mutterseele, die aus Verzweiflung nicht mehr weiß, was tun, außer blindwütig aus sich herauszubrechen, um ihre Schmerzen loszuwerden, indem sie versucht, sie auf die Erst- und Nächstbesten zu wälzen. Und gerade das gibt uns beiden, die wir unser armes Kind so oder so nicht seinem schief geratenen Schicksal überlassen hätten, zusätzlichen Grund, ihm, aber auch ihr, seiner leiblichen Mutter mit der tödlich verwundeten, blutenden und schreienden Seele, beizustehen.«

Der leibliche Vater des Unglückseligen kam ihm, Lutbajir, zu Hilfe, indem er seine Frau anschnauzte und sagte: »Wenn du einen Schuldigen brauchst, dann bin ich es eher. Denn ich bin, während das Kind entstand, ein Säufer und Raucher und noch vieles mehr, ein Verbrecher und in alle Richtungen hin Sündigender gewesen, der den Fluch des Himmels verdient hätte. Der in meine Richtung abgeschossene Pfeil des Himmelsvaters, der ein bejahrtes, tattriges Wesen sein muss, hat mich, den Schuldigen, wohl verfehlt und meinen Sohn, den Unschuldigen, getroffen!«

Tatsächlich wetterte die Frau, von der beide Männer wussten, wie sie manchmal sein konnte, daraufhin mit kaum entladenem, nein, vielmehr zusätzlichem Groll, in die andere Richtung. Nachdem sie genug getobt und getollt hatte, kam der vermeintliche vorhergehende Schuldige dem ebenso vermeintlichen jetzigen Schuldigen zu Hilfe, indem er die unglückliche Mutter an die Krankheiten und all die Spritzen und Tabletten erinnerte, die das Kind in seinen zarten Jahren hat bekommen müssen. Und da kam eine ganze, bedrohliche Menge heraus, allen voran die Gehirnhautentzündung und alle möglichen Antibiotika. Wer weiß, welche bleibenden Folgen die Krankheiten und welche bösen Nebenwirkungen die harten Mittel bei dem armen Opfer hinterlassen haben?

Das schien zu Einsichten zu führen. Verschaffte zunächst

Frieden. Zu dritt berieten sie. Doch die Wahrheit, die sich ihnen nach und nach enthüllte, war eine recht hässliche: Die Ärzte, zumindest die einheimischen, standen vor dieser Seuche des neuen Zeitalters ziemlich ohnmächtig da. So zog sich das Unglück in die Länge, wie eine dunkle Dauerwolke über so vielen menschlichen Seelen. Das einzig Gute dabei war vielleicht, dass der Kranke in dem Falle zu einem starken Bindeglied zwischen beiden Familien wurde.

Das Pech des großen Bruders hatte schwerwiegende Folgen für die beiden jüngeren Geschwister. Anggir, die jüngere Schwester, wurde vom Vater zu Hause behalten, obwohl sie die letzen beiden Klassen in der Bezirksschule nicht nur mit dem Reifezeugnis, sondern auch mit einem Zulassungsschein zum Studium der Betriebswirtschaft an der Landwirtschaftlichen Hochschule gerade hinter sich gebracht hatte. »Keiner von euch beiden geht in diese fürchterliche: verwildernde und verfallende Hauptstadt! Ihr dürft mich nennen, was ihr wollt, aber ich möchte lieber der Rückständige oder gar der Diktator sein als der Vater eines weiteren Opfers der Verrücktheit, die dort zur Zeit geschieht und die von der ehr- und gewissenlosen Führung des Scheinstaates dick- und fettgepäppelt wird, dümmer und schlimmer als ein chinesischer Kampfhahn, ein spanischer Kampfstier!«

Zum Glück war Anggir ein gefügiges und verständnisvolles Kind. Sie, die unter freiem Himmel und auf freiem Grund, von Tieren und einträchtigen Menschen umringt, die prägenden Jahre ihrer Kindheit und Frühjugend verbrachte, hatte in den letzten zwei Jahren im stickig engen Schulinternat der von Armut und Betrug gezeichneten Bezirksstadt genug gelitten und dabei von manchem schon zu spüren bekommen, wovon die Rede war. So verhielt sie sich still vor ihrem tobenden Vater.

Anna, die ihren Mann gut verstehen konnte, war sich dennoch nicht sicher, ob es richtig war, jungen Menschen etwas versperren zu wollen. So fragte sie ihn vorsichtig, wie er sich dann die Zukunft der Kinder vorstellte. »Sehr einfach«, entgegnete er schroff. »So wie wir zwei leben, als Hirten!«

»Wir haben aber studiert. Haben uns in der Zivilisation austoben können, eh wir uns hier niederließen!«

»Studieren heißt nach meinem Verständnis: Bildung erwerben. Das können doch die Kinder auch. Wir werden ihnen dabei helfend zur Seite stehen, so wie wir es bisher getan. Später können sie sich selber weiterbilden und dabei sogar uns dies und jenes beibringen. Es gibt doch so viele leuchtende Beispiele, wie sich so manche Willensstarke bis zum Gipfel des Ruhmes hinaufgearbeitet haben!«

»Du hast recht, Mann. Doch das sind, verglichen mit der Masse, seltene Fälle. So ist das, was du gerade, in dieser Jurte sitzend und in dieser Wüstensteppe lebend, gesagt hast, sehr hoch gegriffen, entschuldige.«

»Warum darf man sich zwischendurch solches nicht erlauben? Ich meine, man müsste sogar – ein-, zweimal im Leben so nach einer Höhe greifen, dass es sie noch höher gar nicht geben kann. Denn leben wir sonst nicht bescheiden genug?«

»Einleuchtend. Aber eine andere Frage. Die Kinder werden doch irgendwann auch heiraten …«

»Sie dürfen doch! Meine Mutter war siebzehn, als sie meine älteste Schwester zur Welt brachte. Du bist doch längst siebzehn, Anggir, wirst bald achtzehn sogar! Darfst also heiraten, meinetwegen noch morgen, wenn es dir danach ist!«

Anna sah ihn so an, als ob sie meinte, dass er scherzte. Vielleicht tat er es auch, dann war es ein Scherz, geboren aus dem innigsten Wunsch, dass sich sein Ail vergrößerte und seine Nachkommen vermehrten.

So fragte sie, zu Scherzen aufgelegt: »Wo den Bräutigam und die Bräute hernehmen?«

Und er antwortete darauf voller Ernst: »Ganz auf dem Mond leben wir wiederum nicht, leben umringt von einem Nomadenvolk mit guten, gesunden Sinnen. Wir werden von allen

Seiten wahrgenommen, so wie wir unsere Umwelt in alle Richtungen hin wahrnehmen. Keine Sorge also, es könnte an Bräutigamen und Bräuten mangeln. Die einzige Bedingung, die wir zu erfüllen haben: Die Gegenstücke, die wir anbieten, müssen in Ordnung sein!«

Nicht allzu lange nach diesem Gespräch ereignete sich zweierlei, was erwähnenswert ist. Zunächst kam Lutbajir, der wieder in die Hauptstadt fuhr, um sich nach dem Sorgenkind zu erkundigen, etliche Tage später mit einem schweren Karton voller Bücher und einem Laptop zurück. Beim Anblick dieses Mitbringsels rief Anna aus: »Meine Güte, das alles muss ein Vermögen gekostet haben – wo hast du denn so viel Geld hergenommen?« Er erklärte. Er hatte auf dem Hinweg einen jungen Mann mitgenommen, kostenlos, selbstverständlich. Und das war einer, der sein Glück mit dem Handel zwischen Stadt und Land versuchte, indem er vor allem einige hauptstädtische Großgaststätten mit billigem, gutem Landfleisch belieferte. Dieser junge Mensch hat ihm Geld geliehen, gegen einen handgeschriebenen Vertrag und einige zusätzliche mündliche Ergänzungen.

»Und wie groß soll die Fleischmenge sein?«

»Zwei Stiere von mittlerer Größe.«

»Zwei Stiere, großer Himmel!«

»Haben wir doch, Frau. Eigentlich zwei Kälber, die wir, wären wir Schlafmützen gewesen, gleich bei der Geburt hätten erfrieren lassen können. Da wir aber keine Schlafmützen waren, haben wir gut aufgepasst und sie rechtzeitig in Empfang genommen und ihnen den Geburtsschleim vom Maul abgestreift und sie dem Gedeihen freigegeben. Darauf sind sie von selber gediehen, ohne von uns eine Handvoll Gras oder sonst etwas zu verlangen. Im Gegenteil, uns dauernd beschenkend. Mit der Milch ihrer Mütter, mit dem eigenen Dung und mit ihrer Gegenwart, die uns tagtäglich Freude bereitet hat!«

Wahre Worte, geschlüpft aus einer weisen Denkart. Anna

verspürte tief in sich wieder einmal Stolz auf ihren Mann. Dann wurde sie noch mit der Geschichte belohnt, wie er zu den Büchern gekommen war: Er hat den Prorektor der Landwirtschaftlichen Hochschule, einen berühmten Professor, aufgesucht, ihm von sich und von seiner Tochter erzählt und ihn dann nach der Möglichkeit eines Fernstudiums gefragt. Worauf jener als Antwort auf die Frage von seinem eigenen Werdegang erzählt hat. Das war die untypische Geschichte eines typischen Aufsteigers, der sich nicht nur die Bildung einer Hochschule beizubringen, sondern auch das Lebenswerk eines Gelehrten zu erschaffen und schließlich noch alle dazugehörigen Titel zu erkämpfen vermochte. Zu guter Letzt dieses langen Gesprächs hat der berühmte Mann dem Vater und der Tochter empfohlen, nicht Betriebswirtschaft, sondern Tierkunde zu studieren und dazu die Liste der wichtigsten Bücher mitgegeben.

Das war zur Mitte des Herbsts. Das zweite Ereignis fiel auf Ende des Winters und hatte ebenso mit Anggir zu tun. Eines Tages kamen zwei Männer auf einem Motorrad gefahren. Das war ein Onkel mit seinem Neffen, und dieser Letztere war ein Mitschüler von der Jurtentochter, deren Eltern über kurz oder lang begriffen, mit wem sie es zu tun hatten: mit dem möglichen Schwiegersohn. Der Junge gefiel ihnen schon, bis auf eins – er wohnte in der Bezirkshauptstadt. Sollte die Tochter, die fernstudieren und auch die Sippe vergrößern sollte, in die Stadt gehen, um dessen Frau zu werden und so die Armut dort um eine Esserin zu vermehren? Das kam nicht in Frage! So sprach der Vater, als er witterte, woher der Wind wehte, eine klare Sprache: »Im Falle eines Falles soll jeder, der mit uns zu tun hat, eine Sache sehr gut zur Kenntnis nehmen – wir geben keins unserer Kinder weg. Wer wirkliche Absichten hat, soll zu uns kommen, und unsere empfangenden Arme werden so weit ausgestreckt sein wie die Steppe um uns herum!«

Da lachte der Onkel fast und kam ihm bereitwillig entgegen. Er hätte keinerlei Absicht, lauter Arbeitslose um sich herum zu scharen und wäre daher froh, wenn sich wenigstens für einen der Weg bahnte, irgendeiner festen Beschäftigung nachzugehen und auf diese Weise sich selber zu ernähren, denn auf seinem Hals säßen neben vier eigenen Kindern noch drei von seiner seligen Schwester und der Junge wäre der Älteste der Geschwister.

Am nächsten Tag fuhr der Onkel allein zurück. Davor hat es zwischen beiden weiblichen Seelen der Jurte ein Gespräch gegeben, von dem weder der Vater noch der Onkel vorerst etwas erfahren durften. Die Tochter hat der Mutter erzählt: »Vielleicht kennt Ihr es noch nicht, Mama, aber Ihr könnt es in der Geheimen Geschichte der Mongolen nachlesen, die da ist: Bei unseren Vorfahren herrschte die Sitte, dass junge Burschen zu Leuten mit jungen Mädchen gingen und eine Zeitlang in deren Jurte lebten, da als Gast, hier als Knecht. Und nach einer bestimmten Zeit fiel die Entscheidung. Man sagte zu dem jungen Burschen entweder, du darfst hierbleiben und ab dann unser Schwiegersohn sein, oder du sollst jetzt gehen und nicht gram sein, dass du als Schwiegersohn nicht angenommen wurdest. In dem Falle zählte man ihm die Gründe auf, weshalb man ihn nicht haben wollte. Temudschin, der künftige Dschingis Khan, war neun Jahre alt, als er von seinem Vater zu der Jurte seiner künftigen Frau gebracht wurde.

Mama! Ich kenne den Burschen da und kenne ihn doch nicht. So habe ich ihm geschrieben, er solle kommen, und falls meine Eltern damit einverstanden seien, mit uns eine Weile zusammenleben und dabei mit allen alles teilen. Nun bitte ich Euch, um die erste Entscheidung – dass er hierbleiben darf. Diese Bitte bringe ich mit dem festen Versprechen an, dass er mich in dieser Zeit nicht ein Mal anfassen wird. Die andere Entscheidung könnt Ihr mit Papa gemeinsam treffen, wann Ihr immer meint, die Zeit sei gekommen …«

Anggir musste den Burschen richtig erkannt haben, er hatte ein liebes Wesen. Und dieser hat den Zulassungsschein zum

Tiermedizinstudium verfallen lassen, da der Onkel es nicht schaffte, die Studiengebühren zusammenzubringen. Nun saßen die beiden, Feuer und Flamme, bald getrennt, bald gemeinsam hier über einem Buch, da über der Wunderkiste, in welche die Mutter die Tochter nur einzuführen gebraucht, alles Weitere hat sie in kürzester Zeit selbständig herausbekommen – daran war wohl die Jugend schon zu erkennen, die zu einem anderen Zeitalter gehört.

Bei all dem schulischen Eifer über dem angesammelten und abgepackten Wissen des menschlichen Geistes in einer Ecke der Jurte standen die beiden der vielfältigen körperlichen Mühsal draußen immer zur Verfügung, wenn ihre Hände und Füße gebraucht wurden und verrichteten alles gewissenhaft. Wobei für das Stadtkind zunächst vieles unbekannt und ungewohnt war. Doch der gute Wille zeigte sich auch hier als entscheidend.

Zum Anfang des Sommers kam der Vater eines Tages auf die beiden jungen Menschen zugeritten, als diese am Brunnen dabei waren die Schafherde zu tränken. Er sagte, ohne vom Pferd abzusteigen, wie nebenbei: »Bisher bin ich mit euch beiden schon zufrieden. Solltet ihr einen Wunsch haben, so lasst die Mama ihn wissen.« Und ritt weiter, wohl zu der Pferdeherde, denn er hatte die Fangstange mit. Sie hatten einen Wunsch. Anna erfuhr ihn. Sie wollten heiraten. Zwei Tage später fuhr Lutbajir mit dem künftigen Schwiegersohn in den Bezirk. Zur Mitte des Herbsts vergrößerte sich das Ail um eine zweite Jurte. Ein knappes Jahr später vermehrte sich die Sippe um ein neues Mitglied und wieder ein gutes Jahr später um ein weiteres.

Leser, erzogen im Geist der mathematischen Logik, werden sich fragen: Die Rede ist doch von drei Kindern gewesen, wo wird das Dritte geblieben sein? Es ist hier. Honggur heißt er, war dreiundzwanzig, als wir uns damals – vor zwei Jahren – kennenlernten. Das Abbild vom Vater, ein schöner, junger Mann, wobei das Schöne nicht unbedingt von Gesicht und Gestalt, eher aber vom Wesen herrührte. Trotz der drei

Kinder, zwei Mädchen und ein Junge, wie in eine Form gegossen und mit Öl bestrichen, nach dem Ausklopfen, war er selber auch ein Kind: herzlich, neugierig und putzmunter. Wir waren sofort ineinander vernarrt, kaum wurden wir einander vorgestellt. Ja, mir kam er gar nicht wie ein Erwachsener, dazu noch Beweibter und Bekinderter, viel eher wie eins meiner Enkelkinder vor, die Morgen für Morgen aus der Nachbarschaft herbeieilen, um die *dshömbük*, ihre kleinen Kinderköpfe mit den zarten Scheiteln und dem duftenden Haar, von mir, ihrem Großvater, beriechen zu lassen. Und auch ich kann ihm nicht wie ein Fremder, dafür aber wie der weichgegerbte und wohlgelaunte Großvater vorgekommen sein, der ihm möglicherweise bitter fehlte. Und er war derjenige, der mich für eine Nacht von seinen Eltern freigebettelt bekam, um sich meine Worte anzuhören. Was er auch tat. Aber zwischendurch erzählte er mir auch einen guten Teil der Einzelheiten, die ich weiter vorn habe zum Besten geben können.

Und im Folgenden der Teil seiner Erzählung, der sein eigenes Leben betraf. Er hat keinen vollen Tag lang in einer Schulklasse gesessen. Seine Prüfungen, die er abzulegen hatte, haben immer nur wenige Stunden gedauert, und das sind alle sehr schöne Stunden gewesen. Denn er hat in diesen kurzen Zeitbruchteilen vieles sehen und hören dürfen. Da er nun keinen Deckel über seinem Gemütskessel hatte wie sein älterer Bruder, hat er vermocht, an den wenigen Prüfungstagen und in deren gezählten Stunden in der Schule so manche Bekanntschaften zu schließen, die ihm immer gutgetan haben. Er hat sich auf die letzten zwei Schuljahre gefreut, die er, wie die Schwester, weit weg von zu Hause mit anderen Kindern und Jugendlichen in einer Schulklasse oder sogar in einem Schulinternat verbringen würde. Aber da ist die Sache mit dem großen Bruder passiert, und der Vater hat verkündet: Nichts mit der Bezirksschule! Denn wer die ersten acht Klassen selber hat schaffen können, wird doch die letzten zwei auch schaffen! Und was das Reifezeugnis angeht – wird einer tatsächlich reif, weil er so einen Papierfetzen in der Hand hält? Und so weiter, und so fort.

Was der Vater befürchtete, das bestätigte die Schwester im Grunde. Sie hat es dem Bruder anvertraut, mit der ausdrücklichen Bitte, den Eltern gegenüber Klappe zu halten. Es waren gefährliche und hässliche Dinge, die sie selbst in dem bewachten und beschützten Internat hat erleben müssen. Eine Zeitlang hat er mit dem Gedanken gelebt, von Zuhause auszubrechen und zu verschwinden, um einfach zu sehen, was hinter den Himmelsrändern jenseits der hügligen Steppen war. Aber die Erzählung der Schwester hat ihm Angst gemacht und auch in ihm Widerwillen erzeugt vor dem Unbekannten, nach dem er sich gesehnt hatte.

Ewiimaa. Das war seine Frau. Sie haben sich zum ersten Mal gesehen, als sie sieben und er neun Jahre alt war. Es ist draußen bei den Herden gewesen. Da hat er sein Reitpferd aus der Hand verloren. Sie, die das aus der Nachbarschaft sah, ist auf ihn zugeritten gekommen und hat ihm ihr Pferd angeboten, mit den Worten: »Ihr könnt damit versuchen, Euer Pferd einzuholen!« Der Flüchtling hat sich nicht einholen lassen, aber er hat zu ihr gesagt, als er das fremde, hundzahme und stierträge Pferd zu seiner Reiterin zurückbrachte: »Ich werde dich heiraten!« Etwas Größeres, das seine Dankbarkeit auszudrücken imstande war, hat er nicht gefunden. Dabei ist es das allererste Mal gewesen, dass ihn ein anderer Mensch wie einen Erwachsenen je geihrzt hat.

Jahre später sind sie einander dann wieder begegnet. Das ist in der Schule gewesen. Sie hat ihn wiedererkannt und ist darüber errötet. Er ist auf sie zugelaufen und hat sie leise gefragt, ob sie schon vergessen hätte, was er ihr einst gesagt. Sie hat den Kopf geschüttelt. Darauf hat er sie noch schnell fragen können, ob es dabei bliebe. Sie hat mit dem Kopf genickt.

Damit war Ewiimaa manchen Frühreifen ihrer Klasse aufgefallen. Dass sie so hieß, hat er wieder Jahre später erfahren.

Denn als er das rotbackige Mädelchen plötzlich im Schulhof entdeckte und auf es zuging, vermochte er von nebenher ein Geflüster zu vernehmen: »Ewiimaa, dein Freund kommt!«

Diesmal ist sie noch mehr errötet, er aber kaum. Denn er hat in seinen Adern die Überlegenheit eines Älteren und Stärkeren gegenüber lauter Jüngeren und Schwächeren gefühlt. Er ist fünfzehn gewesen. Und so hat er sie, zwar flüsternd, aber mutig gefragt, ob alles dabei bliebe. Sie hat es auch diesmal fertiggebracht, mit ihrem schmalen Köpfchen mit den großen, klaren Augen schon merklich zu nicken, trotz der lüstern bewachenden Blicke ringsum. Später hat er an diesen Augenblick, ihr kleines, aber trotziges Mütchen, ihr hübsches Gesichtchen unzähligmal oft gedacht.

Eigentlich hatte er es gut, obwohl ihm versagt blieb, in den Bezirk zu gehen und alles, was er sich so lebhaft vorgestellt, zu erleben, auch wenn es mit Hunger, Angst und fremdem Willen verbunden war, dem man zu folgen hatte. Er hatte die vielen Pferde, eines feuriger und schneller als das andere, und die Freiheit. Wohin die Herden treiben, wohin reiten und wie reiten, in dröhnendem Trab stehen und pfeifen oder in gestrecktem Galopp liegen und singen, alles war ihm überlassen. Nicht wünschenswert war es, wenn Tiere vermisst wurden. Dennoch kam das immer wieder vor, und da nahm man jedes Mal sofort die Suche auf, auch wenn es dabei nur um ein gehgestörtes Zicklein oder ein im Hirne verwirrtes Lämmlein ging. Honggur war längst derjenige in der Familie, der als Sucher zuerst in Frage kam, wenn wieder einmal ein Pferdejährling fehlte oder die ganze Kamelherde verschwunden war.

Ein Suchritt war etwas Wunderschönes. Man kam durch Gegenden, sah Dinge. Kam mit Menschen zusammen, hörte Dinge. Und man stieg bei Jurten ab, sah, wie andere Menschen lebten, und erfuhr, was sie dachten. Einmal traf er in der Steppe einen Jungen von zehn, elf Jahren etwa, der ebenso auf der Suche nach drei Pferden war und ihn sehr an Ewiimaa erinnerte. Er fragte ihn, ob er ihr jüngerer Bruder sei. So war es auch. Da fragte er ihn nach seinem Ail und dem Namen seines Vaters. Sagte darauf: »Sollte ich deine Pferde finden, werde ich sie hinbringen.« So war es bei den Hirtennomaden seit immer. Dann trennten sie sich. Und er fand die fremden Pferde tatsächlich und brachte sie hin. Ewiimaa war zuhause, es war eben Sommerzeit. Sie errötete wieder. Aber das konnte auch aus Freude gewesen sein. Auch die Eltern freuten sich sehr. Er wurde herzlich bewirtet und ausgefragt.

Tage später kehrte er wieder in der Jurte ein. Er wollte die Leute nach einem Jungbullen fragen, der kein bisschen verloren gegangen, sehr wohl in der eigenen Herde war. »Ach, Schwiegersohn!« Mit diesem Ausruf empfing ihn der Jurtenherr. Seine Frau schimpfte sanft mit ihm: »Hör doch auf, Mann. Du beschämst das gute Kind!« Honggurs Gesicht war schon rot angelaufen. Aber das kam wohl nicht nur von Scham, sondern auch von Freude. Diesmal war Ewiimaa nicht zuhause. Die Mutter, die wohl von seinem Gesicht die Gedanken abgelesen hatte, sagte, sie sei auf Besuch geritten. Wohin und wann sie zurückkäme, das sagte sie nicht.

Von dort ritt er wie beflügelt ab. Das »Ach, Schwiegersohn« klang in seinen Ohren immer noch nach. Würde ein Vater zu jemandem, den er nicht mochte, so etwas je sagen? Nein, nie! Also mochte ihn Ewiimaas Vater. Auch die Mutter hat ihn mit ihrem warmen, weichen Blick mehrmals gestreift. ›Ach, Ewiimaa! Auch Ihr Ehrwürdigen, die Ihr meiner lieben Ewii mit dem lichten, hübschen Gesichtchen Gestalt und Leben geschenkt! Lieber Schwiegervater! Liebe Schwiegermutter! Ich werde immer trachten, Eurer Tochter ein guter Mann und Euch beiden ein guter Schwiegersohn zu sein!‹

Ab da kehrte er in der Jurte, die er wie ein Tier oder einen Menschen schon aus der Ferne erkannte, öfters ein. So machte er sich den Leuten als ihren künftigen Schwiegersohn kenntlich. Das machte er auch in der Schule. Er kam dort ein-, zweimal vorbei, obwohl er – das Zeugnis der Unvollständigen Reife bereits erlangt – jetzt keine Prüfungen mehr abzulegen hatte. Plötzlich stand er vor dem Internat, oder im Schulhof kam er auf sie zugeschritten. Sie wollte vor Scham vergehen und schimpfte leise mit ihm, weswegen er denn gekommen sei. Er äffte sie wie verwundert nach: »Weswegen?« Sagte darauf ausdrücklich: »Deinetwegen!« Und wenn sie nicht lächelte und ihn anblickte, fragte er: »Oder hast du schon jemand anders?« Die Frage wurde zweimal ausgesprochen und hat sie beide Male erschreckt: »Wie kommst du darauf?«

Bei dem zweiten Mal ist sie in der letzten Klasse der Kreisschule gewesen. Und da hat er eine weitere Frage gehabt: Ob sie nächstes Jahr in den Kreis ginge? Sie wollte wissen, warum er das fragte. Er sagte: »Gehst du nicht weg und bleibst hier, dann werde ich nächstes Jahr achtzehn, werde meinen Wehrdienst leisten. Wenn ich nach einem Jahr zurückkomme, wirst du siebzehn sein. Ich werde anfangen, eine Jurte zusammenzustellen, was mir in einem ganzen Jahr gelingen dürfte. Und du wirst anfangen, an dem Bettzeug zu nähen und zu stricken. Das habe ich von den Kasachen gelesen, wie junge Menschen zu ihrer künftigen Wohnung kommen. Und an dem Tag, an dem du achtzehn wirst und damit die Volljährigkeit erreichst, werde ich dich heimführen – ich kann keinen Tag länger warten!«

Anstatt ihm die Frage zu beantworten, fing sie an still zu weinen. Das war Antwort genug. Alles ergab sich nicht ganz so, wie er es sich vorgestellt hatte. Aber es ergab sich schon. Er ging als Achtzehnjähriger zur Armee und kam nach einem Jahr zurück. Sie war nicht dageblieben. Hat aber schon angefangen, Kissenbezüge zu nähen und zu stricken. »Im Internat lässt sich solches besser bewerkstelligen als in der elterlichen Jurte«, sagte sie. »Außerdem wollte ich, solange meine Minderjährigkeit andauert, Schülerin sein, einigermaßen geschützt vorm gierigen Blick der Männer.« Vorerst beruhigt von solchen treuseligen Worten, ging er daran, die Teile seiner künftigen

Jurte zusammenzutragen. Doch es ließ sich ganz so einfach nicht verrichten. Vieh musste verkauft werden, auch war er auf den Beistand der Eltern angewiesen.

Ebenso ging es mit dem Geburtstag. Er hatte, wie es ihm vorkam, eine große weiße Herde von Tagen und eine ebenso große dunkle Horde von Nächten an sich vorbeizulassen. Zu den endlich überstandenen 18 Jahren hatte er noch 8 Monate und 9 Tage auf sich zu nehmen, als die Hochzeitsfrist von den beiderseitigen Eltern festgesetzt wurde. Süß-sauer dachte er dabei: ›Wenn es wenigstens einen Tag früher gewesen wäre – da hätte man gleich dreimal die Acht gehabt!‹ Als er dann diese Überlegung seiner Schwester anvertraute, fragte sie ihn: »Hast du eine chinesische Seele, dass du so versessen auf die Acht bist?« Er wusste nicht, dass die Chinesen auf der Acht bestehen. Und wollte wissen, auf welcher Zahl denn die Mongolen bestünden. »Auf der Neun, als wundergläubige Anhänger des Schamanentums«, sagte sie. Und rief dann aus: »Halt! Soeben ist mir etwas eingefallen. Wie wär's, wenn ihr beiden noch ein Jahr und einen Monat zusätzlich warten wolltet – da hätte man dreimal die heilige Neun!« Er winkte ab, als gäbe er auf: »Nein, bloß nicht! In dem Fall möchte ich sogar auf mein blaubehimmeltes und -besteißtes Mongolentum verzichten und in deinen Augen zu einem Chinesen hinabstürzen!«

Sein Schwager, der Vollwaise, mahnte den Übereiligen: »Ach, ach, Junge! Das ist ja Spielerei! Und schon daran erkennt man dich als das glückliche jüngste Kind, immer verwöhnt und beschützt von den Eltern, den älteren Geschwistern und auch noch wie vom Himmel. Aber gerade darum, bitte Vorsicht!«

Doch Honggur war schon vorsichtig. Der scheinbare Übermut, der aus dem Lebenslustigen hervorsprudelte, war das Zeichen seines Vertrauens in alle lieben Geister. Jener Eigenschaft, der seine Muttersprache – wie auch die deutsche, übrigens – das männliche Geschlecht zuwies, stand eine weitere, im Klang verwandte gegenüber, anerkannt von den Geistern derselben und weiterer Sprachen als weiblich: die Demut. Männlich und weiblich ergänzten einander und bewahrten das Gleichgewicht.

Also führte er seine Braut endlich heim und bekam kein volles Jahr später Nachwuchs, das Jahr darauf einen weiteren, und wieder ein Jahr später wieder einen! Und damit holte der kleine Bruder mit seiner Ewii die große Schwester nicht nur ein, er überholte sie. Der Schwager meinte dazu: »Ich weiß, viele werden euch bemitleiden. Ich aber bewundere euch!« Honggur zwinkerte seiner Frau zu und sagte verschmitzt: »Bescheiden wie wir zwei sind, wären wir schon zufrieden, könnten wir unserer noch schwachen Sippe eine Grundlage verschaffen, im nächsten Jahrhundert zur mächtigsten hierzulande zu wachsen.«

Das also war Honggur. Von Anggir hörte ich die merkwürdigen Worte: »Im Internat sah ich einen chinesischen historischen Film an, und da drohte der königliche Vater seiner ungehorsamen Tochter mit einer Verbannung in die Mongolei. Vielleicht sind wir Hirtennomaden in der kahlen, kargen Wüstensteppe alle Verbannte? Sollte es so sein, dann werden wir zwei herauszubekommen trachten, ob nicht gerade inmitten dieses Verbannungsortes eine der bislang unauffindbar gebliebenen Inseln der Freiheit für das Menschengeschlecht liegen könnte, das aus lauter Sorge um die Selbsterhaltung sich längst eingemauert und eingekesselt hat.« Im leeren, finsteren Blick Tenggirs, der die Worte mitgehört, sah ich ein winziges Fünkchen aufflackern. Auch sah ich seinem sonst immer starren Gesicht mit den herabhängenden Mundwinklen ein leises, spöttisches Zucken entfahren. Mein Hirn übersetzte es in die Worte: ›Na, ausgerechnet du kleines, blindes Welpchen!‹ Vielleicht hat das arme Geschöpf, sollten die kindischen Flausen der Schwester am grellen Vormittag des Lebens doch ein paar Splitterchen Wahrheit enthalten, die Verlegung aus der Verbannung ins Gefängnis als Freiheit empfunden und sein Schicksalsgefäß an dieser übelverkehrten Wahrnehmung zerschlagen?

Dennoch war in dem Falle der Gescheiterte auch der Gegarte, zweifelsohne. Nur, muss der Mensch immer scheitern, gar sich verbrennen, um zu garen?

Die drei Geschwister waren drei verschiedene Planeten, wie Geschwister eigentlich überall und immer. Doch Lutbajir meinte, es käme auf die Betrachtungsweise an. Ich widersprach ihm nicht und dachte nach. Fand heraus, dass er recht hatte: Wollte ich auf dem Trennenden bestehen, dann waren sie anders. War ich aber gewillt, auf das Einende zu schauen, dann gab es so viele Gemeinsamkeiten: Sie standen unter demselben Himmel und über derselben Erde, lebten in stützender, beschützender Nähe derselben Menschen, stammten von denselben himmelgleichen erhabenen Vorfahren ab und kümmerten sich um dieselben erdgleichen unvergänglichen Nachkommen, waren mit demselben schwachen, schmerzempfindenden Fleisch und starken, es zusammenhaltenden und emportragenden Gebein erschaffen, derselben Neigung verfallen, wieder und wieder übers Ziel hinausschießen zu wollen, und mit derselben Schwäche behaftet, wieder und wieder stolpern zu müssen, aber ständig von dem Wunsch geführt und mit der Hoffnung erfüllt, bei dem ersehnten Ziel, dem Glück, doch noch anzukommen und es anzufassen, nicht anders als einen nierenrunden und -weichen, sonnenwarmen und -lichten Stein, den man in den Brustlatz stecken und beliebig lange dort behalten durfte.

Schon allein wegen dieser Ansicht, die meine ursprüngliche gewesen und nun auch die schmerzärmere war, gegenüber der von mir, dem von Neugier Getriebenen und Suchenden, beigebrachten und als fortschrittlich gepriesenen, fühlte ich mich mit Lutbajir und Anna stark verbunden, obwohl das, was ich an Ort und Stelle erfuhr, mich noch nicht restlos befriedigte, da ich auf bestimmte Mitteilungen immer noch wartete.

Kein Wort fiel von der Pferdekopfgeige, die, meiner Meinung nach, der Schlüssel zur seelischen Öffnung der noch stockfremden Frau gegenüber der nomadischen Welt gewesen war. Auch nichts von der Nabeltochter, dem Herzstück der Sehnsucht zur körperlichen Vereinigung zweier Menschen und der körperhaften Verschmelzung zweier Seelen in ihnen. Waren die Szenen denn lediglich Hirngespinste des Verfassers, der ich vor einem Vierteljahrhundert gewesen war? Allein Lutbajir hat mich doch damals, ganz am Anfang unserer Bekanntschaft, beschuldigt, ich hätte ihn entblößt, da alles in der Geschichte, bis einzig auf seinen Namen, sich mit den Einzelheiten der von mir entworfenen Geschichte decken würde! Auch haben jetzt beide davon gesprochen, dass sie damals glücklicherweise die Gelegenheit gehabt, ein paar Leute in der weiteren Umgebung des Touristenhotels kennenzulernen, und das hätte ihnen sehr geholfen, später in der Steppe Fuß zu fassen!

Vielleicht hat sich zwischenzeitlich Unerfreuliches ereignet? Möglicherweise hat das Nabelkind gar nicht mehr gedeihen können? Immer noch überlebten bei weitem nicht alle Säuglinge auf dem mongolischen Land die Schwellenjahre. Oder das Nabelkind, inzwischen längst eine Erwachsene, war nicht mehr in der Nähe. Oder – sie ist auf eine schiefe Bahn geraten wie Hunderte, Tausende andere. Oder, die nächstliegende Möglichkeit, wie ich es bitteroft an eigener Haut habe erleben müssen, dass das arglose Landvolk in seiner kindlichen Unerfahrenheit gegenüber der Außenwelt in jedem Menschen aus dem Ausland, so auch aus der Hauptstadt, einen Reichen und – wie in seiner Sippenwelt – zu Gaben Verpflichteten witterte und ihn so mit kleinen und großen Bitten und Betteleien ermüdete und auf Abstand nötigte.

So oder anders, ich unterließ, meine Gastgeber nach Dingen zu fragen, die ihnen vielleicht nicht lagen und daher nur Unbehagen hätten bereiten können.

Weniger ist mehr, tröstete ich mich. So stellte ich mich vollkommen zufrieden, als ich mich von der noch keimhaft zarten, aber schon kräftig sprießenden Sippe verabschiedete.

Dasselbe Gefühl erfüllte mich immer noch, als ich, nach einer langen, kräftezehrenden Ganztagesfahrt zu Hause in meiner hauptstädtischen Festung angekommen, wieder im eigenen, gewohnten Bett lag und über all das Erlebte und Gehörte nachdachte.

In der Nacht stand ich auf und fing an zu schreiben. Stunden, Tage, Wochen und Monate vergingen darüber. Aber sie kamen mir nahtlos miteinander zusammengewachsen und durchgeknetet vor, wie ein dichter, fester Körper, wohl der ruhlose und allmächtige Zeitfluss, der mich durch den wundervollen, hellen Raum des Widerscheines von dem hin und wieder so garstigen, doch in seiner Ganzheit doch märchenhaft schönen Leben trug. Dass ich zwischendurch aß und trank und schlief und sogar ein-, zwei-, dreimal aufs Land oder ins Ausland fahren musste, änderte nichts an der Sache – ich blieb dort, wo ich war, im abgrundtiefen, uferlosen Fluss der veränderten Zeit untergetaucht, und wie ich war, mit allen Sinnen inmitten der Feuergarbe der Liebe, die beschlossen hatte, als sie drohte auszugehen, sich zu erhalten. Und als der Zustand irgendwann doch endete, erwachte ich, wieder einmal geheilt von meiner heiligen Krankheit. Da begriff ich, woran ich war: Im Fleisch erneut ausgelaugt, an der Haut weiter gealtert, in der Seele aber wieder verjüngt. Mir war sehr nach einem Wort, das zu diesem einen passte, und da ich nicht wusste, von wem es, das Zauberwort, nach welchem meine Seele so sehr dürstete, kommen könnte, tat ich abermals, was ich immer, wenn ich von einer himmlisch-höllischen, schamanisch-dichterischen Reise zurückkehrte, mit mir, dem Erwachenden, tat. Ich sagte, nachdem ich diesen, der ich war und doch nicht mehr war, mit leisem Kopfschütteln und winzigen Tränchen in den Augen eine gebührliche Weile betrachtet hatte: »Armer, aber toller Kerl!«

Paradies Hadat hinter Hölle Ulaanbaatar,
29. Februar 2008, 10 Uhr 15, am Vormittag.

Ein Straßenjunge, der mit seiner Musik die Welt verzaubert …

Die Straßen von Hastinapur sind Kalus Zuhause. Der Junge arbeitet hart für ein paar Rupien und einen einfachen Schlafplatz. Denn er ist glücklich: Er hat Freunde – und er hat die Musik. Mit seinem Flötenspiel verzaubert er die Welt … Eines Tages bietet sich ihm die Chance seines Lebens. Doch dafür muss er Hastinapur und Malti, seine geliebte Freundin, verlassen. Er verspricht zurückzukommen … Werden sie sich wiedersehen?

Der Klang der Sehnsucht ist ein ergreifender Roman über die Macht der Musik und die alles überdauernde Kraft der Freundschaft.

Manisha Jolie Amin, Der Klang der Sehnsucht.
Roman. Aus dem Englischen von Ursula Gräfe.
insel taschenbuch 4121. 309 Seiten

NF 133/1/2.12

Eine Geschichte von Abenteuerlust und weiblichem Freiheitsdrang.

Ein Neuanfang sollte es werden, als Harriet und Joseph Blackstone von England nach Neuseeland aufbrachen. Von einem Leben in Wohlstand träumten sie, aber als Joseph im Fluss neben seinem Haus einen Schimmer von Gold entdeckt, kennt er nur noch ein Ziel. Er lässt Harriet und seine Mutter zurück und macht sich auf zu den Goldfeldern, zusammen mit vielen anderen Glückssuchern. Auf der Suche nach ihrem Mann reist Harriet ihrem eigenen Traum entgegen.
»Rose Tremain schreibt die besten historischen Romane unserer Zeit.« *Evening Standard*

Rose Tremain, Die Farbe der Träume. Roman. Aus dem Englischen von Christel Dormagen. insel taschenbuch 4002. 459 Seiten

Ein fesselnder Roman über unbändige Gefühle und verdrängte Leidenschaften.

1839: Der Gouverneur von Tasmanien und Polarforscher Sir John Franklin und seine Frau holen das Aborigine-Mädchen Mathinna zu sich ins Haus. Sie wollen »die Wilde« durch strenge Erziehung zivilisieren. Als Franklin Jahre später nach England zurückbeordert wird, lassen sie das Mädchen entwurzelt und zutiefst verstört zurück …
Zwanzig Jahre später: Im Überlebenskampf im ewigen Eis soll Sir Franklin dem Kannibalismus verfallen sein. Kein Geringerer als Charles Dickens soll dessen Ruf und Ansehen retten. Dabei entdeckt auch er an sich plötzlich eine »wilde« unbezwingbare Seite …

»*Begehren* ist eine Wucht von Roman, ich habe seit langem kein Buch so gierig ausgelesen, um es dann gleich nochmal zu lesen. Herzzerreißend das Ende, das ganze Buch eine schwere Wahrheit, ich las wie ein Rasender.« *Sten Nadolny*

Richard Flanagan, Begehren. Roman. Aus dem australischen Englisch von Peter Knecht. insel taschenbuch 4012. 302 Seiten

NF 113/1/1.12

Eine Geschichte von Liebe, Freundschaft und Verrat – durchdrungen von den treibenden Rhythmen des Jazz

Hiero Falk, ein junger und außergewöhnlich talentierter Jazztrompeter, spielt zusammen mit den »Hot-Time Swingers« im Berlin der dreißiger Jahre in Kellerbars – heimlich, denn »schwarze Musik« ist nicht erlaubt. Seine Hautfarbe macht es nicht einfacher; die Gefahr, als »Mischling« von den Nazis verhaftet zu werden, steigt mit jedem Tag.
Als jedoch die geheimnisvolle und schöne Amerikanerin Delilah auftaucht, scheint nicht nur Hieros Traum wahr zu werden: Sie will die Band nach Paris holen – zu keinem Geringeren als Louis Armstrong, um mit ihm eine Schallplatte einzuspielen. Doch die Ereignisse überschlagen sich und reißen alle Beteiligten mit in eine ungewisse Zukunft …

Shortlist Man Booker Prize 2011
Scotiabank Giller Prize 2011

Esi Edugyan, Spiel's noch einmal. Roman. Aus dem Englischen von Peter Knecht. insel taschenbuch 4083. 395 Seiten

NF 103/1/11.11

Es war einmal in Paris …

Paris in den 1960er Jahren. Michel, gerade erst zwölf Jahre alt geworden, taucht ein in ein ganz neues Leben: Er entdeckt die Welt der Jugend und des Rock 'n' Roll, atmet die Luft der Intellektuellen und Literaten, die mit Gitanes-Zigaretten und Sartre-Bändchen in den Cafés und auf den Boulevards eine neue Zeit diskutieren. Durch die Linse seiner Kamera fängt er die Winkel und Gassen der Stadt ein und erlebt seinen ersten Kinofilm wie eine Erweckung.
Eines Tages stößt er im Hinterzimmer eines Bistros auf den »Club der unverbesserlichen Optimisten«. Hier trifft er Menschen, die zu Freunden werden, zu Vertrauten und Begleitern. Und schließlich erlebt er seine erste große Liebe …

»Ein Buch voll ungebrochenem Optimismus. Ein wunderbarer Schmöker.« *titel-magazin.de*

Jean-Michel Guenassia, Der Club der unverbesserlichen Optimisten. Roman. Aus dem Französischen von Eva Moldenhauer. insel taschenbuch 4136. 688 Seiten

NF 139/1/3.12

»Ein unglaublich bewegendes Buch.« ***NDR Kultur***

Es ist das Jahr 1961 – das Jahr, in dem John F. Kennedy Präsident wird, Gagarin in den Weltraum fliegt und der Bau der Berliner Mauer beginnt. Der zehnjährige Finn lebt mit seiner Mutter in einer schmucklosen Vorstadt von Oslo. Er ist schmächtig, aber vielleicht der Klügste seiner Klasse.
Eines Tages steht seine kleine Halbschwester Linda mutterseelenallein vor der Tür – mit einem himmelblauen Koffer und jeder Menge emotionalem Sprengstoff im Gepäck.
Für Finn beginnt ein Sommer, den er nie vergessen wird …

Ein Familienroman voller Wärme und Magie und eine ergreifende Geschichte über die große Macht des Kleinen.

Roy Jacobsen, Der Sommer, in dem Linda schwimmen lernte. Roman. Aus dem Norwegischen von Gabriele Haefs. insel taschenbuch 4127. 294 Seiten

NF 138/1/3.12

NF 137/1/3.12

Szenen einer Ehe

Lew Tolstoj und seine Frau Sofja führten während ihrer fünfzigjährigen Ehe einen ausgedehnten Briefwechsel. Diese Briefe geben Einblicke in das Alltags- und Familienleben der Tolstojs und in die Entstehung von Tolstojs großen Werken wie *Krieg und Frieden*, *Anna Karenina*, *Die Auferstehung* oder *Die Kreutzersonate*. Vor allem aber sind sie Dokument einer großen und zugleich schwierigen Liebe.

»Die Briefe der Tolstojs können wie ein packender Roman gelesen werden. Zwei höchst intelligente Menschen streiten über die Liebe, die Politik und das Leben. Kein Wort hat hier an Aktualität oder Dringlichkeit eingebüßt. Man leidet mit und lernt.« *ORF*

»Die Briefe lesen sich wie eine innere Biographie dieses Paares. Sehnsucht, Streit: Es war was los in dieser Ehe.« *Die Tageszeitung*

Lew Tolstoj – Sofja Tolstaja, Eine Ehe in Briefen.
Herausgegeben und aus dem Russischen übersetzt von Ursula Keller und Natalja Sharandak. insel taschenbuch 4086. 493 Seiten

NF 106/1/11.11

NF 102/1/11.11

»Triebhaft, neugierig, unkonventionell.« ***Die literarische Welt***

Prinzessin Sofka Dolgorukij (1907-1994) war eine ungewöhnlich schöne, kluge und eigensinnige Frau. Ihr Lebensweg führte aus den Palästen von St. Petersburg quer durch das Europa des 20. Jahrhunderts, zuletzt in ein schlichtes Cottage in Cornwall. Neben ihrer Begeisterung für den Kommunismus, mehreren Ehemännern und zahlreichen Liebhabern nahmen in ihrem Leben die Literatur und der Film – sie war die persönliche Assistentin von Sir Laurence Olivier – und ihr Kampf für Gerechtigkeit eine wichtige Rolle ein.
Eine Biographie über ein Leben, wie es romanhafter nicht hätte sein können.

»Das Portrait einer erstaunlichen Frau, die die Tugend verachtete …« *Neue Zürcher Zeitung*

»Krimi, Biographie, Familiensaga … ein faszinierendes Buch.« *Times Literary Supplement*

Sofka Zinovieff, Die rote Prinzessin. Ein revolutionäres Leben. Aus dem Englischen von Aurelia Batlogg. insel taschenbuch 4071. 366 Seiten

NF 105/1/11.11